W0387172

KNAUR

Über die Autorin:
Susanne Esser wurde 1979 in Andernach am Rhein geboren und wuchs in der Nähe auf einem Bauernhof auf. Während ihrer Ausbildung zur Buchhändlerin zog sie nach Andernach und wohnte viele Jahre in der mittelalterlichen Stadt. Heute lebt sie mit ihrem Mann, ihren drei Kindern und ca. 2000 Büchern im Brohltal.

SUSANNE ESSER

Fräulein Liebe und das Glück der Bücher

Roman

KNAUR

Besuchen Sie uns im Internet:
www.knaur.de

MIX
Papier | Fördert gute Waldnutzung
FSC® C014496

Originalausgabe März 2024
© 2024 Knaur Verlag
Ein Imprint der Verlagsgruppe
Droemer Knaur GmbH & Co. KG, München
Alle Rechte vorbehalten. Das Werk darf – auch teilweise – nur mit Genehmigung des Verlags wiedergegeben werden.
Die Nutzung unserer Werke für Text- und Data-Mining im Sinne von § 44b UrhG behalten wir uns explizit vor.
Redaktion: Dr. Clarissa Czöppan
Covergestaltung: FAVORITBUERO, München
Coverabbildung: FAVORITBUERO, München
unter Verwendung von Motiven von Arcangel Images, Trevillion Images und mauritius images
Illustration im Innenteil: Michaela Lichtblau, unter Verwendung von dhtgip/Shutterstock.com
Satz: Adobe InDesign im Verlag
Druck und Bindung: GGP Media GmbH, Pößneck
ISBN 978-3-426-53028-3

2 4 5 3 1

In Gedenken an Lieselotte Kriesmer

Kein Wort so schön wie Andernach

Prolog

»Ist die Verdunkelung an allen Ecken zu?« Resolut drang die Stimme ihrer Tante in den Laden.

Eva trat ein weiteres Mal zu der großen Schaufensterscheibe und tastete die Ecken und Ritzen ab. Alles war mit schwerem, rauem Stoff abgedeckt, der an einer Bretterkonstruktion angebracht war. Sie arbeitete sich bis zur Tür vor und prüfte auch hier, ob alles an seinem Platz war.

»Was dauert das denn so lange?«, rief die Tante von hinten.

Eva verbiss sich den Kommentar, dass es in dem stockfinsteren Laden nicht schnell vonstattengehen konnte und ein ordentliches Vorgehen schließlich in ihrem eigenen Interesse sein musste. Stattdessen überprüfte sie weiterhin gewissenhaft die Tür und rief dann: »Du kannst das Licht einschalten.«

Sie hörte ein leises Klappern, dann erhellte die Stehlampe neben der Tür zum Lager den Geschäftsraum. Der Schein tauchte die Bücherregale in ein dezentes Licht und gab der kleinen Buchhandlung etwas Geheimnisvolles. Und geheim war das, was sie taten; und obendrein noch mehr als verboten.

Bevor die Angst, die dieser Gedanke mit sich brachte, Eva übermannen konnte, ging sie ihrer Tante entgegen, die mit einem Tablett in Händen den Laden betrat. Hinter ihr folgten die Gäste: das Ehepaar Simon und das Ehepaar Breuch, der Lehrer Faßbender und das hochbetagte Fräulein Frings, dahinter Margot, Käthe, Ingeborg und Hans.

Eva blickte zur Lagertür, in der Hoffnung, dass noch jemand

von dort erscheinen würde, von weiter hinten, wo man aus dem Treppenhaus in den Lagerraum gehen konnte. Aber niemand kam. Sie nahm ihrer Tante das Tablett ab und half dabei, das angeschlagene Geschirr zu verteilen. Zur Feier des Abends hatte Tante Maria Kaffee aufgebrüht. Eva goss die dampfende Flüssigkeit ein. Er war dünn, roch aber köstlich. Sie reichte jedem Gast eine Tasse.

Sie saßen auf Kisten und Hockern, der einzige Stuhl war Fräulein Frings vorbehalten. Die ehemalige Hebamme hatte das weiße Haar zu einem strengen Knoten hochgebunden, der so gar nicht zu ihrem runzligen und freundlichen Gesicht passen wollte.

Eva warf Tante Maria einen Blick zu, und auf ihr Nicken hin eilte sie ins Lager und schloss alle Türen. Leise. Die beiden kleinen Cousinen Ilse und Gisela schliefen in der Stube über der Buchhandlung.

Die Tante hatte gerade zur Begrüßung angesetzt, als ein Klopfen die Köpfe aller Anwesenden herumfahren ließ. Evas Puls beschleunigte sich. Hatte jemand von ihrem Treffen Wind bekommen? Hatte man sie angeschwärzt? Sie blickte in die Runde und konnte auf den schreckensbleichen Gesichtern der anderen die gleichen furchtbaren Gedanken ablesen.

Nur die Tante behielt einen kühlen Kopf: »Reißt euch zusammen!«, sagte sie. »Das ist bestimmt nur der Georg Neumann. Rasch, Eva, geh nachsehen.«

Eva schluckte alle Angst hinunter und tat, wie ihr geheißen. Das Herz hämmerte gegen ihre Brust, als sie den Lagerraum durchquerte und schließlich im Treppenhaus an der Hintertür anlangte. Durch das Milchglasfenster konnte sie einen Schemen vor der Tür ausmachen. Nur einen. Ihr Herz hämmerte fester, aber nicht mehr aus Angst. Sie zog die Tür auf und ließ Georg Neumann eintreten. Die Wangen des jungen Schreiners waren rot vor Kälte, die blonden Haare zerzaust.

»Guten Abend.« Er war ganz außer Atem. »Ich wollte schon früher hier sein, aber die Patrouille wegen der Sperrstunde …«

Mehr brauchte er nicht zu sagen. Eva wusste, was er meinte. Sie ließ Georg den Vortritt und schloss dann leise alle Türen.

Im Geschäftsraum hatte Tante Maria wieder zu sprechen begonnen: »… ist schön, dass ihr heute Abend alle gekommen seid. Den echten Bohnenkaffee haben wir übrigens meiner lieben Nichte zu verdanken.«

Eva nahm schnell Platz und trank selbst einen Schluck von dem Gebräu. Ihre letzten Zigaretten hatte sie dafür hergegeben. Die letzten aus der Schachtel, die sie aus Berlin bis an den Rhein hatte retten können.

»Unser guter Friedel wird heute Abend etwas aus einem ganz besonderen Buch vorlesen«, fuhr die Tante fort. »Ich freue mich sehr, dass wir noch eine Ausgabe davon finden konnten. Jetzt sei nur so viel gesagt: Der Dichter stammt vom Rhein, aber von weiter oben.«

Ein Raunen ging durch die kleine Gästeschar, und Eva lächelte still in sich hinein. Sie wusste, von welchem Buch ihre Tante sprach, wusste, dass es zu denen gehörte, die auf der Liste der Nazis standen, der Liste der verbotenen Bücher.

Lehrer Friedrich Faßbender stand auf und tauschte mit Tante Maria den Platz, bevor er hinter seinem Rücken ein kleines Büchlein hervorzauberte. »Dank der lieben Maria werde ich euch heute aus *Deutschland. Ein Wintermärchen* von Heinrich Heine vorlesen. Ein Text, den ich früher gern in der Volksschule gelehrt habe, was mir heute versagt ist.« Er zog die Mundwinkel zu einem zaghaften Lächeln herauf. »Also das Lehren wie das Heine-Lesen«, fügte er hinzu. Dann schlug er die erste Seite auf und trug vor: »Im traurigen Monat November war's …«

Eva lauschte seiner dunklen und festen Stimme. Gern hätte sie in Berlin so einen Lehrer wie ihn gehabt, aber dort hatte es nur

Lehrer Lämpels gegeben, die mit der Rute für Zucht und Ordnung gesorgt hatten.

Das dichterische Ich Heinrich Heines war bei seiner Reise durch Deutschland mittlerweile in Köln angekommen. Evas Blick huschte zu Georg. Er saß am äußeren Rand, der Lichtkreis der Stehlampe erreichte ihn nicht völlig. Von seinem Gesicht konnte sie nur eine Silhouette erkennen. Das markante Kinn, die gerade Nase. Gepaart mit den blauen Augen und den hellblonden Haaren gab er das Bild des deutschen Ariers ab, das der Führer so gern propagierte und das Georg Unbehagen bereitete, wann immer es jemand erwähnte. Die linke Hand, an der ihm drei Finger fehlten, lag locker auf seinem Bein. Eva hob ihren Blick wieder und bemerkte, dass Georg sie ansah. Still und ruhig. Ihre Wangen fühlten sich mit einem Mal warm an, aber sie konnte ihren Blick nicht senken.

Und dann heulte die Sirene auf.

Friedel Faßbender verstummte, während alle anderen aufschrien.

Wieder war es Tante Maria, die den kühlen Kopf wahrte: »Los, los! Das ist Fliegeralarm«, rief sie. »Alle mit in den Keller. In den Bunker können wir nicht zusammen, und hier können wir auch nicht blei…« Weiter kam sie nicht.

Die Druckwelle riss sie zu Boden. Papier und Mörtel und Holz und Steine, alles flog wild durcheinander. Die Regale stürzten um. Die verdunkelte Fensterscheibe, sie war nicht mehr da. Stattdessen klaffte dort nun ein großes Loch, das den Blick auf die gegenüberliegende zerstörte Hauswand und den wolkenlosen Sternenhimmel darüber freigab. Und auf den Mond, der hell und leuchtend am Himmel stand. Ein fast vollkommener Kreis, von waberndem Schuttstaub umsäumt. Beinahe schön anzusehen.

Eva wurde schwarz vor Augen, und das Letzte, woran sie denken konnte, war: Wenn es jetzt mit ihr vorbei war, dann war sie wenigstens wieder mit ihrem Alfred vereint.

1

Ende September 1944

EIN KRIEGER

»Nicht weinen, Evi.« Alfred legte einen Finger unter ihr Kinn und schob ihren Kopf sachte ein Stückchen höher. Mit der freien Hand zog er ein Stofftaschentuch aus der Tasche seiner Uniform und tupfte ihr damit über die nassen Augen. Dabei blickte er sie so unverwandt an, als wären sie beide in diesem Moment allein. Nur Eva und Alfred, niemand sonst.

Aber sie standen in dem geräumigen Wohnzimmer der Kriegers. Auf dem Tisch mit der gestärkten weißen Tischdecke warteten ein Gugelhupf und eine dampfende Kanne Kaffee. Beides duftete verführerisch und hatte Eva für einen Moment die Illusion gegeben, dass alles wieder wie früher wäre, wie vor dem Krieg. Aber so war es nicht. Auch wenn man das in diesem Teil Berlins gern vergessen mochte, da er bislang von den Luftangriffen verschont geblieben war. Hier lag kaum Schutt auf den Straßen. Hier gab es kleine Häuschen mit gepflegten Gärten. Keine Hinterhöfe, keine mehrere Stockwerke hohe Mietskasernen.

Am Tisch saßen bereits Evas Eltern mit ihrer Schwester Grete und Alfreds Eltern, Otto und Elsbeth Krieger. Alle blickten erwartungsvoll zu ihnen beiden hinüber.

Eva nickte Alfred zu, und er steckte das Stofftaschentuch wieder zurück in die Uniform. Dann zog er den Ring hervor und nahm ihre linke Hand in seine.

»Eva Therese Liebe, nimm diesen Ring als mein Versprechen an. Wenn der Krieg vorbei ist, dann werden wir heiraten«, sagte er feierlich und schob den Ring auf ihren Ringfinger.

Eva blinzelte neue Tränen zurück und nickte ein weiteres Mal. Aus dem Augenwinkel konnte sie sehen, dass Mutter und Vater lächelten, während Grete nur Augen für den Gugelhupf hatte.

Der schmale Goldring mit dem kleinen Zierstein saß locker an Evas Finger, er hatte zuvor Alfreds Großmutter gehört und war für Evas zarten Finger zu groß. Wenn sie nachher wieder zu Hause war, würde sie in Mutters Nähkästchen kramen und sich etwas Garn ausborgen, mit dem sie die Unterseite des Ringes umwickeln würde, damit er richtig saß. Sie hob ihren Blick von dem Ring und sah Alfred an. Sah in seine blauen Augen, die in diesem Moment zu leuchten schienen. Das vergrößerte den Kontrast zu seinem dunklen Haar noch mehr als sonst. Er trat näher an sie heran, ergriff auch ihre andere Hand und gab ihr einen schnellen Kuss auf den Mund.

»Ein Hoch auf das junge Paar!«, rief ihr Vater vom Tisch, und Eva zog ihre Hände aus Alfreds und strich sich verschämt das Kleid glatt. Sie hatte es von ihrer Nachbarin Hanne geliehen. Noch nie zuvor hatte sie so etwas Schönes getragen. Der Stoff war leicht, fließend und flatterte bei jedem Schritt. Wie jetzt auch ihr Herz vor Freude flatterte.

»Willst du nicht auch einmal etwas sagen?«, fragte Alfred sie und legte einen Arm um Eva, drückte ermutigend ihre Schulter.

Eva räusperte sich. »Ich …«, begann sie und brach wieder ab. Sie suchte nach den richtigen Worten, um auszudrücken, was ihr gerade durch den Kopf ging. »Ich freue mich sehr auf den Tag, an dem ich deine Frau werde.« Erneut legte sie eine Pause ein. Und sprach schließlich die Wahrheit aus: »Wenn du doch bloß nicht vorher gehen müsstest!«

Alfred drückte wieder ihre Schulter. »Evi! Ich bin ein Krieger. Und ich werde diesen Krieg gewinnen. Für Deutschland und für uns beide.« Er sah sie lächelnd an. »Ehe du dich's versiehst, bin ich wieder zurück und wir werden heiraten. Dann feiern wir ein großes, rauschendes Fest!«

Eva wollte etwas erwidern, aber Otto Krieger war schneller.

»Das ist mein Sohn!«, rief er, während er aufstand und Alfred auf den Rücken klopfte. »Mit jungen Burschen wie dir werden wir den Sieg endlich erringen. Heil Hitler!« Er reckte den Arm.

»Heil Hitler!«, riefen alle anderen aus, Alfred am lautesten. Nur Eva wollten die Worte nicht so recht über die Lippen kommen. Sie hatte sie geformt, das ja, aber tonlos.

Otto Krieger nahm wieder am Tisch Platz, und auch Eva und Alfred gesellten sich dazu. Elsbeth schnitt den Kuchen an und verteilte ihn an alle Gäste. Danach goss sie Kaffee ein, und sogar Grete nahm einen Schluck, obwohl sie mit ihren zwölf Jahren diesen sonst nicht trank. Sie trug heute ihr bestes Sonntagskleid, das ihr an den Armen schon deutlich zu kurz geworden war. Die blonden Haare hatte die Mutter ihr zu Affenschaukeln frisiert. Eva konnte sehen, wie ihre Schwester sich darum bemühte, den Kuchen langsam und gewissenhaft zu essen, bloß nicht zu schlingen. Auf dem Weg hierher hatte die Mutter sie beide dazu ermahnt. Eva strich sich eine lose Strähne ihres Haars hinter das rechte Ohr. Auf der linken Seite hatte sie es mit einer Spange zusammengefasst, die sie vor dem Krieg von den Eltern bekommen hatte.

Obwohl der Kuchen köstlich zu dem starken Kaffee schmeckte, war Eva das Herz schwer. Sie lebten in schwierigen Zeiten, das konnte auch diese kleine Verlobungsfeier am heutigen Samstagnachmittag nicht übertünchen. Vor allem nicht, weil sie sich nur deshalb heute verlobt hatten, da Alfred schon am Montag an die Front aufbrechen würde. Er hatte sich freiwillig gemeldet, nachdem Hitler zum »Volkssturm« aufgerufen hatte. Freute sich sogar darauf! Eva verstand das nicht. Aber hier saß er neben ihr, aß Kuchen und trank Kaffee und trug dabei die Uniform mit einem solchen Stolz, als hätte er den Sieg schon in der Tasche.

Alfred würde in den Krieg ziehen. Schon der Gedanke machte Eva Angst. Sie hatte mehr als einmal erlebt, wenn die Nachrichten von der Front kamen. Die Mitteilungen, dass ein Ehemann, Vater, Sohn, Bruder gestorben war. Den ehrenhaften Tod eines Soldaten. Wenn Eva an die grauen und gramvollen Gesichter der Hinterbliebenen dachte, wusste sie nicht, was daran ehrenhaft sein sollte.

ZWEI FINGER

Georg stieg die Stufen hinauf und trat durch den runden Torbogen. Nun war er im Inneren des Steinringes. Rundherum war er von großen Bögen durchbrochen, die dem glichen, zu dem er eingetreten war. Nach oben hin war alles offen, und in der Mitte erhob sich ein ebenfalls runder Steinsockel mit einer steinernen Figur davor. An den Wänden zwischen den Rundbögen waren Tafeln angebracht. Jahreszahlen standen darauf. Georg lief einmal den ganzen steinernen Kreis ab, sah alle Tafeln an. 1914, 1915, 1916, 1917. Darunter immer je Zeile zwei Wörter. Es mussten Namen sein. So viele Namen. Er wandte sich wieder dem Steinsockel in der Mitte zu. Blickte die steinerne Figur an. Es war ein Mann, ein Soldat des Ersten Weltkriegs, so schien es, die Hände vor der Brust zum Gebet gefaltet. Buchstaben drängten sich am oberen Rand des Sockels. Georg konnte nur wenige davon lesen. Er umrundete den Sockel und trat durch einen weiteren Bogen an ein niedriges Mäuerchen, das nach vorn spitz zulief und vor dessen Ecke sich der blanke Rücken einer weiteren, wesentlich größeren steinernen Figur erhob. Diese erinnerte Georg an eine Galionsfigur. Wie vom Bug eines Schiffes starrte sie über den Rhein, der zu Füßen dieses Bauwerkes an Andernach vorbeifloss, und auf die gegenüberliegende Uferseite. Georg ließ seine Tasche sinken und stand eine Weile da. Sah dem Lichtspiel der Sonnenstrahlen zu, die sich auf den Wellen brachen und dabei beinahe märchenhaft wirkten. Dann schulterte er seine Tasche wieder und wandte sich um. Durchquerte das Denkmal, ging den kleinen Hügel hinunter und kurze Zeit später die Straße davor, um an der Mauer eines großen Gebäudes, das ein Krankenhaus sein mochte, vorbei hinauf zu gehen. Vor ihm erhoben sich ein mittelalterliches Stadttor und die Ruine eines Schlosses. Er wandte sich nach links, ging noch ein Stückchen weiter, bis sein Blick endlich auf die große Fabrikhalle fiel. Zielsicher steuerte er darauf zu.

Er wollte gerade die Tür öffnen, um einzutreten, als ihm ein Arbeiter zuvorkam und ihm die Tür fast ins Gesicht schlug.

»Oi«, entfuhr es Georg. Erschrocken sprang er einen Schritt zurück.

»Tschuldigung«, murmelte der Arbeiter. Er war alt, sein Gesicht faltig, die Haltung gebeugt.

Georg entspannte sich. »Guten Tag«, sagte er. »Ich suche Arbeit.«

Der Mann nickte. »Dann musste mit dem Seul sprechen, das ist der Vorarbeiter.«

»Wo finde ich Herrn Seul denn?«, fragte Georg.

»Hier!«, rief eine Stimme aus der Halle, und ein weiterer alter Mann trat aus der Tür.

»Guten Tag. Ich suche Arbeit«, wiederholte Georg.

Vorarbeiter Seul trat einen Schritt näher. »Kommst von der Front, ja?« Er musterte Georg aus kleinen Augen.

Georg nickte.

»Aber du bist nicht von hier. Das wüsste ich.«

Georg zuckte kurz zusammen und bemühte sich dann, ganz gelassen zu klingen, als er antwortete: »Nein. Bin ich nicht.«

»Und warum biste dann hier in Andernach?« Der Vorarbeiter kniff die Augen zusammen. »Biste etwa getürmt?«

Georgs Herz schlug schneller. »Nein«, antwortete er knapp.

»Warum haben sie dich dann gehen lassen? Du bist doch ein kräftiger junger Kerl, wenn ich mir dich so begucke, oder nicht?«

Die kleinen Augen des Mannes huschten über Georgs Statur. »Haste es etwa mit der Lunge? Dann kannste die Arbeit hier gleich vergessen. Das kann ich dir sagen.«

»Nein«, erwiderte Georg und hob nun seine linke Hand. Da, wo einmal der Zeige-, Mittel- und der Ringfinger gewesen waren, klaffte eine vernarbte Lücke, die bis in den Handteller reichte. Er hatte nur noch Daumen und kleinen Finger.

Der Vorarbeitet ließ seinen Blick eine Zeit auf dem ruhen, was von der Hand übrig geblieben war, dann sagte er: »Ich weiß nicht.« Er rieb sich mit einer Hand den Nacken. »Damit kannste ja gar nicht richtig anpacken. So was kann ich hier nicht brauchen.« Er drehte sich wieder zur Halle.

»Herr Seul!«, sagte Georg mit fester Stimme. »Lassen Sie mich einen Tag arbeiten. Zur Probe, ohne Lohn. Und wenn Sie dann immer noch den Eindruck haben, dass ich nicht anpacken kann, dann gehe ich. Dann werden Sie mich nicht mehr wiedersehen.«

Der Vorarbeiter hatte sich während seiner Rede wieder zu ihm herumgedreht, sagte aber nichts.

Georg seufzte innerlich. Er blickte zu dem alten Arbeiter, der ihm eben fast die Tür gegen den Kopf geschlagen hatte, und der nun mit langsamen Schritten in die Fabrikhalle zurückschlurfte. Dann wandte er sich wieder an den Vorarbeiter: »Wenn Sie genug junge Männer haben im Werk, gut.« Er zuckte mit den Schultern, und nun wandte er sich um.

Zwei Schritte machte er in Richtung der Straße, da hörte er den Vorarbeiter hinter sich rufen: »Warte mal!«

Georg blieb stehen und sah zu Seul zurück. Der Vorarbeiter hatte die Lippen zusammengepresst.

»Ja?«, fragte Georg.

»Na gut. Zur Probe. Für einen Tag. Aber lass mich das bloß nicht bereuen, Freundchen.«

DAS SÜSSE VERSPRECHEN

Die Eltern und Grete waren schon lange zu Hause, als Alfred Eva durch die breiten Straßen Berlins nach Hause begleitete. Wie sie in dem flatternden Kleid so neben ihm herschritt, einen Arm untergehakt, den Verlobungsring für jeden sichtbar am Finger, war Eva glücklich. Die Luft roch noch sommerlich, und sie meinte sogar, das Zwitschern von Vögeln vernehmen zu können. Das war schön. Und der Gedanke an die Hochzeit erfüllte sie mit noch mehr Glück. Sie konnte es schon so deutlich vor sich sehen: Sie selbst im Hochzeitskleid, Alfred im schicken Anzug. Danach eine Feier im Garten der Kriegers. Mit Musik und Tanz bis spät in die Nacht. Ohne Ausgangssperre und Verdunkelungsgebot. Ein rauschendes Fest, wie sie es sich schon als kleines Mädchen ausgemalt hatte. Das war alles, was sie sich immer gewünscht hatte. Wenn doch Alfred zuvor nicht gehen müsste. Wenn er sich doch nur nicht freiwillig gemeldet hätte! Sie hoffte so sehr, dass dieser schreckliche Krieg bald ein Ende finden würde. Egal, wer gewann, es sollte vorbei sein, damit wieder ein anderes Leben möglich war. Damit die Männer nicht mehr an die Front mussten und die Frauen zu Hause im Ungewissen.

Ein leichter Wind kam auf, und Eva fröstelte. Sie hatte solche Angst, Alfred zu verlieren. Unwillkürlich klammerte sie sich fest an seinen Arm, als könnte sie mit dieser Geste allein die Zeit aufhalten. Nur in diesem glücklichen Moment verweilen, in dem sie zusammen nach Hause gingen, wie sie es schon viele Male zuvor getan hatten.

»Was ist denn?«, fragte Alfred und legte seine freie Hand auf ihre klammernde.

»Kannst du nicht einfach bleiben? Hier in Berlin? Bei mir?«

Alfred entzog sich ihrem Griff und legte ihr nun die Hände an das Gesicht. Blickte ihr geradewegs in die Augen. »Evi«, begann er, und seine Stimme war dabei so zärtlich, dass ihr die Knie weich wurden, »mit dem Ring, den du jetzt am Finger trägst, habe ich dir ein Versprechen gegeben, und das werde ich halten.« Er zog sie zu sich und gab ihr einen Kuss. Seine Lippen waren weich und schmeckten süß.

»Ganz sicher?«, fragte Eva leise.

Ein Lächeln schob sich auf sein Gesicht. »Natürlich bin ich mir sicher. Ich habe dir versprochen, dass ich wiederkomme, also werde ich das auch tun. Ich bin ein Krieger, das weißt du doch. Und wir Krieger siegen nicht nur, wir halten auch unsere Versprechen!«

Oktober 1944

EIN NEGLIGÉ

Es war schon Abend, als Eva das Hinterhaus verließ. In der Hand hielt sie die rote Brotkarte, die ihr die Mutter soeben gegeben hatte. Je weiter der Krieg fortschritt, desto knapper wurden die Lebensmittel, die schon seit Kriegsbeginn mit Essensmarken rationiert wurden. Manchmal sagte die Mutter, es sei ein Jammer, dass Eva und Grete schon so alt seien. Hätte sie doch nur ein Kind unter sechs Jahren, dann würde mehr zugeteilt. Als Eva daraufhin erwidert hatte, dass auch eine Schwangere mehr zugeteilt bekomme, war die Mutter wütend geworden. Dabei hatte Eva doch gar nicht sich selbst im Sinn gehabt und schon dreimal nicht Grete.

Eva nahm die Karte hoch und las den Text. *Stadtverwaltung von Berlin, Abteilung für Ernährung* stand ganz oben. Und dann *Brotkarte Nr. 3859, vom 1. bis 31. Oktober 1944.* Darunter handschriftlich Name und Adresse der Mutter. Zahlreiche kleine Kästchen, von denen schon einige fehlten, waren daneben gedruckt. Ein jedes davon gültig für ein Stück Brot. Gleich würden es wieder zwei weniger sein. Zwei für ein ganzes Brot.

»Ach, das Fräulein Eva geht zum Bäcker, wie ich sehe!«

Eva blickte auf und sah Hanne auf sich zukommen. Wie so oft trug ihre Nachbarin und Freundin ein schickes Kleid. Nicht ganz so fein wie dasjenige, das Hanne ihr zur Verlobung ausgeliehen hatte, aber dennoch sehr raffiniert. Oft fragte sich Eva, wo Hanne all diese Kleidung hernahm. Aber sie hatte gelernt, dass es manchmal besser war, nicht alles zu wissen. Sie reckte die Brotkarte in die Luft. »Scharf beobachtet, Fräulein Hanne«, antwortete sie. »Willst du mitgehen?«

Hanne, die nun bei ihr angekommen war, hakte sich bei Eva unter. »Den ganzen langen Weg bis zum Bäcker geh ich zwar nicht, aber ein paar Schritte werden mir wohl guttun. Außerdem bin ich doch neugierig.«

»Neugierig?«, fragte Eva und ging los. »Worauf denn?«

»Na, darauf, ob du schon geplant hast, was du in der Hochzeitsnacht anziehen wirst«, antwortete Hanne und kicherte.

Eva spürte, wie ihr die Röte in die Wangen schoss. Sie gab der Freundin einen Stoß mit dem Ellenbogen. »Woran du immer denkst!«, rief sie.

»Glaub mir, du solltest dir jetzt schon darüber Gedanken machen. Später wirst du mir dafür dankbar sein.«

Eva wusste nicht, was sie darauf erwidern sollte. Die Hochzeit, das war alles noch so weit hin und noch überhaupt nicht greifbar. Unbewusst drückte sie den Daumen ihrer linken Hand gegen den Ringfinger. Spürte den groben Garnwulst, der den Verlobungsring an seinem Platz hielt. Sie wusste doch nicht, wann Alfred wiederkehren würde. Wusste nicht, wie lange dieser furchtbare Krieg sie alle noch in Atem halten würde. Und erst recht nicht wusste sie, wie die Nacht nach der Hochzeit werden würde. Sie und Alfred. Bisher war da noch nicht viel gewesen. Geküsst hatten sie sich, das schon oft. Und einmal, da hatte Alfred die obersten Knöpfe ihres Hemdblusenkleides geöffnet und ihre Brüste umfasst. Bei dem Gedanken daran wurden ihre Wangen noch röter, und sie spürte Hitze in sich aufwallen. In den Wangen und in ihrem Schoß.

Hanne blieb stehen und drehte sich, sodass sie Eva in die Augen blicken konnte. »Mein gnädiges Fräulein Liebe«, sagte sie schließlich, »wird die Hochzeitsnacht am Ende gar nicht das erste Mal sein, dass …«

Weiter ließ Eva sie nicht sprechen. »Was denkst du denn von mir?«, fragte sie empört.

Nun zuckte Hanne mit den Schultern. »Na, so viel ist da jetzt auch nicht dran. Ich habe viele Freundinnen, die sich schon mit einem Mann eingelassen haben.«

»Ich gehöre da bestimmt nicht dazu!«

»Wenn du meinst«, erwiderte Hanne. »Aber das ist dann noch ein Grund mehr, dir Gedanken über ein Nachtgewand zu machen. Vielleicht hab ich da ein passendes Negligé im Schrank.«

»Lass erst mal meinen Alfred wieder zurückkommen, dann können wir uns meinetwegen über solche Anzüglichkeiten unterhalten«, sagte Eva und setzte ihren Weg zur Bäckerei fort.

»Anzüglichkeiten? Eva Therese Liebe, du klingst ja wie meine Großmutter«, sagte Hanne. Sie gluckste. Aber dann wurde sie wieder ernst. »Hast du denn schon von deinem Alfred gehört? Hat er geschrieben?«

Eva nickte. »Er schreibt mir jede Woche«, sagte sie. Drei Briefe hatte sie von ihm erhalten. Drei Briefe für drei Wochen. So lange war Alfred schon weg: drei ganze Wochen, einundzwanzig Tage. Es kam ihr wie eine Ewigkeit vor. Die Briefe waren die einzige Verbindung, die sie zu ihrem Verlobten hatte. Und jeder neue Brief gab ihr die Sicherheit, dass Alfred sein Versprechen einhalten würde. Dass er bald wieder zu ihr zurückkehren würde.

ES FEHLT AN ALLEM

Maria Herrmann stand im Kinderzimmer und blickte an dem Wäscheberg, den sie auf der Kommode angehäuft hatte, vorbei aus dem Fenster. Sie sah die gegenüberliegende Häuserwand und – wenn sie sich ein Stückchen vorbeugte – links dahinter einen Teil der Christuskirche von Andernach. Mit ihren schmalen, spitz zulaufenden Fenstern gehörte die Kirche zur Gotik. Maria mochte dieses erhabene Gebäude, wie sie auch die Kirche Maria Himmelfahrt mochte, die am anderen Ende der Hochstraße gelegen war, und die so viel wuchtiger daherkam mit ihren vier Türmen und den romanischen Rundbögen. Sie war so stattlich, dass sie jedermann in Andernach nur den »Mariendom« nannte. Einen Gottesdienst hatte Maria aber schon lange nicht mehr besucht. Ihr fehlte die Zeit dafür. Seit ihr Mann August vor drei Jahren eingezogen worden war, war Maria allein für alles zuständig. Sie kümmerte sich um die Mädchen, um den Haushalt, um die Buchhandlung. Musste überall zugleich sein. Es zehrte sehr an ihren Kräften, und sie hatte das Gefühl, dass sie darüber um mehr Jahre gealtert war, als eigentlich vergangen waren. Sie wusste, dass sie gerade in der letzten Zeit mit besonderer Strenge ihren Kindern gegenüber auftrat, aber es ging nicht anders. Sie musste alles zusammenhalten. Musste sich selbst zusammenhalten. Da blieb keine Kraft mehr für Gelassenheit, für Milde. Sosehr sie sich selbst auch manchmal dafür hasste, wenn sie wieder mit Ilse und Gisela geschimpft hatte, wenn sie wieder so laut hatte werden müssen, dass ihr noch Stunden später die Kehle schmerzte. Dann lag sie abends im Bett und weinte. Stumme Tränen. Weil sie nicht wusste, wie es am nächsten Tag weitergehen sollte.

Maria atmete tief durch und schob die trüben Gedanken beiseite. Sie wandte sich wieder dem Wäscheberg zu. Es war alles, was zu klein geworden war. Die Mädchen wuchsen so schnell. Maria kam gar nicht mehr hinterher, neue Kleidung für sie zu besorgen. Es fehlte doch sowieso schon an allem. Wo sollte sie da auch noch das Geld für neue Leibchen, Röcke und Kleider hernehmen? Mit der Hand schob sie den Wäscheberg auseinander. Sie würde Elli Breuch fragen, ob sie nicht wenigstens aus zwei alten Teilen je ein neues zaubern konnte. Hier den Saum verlängern, da etwas für die Ärmel annähen. Elli war geschickt mit Nadel und Faden, während Nähen noch nie eine Kunstfertigkeit gewesen war, die Maria beherrscht hatte. Sie konnte nur Strümpfe stopfen, zu mehr hatte es nie gereicht. Aber auch Elli würde das nicht für ein einfaches »Vergelt's Gott« machen, da konnten sie noch so gut befreundet sein. In Kriegszeiten war alles anders. Marias Blick fiel auf Hedy. Die Puppe mit dem blonden Haar gehörte ihrer älteren Tochter Ilse. Sie sah hübsch aus und war noch in einem sehr guten Zustand. Die würde sie sicherlich eintauschen können. Aber dann dachte Maria daran, wie sehr Ilse an ihrer Puppe hing, und verwarf den Gedanken wieder. Mit ihren sieben Jahren hatte Ilse sonst schon so viel Kindliches abgeben müssen, da würde sie ihr die Puppe lassen, so lange sie konnte. Sie ahnte aber schon, dass irgendwann der Punkt kommen würde, an dem sie die Puppe doch würde eintauschen müssen. Aber noch nicht jetzt. Vielleicht fand sie unten in der Buchhandlung ein Buch, das Elli noch nicht gelesen hatte.

Maria nahm mit beiden Händen die Wäsche und trug sie durch den Flur in die Küche. Dort verstaute sie sie erst einmal in dem Fach unter der Küchenbank. Sie würde mit Elli heute Abend darüber sprechen, wenn sich der Kreis traf. Jetzt war es Zeit für das Abendessen. Maria atmete erneut tief ein und aus und fragte sich, wo die Mädchen nur blieben. Es war Ilses Aufgabe, den Abendbrottisch herzurichten.

Endlich kam ihre Tochter die Treppe herauf.

»Wo ist dat Klein?«, fragte Maria mit Blick auf das dreckverschmierte Gesicht ihrer älteren Tochter. Bestimmt waren sie wieder unten am Rhein gewesen. Auf den schlammigen Rheinwiesen. Auch wenn Maria ihnen das verboten hatte. Immerhin war Ilses Kleidung scheinbar sauber. Sie hoffte, dass auch die Schuhe es waren. Die stellten die Mädchen immer unten im Flur neben der Treppe ab. Maria würde es nach dem Abendessen kontrollieren. Sie wollte Ilse gerade darum bitten, endlich den Tisch zu decken, als sich die kleine Gestalt der vierjährigen Gisela an Ilse vorbei in die Küche schob.

Maria sah das Loch sofort. Die ehemals weißen Kniestrümpfe der Kleinen waren schlammbraun, und im linken Strumpf klaffte ein großes Loch auf Höhe des Knies. Gisela musste gefallen sein, der Strumpf dabei zerrissen. Maria dachte an den Wäscheberg. Dachte daran, wie wenig Kleidung sie überhaupt noch für die Mädchen hatte. Es reichte doch so schon kaum!

»Ilse!«, rief sie laut. »Du solltest doch auf dat Klein aufpassen! Und jetzt guck dir das an. Die Stümpfe sind hin. Wo soll ich jetzt neue herkriegen? Du weißt doch, wie knapp im Moment alles ist.«

»Aber … ich kann doch gar nichts dafür«, verteidigte sich Ilse.

»Natürlich kannst du das! Du bist die große Schwester. Du musst aufpassen!«, sagte Maria an Ilse gewandt. Dann drehte sie sich zu Gisela. »Tut es schlimm weh? Wie …« Weiter kam sie nicht, denn nun schrie Ilse ihr entgegen.

»Immer nur muss ich aufpassen! Immer ich! Mit mir wird geschimpft und mit dem Klein mal wieder nicht!« Tränen glänzten in Ilses Augen.

»Kind! Hüte deine Zunge«, erwiderte Maria streng. Obwohl sie wusste, dass es wirklich so war, dass Ilse nicht jede Sekunde auf ihre kleine Schwester aufpassen, nicht jeden Fall von ihr verhindern konnte, war sie wütend auf sie. Weil nun noch ein Kleidungsstück hinüber war.

»Aber Mama! Ich kann doch nicht …«, setzte Ilse erneut an.

Und da war es vollends mit Marias Beherrschung vorbei. Sie fuhr zu ihrer älteren Tochter herum. »Du! Auf dein Zimmer!«, donnerte sie. »Für dich fällt das Abendessen heute aus!«

EIN UNHEILVOLLES PFEIFEN

Eva war guter Dinge, als sie mit dem Brot unter dem Arm vom Bäcker zurück nach Hause ging. Das Gespräch mit Hanne hatte ihr gutgetan. Ihre Freundin war noch ein Stückchen mit ihr gegangen, hatte dann aber, wie schon angekündigt, vorzeitig den Rückweg angetreten. Beim Bäcker hatte Eva lange in einer Schlange anstehen müssen, immer in der Angst, dass es vielleicht gar kein Brot mehr gäbe, wenn sie endlich dran wäre. Sie war doch so spät erst losgegangen und hatte durch den Plausch mit Hanne obendrein noch etwas Zeit verplempert. Aber am Ende hatte sich herausgestellt, dass es unbegründet gewesen war.

Obwohl es schon langsam zu dämmern begann, war die Luft noch wunderbar frisch und angenehm. Die untergehende Sonne tauchte Berlin in ein sanftes Licht und nahm den Schuttbergen auf ihrem Weg etwas von ihrem Schrecken. Eva merkte, wie ihr endlich einmal ein wenig leichter ums Herz war. Es war ein guter Tag. Einer, an dem nichts mehr schiefgehen konnte. Ein Tag, an dem sie sicher daran glaubte, dass dieser Krieg bald ein Ende finden und ihr Alfred wieder zu ihr zurückkehren würde. Und dann rückte die Hochzeit ganz nah, und sie würde sich mit Hanne über das Negligé unterhalten. Bei dem Gedanken daran schoss ihr wieder das Blut in die Wangen, und sie war froh, dass gerade niemand an ihrer Seite war, um es zu sehen.

Sie bog in ihre Straße ein, als sie die Rotoren hörte. Mit einem tiefen Brummen röhrten sie über sie hinweg. So laut, dass Eva nichts anderes mehr hören konnte. Sie begann zu rennen, das Brot an die Brust gepresst.

»Junges Fräulein! Kommen Se, hier!« Nur schwach drang die Stimme an ihr Ohr. Sie blickte hinüber. Im Halbdunkel konnte sie den alten Janssen erkennen, der am Anfang ihrer Straße wohnte. »Kommen Se in den Keller. Bevor es zu spät ist!«

Eva blieb stehen und blickte nach vorn, zum Ende der Straße, zu dem Haus, in dem sie wohnte. Es war so weit weg. Sie blickte wieder zu Janssen. Die Sirenen ertönten. Fliegeralarm. Als wenn die Rotoren ihr das nicht schon verraten hätten. Wieder sah sie die Straße hinunter. Konnte sie es noch bis nach Hause schaffen? Zu ihrer Familie? Oder sollte sie doch zum alten Janssen laufen? Sie war wie erstarrt, unfähig, in diesem Augenblick eine Entscheidung zu treffen.

»Kommen Se! Herrgott noch mal! Kommen Se endlich, Fräulein Eva.«

Als sie ihren Namen aus Janssens Mund hörte, war für Eva der Bann gebrochen. Sie rannte zu ihm hinüber. Hinein in das große Mietshaus und hinunter in den Keller. Die Menschen saßen bereits dicht gedrängt an den Wänden. Neben dem Sirenengeheul hörte sie jetzt wieder das Röhren der Rotoren. Sie presste das Brot fester an sich, als könnte es ihr Halt geben. Und dann ging plötzlich alles ganz schnell. Es ertönte ein unheilvolles Pfeifen, gefolgt von einem lauten Knall. Die Erde bebte. Das Haus, der Keller, das ganze Fundament, alles erzitterte. Staub und Mörtel rieselten von der Kellerdecke, von den Wänden. Eva atmete den Dreck ein, schmeckte ihn trocken auf ihrer Zunge. Ein zweiter Knall und dann ein dritter, alles zitterte, bebte.

Ein Kind begann zu weinen. Die Frau vom alten Janssen brabbelte unentwegt Gebete vor sich hin. Bekreuzigte sich dazwischen. Schnell und fahrig. Evas Herz schlug so hart gegen ihre Brust, dass es sich unwirklich anfühlte. Als wäre es nicht ihr eigenes, als würde etwas Fremdes es antreiben.

So viele Luftangriffe hatte sie nun schon erlebt. Aber immer war sie bei ihrer Familie gewesen. Bei Mutter und Vater und Grete. Und in der Sicherheit eines Luftschutzbunkers, nicht in einem Keller. Wieso nur waren die Sirenen nicht früher losgegangen? Eva konnte es sich nicht erklären. Sie ließ sich neben der alten

Janssen auf den Boden sacken. Die Worte der Alten bröselten mit den Brotkrümeln auf den Boden. Rieselten an Eva herab, ohne dass sie es richtig wahrnahm.

Sie schreckte hoch, als ihr Magen knurrte. Über das gleichmäßige Brabbeln musste sie eingenickt sein. Sie blickte auf das Brot in ihrem Schoß. Es war merkwürdig verformt, weil sie es zuvor so fest an sich gedrückt hatte, dennoch nahm sie nun intensiv den Brotgeruch wahr. Ihr Magen knurrte lauter. Wie lange war sie schon in diesem Keller? Sie blickte auf und bemerkte, dass beinahe alle um sie herum ihre Blicke auf das Brot gerichtet hatten. Natürlich. Sie mussten hungrig sein. Ohne lange darüber nachzudenken, stand Eva vom Boden auf und brach Stücke aus dem Brotlaib, verteilte diese wortlos an die Menschen. Das letzte Stückchen blieb ihr selbst. Als sie es in den Mund steckte, durchfuhr sie das schlechte Gewissen. Was würde nur die Mutter sagen, wenn sie mit leeren Händen käme? Aber mit dem Luftangriff war alles anders. Das musste auch die Mutter verstehen.

Sie hatte gerade das Brotstück heruntergeschluckt, als erneut die Sirene aufheulte. Diesmal zur Entwarnung. Sofort kam Leben in den Keller. Die Menschen begannen wieder zu sprechen. Drückten sich gegenseitig die Hände oder umarmten sich gar. Ein weiterer Luftangriff war überstanden, das Leben konnte weitergehen.

Zusammen kletterten sie aus dem Keller. Auch Eva trat ins Freie – und erkannte nichts wieder. Das war nicht mehr die Straße, in der sie ihr ganzes Leben verbracht hatte. Selbst in der Dunkelheit, die nun um sie herum herrschte, konnte sie sehen, dass da, wo links und rechts Häuser gestanden hatten, nur noch Schutthaufen und fensterlose Ruinen waren. Sie wandte ihren Blick ans Ende der Straße. Auch dort nur Schutt. Mutter, Vater, Grete! Sie rannte los. Rannte an all dem Schutt vorbei die Straße entlang.

Es war nichts mehr da. Weder Vorderhaus noch Hinterhaus. Nicht einmal mehr eine Mauer. Eine der Bomben musste genau getroffen haben. Eva rannte auf den ersten Schuttberg zu. Versuchte hinaufzuklettern, um zum zweiten zu kommen. Sie rutschte, Geröll löste sich, polterte an ihr vorbei. Aber sie musste hinüber. Sie musste zu ihrer Familie. Bestimmt waren sie im Keller, in Sicherheit.

»Fräulein Eva! Was machen Se denn da? Kommen Se herunter!«

Sie hörte nicht hin, kletterte weiter, zerschrammte sich die Beine, die Arme, rutschte wieder und wieder aus. Endlich sah sie einen Weg, wo der Berg nicht so hoch war, dort konnte sie hinüber zum Hinterhaus. Sie trat den Schutt unter sich weg, kletterte hinüber und war nun beim zweiten Berg angekommen. Mit bloßen Fingern begann sie zu graben. Sie musste zum Keller! Dort waren ihre Eltern, dort war ihre Schwester. Sie mussten dort sein. Am Leben. Anders durfte es nicht sein!

»Fräulein Eva! Kommen Se wieder zurück!« Es war wieder der alte Janssen. Seine Stimme hallte über den ersten Schuttberg. »Da ist nichts mehr. Kommen Se zurück! Tun Se sich selbst den Gefallen.«

»Aber, da muss doch etwas sein!«, schrie Eva unter Tränen. »Sie sind im Keller. Sie sind bestimmt im Keller.« Sie grub in dem Schutt. Riss Steine zur Seite, scharrte, buddelte, kratzte. Bis ihre Nägel blutig waren.

»Fräulein Eva … selbst wenn. Se sehen doch, dass die Bombe hier eingeschlagen hat. Da ist auch im Keller … Da ist nichts mehr.«

Die Worte des alten Janssen schmerzten sie mehr als ihre wunden Finger und Beine. Sie sah die Zerstörung um sich herum. Sie wusste, dass er recht hatte, und dennoch grub sie weiter. Sie konnte nicht anders. Es war das Einzige, was sie jetzt noch bei Verstand hielt.

November 1944

EINE NEUE FAMILIE

Eva rollte sich unruhig von der einen auf die andere Seite. Sie hörte ein Rumoren im Haus. Waren das Mutter und Vater, oder war es gar Grete? Was machten sie so früh am Morgen, wenn Eva doch nichts anderes tun wollte, als noch ein bisschen zu schlafen? Noch einmal drehte sie sich auf die andere Seite. Die Decke rutschte ihr vom Rücken und ließ die winterliche Kälte an ihre nackten Arme. Sie zog sie wieder herauf. Aber sie war leichter als sonst, fühlte sich anders an. Mit geschlossenen Augen schnupperte sie. Sie roch auch anders. Es roch nach …

Und dann traf sie die Erkenntnis wie ein fester Schlag in die Magengrube. Mutter und Vater und Grete. Sie waren tot. Begraben unter einem Schuttberg, der einmal ihr Zuhause gewesen war. Zusammen mit den anderen, die im Hinterhaus gewohnt hatten. Eva wurde übel, und sie schluckte gegen die bittere Galle an, die sie mit einem Mal auf der Zunge schmeckte.

Obwohl seit dem Luftangriff beinahe ein Monat vergangen war, traf sie die Erkenntnis vom Tod ihrer Familie jeden Morgen hart. Und wenn sie dann noch im Bett lag, bleischwer vom Schlaf und der Last der Wahrheit, dachte sie oft, dass es niemals besser werden würde. *Die Zeit heilt alle Wunden.* So hieß es doch immer. Eva konnte das nicht glauben. Die Wunden, die der Verlust ihrer Familie in ihr Herz gerissen hatte, sie würden nie heilen. Niemals.

Eva schluckte noch einmal, öffnete die Augen und setzte sich mit Schwung auf. Ließ ihren Blick über Teppich und Möbel zum

Fenster schweifen. Es war Alfreds Zimmer, in dem sie nun bei den Kriegers schlief. Ein kleiner Raum, nur mit dem wichtigsten möbliert: Bett, Schrank, Tisch mit Stuhl.

In der ersten Nacht nach dem Bombenangriff war sie beim alten Janssen und seiner Frau untergekommen. Aber schon am nächsten Tag war klar gewesen, dass die beiden weder Platz noch Lebensmittel oder gar Kleidung hatten, um Eva weiter zu beherbergen. Also hatte sie sich in ihrer Not an die einzigen beiden Menschen gewendet, die sie neben den Janssens in Berlin noch kannte: Otto und Elsbeth Krieger. Ihre Schwiegereltern in spe, ihre neue Familie. Es tat ihr gut, das so zu sehen. Ihre Familie. Das gab ihr Sicherheit in diesen schrecklichen Tagen. Denn richtige Familie hatte sie nicht mehr, wenn man von ihrem Onkel absah, der im Rheinland wohnte. August Herrmann war der Bruder ihrer Mutter. Aber das Rheinland, es war so weit weg. Und sie kannte Onkel August doch gar nicht richtig. Genauso wenig seine Frau, Tante Maria. Diese Menschen waren Unbekannte für sie.

Zum Glück hatten die Kriegers Eva liebevoll aufgenommen. Sie hatten ihr ein wenig von ihrem Schmerz nehmen können. Nun schlief sie also in Alfreds Zimmer und trug alte Kleider von Elsbeth Krieger. Und wenn sie sich früher zu Hause oft vor der Hausarbeit gedrückt hatte, so tat sie hier alles, um die Kriegers zu unterstützen. Sie wollte sich revanchieren, ihren Teil tun, weil die Kriegers solche Güte zeigten. Und weil sie alles für ihre neue Familie tun wollte. Das war doch ihre Zukunft. Wenn Alfred wieder zurück war, würden sie heiraten und die Familie Krieger mit ihren Kindern erweitern.

Ihre Kinder.

Davon träumte Eva so oft. Sie stellte es sich schön vor, wenn sie und Alfred eine richtige kleine Familie wären. Er würde arbeiten gehen und sie am Vormittag mit dem Kinderwagen ausfahren. Ein schönes Bild. Und mit einem Kind würde sie auch ganz schnell Anschluss finden. Andere junge Mütter kennenlernen, mit denen sie zusammen einen Spaziergang unternehmen konnte. Genauso war es doch ihrer Mutter ergangen. Sie war damals mit ihrem Vater aus Andernach am Rhein nach Berlin an die Spree gekommen. Niemanden hatte sie hier gekannt. Eva hörte beinahe ihre Stimme im Ohr: »Weißt du, Evchen, als ich mit dir im Wagen auf der Straße unterwegs war, da habe ich die Anna kennengelernt und dann die Hilde und auch noch die Gertrude. Danach war ich nie mehr allein.«

Nie mehr allein. Genau das wollte Eva doch sein. Ja, sie hatte im Moment die Kriegers, aber im Grunde ihres Herzens fühlte sie sich dennoch oft allein.

Sie stand auf und nahm den schlanken Goldring vom Nachttisch, wo sie ihn jeden Abend vor dem Schlafengehen hinlegte. Ihn an den Ringfinger ihrer linken Hand zu stecken, gehörte zu den schönen Dingen, die ihr auch der Krieg bislang nicht hatte nehmen können. Das Garn kratzte ein wenig, sie würde es bald wieder erneuern müssen. Eva streckte die Hand mit dem Ring vor sich aus und lächelte. Wenn sich das erste Licht der Sonne in dem kleinen Zierstein brach, war einen Moment lang alles in Ordnung. Schnell zog sie sich an und ging nach unten in die Küche der Kriegers.

»Guten Morgen.« Eva nahm sich geschwind ein Küchentuch und übernahm den Abwasch von Elsbeth Krieger, die ihr dankbar zunickte und sich dann zu ihrem Mann an den gedeckten Tisch setzte.

»Ah! Wunderbar!« Otto Krieger faltete die Morgenzeitung, in der er gerade gelesen hatte, zusammen und legte sie neben den Frühstücksteller. »Die deutschen Kampffronten im Westen und im Osten sind wieder gefestigt. Der Volkssturm stürmt genauso voran, wie unser Führer es vorhergesehen hat. Die jungen Männer werden es richten. Kräftige Burschen wie unser Alfred.« Zufrieden nahm er einen großen Schluck von seinem dampfenden Kaffee.

Elsbeth Krieger pflichtete ihrem Mann bei: »Da hast du recht, mein Lieber. Obwohl ich zugeben muss, dass ich zuerst doch etwas Sorge um unseren Jungen hatte. Aber seit er so fröhliche Briefe von der Westfront schickt, ist mir leichter ums Herz.«

»So kann auch nur das Weibsvolk sprechen«, entgegnete Otto Krieger lachend. »Du kennst doch unseren Alfred. Er ist ein geborener Krieger. Und wenn ich es in der Zeitung richtig mitverfolge, dann dauert es jetzt nicht mehr lange. Bald wird das Deutsche Reich in voller Größe und Glanz erstrahlen. Ganz im Sinne unseres Führers Adolf Hitler.« Er nahm sich eine Scheibe Brot und strich etwas Margarine darauf, nahm sich dann das Marmeladenglas. »Die Truppen haben die Maas schon bald erreicht, schreiben sie. Und du weißt doch, wie es heißt: Von der Maas bis an die Memel, von der Etsch bis an den Belt!« Summend verteilte er die Marmelade auf dem Brot.

Eva berührte mit den nassen Fingern ihrer rechten Hand den Ring an ihrer linken. Wenn es wirklich so war, wie Otto Krieger es gerade so vergnügt am Frühstückstisch verkündete, dann würde Alfred ganz bald schon wieder bei ihr sein. Aber sie selbst brauchte gar kein großes Reich dafür. Sie wollte nur ihren Alfred, Frieden und Ruhe. Wollte doch nur heiraten. Damit sie glücklich mit ihrer neuen Familie sein konnte. Mehr wollte sie nicht.

DIE BÄCKERJUNGEN

Ilse lief die enge Rheinstraße hinunter. Ihre Schuhe machten ein lautes Geräusch, als sie auf den Pflastersteinen aufkamen, und es hallte ihr von allen Seiten um die Ohren. Sie war froh, dass sie heute Morgen einmal ohne ihre kleine Schwester Gisela losgekommen war. Auch wenn sie nun ein wenig frieren musste, weil sie in der Eile den dünnen Mantel gegriffen hatte. Aber sie war es so satt, immer auf *dat Klein* aufpassen zu müssen. Da konnte sie selbst gar nicht richtig spielen und bekam obendrein später noch Schimpfe von der Mutter, nur weil Gisela mal wieder unachtsam gewesen war. Das war doch nicht gerecht. Immer nur bekam sie eins drüber. Aber nicht heute! Oder zumindest nicht bis zum Mittag. Denn dann würde sie sich bestimmt wieder anhören müssen, warum sie ihre kleine Schwester heute Morgen nicht mitgenommen hatte. Aber das war es Ilse wert, selbst wenn ihr kalt war. Ein Lächeln stahl sich auf ihre Lippen. Bis zur Mittagszeit würde sie noch einige Stunden nur für sich allein haben.

Noch zwei große Schritte, und sie war am Rheintor angekommen. Dem großen Doppeltor mit zwei separaten Torhäusern obenauf und Blick auf den Rhein. Es war dicht zwischen zwei Hotels gedrängt, die beide erst viel später erbaut worden waren. Das Tor zu durchschreiten, erfüllte Ilse immer mit großer Ehrfurcht. Sie konnte gar nicht genau sagen, warum es so war. Es war eine Mischung aus der schieren Größe und dem unglaublichen Alter. Jedes Mal fragte sie sich, was diese Steine, diese Mauern seit dem Mittelalter gesehen haben mussten. Sie blieb zwischen den beiden Torbögen stehen, über sich nichts als der graue Novemberhimmel. Hinter ihr, an der Wand über dem inneren Torbogen, waren die beiden steinernen Wächterfiguren angebracht. Das wusste Ilse. Sie drehte sich um und sah zu ihnen hinauf. Still und stumm blickten die beiden über sie hinweg. Für die Andernacher waren das die Bäckerjungen. Fränzje und Döres.

Ilse grinste. Die Sage der Bäckerjungen hatte die Mutter ihr schon oft erzählt, und sie mochte sie gern. Die Einwohner der Stadt Linz am gegenüberliegenden Rheinufer, so erzählte es die Mutter, hatten einst eine gewaltige Wut auf die Andernacher gehabt. Weil nämlich niemand anderer als der Kaiser die wichtigste

Einnahmequelle der Stadt, den Rheinzoll, nach Andernach zurückverlegt hatte. Die Andernacher sollten damals abends gern gefeiert und morgens deshalb immer lange geschlafen haben. Von den »Andernacher Siebenschläfern« war die Rede. Und das wollten die Linzer ausnutzen. An einem Morgen, es war noch dunkel, kamen sie über den Rhein, geradewegs auf Andernach zu. Und weil der Nachtwächter oben im Rheintor schlief, wäre ihnen ihr Überfall auch beinahe gelungen, wenn es nicht das Fränzje und den Döres gegeben hätte! Die beiden Bäckerjungen waren gerade mit dem Austeilen der Brötchen fertig und wollten sich eigentlich einen Streich erlauben, indem sie dem Nachtwächter seine heiß geliebten Bienenstöcke klauten, die er im Torhaus stehen hatte. Als sie aber oben angekommen waren, entdeckten sie die Linzer vor dem Tor und warfen kurzerhand die Bienenstöcke hinunter. Die Linzer wurden von den Bienen zerstochen, und sie machten so ein Geschrei und Gelärme, dass auch der schlafende Nachtwächter endlich wach wurde. Er schlug Alarm, aber die meisten Linzer hatten schon vor den Bienen die Flucht ergriffen. So hatten die beiden frechen Bäckerjungen die Stadt Andernach gerettet.

Ilse fand das toll. Zwei Buben, die mithilfe von ein paar kleinen Tieren ein ganzes feindliches Corps verjagten. Wenn es doch nur mit diesem Krieg, der beinahe ihr ganzes Leben um sie herumtobte, auch so einfach wäre! Sie würde sofort losziehen, auf der Suche nach Bienen, wenn es nur helfen würde. Und dann fragte sie sich, wie die Welt eigentlich ohne den Krieg aussehen musste? Sie konnte sich nicht daran erinnern. War sie doch gerade erst zwei Jahre alt gewesen, als er losgegangen war. Die Mutter, sie erzählte manchmal von ihrer eigenen Kindheit. Wie sie es gehasst hatte, in die Volksschule zu gehen, statt draußen spielen zu dürfen.

Ilse drehte sich wieder um und durchtrat nun den äußeren Bogen des Rheintors. Sie würde so gern in die Schule gehen dürfen.

Aber es gab im Moment keinen Schulunterricht. Und in der Roten Schule, dem Schulgebäude in der Nähe des Runden Turms, waren derzeit Soldaten untergebracht. Manchmal aber saß der alte Lehrer Faßbender nachmittags bei ihnen in der Stube auf eine Tasse Getreidekaffee, und dann erzählte er von den Dingen, die er den Kindern früher in der Schule beigebracht hatte. Da lauschte Ilse immer mit großen Ohren, und selbst die kleine Gisela hielt still.

»Ah! Wenn das nicht Herrmanns Ilsechen ist!«, rief jemand. Sie blickte zum Rheinufer hinüber, und da waren auch schon die beiden Ws. Der Werner und der Walter. Ilse konnte die beiden Jungs, die knapp vier Jahre älter waren als sie, nicht leiden. Sie wollten immer nur Krieg spielen, immer nur Soldaten an der Front. Hatten sich dazu aus dicken Ästen Spielzeuggewehre geschnitzt und vertrimmten jeden damit, der nicht nach ihrer Pfeife tanzte.

»Na, Ilsechen, was machste hier? Haste keine Puppen, die de frisieren musst?«

Sie ballte ihre Fäuste. Wie sie es hasste, wenn jemand sie »Ilsechen« nannte … Und das wussten natürlich auch die zwei Ws nur zu gut. Andere ärgern, das war ganz ihre Kragenweite. Ilse schluckte ihren Ärger herunter und versuchte, ganz unbeteiligt auszusehen, als sie in die andere Richtung den Rhein hinunter abbog.

»Ilse, Bilse, keiner will se!«, schrien Walter und Werner hinter ihr her, aber da kam gerade ein Polizist die Straße am Rhein hinauf, und die beiden Ws wirbelten herum und verschwanden in die andere Richtung. Das war Ilse nur recht! Eigentlich fand sie es diesmal fast schon schade, dass Walter und Werner nicht mit ihren Holzgewehren auf sie losgegangen waren, denn dann hätten sie so richtige Schelte von der Polizei bekommen – und das hätte Ilse nur zu gern gesehen.

DIE NACHRICHT

Schon den ganzen Tag war Eva unruhig gewesen. Otto Kriegers Worte vom Frühstück wollten ihr einfach nicht aus dem Kopf gehen. Einerseits erfüllten sie sie mit Hoffnung, andererseits machten sie ihr doch mehr Angst, als sie zugeben wollte. Der Krieg, er war noch nicht gewonnen, egal wie gut es laut der Zeitung für Deutschland aussah. Egal wie fröhlich und zuversichtlich Alfred in seinen Briefen klang. Der Krieg war immer noch in vollem Gange, auch wenn das Leben währenddessen weiterging.

Das war es auch, was Eva am schlimmsten traf: Das Leben ging einfach weiter, als wäre nichts geschehen. Dabei fühlte es sich für sie selbst gar nicht mehr nach ihrem Leben an. Es war, als hätte man eine andere Version von Eva genommen und in diesen scheinbar normalen Alltag mit den Kriegers gesteckt. Und an den meisten Tagen wollte Eva diese Version von sich sein. Diese andere Eva, die zeigte, dass sie eine vorbildliche Hausfrau sein konnte, die die Wäsche machte und das Geschirr spülte. Die das Mittagessen vorbereitete und – wie jetzt – die Fenster putzte. Denn diese Version ihrer selbst musste nicht ständig an den Verlust ihrer Familie denken und dann weinen. Und was am wichtigsten war: Diese Version schien Otto und Elsbeth Krieger sehr zu gefallen, und so hatte Eva den Eindruck, genau das Richtige zu tun. Für ihre neue Familie.

Sie tauchte den Lappen in das Eimerchen mit lauwarmem Wasser und Seife und wrang ihn sorgfältig aus, bevor sie ihn wieder auseinanderzog und dann zu einem ordentlichen Viereck faltete. Damit wischte sie einmal über das ganze Fenster im Flur. Dann legte sie den Lappen an den Rand des Eimerchens und nahm sich eines der zerknüllten Stücke Zeitungspapier zur Hand. Zu Hause bei der Mutter hätte sie sich einfach einen trockenen Lappen genommen und die Scheibe damit abgewischt, aber Elsbeth Krieger schwor auf Zeitungspapier. Nichts anderes würde ein Fenster streifenfrei reinigen. Also wischte Eva nun mit dem Papierknäuel über die Scheibe, bis die Zeitung nass war und das Fenster trocken. Sie selbst konnte dabei keinen nennenswerten Unterschied am Ergebnis ausmachen. Aber wenn ihre zukünftige Schwiegermutter das Trockenwischen mit Papier vorsah, dann war Eva die Letzte, die sich daran nicht halten wollte. Auch das gehörte zur Version der anderen Eva.

Elsbeth Krieger war in der Küche mit der Vorbereitung für das Mittagessen zugange, während Eva sich mit frischem Wasser und neuen Zeitungsstücken dem Fensterputz im Wohnzimmer widmete. Sie war schon mit einer Seite des großen, dreiflügeligen Fensters fertig, als sie den Postboten sah. Er war ein schlanker und hochgewachsener Mann, und obwohl er berufsbedingt viel an der frischen Luft sein musste, war seine Haut seltsam bleich. Von Alfred hatte sie und auch die Kriegers erst vor zwei Tagen einen Brief erhalten, daher war Eva erstaunt, als der Postbote den schmalen Weg vom Gartenzaun zur Haustür einschlug. Auch Elsbeth Krieger musste ihn von der Küche aus gesehen haben, denn ehe der Postbote auch nur die Hälfte des Weges zurückgelegt hatte, war sie aus dem Haus gesprungen und ihm entgegengegangen. Als der Bote Elsbeth Krieger sah, huschte ein dunkler Zug über sein Gesicht. Dann schob er die breite Klappe von seiner Tasche auf und kramte einen Brief heraus. Er reichte ihn Elsbeth Krieger, ohne sie anzusehen, und auch sie blickte ihn nicht an, schien nur noch Augen für den Brief zu haben. Einen Moment standen die zwei auf dem Gehweg inmitten des akkuraten Vorgartens in dieser scheinbaren Idylle und bewegten sich nicht. In Evas Nacken breitete sich mit einem Mal ein ungutes Gefühl aus, und dann begann Elsbeth Krieger zu schreien. Ein Geschrei, wie Eva es noch nie von einem Menschen gehört hatte. Der Postbote stand immer noch regungslos auf dem schmalen Weg, bis

Elsbeth Krieger, den Brief in der Hand, mit ihren Händen auf ihn einhieb.

Eva ließ den nassen Lappen auf den Boden fallen und stürzte zur Tür, hinaus in die Novemberkälte. Ohne lange darüber nachzudenken, warf sie ihre Arme um die um sich schlagende Elsbeth Krieger. Der Postbote erwachte endlich aus seiner Erstarrung, nickte Eva knapp zu und machte sich dann schnell wieder auf den Weg, zurück zur Straße und weiter zum nächsten Haus. Als wäre weiter nichts geschehen.

Elsbeth Krieger zappelte noch eine Weile, dann versteifte sie sich unter Evas Umarmung. Von einem auf den anderen Moment. Wie ein Automat, dem man die Stromzufuhr gekappt hatte. Vorsichtig löste Eva ihre Arme. Elsbeth Krieger stand nun mit hängendem Kopf und hängenden Armen auf dem Gehweg. Eva schob sie sachte zurück zur Tür. Dabei bemühte sie sich, keinen Blick auf den Umschlag zu werfen. Die Reaktion Elsbeth Kriegers auf diesen Brief konnte doch viele Gründe haben. Es musste nicht zwangsläufig mit … Nein! Unwillkürlich schüttelte Eva den Kopf. Es musste etwas anderes sein.

An der Tür wartete bereits Otto Krieger. Er griff nach den Armen seiner Frau und zog sie ins Haus. Dabei blickte er hektisch nach links und rechts, als wäre es ihm peinlich, wenn die Nachbarn das kurze Schauspiel beobachtet hätten. Zusammen gingen sie ins Wohnzimmer. Eva blieb in der Tür stehen und blickte zum Fenster, sah die Schlieren daran herunterlaufen, sah den nassen Lappen davor auf dem Boden liegen und den hässlichen Fleck, den er auf den Dielen hinterließ, aber sie konnte nicht dorthin gehen, um ihn aufzuheben. Konnte nur darauf starren, während Otto Krieger seine Frau zu einem der Stühle schob. Endlich nahm diese Platz und legte den Brief wortlos auf den Tisch. Von der Tür aus sah Eva dabei zu, wie Otto Krieger den Umschlag nahm. Sein Gesicht verdunkelte sich schlagartig, und er presste die Lippen zusammen. Mit einer schnellen Bewegung riss er den Brief auf und zog einen Bogen Papier heraus. Er warf nur einen kurzen Blick darauf, dann sagte er mit kalter und bestimmender Stimme: »Eva! Komm her. Du wirst vorlesen!«

Evas erster Instinkt war, einfach wegzulaufen. Sie wollte nicht wissen, was in dem Brief stand, und erst recht wollte sie es nicht laut vorlesen. Solange sie nicht wusste, was da stand, war es nicht wahr. So lange konnte sie sich noch in Sicherheit wiegen, obwohl sie doch im Grunde ihres Herzens schon längst ahnte, was der Inhalt des Briefes war. Sie hatte solche Umschläge schon viel zu oft gesehen.

Erstaunlicherweise kam Elsbeth Krieger ihr zu Hilfe: »Otto. Ich will nicht …« Sie schluchzte. »Du kannst doch das Mädchen nicht …«

»Eva! Worauf wartest du?«, rief Otto Krieger über die Worte seiner Frau hinweg. Er stützte sich mit einer Hand an dem Tisch hinter sich ab und wedelte mit dem Brief in der anderen in Evas Richtung. Seine Augen waren dabei so kalt wie seine Stimme.

Wie betäubt ging Eva los. Schritt für Schritt auf Otto Krieger und den Brief zu. Elsbeth Krieger begann wieder laut zu weinen, Eva hörte es kaum, so laut rauschte das Blut in ihren Ohren. Mit zitternden Händen nahm sie den Bogen Papier entgegen und entfaltete ihn. Sie holte tief Luft, um sich noch etwas Zeit zu verschaffen, aber Otto Krieger machte mit der Hand eine so bestimmende Geste, dass Eva vorzulesen begann. Die Worte, die sie gar nicht wissen wollte, sie füllten ihren Mund: »Im Felde, November 1944«, las sie vor. »Sehr geehrter Herr Krieger, im Gefecht in den Ardennen fiel Ihr Sohn der … « Eva brach ab und blinzelte die Tränen zurück. Ihre Kehle war mit einem Mal trocken und kratzig. Jedes Wort schmerzte.

»Weiter!«, befahl Otto Krieger.

Eva schluckte. Alles in ihrem Kopf schrie »Nein!«, dennoch las sie mit belegter Stimme weiter vor: »… fiel Ihr Sohn, der Soldat Alfred Krieger, im Kampf um die Freiheit Großdeutschlands in soldatischer Pflichterfüllung für Führer, Volk und Vaterland.«

Elsbeth Krieger heulte laut auf, aber Otto bedeutete Eva fortzufahren.

»Im Namen seiner Kameraden spreche ich Ihnen mein aufrichtiges Beileid aus. Die Kompa…« Erneut brach Eva ab. Sie ließ den Brief sinken, wollte nicht mehr weiterlesen.

»Weiter!« Otto Kriegers Stimme war nur noch ein Flüstern. Er starrte mit unbewegter Miene an Eva vorbei ins Leere. Dennoch war er so bestimmend, dass sie sich nicht entziehen konnte.

»Die Kompanie wird Ihrem Sohn stets ein ehrendes Andenken bewahren und in ihm ein Vorbild sehen.« Sie räusperte sich, und dann las sie die letzten Worte vor, die Worte, die ihr noch nie so richtig über die Lippen hatten kommen wollen und die jetzt nur noch mehr schmerzten: »Heil Hitler.«

Eva verstummte und niemand sagte etwas. Otto Krieger starrte immer noch an ihr vorbei. Elsbeth schluchzte leise. Die Worte, die Eva eben vorgelesen hatte, dröhnten laut in ihrem eigenen Kopf.

… im Gefecht in den Ardennen …

… in soldatischer Pflichterfüllung …

… aufrichtiges Beileid …

Alfred tot? Das konnte nicht sein. Es durfte nicht sein! Ihre Eltern waren doch schon tot und ihre Schwester. Da konnte doch nicht auch noch ihr Verlobter tot sein. Sie ließ den Brief fallen und hob die Hand mit dem Ring. So, als müsste sie sich versichern, dass er noch da war. Der Ring, den ihr Alfred als Versprechen gegeben hatte. Für seine Rückkehr. Für ihre gemeinsame Zukunft.

»Nicht weinen, Evi«, hörte sie Alfreds Stimme in ihren Ohren. Und damit brach ein Damm in ihrem Inneren. Sie ließ den Tränen ihren Lauf und schluchzte, und das Einzige, an das sie jetzt noch denken konnte, war: »Er hat es mir versprochen! Er hat mir doch versprochen, dass er wiederkommt.« Sie sackte auf die Knie. Tränen liefen ihr über die Wangen. »Er hat es mir versprochen.« Der Ring verschwamm vor ihren Augen.

Sie wünschte sich so sehr, dass jemand sie in den Arm nehmen würde, ihr wenigstens eine Hand auf die Schulter legen und ihr ein paar tröstende Worte zusprechen würde. So, wie der alte Janssen und seine Frau es getan hatten nach dem Luftangriff. Aber Otto und Elsbeth Krieger waren wie versteinert. Keiner der beiden sprach ein Wort.

»Er hat es mir doch versprochen«, murmelte Eva, die brennenden Augen auf den Brief gerichtet, der vor ihr auf dem Boden lag.

Otto Krieger stand auf und beugte sich zu dem Brief hinab. Hob ihn vom Boden auf. »Ein Vorbild soll unser Alfred sein?«, schrie er. »Für seine Kameraden? Sollen sie sich etwa alle genauso abknallen lassen wie er?« Sein Gesicht war rot vor Wut.

Elsbeth Krieger hingegen war weiß geworden, ihre Haut beinahe fahl, als wäre mit dem Tod ihres Sohnes auch aus ihr das Leben gewichen. Sie hatte ein Stofftaschentuch aus der Rocktasche gezogen und presste es sich auf den Mund. »Otto! Nicht so laut, wenn das noch einer hört!«, rief sie dumpf durch den Stoff.

»Sollen sie es doch hören. Mein Sohn ist tot! Mein einziges Kind. Ehre für Volk und Vaterland gibt mir meinen Sohn nicht zurück!«

Eva blickte zu ihm hinauf. Blickte in eine wutverzerrte Grimasse. Da war nichts mehr von dem Otto Krieger, der heute Morgen am Küchentisch mit solchem Stolz aus der Zeitung vorgelesen hatte. Der führertreue Otto Krieger war mit dem Brief verschwunden. Von einer Minute auf die andere.

»Otto …«, setzte Elsbeth Krieger noch einmal an.

Aber er schrie nur: »Nein! Es reicht! Ich will kein Wort mehr hören vom Krieg oder vom Reich oder gar vom Führer oder … von gar nichts mehr. Und du!« Er zeigte mit dem Brief in der Hand auf Eva. »Du gehst mir aus den Augen!«

2

Fünf Wochen später

Donnerstag, 4. Januar 1945

SCHNEE AUF DEN RHEINWIESEN

»He, Jung! Wo willste hin?«

Eva blickte auf ihre Füße. Konzentrierte sich darauf, einen Schritt nach dem anderen zu machen. Weitergehen, immer weitergehen, das war wichtig. Nur nicht stehen bleiben. Dann hatte die Kälte einen; und die Erschöpfung. Dann war es aus.

»Jung! Hörste schlecht?«

Sie drehte sich um und sah im Licht der aufgehenden Morgensonne einen Ochsenkarren hinter sich. Der Schnee musste die Geräusche gedämpft haben. Neben dem Ochsen ging, eine Hand an dem schweren Joch, ein alter Mann, die Haut faltig, die Wangen hohl. Er musste Eva angesprochen haben.

Jung … er hielt sie für einen Mann. Schon vor Wochen hatte sie sich die Haare abgeschnitten und trug seitdem viel zu weite Männerkleidung. Eine Hose aus rauem Stoff, ein kratziges Hemd, einen zerrissenen und viel zu dünnen Mantel. Dennoch hatte sie sich immer noch nicht daran gewöhnt, dass man sie tatsächlich nicht mehr für die junge Frau hielt, die sie war. Und obwohl sie das wusste, stieg die vertraute Angst in Eva auf, als sie realisierte, dass hier nur sie und der alte Mann waren und weit und breit niemand sonst. Nur der Rhein und die schneebedeckten Rheinwiesen. Keine Häuser, kein weiteres Fuhrwerk. Keine Menschenseele. Mit einem Mal wurde sie sich wieder eindringlich der Kälte bewusst. Sie zog den Mantel enger um sich, spürte die kleine Schachtel auf Höhe ihres Herzens. Aber auch die würde ihr nichts helfen, ebenso wenig das Papier, das gefaltet dahintersteckte, da war sie sich sicher. Der alte Mann mit dem Ochsenkarren kam langsam näher. Unaufhaltsam auf sie zu. Schritt für Schritt, als hätte er alle Zeit der Welt.

Das Blut rauschte in Evas Ohren, während sie den Mann nicht aus den Augen ließ. Sie maß ihn, rechnete sich ihre Chancen aus, im Fall der Fälle gegen ihn anzukommen. Sie hatte es schon einmal geschafft. Aber das war viele Tage her, vielleicht sogar Wochen. Es war zu Beginn ihrer Reise gewesen. Damals, als sie noch frisch und stark gewesen war. Als ihr der Hunger und die Kälte noch nicht alles abverlangt hatten.

Der Alte hatte sie nun fast erreicht, und sie konnte den keuchenden und röchelnden Atem des Ochsen hören. Eva spannte ihre Muskeln an und ballte die Hände zu Fäusten, bereit, sich zur Wehr zu setzen, aber dann sah sie die Kinder. Drei magere Gestalten. Sie liefen hinter dem Karren her, sammelten Zweige vom Boden auf, die Gesichter und Hände rot vor Kälte.

Kinder. Das Gefühl der Angst und Anspannung fiel von ihr ab, und sie ließ die Hände sinken.

»Also«, rief der alte Mann, »wo willste hin?«

Eva räusperte sich. »Andernach.« Es war nur ein Krächzen. So lange schon hatte sie kein Wort mehr gesprochen.

Der Mann winkte zum Karren. »Dann spring rauf. Da wollen wir auch hin.«

Erleichtert nickte Eva. Das ließ sie sich nicht zweimal sagen. Das Fuhrwerk hatte sie nun erreicht. Sie ging daran vorbei nach hinten. Sammelte ihre letzten Kräfte und zog sich mit schmerzenden Gliedern auf den Wagen. Setzte sich an den Rand. Ließ die schneenassen und kalten Beine herunterbaumeln. Langsam holperte der Karren über den Weg, zog dabei Furchen hinter sich her. Tief und braun hoben sie sich vom restlichen Schneematsch auf dem Weg ab. Eva blickte zu den drei Kindern, keines älter als fünf oder sechs Jahre. Sie liefen unermüdlich über den Weg und die

Wiesen, sprangen flink hin und her und sammelten jeden noch so kleinen Zweig ein.

»Bis Andernach ist es nicht mehr weit!«, rief der alte Mann von vorn, und Eva spürte, wie sich die Tränen in ihre Augen drängten, wie sie mit einem Mal heiß über ihr kaltes und dreckiges Gesicht liefen.

Andernach war nicht mehr weit. Ihre Reise, sie würde ein Ende haben! All die Strapazen, all die Schmerzen und die langen Tage und Nächte, der Hunger, die Kälte all das würde vorbei sein.

Wenn sie in Andernach war, dann hatte sie es endlich geschafft! Dann würde sie endlich wieder bei ihrer Familie sein. Und das war doch alles, was Eva sich wünschte. Ein neues Leben, ohne Erinnerung an die Reise hierher. Ein neuer Anfang.

STAUB UND ERINNERUNG

Georg trat aus der großen Halle ins Freie. Der feine Sägemehlstaub kratzte wieder einmal in seiner Luftröhre und drückte ihm auf die Lunge. Er hustete heftig, musste ausspucken, bevor er wieder richtig zu Atem kam. Dann sog er die kalte Luft tief in seinen Brustkorb. Obwohl es in seiner Kehle brannte, fühlte es sich dennoch angenehm an. Diese kühle Frische im Vergleich zu der staubgeschwängerten und abgestandenen Luft im Sperrholzwerk. Fast schon vier Monate arbeitete er nun hier. Er hatte Seul und den anderen gezeigt, dass ihm die zwei Finger an der linken Hand reichten, um kräftiger zuzupacken als jeder andere hier. Am ersten Tag waren sie alle noch skeptisch gewesen. Aber schon am Abend hatte Seul ihm gesagt, dass er am nächsten Tag wiederkommen dürfe.

»Aber Lohn kriegste dann erst ab morgen!«, hatte der alte Mann gesagt und ihn wieder aus seinen kleinen Augen gemustert. »Haste selber so abgemacht.«

Am gleichen Abend hatte er ein möbliertes Zimmer in der Pension Weber bezogen. Fräulein Weber war eine alleinstehende alte Dame und überaus erfreut darüber, dass Georg alle anfallenden Schreinerarbeiten im Haus erledigte. Und auch er war froh darüber, so konnte er sich noch etwas für Kost und Logis dazuverdienen. Das Zimmer war altbacken eingerichtet, aber es war alles da, was er zum Leben brauchte, und darüber hinaus gab es bei Fräulein Weber jeden Tag Frühstück und Abendbrot.

Georg entfernte sich ein paar Schritte von der Halle. Der Schnee unter seinen Füßen knirschte leise. Er blickte hinüber zum Andernacher Schloss und dem Stadttor daneben. Als er seine heutige Schicht begonnen hatte, war es noch finstere Nacht gewesen. Jetzt zeigte sich ein trüber Wintermorgen. Am Tor war noch nicht viel los. Es würde nicht mehr lange dauern, bis dort geschäftiges Treiben herrschte. Er wandte den Blick zur anderen Seite. Auf der Koblenzer Straße sah er einen Ochsenkarren zur Stadt hinüberziehen. Kinder liefen hinterdrein. Bestimmt hatten sie Holz gesammelt. Es war ein Bild, das er auch aus seiner Heimat nur zu gut kannte. Wie oft hatte die Großmutter ihn zum Brennholzsammeln geschickt, bei eisigen Minusgraden. Damals, lange vor dem Krieg. In seiner Heimat hatte es schon immer an allem gefehlt. Im Winter wie im Sommer. Er blickte an dem Karren vorbei in die Ferne, und in seiner Erinnerung tauchte das Bild von einfachen Holzhäusern auf: grob gezimmert, aus allem, was gerade verfügbar gewesen war. Rauch, der über den Dächern aufstieg, und sonst nur Wald und karge Weite und Schnee und Eis. So viel Schnee und Eis, selbst bis in den Sommer hinein noch.

Ein Schauer fuhr Georg über den Rücken, und er schüttelte sich, wohl wissend, dass es nur zum Teil dem kalten Wind geschuldet war, der vom Rhein über die schneebedeckten Wiesen hinaufwehte.

»Georg?«, erschallte eine Stimme hinter ihm.

Er fuhr herum, das Bild der Holzhäuser verblasste.

»Wo steckste denn? Keine Zeit für eine Pause, komm!« Werner Seul war an der Tür zur Halle des Sperrholzwerkes erschienen und blickte aus müden Augen zu ihm hinüber. Damit sah er heute noch älter aus als sonst. Georg war der einzige junge Mann im Werk. Die anderen seines Alters waren im Krieg. Verrichteten ihren Dienst für Volk und Vaterland an der Front – die meisten starben in den Schützengräben. Als Helden. Beinahe wäre auch Georg dieses Schicksal zuteilgeworden. Und irgendwie war es das auch. Erneut fuhr ihm ein eisiger Schauer über den Rücken, und er rieb die zwei verbliebenen Finger seiner linken Hand aneinander. Er hatte Glück gehabt. Großes Glück. Und nicht nur damit.

»Was ist jetzt?«, rief Seul. »Komm endlich!« Er klang verärgert. Georg kannte den Vorarbeiter nun schon lange genug, um zu wissen, dass mit ihm nicht zu spaßen war. Er nahm einen letzten eiskalten Atemzug, straffte die Schultern und ging durch den Schnee zur Halle zurück. Hinaus aus der Kälte, hinein in den Staub.

EIN WEIBSBILD

Große Hände greifen nach ihr, zerren an ihrer Kleidung. Drücken sie zu Boden. Sie zappelt, versucht sich zu befreien, aber der Druck verstärkt sich nur. Presst ihr den Atem aus den Lungen. Sie hört das Reißen von Stoff, spürt mit einem Mal die kalte Luft auf ihrer Brust und dann wieder die Hände. Die großen, schwieligen Hände. Ein Gesicht schiebt sich vor ihres, grob, zu einem widerwärtigen Grinsen verzerrt, und übelriechender Atem schlägt ihr entgegen. Eine saure Mischung aus Fäulnis und Alkohol. Sie dreht den Kopf zur Seite, versucht, dem derben Kuss zu entkommen. Feuchter Atem berührt ihr Ohr, ihre Wange. Finger fahren in ihre lange Haare, zerren ihren Kopf herum …

Jemand fasste sie an der Schulter, rüttelte an ihr. Abwehrend riss sie die Arme hoch.

»Mach langsam, Jung!« Das war wieder der alte Mann.

Eva öffnete die Augen. Sie musste eingenickt sein. Es war beinahe hell, und der Ochsenkarren hatte haltgemacht. Sie sah sich um und erblickte eine Schlossruine, daneben ein massiges Burgtor. Sie war selbst noch nie in Andernach gewesen, dennoch erkannte sie alles. Es sah genauso aus, wie sie es von Fotografien kannte und wie es ihre Mutter oft beschrieben hatte.

Sie sprang vom Karren herunter. Schmerz schoss ihr von unten die Beine hinauf, stach wie Hunderte heißer Stopfnadeln fest in ihr Fleisch. Eva ächzte und knickte mit einem Knie ein.

»Langsam, langsam«, sagte der alte Mann wieder.

Die drei Kinder sprangen um den Ochsenkarren herum, spielten Fangen, lachten. Eva fragte sich, wo diese kleinen mageren Körper die Energie und Freude hernahmen, aber dann fiel ihr ein, dass sie es nicht anders kannten. So jung, wie sie waren, hatten sie nichts anderes als den Kriegsalltag kennengelernt. Es war normal für sie.

Kurze Zeit später folgte sie der Straße, ohne den Häusern um sich herum Beachtung zu schenken.

Der alte Mann mit dem Ochsenkarren hatte ihr ein aufmunterndes, zahnloses Lächeln geschenkt, als sie sich verabschiedet hatte. Nun ging sie ein wenig bergab, dann hatte sie den Marktplatz erreicht. An Fahnenmasten hingen Hakenkreuzfahnen schlapp herunter. Schnee- und regennass. In der Mitte des Platzes, beinahe quadratisch und von einem Bretterzaun eingefasst, befand sich ein Wasserbecken. Davon hatte ihre Mutter nie erzählt, es musste neu sein. Eva trat heran, beugte sich über den Zaun und betrachtete ihr Spiegelbild im Wasser. Eine bleiche Gestalt mit tief liegenden Augen, dreckigen Wangen und Haaren sah ihr entgegen. Das Bild verzerrte sich, als ein kalter Wind über den Platz und den Teich wehte und das Wasser in Bewegung brachte. Eva beugte sich noch weiter über den Zaun, versuchte, das Wasser zu erreichen, um wenigstens den Dreck aus ihrem Gesicht zu waschen.

»Du da! Was machst du da? Was treibst du dich hier in aller Herrgottsfrüh herum?« Ein Mann in Uniform war am gegenüberliegenden Ende des Beckens erschienen.

Eva fuhr zurück. »Ich wollte … ich wollte nur …«, murmelte sie.

Der Mann kam mit großen Schritten näher. »Das ist ein Löschteich und kein Badesee! Und jetzt mach, dass du weiterkommst!«

Eva stolperte zurück. Ein Löschteich, natürlich. In Berlin gab es auch einige davon. So hatte die Feuerwehr im Innenstadtbereich im Fall eines Luftangriffes schnell Wasser zur Hand, um die Brände zu löschen.

»Was machst du überhaupt hier?«, blaffte der Uniformierte weiter. »Ein junger Kerl wie du, der gehört an die Front! Bist du am Ende desertiert? Fahnenflüchtig?«

Eva machte einen weiteren Schritt zurück und blieb stehen. Ein älterer Mann kam über den Platz, auf der anderen Seite ging eine junge Frau mit zwei Kindern. Sie konnte kaum älter als Eva sein.

»Also, was ist jetzt, Bursche?«

Eva reckte ihr Kinn. Sie war nicht den ganzen weiten Weg von Berlin bis nach Andernach an den Rhein gekommen, um sich hier einschüchtern zu lassen! Sie hatte schon so vieles in den letzten Wochen gesehen, schon so viel Leid ertragen, so viele Entbehrungen hinnehmen müssen. Sie trat einen Schritt auf den Mann zu. »Ich bin kein Kerl und auch kein Bursche!«, sagte sie mit fester Stimme.

Der Uniformierte musterte sie von Kopf bis Fuß. »Ein Weibsbild also«, sagte er. »Aber auch die haben nicht an den Löschteich zu gehen. Die schon dreimal nicht.«

Eva trat noch einen Schritt näher. Wütend über die offensichtliche Beleidigung rief sie: »Ich bin auch kein Weibsbild!«

Der Mann ließ seinen Blick ein weiteres Mal über sie gleiten. Abschätzig zog er die Augenbrauen hoch. »Das sehe ich. Ist ja nichts dran an dir.«

Eva ballte die Fäuste. Sie schnaubte. Das entlockte dem Mann ein kehliges Lachen. Er verzog den Mund zu einem Grinsen. Sofort sah sie es wieder vor sich: das widerwärtige Grinsen, die schwieligen Hände. Sie meinte, den üblen Geruch wahrzunehmen. Ihr Herz schlug fester, ihre Hände begannen zu zittern. Instinktiv wich sie einen Schritt zurück, obwohl sie das nicht wollte. Die Angst, sie sollte nicht die Kontrolle übernehmen.

Wieder lachte der Mann: »Sieh zu, dass du weiterkommst«, sagte er, und dann wandte er sich von ihr ab, marschierte aufrecht und mit großen Schritten über den Marktplatz. Für ihn war alles gesagt, er hatte für Recht und Ordnung gesorgt.

Eva blickte sich um. Der ältere Mann war nicht mehr zu sehen, aber die junge Frau mit den Kindern war stehen geblieben. Als ihre Blicke sich trafen, schaute sie schnell weg, nahm die Kinder an der Hand und zerrte sie weiter, vom Platz in die nächste Seitenstraße. Eva konnte es ihr noch nicht einmal verdenken. Zu gut hatte sie ihr Spiegelbild noch vor Augen. Sie zog am Ärmel ihres Mantels, bis er über ihre Hand reichte, und wischte sich damit über das Gesicht, rubbelte den Dreck ab, auf dass sie wenigstens etwas ansehnlicher wäre, wenn sie Onkel und Tante unter die Augen treten würde.

DAS BUTTERSTÜCKCHEN

Noch im Nachthemd huschte Ilse zum Fenster.

Es war das Erste, das sie am Morgen tat: Einen Blick aus dem Küchenfenster auf die Straße werfen. Aus dem ersten Stock war das wunderbar unentdeckt. Niemand schaute zu ihr herauf, während sie alles beobachten konnte. Das war ihr magischer Moment.

Ein Blick nur. Das konnte ihr niemand nehmen. Nicht einmal in diesen Tagen, wo einem sonst alles genommen wurde. Selbst ihre liebste Puppe Hedy. Die war ein paar Tage vor Weihnachten plötzlich verschwunden. Und als sie die Mutter danach gefragt hatte, war diese einsilbig gewesen, hatte nur gesagt, dass Ilse mit ihren sieben Jahren doch schon viel zu groß für eine Puppe sei. Da hatte Ilse artig genickt und sich nicht getraut, noch etwas zu sagen. Zum einen, weil sie die Mutter nur zu gut kannte, zum anderen, weil sie selbst doch so gern zu den Großen gehören wollte. Dabei vermisste sie Hedy jeden Tag. Wenigstens hatte es am Heiligen Abend ein mageres Stück Fleisch gegeben. Aber wo die Mutter das herbekommen hatte, hatte sie Ilse und Gisela nicht verraten wollen.

Ilse schob den Vorhang zur Seite und spähte hinaus. Heute war ein grauer Morgen und auf der Straße nichts los. Obwohl …? Entfernt sah sie eine Gestalt um die Ecke biegen und dann die Straße hinaufgehen. Sie wirkte merkwürdig auf Ilse, auch wenn sie nicht genau sagen konnte, warum. Vielleicht lag es an der Kleidung? Mantel und Hose. Sie sahen unförmig aus. Zu groß. Vielleicht war es aber auch die Art, mit der die Gestalt sich fortbewegte, seltsam ungelenk. Der Anblick bereitete Ilse Unbehagen.

Sie blickte zur anderen Seite der Straße und wieder zurück, aber sonst war nichts zu sehen, nur diese verlumpte Gestalt. Sie überlegte, ob sie diese noch weiter beobachten sollte. Aber dann wurde ihr langweilig. Also drehte sie sich um, und in diesem Moment sah sie das Butterstückchen auf der Anrichte stehen. Sofort lief Ilse das Wasser im Munde zusammen. Es sah verführerisch aus! Die gelbliche Oberfläche glänzte im ersten Licht der kalten Morgensonne. Sie schluckte, aber sofort sammelte sich neuer Speichel unter ihrer Zunge, und sie konnte an nichts anderes denken als daran, wie himmlisch es schmecken musste. So lange schon hatte sie keine Butter mehr gegessen. Manchmal gab es Margarine, oft nichts dergleichen.

Sie trat einen Schritt an die Anrichte heran. Das Stückchen, es war so wenig, kaum mehr als ein guter Esslöffel voll. Es lag auf Pergamentpapier. Sie ging noch näher heran. Streckte den Finger aus. Nur einmal anstippen, nur mit der Fingerkuppe, und dann den buttrigen Geschmack auf der Zunge tragen. Sie schluckte noch einmal, während sie den Finger näher an das Butterstückchen schob. Ein Geräusch ertönte hinter ihr. Bestimmt die Mutter! Ertappt zog Ilse den Arm zurück, sprang schnell zwei Schritte zur Seite und schaute wieder aus dem Fenster, bei dem Versuch, ganz unschuldig auszusehen. Dabei hatte sie die Butter noch nicht einmal berührt!

Jemand kam zur offenen Tür herein, aber es war nicht die Mutter, es war natürlich nur ihre kleine Schwester Gisela. Auch sie war noch im Nachthemd. Ilse hatte gehofft, sie würde heute länger schlafen. Sie sah, wie auch Giselas Blick zu dem Butterstückchen huschte.

»Nein!«, sagte Ilse strikt zu ihrer kleinen Schwester. »Die Butter ist bestimmt für das Mittagessen, wie ich Mutter kenne. Also denk nicht einmal daran!«

Die Kleine riss die Augen auf, ihre Unterlippe begann zu zittern, und dann fing sie an zu weinen. Ilse spürte einen Stich im Herzen. Wie konnte sie nur so mit Gisela schimpfen, wenn sie selbst doch nicht besser war? Schließlich hatte auch sie vor nur wenigen Minuten mit dem Gedanken gespielt, von der Butter zu probieren.

»Ist ja schon gut«, sagte sie daher versöhnlich. Sie ging zu ihrer Schwester und legte die Arme um sie. »Soll ich dir ein Geheimnis verraten?«

Sofort hörte Gisela auf zu weinen. Sie nickte.

Ilse senkte den Kopf und flüsterte ihrer Schwester ins Ohr: »Ich würde es am liebsten auch jetzt schon naschen.«

Gisela kicherte, und Ilse wischte ihr die Tränen vom kindlich runden Gesicht. Dann schob sie ihre Schwester zur Tür hinaus in den Flur. »Und jetzt komm, ich helf dir beim Waschen und Anziehen. Mutter kommt bestimmt gleich rauf.« Von unten tönte ein lautes Rumpeln die Treppe hinauf. »Hörst du? Sie räumt in der Buchhandlung und ist bestimmt gleich fertig. Dann sollten auch wir beide besser angezogen sein. Und wenn doch noch etwas Zeit ist, dann können wir zusammen eins der Bilderbücher durchschauen.«

DIE RHEIN-BUCHHANDLUNG

Eva fror, und ihr Gesicht fühlte sich immer noch wund an, weil sie so fest darüber gerieben hatte. Ihr Magen schmerzte, zog sich knurrend zusammen. Sie wusste nicht, wann sie das letzte Mal etwas gegessen hatte. War es zwei Tage her? Drei? Noch länger? Sie hatte auch diese Information tief in ihrem Inneren vergraben. Es gehörte der Vergangenheit an. Ihr Leben war jetzt, im Augenblick. Ohne die Vergangenheit.

Langsam ging sie die Straße entlang. Es war die gleiche Straße, auf der sie nach Andernach gekommen war, die Hochstraße. Sie hob den Blick und musterte endlich die Fassaden der Häuser. Als sie das weithin sichtbare Schild mit der Aufschrift *Rhein-Buchhandlung, Inhaber: August Herrmann* sah, wurde ihr kurz schlecht. Sie war bereits hier vorbeigekommen und hatte es nicht bemerkt. In großen, geschwungenen Lettern war der Schriftzug geschrieben. Darunter das Bild eines geöffneten Buches. Sie wollte schneller gehen, schneller zu ihrem Ziel gelangen, aber sie konnte nicht. Etwas hielt sie zurück. Ließ sie kriechen wie eine jahrhundertealte Schildkröte und sich schwach auf den Beinen fühlen. Warum war es nur so? Eva blieb stehen. Blickte ratlos um sich. Auch in Andernach konnte man die Spuren von Bombenangriffen sehen. Häuser standen leer, die Fenster mit Brettern vernagelt. An manchen

Stellen lag Schutt auf der Straße. Wieder sah sie zur Buchhandlung hinüber, und endlich wurde ihr klar, dass sie Angst hatte. So lange hatte sie sich an den Gedanken geklammert, dass alles gut werden würde, wenn sie nur in Andernach angekommen war. Aber jetzt kamen ihr Zweifel. Möglicherweise lag es an der Begegnung mit dem Uniformierten. Sie machte einen zaghaften Schritt in Richtung der Buchhandlung und blieb wieder stehen, während sich der wahre Grund in ihr Bewusstsein drängte: Sie hatte Angst, weil sie Onkel und Tante doch gar nicht kannte. Nur eine vage Erinnerung an die beiden hatte. Einmal waren sie in Berlin zu Besuch gewesen. Vor vielen Jahren, lange vor dem Krieg, als Eva noch ein glückliches Kind und die Welt noch in Ordnung gewesen war. Auf der guten Kommode im Wohnzimmer hatte ein gerahmtes Bild davon gestanden, zwischen all den anderen Familienaufnahmen. Wenn sie es vorher gewusst hätte, sie hätte das Bild an sich genommen oder es sich wenigstens besser eingeprägt. So konnte sie gar nicht genau sagen, wie Tante und Onkel eigentlich aussahen. Und das Bild gab es nun nicht mehr, es war unter dem unsäglichen Schuttberg in Berlin begraben, an dem sie sich die Fingernägel blutig gescharrt hatte.

Der Wind fuhr ihr kalt ins Gesicht, und der Himmel zog sich weiter zu. Bestimmt würde es gleich Regen geben. Eisregen, bei diesen Temperaturen. Schon allein bei der Vorstellung wurde ihr wieder kalt. Sie biss die Zähne zusammen. Und dann fasste sie einen Entschluss, wie schon auf dem Marktplatz: Sie würde sich nicht von ihrer Angst unterkriegen lassen. Nicht so kurz vor dem Ziel! Das brachte sie dazu, endlich weiterzugehen, zwar nur mit ungelenken und langsamen Schritten, aber immer auf die Buchhandlung zu. Ein Schritt nach dem anderen. Immer weitergehen. So, wie sie es zum Ende ihrer Reise getan hatte.

Und endlich hatte sie die Buchhandlung erreicht. Zaghaft ließ sie ihren Blick darüber gleiten. Es war ein kleiner Laden. Drei Stufen führten zur Tür hinauf. Das Schaufenster rechts daneben war beinahe leer geräumt. Nur wenige Bücher lagen dort. Eva trat näher heran und erblickte eine Frau und einen Mann im Geschäft. Waren das Tante und Onkel? Maria und August Herrmann? Nichts an den beiden erinnerte Eva an die Fotografie, aber anders konnte es ja nicht sein, oder? Sie musste nur die drei Stufen hinaufgehen und durch die Tür in die Buchhandlung treten. Dann würde sie es erfahren. Aber sie stand dort draußen in der Kälte vor dem Schaufenster und konnte nichts anderes tun, als zum Laden hinein zu starren.

GEZIMMERTE REGALE

»Nein! Die zwei Regale neben der Tür bleiben stehen!« Maria Herrmann richtete sich auf und wischte sich mit dem Handrücken über die Stirn. Obwohl es bitterkalt im Laden war, schwitzte sie. Seit sechs Uhr in der Früh räumten sie. Während die Mädchen noch oben in der Wohnung schliefen. Hin und her. Viele Bücher waren ohnehin in diesen Tagen nicht da. Und die Titel, die dort standen, hätte sie am liebsten samt und sonders gepackt und verfeuert. Aber das konnte sie nicht riskieren, ebenso, wie sie nicht riskieren konnte, dass man die kleine Kiste mit den Büchern fand, die sie zu Kriegsbeginn in Sicherheit gebracht hatte. Die Kiste, die ihr nachts den Schlaf raubte und tagsüber Herzrasen bescherte, wann immer jemand in Uniform den Laden betrat.

»Aber Maria …« Hans trat einen Schritt zu ihr. »Es sind doch kaum noch Bücher da, die du hineinstellen könntest. Das Holz kannst du verfeuern oder tauschen. Stell dir nur einmal vor, was du dafür alles bekommen würdest.«

»Nein. Ich bleibe dabei. Die Regale hat mein August selbst gezimmert. Die bleiben stehen.«

Hans verzog das Gesicht, wie immer, wenn die Sprache auf Marias Ehemann kam. Das war heute nicht anders als vor zehn Jahren. »Gibt es denn Nachricht von ihm?«, fragte er.

»Ich habe in den drei Jahren, die er an der Front ist, genau zwei Briefe von ihm erhalten und seitdem nichts mehr. Und das weißt du ganz genau, Hans Schumacher!« Maria hatte es schärfer gesagt, als sie wollte. Bei diesem Thema war sie dünnhäutig. Sie wusste, wie hoch die Wahrscheinlichkeit war, dass sie als Witwe dastand, wenn der Krieg endlich vorbei war. Ahnte, dass sie schon längst eine Kriegerwitwe war. Aber bevor man es nicht offiziell vermeldete, solange sie es nicht schwarz auf weiß hatte, weigerte sie sich, es zu glauben. Die Hoffnung auf die Wiederkehr von ihrem August war etwas, an das sie sich klammern konnte, etwas, das ihr Halt gab. Sie wusste, wenn sie das aufgab, dann gab sie sich selbst auf. Und das konnte sie nicht. Sie musste stark sein, für die Mädchen, für die Buchhandlung, für sich selbst.

Hans war noch einen Schritt näher gekommen und legte ihr eine Hand auf die Schulter. Maria schüttelte sie sofort ab. »Mein August wird wiederkommen, und dann wird der Krieg vorbei sein, und die Regale werden wieder voller Bücher stehen. Das ist mein letztes Wort!«

»Gut, gut.« Hans hob abwehrend beide Hände. »Lassen wir sie stehen.«

Maria nickte, die Lippen zu einem schmalen Strich zusammengepresst. »Dann sind wir ja jetzt fertig«, sagte sie schließlich und stemmte die Hände in die Seiten. »Es ist auch höchste Zeit, ich muss hinauf nach den Mädchen sehen.«

»In Ordnung«, erwiderte Hans. »Ich kann dann schon einmal …« Weiter kam er nicht, denn es klopfte an die Ladentür.

Erstaunt blickte Maria zur Tür. Durch die Glasscheibe sah sie einen jungen Mann. Er trug viel zu große Kleidung, und alles an ihm war dreckig. Von den verfilzten Haaren bis zu den zerschundenen Stiefeln. Erneut klopfte er. Maria warf Hans einen beunruhigten Blick zu. Aber Hans schaute nicht zu ihr, er war bereits zur Tür geeilt und schloss diese auf.

Der junge Mann trat ein.

Maria richtete sich zu ihrer vollen Größe auf, bevor sie fragte: »Wer bist du, und was willst du hier?«

»Tante Maria? Maria Herrmann?«, fragte der junge Mann, und Maria hielt inne. Sie hatte keinen Neffen. Sie kniff die Augen zusammen. Musterte die Gestalt vor ihr. Die Stimme war so hell. Es war kein Mann, es war eine junge Frau. Ja, sie hatte zwei Nichten, aber die lebten in Berlin. Konnte es wirklich sein, dass hier eine von ihnen vor ihr stand? Maria schob den unsinnigen Gedanken zur Seite. »Ich bin Maria Herrmann«, bestätigte sie schließlich, um Zeit zu gewinnen.

»Und du bist dann Onkel August?«, fragte die junge Frau an Hans gewandt, der erschrocken den Kopf schüttelte.

Maria ging einen Schritt auf sie zu. »Jetzt sagst du mir erst einmal, wer du bist, und dann klären wir die restlichen Personalien, wenn's recht ist.«

Die junge Frau riss die Augen auf, nickte aber. Sie räusperte sich, und dann sagte sie: »Ich bin Eva. Eva Liebe, deine Nichte aus Berlin.«

Noch einmal kniff Maria die Augen zusammen und musterte die junge Frau. Konnte es wirklich sein? Die Haare mochten blond sein, irgendwo unter dem Dreck. »Du willst die Tochter von der Anneliese sein?«

»Und vom Egon«, erwiderte die schmale Gestalt.

Maria schüttelte den Kopf. »Nein, das kannste mir nicht weismachen. Ich weiß nicht, wo du die Namen her hast, aber wenn du meine Nichte bist, dann fress ich einen Besen.«

»Maria!«, entfuhr es Hans. Er hatte schon immer ein sanftes Wesen gehabt. Manchmal zu sanft, dachte Maria. Sie warf ihm einen scharfen Blick zu.

»Aber ich bin wirklich die Nichte von August und dir«, sagte die Frau. »Meine Mutter war seine Schwester und …«

»Was soll das heißen? War?«, unterbrach Maria sie.

Die junge Frau schluckte und presste die Lippen aufeinander. Dann holte sie Luft und sagte schnell: »Sie ist tot. Sie sind alle tot.«

Dieser Satz, den man in der letzten Zeit so oft hörte, er sackte Maria schwer in den Magen. »Wer, alle?«, fragte sie.

»Meine Mutter, mein Vater, meine Schwester, mein Ver…« Sie brach ab und schluckte. »Alle«, sagte sie schließlich leise.

»Wie?«, fragte Maria knapp nach.

Die junge Frau schluckte erneut. »Es gab einen Luftangriff«, sagte sie dann nur.

Maria dachte an den ersten schweren Bombenangriff aus der Luft auf Andernach. Das war gerade mal eine Woche her. Am Tag nach Weihnachten. Der Schreck saß ihr immer noch tief in den Knochen, doch sie hatte niemanden dabei verloren. »Was ist mit dir?«, fragte sie.

»Ich hatte Glück. Als die Sirene losging, haben die Nachbarn mich mit in den Keller geholt. Es war das einzige Haus in der Straße, das nachher noch stand. Die anderen …« Sie brach ab, und Maria konnte deutlich sehen, dass der jungen Frau die Tränen in den Augen standen. Dennoch konnte sie jetzt nicht weich werden. Von einer ausgedachten Geschichte und ein paar Tränen würde sie sich nicht an der Nase herumführen lassen. Sie hatte weder die Mittel noch den Platz für jemanden, der sich bei ihr untermogeln wollte. Es fehlte doch an allen Ecken und Enden, reichte kaum für sie und die Mädchen. Und ob ihr eigenes Nervenkostüm das noch mitmachen würde, konnte sie erst recht nicht beantworten.

Noch einmal blickte sie zu der jungen Frau. Wie verloren sie aussah in den übergroßen Männersachen, wie mitgenommen und verletzlich. Ja, vielleicht war da doch eine gewisse Ähnlichkeit zu Augusts Schwester. Nein, Maria!, sagte sie zu sich selbst, davon kannst du dich nicht ablenken lassen. Der Krieg, das war für niemanden einfach. Und es war doch jetzt schon so schwierig für sie und die Mädchen. Fehlte hinten und vorn an allem. Erneut straffte sie ihre Schultern und sagte: »Selbst wenn du wirklich meine Nichte wärst, was ich immer noch nicht glaube, hier kannste nicht bleiben. Und jetzt geh, da ist die Tür!«

BRENNENDES HERZ

Sie konnte nicht sagen, wie viel Zeit vergangen war, seit sie zur Tür der Rhein-Buchhandlung hinausgerannt war. Zuerst war sie durch die Straßen und Gässchen Andernachs gelaufen, dann eine Zeit lang am Rheinufer entlang, bevor sie wieder zur Stadt zurückgekehrt war; nun ohne Ziel. Denn sie hatte keines mehr. Ihr Ziel, es war seit Tagen und Wochen immer nur die Buchhandlung in Andernach gewesen. Onkel und Tante – ihre einzige Familie. Es war das gewesen, an das sie sich klammern konnte, nachdem sie in Berlin alles verloren und auch die Kriegers sie fortgeschickt hatten. Es war der Gedanke gewesen, der ihr die Kraft gegeben hatte weiterzumachen, weiterzuleben. Und jetzt? Jetzt hatte sie auch das verloren. Besaß nichts mehr, außer der Kleider, die sie am Leib trug, und der kleinen Schachtel und dem Papierstück, die bislang ihr Überleben gesichert hatten.

Sie ging nur noch langsam und schleppend, machte Schritt vor Schritt, weil ihre Beine sie kaum noch trugen, und sie wusste, dass sie gleich zusammenbrechen würde. Weil sie keine Energie mehr in ihrem Körper hatte, so ausgezehrt war sie. Von der Reise, von der Kälte und vom Hunger, und am meisten von dem fürchterlichen Rauswurf ihrer Tante. Sie konnte es nicht verstehen. Ja, sie selbst hätte nicht mehr genau sagen können, wie Onkel und Tante aussahen, aber die Tante, sie wusste doch wohl noch, wie ihre Schwägerin und deren Mann aussahen. Und Eva war ein Ebenbild von beiden. Das hätte Maria Herrmann doch sehen müssen! Und dann durchfuhr Eva ein schrecklicher Gedanke: Vielleicht hatte die Tante es gesehen, vielleicht wusste sie genau, dass Eva die Wahrheit sagte, und wollte sie ganz bewusst nicht bei sich aufnehmen. Genauso wie die Kriegers in Berlin, von denen sie gedacht hatte, sie wären ihre neue Familie.

Keuchend blieb sie stehen. Konnte das wirklich sein? Warum nur waren alle Menschen so kaltherzig zu ihr?

Große Mauern ragten vor ihr auf. Sie war wieder an der Schlossruine angekommen. Der Himmel war wolkenverhangen, dennoch war es deutlich heller als heute Morgen. Und kein Regen. Wie friedlich es hier aussah, beinahe märchenhaft. Die Ruine, der Garten. Sie trat an die Mauer heran. Ein Turm war noch komplett erhalten. Sie legte ihre Hand auf die kalten Steine.

Was sollte sie jetzt tun? Wie sollte es weitergehen? Sie atmete tief ein und aus, bei dem Versuch, ihren keuchenden Atem zu beruhigen. Ihre Luftröhre brannte, und sie meinte, den metallischen Geschmack von Blut schmecken zu können. Sie lehnte sich mit der Schulter an die Mauer und ließ sich schließlich daran herunterrutschen, bis sie im Schnee saß. Ihre Kleidung war sowieso schon durchnässt, es machte keinen Unterschied mehr. Die Wut, die sie so plötzlich übermannt hatte, als die Tante ihr die Tür gewiesen hatte, sie war schon lange verraucht. Jetzt war da nur noch eine große Leere. Sie war allein. Mutterseelenallein. Schon auf der Reise hatte sie oft bereut, den Entschluss gefasst zu haben, Berlin zu verlassen, aber jetzt bereute sie es zum ersten Mal richtig; aus tiefstem Herzen. Es war ein Fehler gewesen! Eva wollte weinen, doch es waren keine Tränen da. Also starrte sie vor sich hin, ohne zu blinzeln, mit brennenden Augen und brennendem Atem und brennendem Herzen.

EIN KANTEN BROT

Halb zwölf, endlich Mittag.

Während die anderen Arbeiter sich in den Gemeinschaftsraum zurückzogen, ging Georg wieder nach draußen in den Schnee. Er mied das gesellige Beisammensein und wollte sich die Füße vertreten. Automatisch führte sein Weg ihn hinüber in Richtung Schloss. Viel war nicht mehr von dem ehemals imposanten Gebäude erhalten, dennoch strahlte es immer noch eine ruhige Beständigkeit aus, die einen wenigstens für einen kurzen Moment glauben machen konnte, die Zeit sei eine andere. Eine ohne Krieg und Leid. Er zog einen Kanten Brot aus der Tasche und wollte gerade hineinbeißen, als er jemanden im Schatten des Schlossturms sitzen sah. Zusammengesunken im Schnee. Ein junger Mann, so schien es.

Georg ging hinüber. »Wenn du Hunger hast, hier, ich hab ein Stück Brot«, sagte er und hielt den Kanten hoch.

Die Gestalt sah zu ihm auf; mit einem Blick, den Georg nicht genau zu deuten wusste. Seltsam intensiv. Er mochte es gar nicht, so eingehend gemustert zu werden. Dann hatte er immer das merkwürdige Gefühl im Nacken und in der Magengrube, das Gefühl, dass man es sehen würde. Alles, was er so gut verbarg. Also sprach er schnell weiter: »Falls du Arbeit suchst, im Sperrholzwerk drüben kannst du sofort anfangen.« Mit der freien Hand deutete er hinüber. »Die sind froh, wenn ein junger Kerl des Weges kommt. Gerade, wenn er noch alle Finger an der Hand hat.« Er lächelte über seinen kleinen Witz und fuhr sich mit der linken Hand durch die Haare.

Aber der junge Mann schien den fehlenden Fingern oder generell seiner Hand keine Aufmerksamkeit zu schenken und gab immer noch keine Antwort. Dafür hörte Georg nun dessen Magen umso deutlicher knurren. Georg trat einen Schritt näher und hielt ihm das Brot hin. Er wusste nur zu genau, wie es war, Hunger zu leiden. Und ihm ging es jetzt gut. Er konnte teilen. In seiner Kindheit hätte er das niemals getan.

»Hier«, sagte er etwas lauter, für den Fall, dass der junge Mann ihn vielleicht nicht gehört hatte. Er deutete auf den Brotkanten.

Immer noch dieser schweigende Blick. Georg ging in die Hocke, musterte nun seinerseits den jungen Mann.

»Bleib mir vom Leib!«, rief die Gestalt mit heller Stimme, und da erst bemerkte Georg, dass dort im Schnee kein Kerl vor ihm saß. Die kurzen Haare und die Kleidung hatten ihn in die Irre geführt. Es war eine junge Frau.

Sofort schoss Georg wieder hoch und ging einen Schritt zurück. »Entschuldigung«, sagte er. Obwohl er doch nichts Falsches getan hatte. Einen Moment schwiegen sie beide. Dann fasste Georg sich ein Herz: »Ich weiß nicht, warum du hier im Schnee sitzt, und das geht mich auch nichts an, aber ich habe deinen Magen knurren hören. Hier, nimm das Brot. Ich will nichts dafür. Wirklich nicht. Du brauchst es mehr als ich.« Ein weiteres Mal streckte er den Brotkanten hin.

Diesmal griff sie zu. Blitzschnell, mit beiden Händen. »Danke.« Ein einziges Wort, ein Murmeln nur. Sie biss in das Brot.

»Ich bin Georg«, stellte er sich vor.

Sie biss wieder ein Stück ab, den Blick auf den Brotkanten gerichtet.

»Ich arbeite drüben im Sperrholzwerk … Aber das hast du dir vielleicht schon gedacht.«

Sie nickte, nahm einen weiteren Bissen vom Brot. Kaute schnell.

»Und du heißt …?«

Sie ließ das Brot sinken. »Eva.« Wieder nur ein einziges Wort.

Erneut ging Georg in die Hocke. Diesmal aber mit etwas mehr Abstand. »Erzählst du mir, warum du hier im Schnee sitzt, Eva?«, fragte er, und da sah sie ihn wieder so seltsam an. So intensiv, dass Georg dachte, sie würde ihn restlos durchschauen.

EINE HELFENDE HAND

Das Brot war trocken und schwer zu kauen. Dennoch biss sie ab, kaute, schluckte den zähen Brei herunter. Sie brauchte Nahrung. So dringend.

Der Mann, Georg, er hockte ein Stückchen von ihr entfernt. Eva nahm kaum etwas von ihm wahr, außer seinen Augen. Diese Augen, die so leuchtend blau waren wie die von ihrem Alfred.

»Nicht weinen, Evi«, hörte sie erneut die Stimme ihres Verlobten in den Ohren. Mit einem Mal schmeckte das Brot in ihrem Mund bitter, während sie es wieder vor sich sah: Sie in dem flatternden Kleid, er in der neuen Uniform. Es war der glücklichste und der schrecklichste Tag in ihrem Leben gewesen. Nur wenige Tage waren noch schrecklicher gewesen. Eva senkte den Blick und würgte den Bissen Brot hinunter.

»Du möchtest es nicht erzählen, oder? Das ist in Ordnung.« Georgs Stimme. Sie war plötzlich so sanft. Er streckte die Hand aus, und das war der Moment, in dem alles in Evas Körper sich auf Alarm stellte. Zu deutlich war die Erinnerung an Hände, die nach ihr griffen, an ihr zerrten. Ihr Herz klopfte fest in ihrer Brust, und sie fuhr hoch. Bestimmt war dieser Georg doch wie alle anderen. Sagte zwar, dass er für ein Stück Brot nichts erwarten würde, und war am Ende doch auf eine Gegenleistung aus, im Zweifel ohne Einverständnis. Trotzig funkelte sie ihn an. Er sollte sehen, dass er von ihr so etwas nicht bekam!

Auch Georg war wieder aus der Hocke in die Höhe gegangen. Er hatte den Kopf schief gelegt und sah sie besorgt an. Vielleicht war er doch nicht auf etwas Körperliches aus? Aber es war nun egal. Denn sie konnte so oder so nicht länger hier mit diesem Mann sein. Sie ertrug den Blick aus seinen Augen nicht. Dieser Blick, als würde Alfred sie ansehen. Sie spürte das Gewicht des angebissenen Brotkantens in ihrer Hand. Ihre eigene Familie hatte sie abgelehnt, ihre Tante sie der Tür gewiesen und dieser Fremde hier schenkte ihr etwas zu essen? Gab ihr Almosen? Das war doch nicht richtig. Sie kniff die Augen zusammen. Die plötzliche Wut, die sie schon beim Verlassen der Rhein-Buchhandlung übermannt hatte, sie kam mit voller Wucht zurück.

»Da! Das kannst du wiederhaben!« Sie warf Georg das restliche Brotstück vor die Füße in den Schnee. »Ich bin nicht auf trockene Brotkanten angewiesen!« Und damit wirbelte sie auf dem Absatz herum und lief durch einen Durchgang in der Mauer, über eine kleine Steinbrücke und wieder hinein in die verwinkelten Gassen Andernachs.

»Warten Sie! Jetzt warten Sie doch mal. Fräulein Eva!«

Wütend fuhr sie herum. Ihr lag schon bissig die Frage auf der Zunge, warum er sie jetzt mit »Fräulein Eva« ansprach, aber es war nicht Georg vom Sperrholzwerk. Es war der Mann, der mit ihrer Tante in der Buchhandlung gewesen war. Der Mann, von dem sie für einen Moment angenommen hatte, er sei ihr Onkel. Mit hochrotem Gesicht kam er herangelaufen.

»Fräulein Eva! Bin ich froh, dass ich Sie gefunden habe«, sagte er japsend, als er endlich bei ihr angekommen war. »Sie dürfen … Sie dürfen das der Maria nicht übel nehmen. Es ist alles nicht leicht für sie.«

Das ist es für keinen, dachte Eva bitter. Aber sie schluckte ihren Gedanken herunter. Wartete weiter ab.

»Ich bin übrigens Hans. Hans Schumacher.« Er streckte ihr die Hand hin.

Eva ergriff sie. Der Händedruck war angenehm fest. Schon lange hatte sie niemanden mehr so begrüßt, dass diese simple Geste sie beinahe rührte. Eine warme Hand in ihrer.

»Kommen Sie«, sagte Hans Schumacher. »Wir gehen zusammen zur Buchhandlung zurück, und dann spreche ich mit Maria.«

»Was soll denn das bringen?«, fragte Eva entmutigt.

»Maria ist im ersten Moment immer etwas schroff, aber sie ist ein herzensguter Mensch. Und Familie ist wichtig für sie, glauben Sie mir das, Fräulein Eva.«

Ja, dachte Eva, Familie ist wichtig. Wenn man noch welche hat. Und wenn diese einen nicht wegschickt. »Da bin ich mir nicht so sicher. Ich glaube nämlich, dass Tante Maria genau weiß, wer ich bin, und mich absichtlich vor die Tür gesetzt hat!«

Hans Schumacher zuckte bei ihren Worten zusammen, und Eva ahnte, dass sie mit ihrer Vermutung nahe an der Wahrheit lag.

»Es ist im Moment alles nicht so leicht für Ihre Tante. Bitte, nehmen Sie ihr das nicht übel. Sie haben sie eben auf dem falschen Fuß erwischt.«

Es ist nicht leicht? Beinahe hätte Eva aufgelacht. Für wen war es denn heutzutage leicht? Wenn sie da an ihre letzten Tage in Berlin dachte, und an ihre Reise erst. Das war nicht leicht gewesen. Vor allem, weil sie allein gewesen war. Allein. Dieser Gedanke brachte sie auf einen neuen: »Wo ist eigentlich mein Onkel?«

»August? Er …« Hans Schumacher schluckte. »Er ist noch im Krieg. Maria hat lange nichts von ihm gehört. Vermutlich ist er …«

»… gefallen?«, fragte Eva.

Hans nickte. »Aber sagen Sie das bloß nicht Ihrer Tante! Maria glaubt fest daran, dass August wiederkommt.«

Bei seinen Worten war Hans Schumacher ein wenig in sich zusammengefallen, und Eva hatte den Eindruck, dass ihm ihre Tante sehr am Herzen lag.

»Sie müssen mich nicht siezen«, sagte sie, um Hans auf andere Gedanken zu bringen, auch wenn sie wusste, dass ihr als der Jüngeren dieses Angebot zum Du nicht zustand.

Er schien sich nicht daran zu stören, ein Lächeln hellte sogar sein Gesicht auf, als er sagte: »Gut, dann lasse ich das. Aber nur, wenn du auch Hans zu mir sagst.«

Eva nickte. Diesmal streckte sie ihm die Hand hin. »Es freut mich sehr, Hans«, sagte sie.

Er schlug ein. »Mich freut es auch, Eva.« Einen Augenblick hielt er ihre Hand in seiner. Musterte ihr Gesicht, ihre Augen. Und dann sagte er: »Eva, hör zu. Wir gehen gleich zu deiner Tante in die Rhein-Buchhandlung, aber erst mal kommst du mit zu mir, ja?«

»Warum?«, fragte Eva, in ihrem Nacken kribbelte es leise. Sie konnte doch nicht mit einem Fremden nach Hause gehen. Das würde bestimmt nicht gut enden!

»Weil du völlig durchgefroren bist und erst etwas zur Stärkung brauchst, bevor du wieder deiner Tante gegenübertreten kannst.« Hans schenkte ihr ein warmes Lächeln. Es hatte etwas Gütiges und überaus Väterliches. Das Kribbeln verschwand. Zusammen gingen sie los. Und während sie so neben ihm herging, wurde ihr etwas bewusst: Sie hatte jemanden in Andernach gefunden, der auf ihrer Seite stand. Der ihr helfen würde, von ihrer Familie angenommen zu werden.

Und dann fiel ihr ein, dass sie vor nur sehr kurzer Zeit schon einmal jemanden getroffen hatte, der ihr eine helfende Hand hatte sein wollen und dessen Hilfe sie in ihrer Wut ausgeschlagen hatte.

ALTE LIEBE

»Wie lange kennst du meine Tante schon?«, fragte Eva, als sie an dem kleinen Küchentisch Platz nahm. Nur kurz saß sie still, dann begann sie, unruhig auf dem Stuhl hin und her zu rutschen. Ihr war unbehaglich zumute. Sie hätte die Einladung von Hans ausschlagen sollen, darauf bestehen sollen, direkt zu ihrer Tante zu gehen statt zu ihm nach Hause. Denn auch wenn sie sich eben per Handschlag das Du angeboten hatten, waren sie Fremde. Ja, sie hatte Hunger, das stimmte. Aber so hatte sie sich nun wieder in eine Situation manövriert, vor der sie sich vor nur kurzer Zeit am Andernacher Schloss gefürchtet hatte, vor der sie sogar geflüchtet war …

Eva drehte ihren Kopf. Sie saß nah an der Tür. Sie rutschte an den Rand des Stuhls, noch näher zur Tür. Im Zweifel könnte sie aufspringen und erneut die Flucht ergreifen. Mit dem Fuß schob sie den zweiten Küchenstuhl vorsichtig vom Tisch weg, sodass er zwischen ihr und Hans Schumacher stand. Auch das würde ihr bei einer möglichen Flucht helfen, würde ihn aufhalten und Eva Zeit verschaffen. Mit diesem Gedanken wurde sie schlagartig ruhiger. Es gab ihr ein leises Gefühl von Sicherheit. Sie beobachtete, wie Hans einen schmalen Schrank öffnete und etwas Brot und gepökelte Wurst daraus hervornahm. Sofort begann Evas Magen wieder zu knurren.

Sorgfältig schnitt Hans kleine Stücke von den beiden Köstlichkeiten ab und legte sie auf einen Teller, den er Eva reichte. »Du darfst nicht zu hastig essen und auch nicht zu schnell oder zu viel. Glaub mir, das wäre nicht gut für deinen Magen. Du hast doch bestimmt lange nichts Richtiges mehr gegessen, oder?«

Eva nickte schnell. Er hatte recht. Die paar Bissen Brot heute am Schloss waren die erste Nahrung gewesen, die sie seit Tagen zu sich genommen hatte. Und es war so wenig gewesen, dass man nicht von einer Mahlzeit sprechen konnte.

Hans Schumacher schob den Küchenstuhl wieder zurück und nahm ihr gegenüber am Tisch Platz. »Ich kann dir auch noch ein bisschen Brühe machen, wenn du willst. Das würde dir sicher gut …«

Aber Eva hatte sich bereits ein Stückchen Wurst in den Mund gesteckt. Der intensive, salzige Geschmack explodierte beinah in ihrem Mund, und ihr Kiefer zog sich schmerzhaft zusammen.

»Langsam, Eva. Langsam!« Hans sah sie besorgt an.

Sie nickte erneut und bewegte das Stückchen sachte mit der Zunge durch den Mund. Der stechende Schmerz war verklungen, und sie kostete nun jede Nuance aus. Traute sich gar nicht zu kauen, aus Angst, diesen köstlichen Geschmack dann viel zu schnell heruntergeschluckt zu haben.

»Vielleicht ist ein Glas Wasser besser als Brühe«, sagte Hans, nachdem er Eva eine kurze Weile beobachtet hatte. Er stand wieder auf und holte ein Glas.

»Und wie lange kennst du meine Tante nun schon?«, fragte Eva noch einmal, nachdem sie auch ein Stückchen Brot gegessen und etwas Wasser getrunken hatte. Sie hatte sich Zeit dazu gelassen.

Hans saß wieder auf dem Stuhl ihr gegenüber, und sie sah, wie sich ein verträumter Ausdruck auf sein Gesicht schob. »Wir sind in derselben Straße hier in Andernach aufgewachsen. Haben schon zusammen gespielt, so lange ich mich erinnern kann. Weißt du, ich bin fünf Jahre älter als deine Tante. Ihre ersten Schritte, damals mit knapp einem Jahr, die hat sie an meiner Hand gemacht. Und auch das Fahrradfahren habe ich ihr beigebracht.« Er lächelte.

»Und dann?«

Hans' Lächeln verschwand. »Dein Onkel kam an den Rhein, und deine Tante war sofort verzaubert von ihm. Da …« Er ließ den Kopf sinken. »Ich hatte da keine Chance mehr. Vielleicht hatte ich die auch nie.« Die letzten Worte hatte er nur geflüstert.

Wie er so dasaß, mit hängenden Schultern und zerfurchtem Gesicht, tat er Eva leid. Und in diesem Augenblick wünschte sie sich, Hans hätte sein Glück mit Tante Maria gefunden.

GEZWUNGENERMASSEN

Maria öffnete die Kartonage und zog einige Bücher hervor. Sie wollte wenigstens etwas neue Ware im Laden stehen haben, bevor sie diesen nach der Mittagspause um zwei Uhr wieder öffnete. Es war die erste Lieferung seit Wochen. Je näher die Gefechte kamen, je weiter die Truppen der Alliierten vorrückten, desto schwieriger wurde es, Bücher zu erhalten. Papier war schon lange knapp und meist wurde der Frontbuchhandel mit Zulieferung bevorzugt. Die Moral der Soldaten musste schließlich mit allen Mitteln hochgehalten werden, dachte Maria zynisch.

Sie nahm die restlichen Bücher aus der Kartonage. Dabei fiel der Lieferschein, der zwischen den Büchern gesteckt hatte, heraus. Sie seufzte, setzte die Bücher auf dem Lagertisch ab und bückte sich zu dem Schriftstück herunter. Gleich würde sie darauf die Bücher abhaken und prüfen, ob Anzahl und Titel übereinstimmten, bevor sie in jedem der Bücher vorne, auf die obere rechte Ecke des Vorsatzpapieres, den Verkaufspreis notierte. Nur hauchzart mit Bleistift, damit man es später einfach wieder herausradieren konnte. Sie legte den Schein auf den Tisch und breitete die Bücher daneben aus.

Diese Bücher, die sich hier vor ihr auftürmten, sie hatte sie gar nicht bestellt. So funktionierte der Buchhandel nicht mehr. Die Reichsschrifttumskammer hatte vor einiger Zeit erlassen, dass Bücher nur noch zugeteilt wurden. Und so bekam sie fast nur Titel, die sie früher nicht einmal mit der Kneifzange angefasst hätte. Musste froh sein, überhaupt noch Lieferungen zu bekommen. So konnte das nicht weitergehen. Auf der Straße durfte man schon lange nicht mehr seine Meinung äußern, und was die Literatur anging, wurde man auch beschnitten. Alles wurde auf das Genaueste kontrolliert und protokolliert und festgehalten; und im schlimmsten Fall später gegen einen verwendet. Unter diesen

Umständen machte ihr die Arbeit kaum noch Freude. Früher, da war sie immer brennend dabei gewesen. Hatte sich gefreut, wenn sie zusammen mit August neue Ware aus den Kartons hatte packen können. Sie erinnerte sich noch genau an das Gefühl, einen lang ersehnten Titel endlich in den Händen zu halten. Eine der Ersten zu sein, die ihre Nase zwischen die feinen Buchseiten stecken durfte, um die gedruckten Worte zu verschlingen. Mit jeder Seite, jedem Kapitel in eine andere Zeit, ein anderes Land, eine andere Welt zu reisen. Aber diese Bücher, die, die sie so geliebt hatte, die sich früher dicht an dicht auf den zwei Tischen im Laden und in den Regalen dahinter gedrängt hatten, waren nun allesamt verboten. Sie konnte von Glück sagen, dass sie ein paar davon hatte retten können. Auch wenn jeglicher Gedanke an die Kiste, in der sie nun versteckt waren, ihr den Angstschweiß auf die Stirn trieb.

Wenn sie da an den Herbst vor acht Jahren dachte … Damals war ihr August noch hier bei ihr gewesen, und die Buchhandlung hatte ganz anders ausgesehen. Volle Regale, Tische mit Bücherstapeln, das Schaufenster hübsch dekoriert, insgesamt eine große Auswahl und vor allem: Vielfalt!

Bis zu dem Tag, an dem die Polizei in den Laden gestürzt war und alles durchsucht hatte. Jedes Buch hatten sie aus den Regalen gerissen, ja geworfen. Und dann hatten sie über einhundert Bücher beschlagnahmt. Sie würden zum »unerwünschten und schädlichen Schrifttum« gehören! Die Titel stünden alle auf der *Liste 1*. Einer Liste, die die Reichsschrifttumskammer erstellt hatte, die aber kein Buchhändler einsehen durfte! Man erwartete von den Buchhändlern, dass sie selbst die richtige Entscheidung zum »guten Buch« treffen würden. Gemeint war damit meist die völkische Literatur. In Marias Augen war sowohl das Erstellen einer solchen Liste als auch die damit einhergehende Beschneidung des Rechtes auf freie Meinungsäußerung eine riesengroße Ungerechtigkeit. Und dass man diese Liste dann noch nicht einmal ansehen durfte! Aber das Nichtwissen um die Titel auf der Liste hatte letztendlich dazu geführt, dass man sie in jenem Oktober nur mit einer Geldstrafe verwarnt hatte, nachdem die sogenannte »verbotene Literatur« konfisziert worden war.

Seitdem gab es die Kiste. Seitdem traf sich der Kreis im Verborgenen. Seitdem war ihre Angst riesig. Und mit dem Einzug ihres Mannes August zum Kriegsdienst an der Front war die Angst noch mehr gewachsen. Drohte sie beinahe jeden Tag zu überwältigen. Aber noch war sie stark! Noch kämpfte sie verbissen dagegen an, sich davon unterkriegen zu lassen. Etwas anderes blieb ihr nicht.

Maria nahm den Lieferbeleg zur Hand und griff nach dem an erster Stelle aufgelisteten Buch. Es war Routinearbeit für sie. Mit einem kurzen Blick stellte sie sicher, dass alles übereinstimmte, notierte den Verkaufspreis und griff sich das nächste Buch. Schnell war sie mit allem fertig. Dann klemmte sie den Beleg an der Ecke des Tischs zu den anderen, die darauf warteten, endlich abgeheftet zu werden. Die Rechnungs- und Belegablage, das war etwas, was ihrem August immer große Freude bereitet hatte, ihr selbst aber zuwider war. Deshalb schob sie diese Arbeit immer so lange auf, wie es irgend möglich war. Hörte dabei die Stimme ihres Mannes im Ohr: »Maria, Maria, so geht das aber nicht …« Er hatte es immer mit einem Schmunzeln gesagt. Ach, ihr August.

Maria legte die Bücher zu einem großen Stapel zusammen, den sie dann unter den Arm nahm, bevor sie durch die Tür nach vorn in den kleinen Ladenraum ging. Auf der schmalen Theke zur Linken setzte sie den Stapel ab.

Heute Vormittag war kaum Kundschaft im Laden gewesen, in den letzten Tagen und Wochen zuvor waren es auch nicht mehr gewesen. Seit dem ersten großen Luftangriff auf Andernach trauten sich viele nicht mehr aus dem Haus. Die Angst vor neuerlichen Angriffen war größer denn je. Es war schlimm gewesen. Am ersten Tag nach Weihnachten, in der Mittagsstunde, waren die Jagdbomber gekommen. An mehreren Stellen in der Altstadt waren Häuser komplett zerstört worden, andere völlig ausgebrannt. Die Straßen waren von riesigen Bombenkratern gezeichnet gewesen. Der Haupteingang zum Luftschutzbunker am Markt war verschüttet worden. Durch den Notausgang zur Eisengasse hatten die Menschen doch wieder hinaus ins Freie gekonnt. Der Schrecken hatte ihnen tief in den Knochen gesessen.

Maria sehnte sich die alten Zeiten zurück. Die vor dem Krieg. Als man keine Angst vor dem nächsten Luftangriff hatte haben müssen und die Kunden zahlreich in der Rhein-Buchhandlung erschienen waren und Bücher gekauft hatten. Als ihr August noch bei ihr gewesen war.

Sie fuhr mit der Hand über den Bücherstapel auf der Theke. An einem anderen Tag hätte sie einen solch ruhigen Vormittag verflucht, aber heute war es ihr ganz recht gewesen. Die Begegnung mit der verlumpten jungen Frau am Morgen, die behauptet hatte, ihre Nichte aus Berlin zu sein, hatte Maria mehr aus der Bahn geworfen, als sie bereit war zuzugeben. Da war es nur gut, dass sie kein Kundengespräch hatte führen müssen. Und sie war richtig froh gewesen, als sie um zwölf Uhr den Laden für die Mittagszeit hatte abschließen können und sich mit dem Kochen des Mittagessens hatte ablenken können. Dennoch hatte ihr die Kartoffelsuppe kaum geschmeckt. Und das lag nur zum Teil daran, dass sie sie so sehr hatte strecken müssen, bis sie ganz wässrig geworden war. Es lag immer noch an der jungen Frau, die sie vor die Tür gesetzt hatte. Lag daran, dass sie seitdem ihr Gewissen mit guten Argumenten beruhigen und davon überzeugen wollte, dass es nicht ihre Nichte war, dass sie richtig gehandelt hatte. Und dabei wusste sie doch genau, dass es anders war. Die junge Frau war ihrer Schwägerin wie aus dem Gesicht geschnitten. Sie war, wer sie behauptete zu sein: Eva Liebe aus Berlin.

Maria straffte ihre Schultern. Sie hatte die junge Frau fortgejagt, das konnte sie jetzt nicht mehr ändern. Und es war auch besser so. Wie sollte sie denn eine Kartoffelsuppe noch mehr strecken? Maria nickte, um sich selbst noch einmal zu bestätigen. Es war die richtige Entscheidung gewesen. Auch wenn sie sie im Affekt getroffen hatte.

Sie machte sich daran, die Bücher von der Theke in die Regale zu ordnen. Weil überall so viel Platz war, war sie auch damit schnell fertig. Was hatte sie früher lange für eine solche Tätigkeit gebraucht. Hatte die Bücher über mehrere Regalböden rücken müssen, nur um für einen einzigen Titel einen Platz zu finden. Hatte die Stapel auf den Auslagetischen geschoben, bis sie an der Ecke fast herunterzufallen drohten, damit die neue Ware präsentiert werden konnte. Nicht einmal im Traum hätte sie sich ausmalen können, wie anders es in der Rhein-Buchhandlung einmal aussehen würde. Was würde nur ihr August sagen, wenn er jetzt wiederkäme? Bestimmt würde er die Hände über dem Kopf zusammenschlagen. Die Buchhandlung, sie war schon immer sein Ein und Alles gewesen.

Maria seufzte. All diese Gedanken nützten ihr nichts. Sie musste das tun, was sie immer tat: nach vorn blicken. Komme, was da wolle. Immer nur nach vorn, nie zurück.

Noch einmal ging sie an den Regalen vorbei und schob die Bücher zurecht. Liebesromane von Hedwig Courths-Mahler, die Heimatromane von Ludwig Ganghofer und Werke von Kuni Tremel-Eggert. Romane, die vor 1933 kaum Beachtung gefunden hatten, die aber nun überall propagiert wurden und sich so zu Verkaufsschlagern entwickelt hatten. Als Maria zu den Ausgaben von *Mein Kampf* vom Führer Adolf Hitler und *Vom Kaiserhof zur Reichskanzlei* von Joseph Goebbels kam, zuckten ihre

Finger automatisch zurück. Es war ihr zuwider, diese Bücher anzufassen. Sie überhaupt hier im Laden stehen haben zu müssen. Aber genauso wie die verbotenen Bücher sie hinter Schloss und Riegel bringen konnten, so konnte es auch ein Fehlen dieser Werke tun. Sie musste sie vorrätig haben, sie präsentieren. Gezwungenermaßen.

IM SCHÜTZENGRABEN

Georg gähnte. Er war mit einem Mal so müde. Das kam nicht oft bei ihm vor. Und wenn, dann eher im Sommer, wenn es so warm war, dass einen die schiere Hitze einlullte. Aber es war kein Sommer, es war Winter und hier in der Halle fast schon kühl. Auch wenn die großen Maschinen, die für die Holzarbeiten benötigt wurden, immer eine Grundwärme abstrahlten. Er rieb sich die Augen und wandte seine Aufmerksamkeit dann wieder der Säge zu. Schob erneut ein großes Stück Holz zum Sägeblatt, hörte das vertraute Kreischen, als der harte Stahl auf das weiche Holz traf. Späne stoben auf, erfüllten die Luft mit dem feinen Sägemehlstaub.

Erneut gähnte er und hob dabei automatisch eine Hand an den Mund. Dabei benötigte er beide Hände, um das Holzstück sauber zu führen. Das Kreischen veränderte sich, das Holzstück in der verbleibenden Hand brach aus und Georg sah, dass der Schnitt nicht mehr gerade war. Schnell nahm er die zweite Hand wieder dazu und zog das Stück zurück. Er hoffte, dass sein Fehler niemandem aufgefallen war, aber da hörte er schon die Stimme des Vorarbeiters Werner Seul hinter sich: »Georg! Was ist denn mit dir los, Kerl?«

Georg ließ die Arme hängen. »Es tut mir leid, Herr Seul. Ich musste gähnen und da …«

»Müde, was? Hast du ein Liebchen, das dir den Kopf verdreht, oder wieso bekommst du nicht mehr genug Schlaf?«

Ein Liebchen? Beinahe hätte Georg laut aufgelacht. Als wenn er jemals jemanden so nah an sich heranlassen würde. Fräulein Weber, seine Hauswirtin, hatte schon mehrfach versucht, ihn mit der ältesten Tochter der Nachbarin zu verkuppeln. Aber er konnte sich keine Liebe leisten. Liebe, das wusste er, führte zu Unvernunft. Und Unvernunft führte dazu, dass man nicht mehr wachsam war, und das durfte ihm nicht passieren. Jetzt nicht mehr.

»Ich hab keine Freundin«, sagte er ruhig. »Und ich hab auch genug geschlafen.« Er gähnte.

»Das seh ich, Kerl«, erwiderte Seul. Er schüttelte den Kopf. »Komm, wenn du müde bist, dann setz dich kurz hin. Ich kann mir nicht leisten, dass du noch mehr Holz versägst oder am Ende sogar noch einen deiner wenigen Finger verlierst, weil du vor lauter Müdigkeit nicht mehr aufpassen kannst.«

Georg biss die Zähne zusammen. Er ärgerte sich über den Seitenhieb von Seul. Aber er war auch dankbar, eine kurze Pause einlegen zu können. Er trat ein paar Schritte von der Säge zurück und setzte sich auf einen zusammengebundenen Stapel Holz, lehnte sich an der Wand der Halle an. Es dauerte nicht lange, da war er eingeschlafen.

Pat. Pat. Pat. Pat. Pat. Ein Geräusch wie eine Salve aus mehreren Maschinengewehren zugleich. Reflexartig warf Georg sich zu Boden. Schlug die Hände auf die Ohren und krümmte den Oberkörper zusammen. Mit dem Geräusch war alles wieder da. Er konnte es fühlen, es schmecken. Die Angst griff nach seinem Herzen. Drückte Stück für Stück fester zu, während um ihn herum die Kriegshölle explodierte. Er hörte die Schreie der anderen Soldaten, roch die feuchte, kalte Erde, die mit Blut getränkt war. Rauchschwaden hingen schwer in der Luft. Machten es beinahe unmöglich, die eigene Hand vor Augen zu sehen. Wer war Feind, wer Freund? Die Uniformen – durch den Nebel sahen sie alle gleich aus. Jemand rief etwas. Einen Namen. Es war nicht seiner, oder doch? Es war so schwer, durch den Lärm und den Dunst in seinem Kopf einen klaren Gedanken zu fassen. Er hatte Angst. Große Angst. »Bljad'!«, entfuhr es ihm.

»Georg? Georg!«

Er öffnete die Augen. Sah Gesichter über sich. Alte Augen, zerfurchte Haut. Er stützte sich auf die Hände, spürte die Späne unter seinen Handflächen, und dann drang der Geruch von Holz zu ihm durch. Endlich wurde ihm wieder bewusst, wo er hier war. In der Sperrholzfabrik.

»Was du da gerufen hast. Das … was hast du gesagt?«, fragte einer der alten Männer, es war Benno, wenn Georg das richtig zuordnen konnte. Er gehörte zu den Arbeitern, die ihn immer mit Argwohn betrachteten.

Georg lief es kalt den Rücken hinunter. Er hatte etwas gerufen? Das hatte er überhaupt nicht mitbekommen. Zu sehr war er davon gefangen gewesen, wieder an der Front zu sein. Auch wenn das alles nur in seinem Kopf stattgefunden hatte. Die Erinnerung, die er so lange schon tief in sich vergraben hatte, hatte sich zum ersten Mal seit langem einen Weg an die Oberfläche gesucht. Aber er würde das nicht zulassen, er konnte es nicht. Diese Erinnerung an die Front musste dort bleiben, wo sie war. Tief in seinem Inneren. Er war noch nicht bereit, sich damit auseinanderzusetzen. Und er wusste nicht, ob er es jemals können würde.

»Also, raus mit der Sprache, was haste da gerufen?«, hakte Benno nach. »Das war ein komisches Wort«, fügte er hinzu. »Hab ich noch nie gehört.« Er warf ihm einen lauernden Blick zu.

Ein komisches Wort. Sein Herz schlug fester, schneller. Damit hatte er sich also verraten. Nach so vielen Monaten. Wenn ihm doch nur einfallen würde, was er genau gesagt hatte. »Ich … ich kann mich nicht erinnern«, setzte er an. »Ich bin heute so müde und dann … kurz dachte ich, ich wäre wieder im Schützengraben.«

Benno sah ihn zweifelnd an, aber einer der anderen Männer, Ludwig, legte ihm eine Hand auf den Rücken. »Jung, ich weiß nicht, wo de gekämpft hast, aber ich war im Ersten Weltkrieg an der Front. Im Graben in Verdun, in Frankreich. Ich weiß genau, wie das ist. Ich träum noch heut davon.« Er half Georg wieder auf die Beine und drehte sich dann zu Benno. »Du warst doch auch an der Front, Benno. Du kennst es doch genauso. Wenn de meinst, du bist wieder da, dann verlierste die Kontrolle, dann weißte nicht mehr, was de sagst.«

Die anderen alten Männer begannen zu nicken, und auch Bennos Zweifel schienen mit Ludwigs Worten hinweggefegt zu sein.

Seul klatschte in die Hände. »Gut, Männer. Ihr habt es gehört. Es ist alles in Ordnung. Und jetzt wieder ab an die Arbeit, die macht sich nicht von selbst!«

Georg klopfte sich den Holzstaub und die Späne von der Arbeitskleidung, bevor er sich wieder zur Säge wandte. Er warf nur einen kurzen Blick zu den anderen Arbeitern, dabei entging ihm nicht, dass Benno ihn mit einem unergründlichen Ausdruck auf dem Gesicht musterte. Ludwig hatte ihn vielleicht doch nicht komplett überzeugt.

Für Georg hieß das nur eines: So ein Aussetzer wie eben, der durfte ihm wirklich nicht noch einmal passieren.

EIN GUTES HERZ

Maria sah zum Schaufenster der Rhein-Buchhandlung hinaus in das triste Wintergrau. Was war es heute doch für ein merkwürdiger Tag. Erst der kurze Streit mit Hans, dann die Begegnung mit ihrer Nichte. Maria hoffte sehr, dass der Rest des Tages erfreulicher verlaufen würde. Sie wandte sich vom Fenster ab und ging nach hinten in den kleinen Lagerraum. Dort musste sie wieder einmal Platz schaffen, denn morgen Abend würde der Kreis das nächste Mal zusammenkommen. Dafür musste Maria noch einiges vorbereiten. Vielleicht würde Friedel Faßbender wieder etwas vortragen. Vielleicht sprachen sie aber auch nur über die Schätze der Literatur, die man heutzutage nicht mehr laut beim Namen nennen durfte. Oder über alles andere, das man nicht mehr laut sagen konnte. Letzte Woche war Fräulein Frings nicht dabei gewesen. Sie hatte sich von der Eiseskälte, die der Anfang dieses Jahres immer noch mit sich brachte, eine Erkältung eingehandelt. Maria hoffte sehr, dass die alte Hebamme, die ihr selbst und vielen anderen Frauen in Andernach bei der Geburt beigestanden hatte, sich wieder erholte.

Sie wollte gerade die ersten Kisten hinstellen, als sie hörte, wie sich die Ladentür öffnete. Sofort ging Maria nach vorn, um die Kundschaft zu begrüßen, und blieb dann abrupt stehen, als sie sah, wer da die Buchhandlung betreten hatte: Es war wieder die junge Frau. Dicht gefolgt von Hans.

Maria seufzte. Hans wieder. Wie sie ihn kannte, war er den halben Tag durch Andernach gestromert und hatte die junge Frau aufgelesen, nur um sie wieder hierherzubringen. Er hatte einfach ein zu gutes Herz. Hatte Verständnis für alles und jeden. Das war etwas, was sie früher, als sie beide noch Kinder gewesen waren, sehr an ihm gemocht hatte. Aber jetzt, im Krieg, konnte es einen alles kosten. Kopf und Kragen und noch mehr. Maria hatte nie verstanden, wie Hans sein gutes Herz über all die Kriegsjahre hatte bewahren können, aber dann dachte sie, dass es vielleicht daran lag, dass Hans allein war. Er trug nicht die Verantwortung für eine Familie, für Frau oder Kinder. Er war nur sich selbst gegenüber Rechenschaft schuldig.

Ihre Nichte sagte nichts, wie sie da so vor ihr stand, und auch Maria war sich unschlüssig, was sie jetzt sagen sollte.

Schließlich kam Hans zuvor: »Maria. Sie ist deine Nichte!« Entgegen seiner sonstigen Art hatte er diesen kurzen Satz mit großem Nachdruck hervorgebracht.

Ja, ich weiß, dachte Maria, aber gleichzeitig schüttelte sie den Kopf. Sie konnte sehen, wie Eva bei dieser Geste zusammenzuckte. Maria wurde es schwer ums Herz, während ihr die Ähnlichkeit zu ihrer Schwägerin Anneliese und ihrem Schwager Egon so deutlich ins Gesicht stachen.

»Maria …« Hans' Stimme hatte nun wieder einen weichen und besänftigenden Unterton angenommen, und seine Augen blickten sie groß an. Auch das kannte sie von ihm gut. Damit hatte er sie schon mehr als einmal um den Finger gewickelt. Früher, bevor sie August kennengelernt hatte. Sie presste die Lippen zusammen.

»Maria«, begann Hans wieder, »sie hat den ganzen langen Weg von Berlin bis hierher allein bestritten. Schau sie dir an, das war bestimmt nicht leicht. Stell dir einmal vor, eine von deinen Töchtern hätte das durchmachen müssen.«

Der Schreck, den diese Worte bei ihr auslöste, fuhr ihr heiß und kalt durch den ganzen Körper. Allein die Vorstellung, ihre Töchter wären plötzlich auf sich selbst gestellt. »Das ist etwas anderes!«, rief sie impulsiv. Hans hatte einen wunden Punkt bei ihr getroffen, und das wusste er genau. Erneut blickte sie zu ihrer Nichte. Wie mager sie war, wie dreckig ihre Sachen. Und erst ihr Haar und ihre Haut. Für den Bruchteil einer Sekunde meinte sie, Ilse und Gisela so zu sehen. In zu großer Kleidung, vor Schmutz starrend. Heftig schüttelte Maria den Kopf. Nein! Das würde sie niemals zulassen.

»Es ist nicht anders«, sagte Hans ruhig, »und du weißt es.«

»Ja, ich weiß es«, erwiderte Maria, und damit, dass sie es laut ausgesprochen hatte, fiel aller Widerstand von ihr ab. »Du bist meine Nichte. Das weiß ich doch.« Sie sah Eva fest in die Augen, während in ihrem Kopf die Gedanken umeinanderwirbelten. Wie sollte sie noch jemanden durchfüttern, und was hieß das für sie und ihre Töchter? Konnte sie Eva überhaupt vertrauen? Sie hatte sie das letzte Mal als kleines Kind in Berlin getroffen. Wie stand sie zu den Überzeugungen der Nationalsozialisten? Ja, sie und Eva waren verwandt, aber das hieß noch lange nicht, dass sie sie nicht beim ersten kleinen Anzeichen verraten würde. Wer sagte ihr das? Denn eins wusste Maria: Blut war nicht immer dicker als Wasser. In diesen Tagen des Krieges schon dreimal nicht. Maria ließ die Schultern nach unten sacken, als ihr auch noch bewusst wurde, dass ihre Nichte nicht nur für sie selbst zum Verhängnis werden konnte, sondern auch für den Kreis.

Natürlich war der Kreis an sich schon immer ein Risiko für Maria gewesen. Aber das hatte sie bislang nicht davon abgehalten, ihn weiterzuführen. Die Menschen, mit denen sie einmal die Woche im Verborgenen zusammenkam, waren ihr ans Herz gewachsen. Und es war befreiend, unter ihnen sagen zu können, was sie dachte. Genauso, wie diese Menschen auch ihr gegenüber frei sprechen konnten. Kritik am Führer, die durfte man nicht in der Öffentlichkeit äußern. Von den Verbrechen, die an Menschen jüdischen Glaubens und Menschen mit körperlicher oder geistiger Behinderung ausgeübt wurden, ganz zu schweigen. Wenn das an die falschen Ohren geriet, dann wurde man abgeholt, manchmal mitten in der Nacht. Und eins hatte Maria schon früh gelernt: Wer einmal abgeholt wurde, der kam nicht mehr wieder. Wenn auch nur die Hälfte von dem stimmte, was man sich hinter vorgehaltener Hand über die sogenannten Arbeitslager erzählte, dann war es besser, still zu sein.

Morgen Abend sollte der Kreis doch wieder zusammenkommen, das würde sie absagen müssen, wenn sie jetzt ihre Nichte aufnahm. Das Risiko wäre sonst viel zu groß! Ja, sie würde das

Treffen absagen. So lange, bis sie sich sicher war, auf welcher Seite ihre Nichte stand.

»Maria, du hast ein gutes Herz. Hast du immer gehabt«, sagte Hans. Er lächelte sie offen und warm an.

Ein gutes Herz, es war doch das, was Maria über Hans dachte. Sie selbst konnte sich das gar nicht erlauben. Während Maria ihre Nichte ansah, hoffte sie sehr, dass sie nicht gerade im Begriff war, einen großen Fehler zu machen.

MAN KANN ALLES LERNEN

Eva musterte ihre Tante. In kurzer Zeit hatte ihr Mienenspiel so viele Gefühlsregungen gezeigt, dass Eva nicht sagen konnte, was es zu bedeuten hatte. Die Tante hatte nun zwar zugegeben zu wissen, dass Eva ihre Nichte war, aber so, wie sie gerade das Gesicht verzog, konnte Eva noch nicht glauben, dass sie sie wirklich bei sich aufnehmen würde. Evas Magen zog sich schmerzhaft zusammen bei dem Gedanken, gleich schon wieder vor die Tür gesetzt zu werden.

»Ein gutes Herz«, schnaubte ihre Tante plötzlich an Hans Schumacher gewandt. »Das hab ich nicht. So was kann ich mir gar nicht erlauben!«

»Ach Maria. Sei nicht so streng zu dir. Ich kenne dich. Du hast ein gutes Herz, aber du hast es im Moment nicht gerade leicht. Und deiner Nichte geht es genauso, nicht wahr, Eva?« Hans wandte sich zu ihr um, und sie beeilte sich zu nicken.

»Ich weiß doch so schon kaum, wie ich alles bewerkstelligen soll. Die Arbeit mit den Pänz, mit dem Haushalt, mit der Buchhandlung.« Die Tante warf die Hände in die Luft. »Und dann soll ich obendrauf noch ein hungriges Maul mehr stopfen?«

»Ich kann mich nützlich machen. Ich kann dir helfen!«, sagte Eva mit Nachdruck. Sie erinnerte sich an ihre Zeit bei den Kriegers. »Im Haushalt, das kann ich gut.« Unbewusst tastete sie mit dem Daumen der linken Hand nach der Stelle an ihrem Ringfinger, an dem vor einiger Zeit noch der Ring gesessen hatte. Der Ring, mit dem Alfred ihr das Versprechen gegeben hatte. Aber sie traf nur auf nackte Haut, da war schon lange kein Ring mehr. Die Kriegers hatten ihn ihr abgenommen, direkt am nächsten Tag, nachdem die Nachricht vom Tod ihres Sohnes eingetroffen war. Elsbeth Krieger hatte eine kleine Tasche gepackt und Eva diese zusammen mit etwas Geld, einem Päckchen von Otto Kriegers Zigaretten und den Worten: »Wir sind ja keine Unmenschen« in die Hand gedrückt. Dann hatte sie Eva aufgefordert zu gehen. Otto Krieger hatte nichts mehr gesagt. Die steinerne Miene hatte für ihn gesprochen. Die Kriegers hatten Eva vor die Tür gesetzt wie einen Hund, an dem man sich kurze Zeit erfreut hatte und dem man dann doch überdrüssig geworden war. Ohne ihren Sohn war sie nicht mehr erwünscht.

Vielleicht war es nicht genug gewesen, nur im Haushalt zu helfen? Vielleicht musste sie einfach mehr tun?

Ihr Blick schweifte durch die kleine Buchhandlung, an den Regalen entlang, über die Buchrücken. Ihr kam eine Idee. »Hier kann ich bestimmt auch helfen. Hier mit den Büchern«, sagte sie.

»Hier?« Tante Maria lachte hell auf. »Du willst Bücher verkaufen?«

Eva nickte. »Warum nicht?«

Ihre Tante maß sie mit einem prüfenden Blick. »Hast du denn bisher viel gelesen?«

»Na ja, die Fibel in der Volksschule und …« Eva brach ab, überlegte fieberhaft, was sie noch nennen konnte. In ihrem Zimmer, das sie sich mit Grete in dem großen Mietshaus in Berlin geteilt hatte, da hatten immer auch ein paar Bücher gestanden. Ein Märchenbuch und eines mit Gedichten. Aber es war ihre kleine Schwester gewesen, die ihre Nase da hineingesteckt hatte, nicht sie selbst. Nicht einmal die Titel wollten ihr einfallen. War es etwas mit Haus gewesen? Das große Haus? Das alte Haus? Sie verzog den Mund.

»So hab ich mir das gedacht!«, rief ihre Tante. »Keine Ahnung, aber davon viel.«

Eva zuckte zusammen, aber dann legte Hans Schumacher ihr beruhigend eine Hand auf die Schulter. Zur Tante sagte er: »Sei nicht so hart zu ihr, Maria ... Du kannst ihr doch alles beibringen.«

Die Tante holte lautstark Luft. »Bücher verkaufen, das ist nicht so einfach, wie es aussieht«, sagte sie. »Dafür muss man belesen sein und den Markt kennen. Gerade in der heutigen Zeit, denn ...« Die Tante presste die Lippen für einen Augenblick zusammen. »Also sagen wir es so: Es ist nicht einfach.«

»Das mag ja sein«, erwiderte Eva. Und sie wusste nicht genau, woher sie gerade den Mut nahm, vielleicht war es Hans Schumachers Hand auf ihrer Schulter, als sie sagte: »Aber ich kann es lernen. Ich kann alles lernen!«

Tante Maria hob die Augenbrauen, und Eva meinte, einen Funken Anerkennung darin zu sehen. »Na, Selbstvertrauen haste ja schon mal, Mädchen. Damit können wir vielleicht arbeiten. Aber ...« Sie maß Eva von Kopf bis Fuß mit einem kritischen Blick. »... so kannst du hier keine Minute länger bleiben. Komm, ich zeig dir, wo du dich waschen kannst. Denn egal, ob du was lernen kannst oder nicht, so schlammverschmiert verjagst mir ja jedwede Kundschaft! Und das geht nun wirklich nicht.« Sie wandte sich um und verschwand durch eine Tür am anderen Ende des kleinen Ladenraums.

»Sie hat doch ein gutes Herz, siehst du?«, flüsterte Hans Schumacher Eva zu. »Sie will es nur nicht zugeben. So ist sie eben. Raue Schale, weicher Kern.« Und etwas lauter sagte er: »Und sie ist schnell. Wenn ich du wäre, würde ich mich beeilen, ihr hinterherzukommen.«

Eva nickte und lächelte Hans Schumacher dankbar zu, bevor sie ihrer Tante folgte. Sie hoffte, dass er mit dem guten Herz recht behalten würde.

DURCH DEN TÜRSPALT

Ilse zog die nassen Schuhe aus und eilte die Treppe hinauf. Nach dem Mittagessen war sie mit ihrer Schwester hinaus in den Schnee gestürmt. Am Fuße des Bollwerks hatten sie Schneemänner gebaut und sich mit den anderen Kindern eine Schneeballschlacht geliefert. Es war schön gewesen, dass an diesem Nachmittag kein Alarm ihr Spiel unterbrochen hatte wie an den Tagen zuvor. Aber jetzt klebte die Winterkälte in ihren durchnässten Sachen, fraß sich langsam und eisig durch ihre Haut.

Ihre kleine Schwester Gisela kam quietschend hinter ihr die Treppe hinauf, versuchte sie einzuholen, obwohl sie das bislang noch nie geschafft hatte. Ilse war viel größer, hatte die längeren Beine. Sie konnte zwei Treppenstufen auf einmal nehmen, wo ihre Schwester nur eine schaffte.

Sie hatte gerade den Treppenabsatz erreicht, als die Mutter die Tür zur Stube öffnete und in den Flur trat.

»Was wollt ihr zwei hier? Raus mit euch!«, zeterte sie laut.

Ilse blieb keuchend stehen. Normalerweise war die Mutter um diese Zeit in der Buchhandlung. Was machte sie in der Stube? Ilse sah etwas Gräulich-Silbernes neben dem Küchentisch auf dem Boden. Stand da etwa die Zinkwanne, in der sie sonst badeten? Sie trat einen Schritt zur Seite, um besser sehen zu können, aber die Mutter schob die Tür zu und stellte sich in den verbleibenden Spalt.

Gisela war nun neben ihr angekommen. »Aber Mama, waru…« Weiter kam sie mit ihrer Frage nicht.

»Das erzähle ich euch später, jetzt habt ihr hier nichts zu suchen!«, rief die Mutter barsch und schloss die Tür.

Ilse und Gisela sahen sich verwundert an. Warum verhielt die Mutter sich so merkwürdig? Streng war sie immer, aber noch nie hatte sie sie einfach so aus dem Haus gejagt. Und das auch noch in klatschnassen und kalten Sachen.

»Mama!«, rief Ilse laut, und auch Gisela stimmte in den Ruf ein.

Es dauerte ein paar Sekunden, da öffnete die Mutter die Tür wieder. Ohne sich auch nur anzuhören, was die beiden Mädchen wollten, rief sie in einem Befehlston: »Hab ich mich eben nicht deutlich genug ausgedrückt? Ihr geht nach draußen spielen. Hier kann ich euch nicht brauchen. Hopp, hopp. Wenn die Glocken läuten, kommt ihr wieder. Zum Abendbrot. Und jetzt ab mit euch. Raus!«

Das letzte Wort, das *Raus*, hatte sie so bestimmend gerufen, dass weder Ilse noch Gisela sich trauten, ein Widerwort zu geben. Mit hängenden Schultern gingen sie die Treppe hinunter und schlüpften in die nassen Schuhe.

Ilse ließ Gisela den Vortritt nach draußen. Während ihre kleine Schwester sich scheinbar schnell mit ihrem Schicksal abfand und auf dem Hof im Schnee damit begann, Steine aufeinanderzustapeln, blieb Ilse an der Hintertür stehen. Sie lauschte durch die Tür ins Treppenhaus. Und endlich hörte sie die Schritte der Mutter, wie sie die Treppe herunterkamen und dann im Lagerraum der Buchhandlung verschwanden. Ilse wartete noch ein paar Augenblicke ab. Dann versicherte sie sich noch einmal, ob Gisela noch spielte, bevor sie durch die Hintertür ins Haus schlich. Sie wollte wissen, warum die Mutter sie verjagt hatte und was da in der Stube los war.

Mit klopfendem Herzen huschte sie die Treppe hinauf. Dabei versuchte sie, die besonders knarzenden Stufen auszulassen. Endlich war sie oben angekommen. Die Tür zur Stube stand einen kleinen Spalt offen. Das passierte bei dieser Tür oft. Wenn man sie nicht sorgfältig ins Schloss zog, schwang sie wieder auf. Ein klitzekleines Stückchen zwar nur, aber für Ilse sollte es reichen. Auf Zehenspitzen näherte sie sich der Tür. Ihr Herz klopfte mittlerweile so laut, dass sie meinte, die Mutter müsse es bis unten in die Buchhandlung hören können. Ilse linste durch den Spalt, und ihr blieb der Mund offen stehen. Sie hatte mit allem gerechnet, aber nicht mit dem Bild, das sich ihr bot: In der Stube stand tatsächlich die Zinkwanne; und in der Wanne saß eine nackte Frau und wusch sich.

Mit angewinkelten Beinen und spitzen Knien saß die Frau in der Wanne. Fuhr sich immer und immer wieder mit einem Stückchen Seife über die Arme, die Beine, den Bauch, den Rücken. Ihre Bewegungen wirkten komisch auf Ilse, sie hatten so etwas Zwanghaftes. Als würde die Frau versuchen wollen, auch ihre Haut mit abzuwaschen. Das war sehr seltsam. Dennoch konnte Ilse nicht anders, als hinzusehen.

Die Frau legte das Seifenstück zur Seite und stand auf, und jetzt konnte Ilse alles sehen. Noch nie hatte sie eine andere Frau nackt gesehen als die Mutter. Die Frau hier war ganz anders. Dürr und ausgemergelt, und irgendwie nicht so rund oder weich. Wobei die Mutter nicht dick war, das nicht. Aber der Körper dieser Frau … er erinnerte Ilse mehr an ihren eigenen Mädchenkörper. Auch wenn sie an sich selbst noch kein Haar oder gar die Ahnung von Brüsten entdecken konnte. Vielleicht war das der Grund, warum Ilse immer noch am Türspalt stand und hindurchstarrte, warum sie nicht anders konnte, als wie hypnotisiert hinzusehen. Neugierig, jedes Detail in sich aufsaugend. Dabei wusste sie genau, dass sich das nicht schickte, dass sie etwas Verbotenes tat. Man schaute nicht so unverhohlen jemand Nacktes an, sagte Ilse sich selbst – und dennoch konnte sie immer noch nicht damit aufhören. Es waren die Flecken und Schrammen, die Ilse jetzt in ihren Bann zogen. Als die Frau eben gesessen hatte, waren sie nicht zu sehen gewesen. Aber nun sah Ilse deutlich die roten und blauen Flecken, die lang gezogenen Kratzer und Schürfwunden, die sich von der blassen Haut abhoben. Ilse fragte sich, wo diese herkamen. War die Frau etwa auch von einem Baum gefallen, so wie Gisela letztes Jahr? Das war schrecklich gewesen. Noch nie hatte sie ihre kleine Schwester so schreien gehört wie damals. Und Ilse hatte sich so schuldig gefühlt, weil sie *dem Klein* doch überhaupt erst auf den Baum geholfen hatte. Und dann erst der Ärger mit der Mutter. Was hatte die mit ihr geschimpft … Sogar den Hintern hatte sie ihr versohlt, obwohl sie das sonst nicht tat. Im Gegensatz zu anderen Müttern. Das wusste Ilse.

Die Frau, sie stand mit hängendem Kopf und hängenden Schultern in der Zinkwanne. Immer noch tropfte Wasser von ihrem Körper herunter, oder weinte sie etwa? Ilse konnte es nicht genau sehen. Sie rückte näher an die Tür und stieß sie damit an. Die Tür gab ein leises Quietschen von sich, kaum hörbar, aber für Ilse hätte es kein lauteres Geräusch geben können. Auch die Frau musste es gehört haben, denn ihr Kopf schoss nach oben, und sie blickte mit zusammengekniffenen Augen zur Tür. Ilse wich zurück. Hatte die Frau sie gesehen? Sie wartete nicht ab. Auf dem Absatz wirbelte sie herum und stürmte die Treppe hinunter. Nur schnell weg, bevor es wieder Schimpfe gab.

ALLES WIRD GUT

Da war doch jemand an der Tür gewesen! Und nun hörte sie Schritte auf der Treppe. Sofort stieg die altbekannte Angst in ihr auf. Die Angst, die ihr seit ihrer Reise immer tief im Nacken saß. Dabei sollte das hier, bei ihrer Familie, unbegründet sein. Dennoch konnte sie es nicht abschütteln. Hastig stieg sie aus der Wanne und griff tropfend nach dem Handtuch. Sie wickelte es sich um und trat zur Tür, öffnete sie vollständig. Da war niemand. Der Flur, die Treppe, alles lag verlassen da. Vielleicht hatte sie es sich nur eingebildet? Sie schloss die Tür und ging langsam zurück zum Tisch. Die Holzbohlen unter ihren nassen Füßen waren kalt. Auf dem Tisch lag die Kleidung, die Tante Maria ihr hingelegt hatte. Ein einfaches Baumwollkleid mit seitlichen Eingrifftaschen und einem Tunnelzug in der Taille, dazu lange Strümpfe. Eva trocknete sich ab und begann, sich anzuziehen. Das Kleid roch entfernt nach Mottenkugeln und saß locker um Brust, Hüfte und Po. Eva hatte an all diesen Stellen nicht genug, um es auszufüllen. Dennoch fühlte sie sich in dem Kleid zum ersten Mal seit langer Zeit wieder weiblich. Sie hatte ganz vergessen, wie das war.

Auf dem Tisch lagen die kleine Schachtel und das gefaltete Papierdokument. Die beiden Sachen hatte sie vor dem Bad aus der Innentasche des alten Mantels hervorgeholt. Nun steckte sie beides in die linke Seitentasche des Kleides. Sie blickte sich in der Stube um, konnte aber nirgends einen Spiegel oder Ähnliches entdecken. Gern hätte sie gesehen, wie sie jetzt aussah. Eva fasste sich mit beiden Händen an die noch feuchten Haare. Sie waren so kurz, so unregelmäßig. Es rief sofort die Erinnerung daran wach, als sie sie abgeschnitten hatte. Mit einem scharfkantigen Stück Blech. Der Gedanke daran ließ sie wieder den Schmerz spüren, als sie dabei immer und immer wieder abgerutscht war und sich das Blech in ihre Hand oder ihre Kopfhaut gebohrt hatte. Aber es war notwendig gewesen. Ebenso, wie es notwendig gewesen war, ihre Kleidung gegen die zu große Männerkleidung zu tauschen. Gegen diesen schlammverschmierten dreckigen Haufen, der neben der Zinkwanne auf dem Boden lag und den sie hoffentlich nie wieder würde anziehen müssen.

Eva stand immer noch unschlüssig in der Stube, als die Tante, ohne anzuklopfen, eintrat. Ihr Blick streifte Eva nur kurz, bevor sie sich der Wanne und der dreckigen Wäsche zuwandte.

Eva lag so viel auf den Lippen. Sie wollte Danke sagen oder wenigstens ihre Hilfe anbieten, aber Tante Maria eilte schon wieder aus dem Zimmer, in den Armen Evas alte Kleidung. Kurze Zeit später kam sie mit einem Eimer zurück und begann, die Wanne auszuschöpfen. Diese Geschäftigkeit der Tante, bei der jeder Handgriff saß. Sie wirkte so konzentriert, dass Eva nur stumm dabei zusah.

Als die Wanne leer war, wandte die Tante sich zu ihr um, musterte sie erneut von Kopf bis Fuß und brummte dann: »Wir müssen irgendetwas mit deinen Haaren machen.« Ohne eine Antwort abzuwarten, verschwand sie mit dem Eimer in der einen und der Zinkwanne in der anderen Hand wieder aus der Stube.

Eva hörte, wie es erst im Flur und dann weiter weg dumpf rumpelte. Kurze Zeit später kam Tante Maria mit einem Kamm, einigen Lockenwicklern, Haarnadeln und einem kleinen Handspiegel zurück. Sie legte alles vor Eva auf den Küchentisch. »Versuch es mal mit den Wicklern. Wenn das nicht geht, nimm einfach die Haarnadeln.« Sie fasste Eva in das kurze feuchte Haar, wie eine Mutter es bei ihrem Kind tat. Eva zuckte instinktiv zurück.

»Nimm direkt die Nadeln, für alles andere sind sie zu kurz und zu …« Die Tante wedelte mit beiden Händen unbestimmt vor Evas Gesicht hin und her.

Eva nickte und nahm sich den Spiegel. Zum ersten Mal seit einer langen Zeit konnte sie sich richtig in die Augen blicken. Sie sah anders aus als in dem verschwommenen Spiegelbild im Löschteich, sah anders aus als damals in Berlin. Und endlich konnte sie auch richtig erkennen, was sie vor einigen Wochen ihren Haaren mit dem Blechstück angetan hatte. Ein gerupftes Huhn sah besser aus. Ihre Haare wirkten strohig, standen in völlig falschen Winkeln von ihrem Kopf ab, hier länger, dort viel zu kurz. Tränen stiegen in ihr hinauf, aber sie schluckte fest dagegen an, drängte sie mit der Kraft all ihrer Gedanken wieder zurück. Sie wollte jetzt nicht weinen. Sie hatte überhaupt keinen Grund dazu! Jetzt ging es ihr doch gut. Sie hatte gerade ein Bad genommen, trug wieder richtige Kleidung und war bei ihrer Familie, war in Sicherheit. Und die Haare, sie wuchsen doch wieder, oder etwa nicht? Das war kein Grund, wie ein kleines Mädchen zu weinen. Auch wenn sie nichts anderes tun wollte, sie würde sich die Blöße nicht geben!

Eva setzte sich auf einen der Stühle am Tisch und beugte sich über den Spiegel, den sie vor sich gelegt hatte.

»Hier«, sagte die Tante und reichte ihr einen schweren gusseisernen Topf.

Eva sah sie ratlos an.

Tante Maria stellte den Topf auf den Tisch und lehnte den Spiegel dagegen, sodass Eva sich nun nicht mehr darüber beugen musste.

Zaghaft nahm Eva eine Nadel zur Hand. Sie wusste gar nicht genau, wie sie diese in die Haare stecken sollte. Bevor sie noch fragen konnte, hörte sie Tante Maria hinter sich sagen: »Du musst die Haare auf einem Finger eindrehen und dann mit der Nadel feststecken. Schau mal, so.«

Schon war die Tante wieder neben ihr und griff erneut in ihr Haar. Wickelte eine kurze Strähne um ihren Zeigefinger, zog diesen vorsichtig heraus und drückte die Strähne dann mit einer Hand platt an den Kopf. Die andere streckte sie zu Eva aus, die einen kurzen Augenblick brauchte, um zu verstehen, dass die Tante eine Haarnadel haben wollte. Sie legte ihr eine in die Hand. Die steckte damit die platte Haarrolle an Evas Kopf fest. Die Nadel kratzte ihr über die Kopfhaut und ziepte in den Haaren. Tante Maria trat einen Schritt vom Tisch zurück. Müde blickte Eva wieder in ihr eigenes Spiegelbild, begutachtete die eine Rolle, bevor sie sich daran machte, selbst eine weitere Strähne einzudrehen. Es war gar nicht so schwer.

Schließlich hatte sie es geschafft, alle Nadeln in ihrem Haar zu befestigen. Bei den Haaren am Hinterkopf hatte Tante Maria wieder geholfen. Eva drehte den Kopf hin und her, ihr Spiegelbild folgte. Es sah einigermaßen gleichmäßig aus. Mit etwas Glück würden die kleinen Wellen über den Blech-Haarschnitt hinwegtäuschen.

»Die lassen wir über Nacht drin, und morgen früh hast du dann eine recht ansehnliche Frisur«, bestätigte auch Tante Maria ihren Gedanken.

Eva lächelte vage. Und zum ersten Mal seit langer Zeit, hatte sie das Gefühl, dass wirklich alles gut werden würde.

DIE GROSSE COUSINE

Das Abendessen verlief schweigend. Eva konnte nicht sagen, ob das in der Familie Herrmann immer so war oder ob es an ihrer Anwesenheit lag. Was sie aber sagen konnte, war, dass sie noch nie zwei so wohlerzogene und ordentliche Kinder gesehen hatte wie ihre beiden Cousinen. Wenn sie da an die Mahlzeiten mit Grete zurückdachte. Da war immer etwas vom Teller gefallen, ein Glas umgeschüttet worden oder Besteck auf den Boden gefallen. Und immer hatte ihre Mutter es mit einem Lachen quittiert. Hier gab es dafür nur eine leise Angespanntheit. Kaum Geräusche. Weder vom Kauen noch vom Klappern mit dem Brotmesser auf dem Teller. So ruhig war es, dass Eva sich nicht einmal traute zu fragen, ob sie wenigstens noch eine halbe Scheibe Brot nehmen dürfe. Dabei hatte sie doch immer noch solch großen Hunger.

Nachdem sie aufgegessen hatten, erhoben sich die Mädchen und räumten wie selbstverständlich den Tisch ab. Eva wollte ihren Teller selbst wegbringen, aber Ilse, die Größere der beiden, hatte ihn schon gegriffen, ehe Eva auch nur die Hand danach hatte ausstrecken können. So blieb Eva am Tisch sitzen und beobachtete die Mädchen und ihre Tante dabei, wie sie in einer schweigenden Synchronizität Geschirr und Besteck abspülten, trockneten, wegräumten. Dabei fühlte Eva sich furchtbar nutzlos. Sie hatte doch gedacht, sie würde der Tante helfen können, auch hier ihren Teil tun, wie bei den Kriegers in Berlin. Aber sie wurde nicht gebraucht. Die Arbeitsabläufe waren eingespielt.

Eva legte ihre Hände flach auf den Tisch. Die Hände, die hier so nutzlos waren. Das erste Kennenlernen mit ihren beiden Cousinen vor dem Abendessen war merkwürdig gewesen. Gisela, die Kleinere, hatte Eva aus runden, neugierigen Augen angesehen, während sie den Blick von Ilse nicht hatte deuten können. Seltsam verschlossen war ihre Miene gewesen.

»Das ist Eva. Sie kommt aus Berlin«, hatte Tante Maria sie ihren Töchtern vorgestellt. »Sie ist eure große Cousine.«

Große Cousine, dachte Eva. Wieder blickte sie ihre untätigen Hände an. Sie war schon immer die Große gewesen. Erst die große Schwester von Grete, dann die Größte in der Volksschule und jetzt die große Cousine von diesen Mädchen. Dabei fühlte sie sich gerade nicht groß. Sie hob ihren Kopf und sah wieder zu den beiden hinüber. Ilse überragte Gisela um mehr als einen Kopf. Wie sie da so an der Anrichte standen. Die Tante, Ilse und Gisela. Alle drei mit den gleichen sattbraunen Haaren. Ein Farbton, bei dem Eva an glänzende Haselnussschalen denken musste. Die langen Zöpfe der Mädchen fielen ihnen leicht zerzaust über den Rücken, schwangen bei jeder Bewegung sanft hin und her.

Eva musste gähnen. Sie spürte mit einem Mal eine solch bleierne Müdigkeit, wie sie sie schon lange nicht mehr verspürt hatte. Auf der Reise von Berlin hierher hatte sie immer nur wenig geschlafen, das merkte sie jetzt. Als hätten aller Schlaf und alle Müdigkeit darauf gewartet, dass Eva angekommen war, um mit voller Kraft ihren Tribut zu fordern. Erneut gähnte sie.

»Ilse, Gisela!«, rief die Tante, und Eva schreckte auch hoch. »Wir müssen noch das Bett für eure Cousine herrichten.«

»Welches Bett?«, fragte Ilse. »Wir haben doch kein zusätzliches.«

»Eva wird in deinem Bett schlafen«, erklärte die Tante, als wäre das eine Selbstverständlichkeit.

»Wo soll ich denn dann schlafen?«, fragte Ilse wütend.

»Du wirst mit Gisela zusammen in ihrem Bett schlafen.«

»Mit dem Klein? Ich soll mit dem Klein in einem Bett schlafen?«, empörte sich Ilse laut, und Gisela begann zu weinen. »Im Gitterbettchen?«

Eva fühlte sich mit einem Mal richtig schlecht. Am liebsten hätte sie sich die Hände auf die Ohren gelegt, um nichts mehr von dem Streitgespräch zwischen der Tante und der Cousine hören zu müssen. Sie war doch nach Andernach gekommen, um bei ihrer Familie zu sein, um sich geborgen und sicher zu fühlen. Und nun war sie der Kuckuck, der es sich im gemachten Nest bequem machte und die anderen Vögelchen herausdrängte. So hatte sie sich das sicher nicht vorgestellt. »Ich kann doch auch …«, versuchte Eva die immer lauter werdenden Stimmen um sie herum zu unterbrechen. Sie holte Luft. »Ich werde einfach auf dem Boden schla…« Weiter kam sie nicht.

»Nichts da!«, rief Tante Maria. Sie blickte Eva an. »Du wirst in Ilses Bett schlafen, und Ilse bei Gisela. Und damit reicht es für heute.«

»Ich weiß was Besseres!«, schrie Ilse. Ihr Gesicht war rot geschwollen vor Wut und Tränen. »Die Eva soll einfach dahin gehen, wo sie hergekommen ist, und alles bleibt beim Alten!«

»Fräulein!«, rief Tante Maria streng, ihre rechte Hand war drohend in die Luft geschnellt. »Pass auf, was du sagst. Noch ein Ton und …« Sie reckte ihre Hand noch ein wenig höher.

Eva sah, wie Ilse zurückzuckte und die Zähne aufeinanderbiss, wie sie versuchte, ihren Zorn hinunterzuschlucken, und es doch nicht konnte. Schließlich stampfte das Mädchen einmal wütend mit dem Fuß auf, bevor sie herumwirbelte und durch die Tür in den Flur verschwand. Die kleine Gisela hatte sich mittlerweile weinend an eins der Beine von Tante Maria gedrückt. Ihr Gesichtchen verschwand ganz im Rock der Tante.

»Komm, Eva, ich zeig dir, wo das Bett steht«, sagte die Tante mit einem Seufzen. Die aufrechte Strenge von eben war verflogen. Tante Maria sah mit einem Mal nur noch so müde und erschöpft aus, wie Eva sich fühlte. Die Tante setzte sich in Bewegung, und die kleine Gisela an ihrem Bein schob sich mit, scheinbar noch nicht bereit, die Mutter wieder loszulassen.

Eva folgte ihr durch den Flur. Sie traten in ein kleines Zimmer am Ende. Eva sah sich um. Eine Holzkommode stand an der Wand, daneben das Gitterbettchen von Gisela. Auf der anderen Seite, in die Ecke gedrängt, stand das Kinderbett von Ilse. Durch zwei kleine Fenster konnte sie im schwachen Licht der voranschreitenden Dämmerung die gegenüberliegende Häuserzeile sehen. Gisela schluchzte immer noch, von Ilse war keine Spur zu sehen.

»Komm unter dem Bett heraus!«, kommandierte Tante Maria.

Eva sah noch einmal zu dem Kinderbett, und nun konnte auch sie sehen, dass sich da jemand daruntergeschoben hatte.

Ilse kroch hervor. Ihr Gesicht war immer noch hochrot, Spinnweben hingen ihr in den Haaren. Eva wollte ihr ein paar aufmunternde Worte sagen, aber Ilse mied ihren Blick. Sah immer nur stur an ihr vorbei, als wäre sie Luft. Und Eva konnte es ihrer Cousine noch nicht einmal verdenken. Vielleicht würde sie sich nachher einfach doch auf den Boden legen zum Schlafen, wenn auch die Tante eingeschlafen war und nichts anderes mehr fordern konnte.

Tante Maria wies Ilse an, ihre Bettdecke und das Kissen in das Gitterbettchen zu legen und zog dann aus der Kommode zwei Wolldecken. Die eine faltete sie zu einem länglichen Quadrat und legte sie ans Kopfende, die andere breitete sie über das gesamte Bett aus. »So. Das muss fürs Erste reichen«, sagte sie schließlich. »Kommt, Mädchen, lasst der Eva einen Moment.« Und damit verließ sie zusammen mit ihren Töchtern das Zimmer.

Eva warf einen kurzen Blick auf das Kinderbett. Die Wolldecke war viel zu groß und hing an allen Seiten hinunter. Bestimmt war sie kratzig. Sie drehte sich um und trat an eines der Fenster, spähte hinaus. Auf der Straße unten sah sie einige Menschen gehen. Hin und wieder wurden ihre Gestalten von etwas Licht, das aus einem der Fenster im Erdgeschoss drang, erhellt. Es sah beinahe heimelig aus, aber wenn die Dunkelheit richtig einsetzte, würden auch diese Lichtinseln dem Verdunkelungsgebot weichen müssen. Eine Weile sah sie den Menschen zu. Die meisten gingen eilig, den Kopf nach unten geneigt. Schnell, schnell nach Hause. Schnell, schnell. Dann fiel Eva ein Mann mit hellem Haarschopf auf. Er war größer als die meisten anderen, und er hielt seinen Kopf hocherhoben. Als könnten ihm weder die beginnende Dunkelheit noch die beißende Kälte etwas anhaben. Sie wusste nicht, warum, aber sie musste an den Mann vom Schloss denken, der ihr den Brotkanten gegeben hatte. Er war auch groß und blond gewesen, der Mann mit den blauen Augen, die so blau gewesen waren wie die von ihrem Alfred.

Und sofort hörte sie wieder Alfreds Stimme im Ohr: »Natürlich bin ich mir sicher. Ich habe dir versprochen, dass ich wiederkomme, also werde ich das auch tun. Wir Krieger siegen nicht nur, wir halten auch unsere Versprechen!«

Das hatte Alfred ihr an ihrem letzten gemeinsamen Tag gesagt. Tränen drängten sich in ihre Augen. Sie blinzelte und schüttelte dann den Kopf. Sie würde so schnell keinen Mann mehr in ihr Herz oder ihr Leben lassen, keine Versprechen mehr annehmen. Kein weiteres Mal würde sie sich auf so etwas einlassen! Das führte zu nichts als Schmerz und Tränen, und es war jetzt nicht die

Zeit, um zu weinen; es war nicht die Zeit, um wehmütig zu sein. Alfred gehörte zu ihrer Vergangenheit. Einer Vergangenheit, die ihr nichts als Kummer brachte. Das konnte sie nicht gebrauchen, wo sie doch gerade im Begriff war, ein neues Leben zu beginnen. Bei ihrer Familie.

Eva drehte sich vom Fenster weg und blickte wieder auf das Kinderbett, auf die Wolldecken. Die Augen fielen ihr beinahe zu. Mit schweren Schritten ging sie hinüber und ließ sich auf dem Bett nieder. Legte ihren Kopf auf das gefaltete Kissen. Die Haarnadeln drückten sich piksend in ihre Kopfhaut. Morgen. Morgen würde alles besser werden. Mit dem neuen Tag würde endlich auch ihr neues Leben beginnen. Ohne sich zuzudecken, schlief sie ein.

NACH GETANER ARBEIT

Georg genoss die Kälte auf seinen Wangen. Wenn ihm der kalte Wind so ins Gesicht peitschte, dann fühlte er sich erst richtig lebendig. Dann musste er an die glücklichen Zeiten seiner Kindheit denken. Als seine Wangen rot und seine Finger blau gewesen waren. Wie gut hatte es getan, am Abend nach Hause zu kommen und sich an die warme Feuerstelle zu setzen. Im Schneidersitz hatte er sich dann zu Füßen seiner Großmutter niedergelassen, die Handflächen zum Feuer gestreckt, die Augen geschlossen. Und wenn die Großmutter dann eine der alten Geschichten erzählt hatte, waren um ihn herum all die wundersamen und märchenhaften Dinge lebendig geworden, von denen sie erzählte. Hatten ihn mit in ihre magische Welt genommen, bis der Schlaf ihn in seine gezogen hatte.

Bei diesem Gedanken musste er lächeln. Alles war so viel besser gewesen, als die Großmutter noch gelebt hatte. Oft fragte Georg sich, ob er jemals nach Andernach gekommen wäre, wenn sie nicht schon so früh gestorben wäre.

Er reckte den Kopf, hielt ihn aufrecht in die Kälte. Als er eben durch das Koblenzer Tor am Schloss hindurchgegangen war, hatte er kurz an die merkwürdige Begegnung von heute Mittag denken müssen. An diese junge Frau, die er zunächst für einen Mann gehalten hatte. An der Front hatte er schon so vieles gesehen, aber der Blick dieser Frau war anders gewesen. Er hatte Verzweiflung und gleichzeitig Hoffnung ausgestrahlt. Angst und grimmigen Mut. Und das so intensiv. So etwas hatte Georg bisher noch nicht erlebt. Wie sie ihn angefunkelt hatte.

Er fragte sich, ob er sie noch einmal wiedersehen würde. Sie faszinierte ihn. Mehr, als es vermutlich gut für ihn war. Dabei wusste er doch, dass er sich das nicht erlauben konnte. Dennoch. Dieser Blick. Das wollte ihm nicht mehr aus dem Kopf gehen. Er fragte sich, wo sie jetzt war. Und warum sie überhaupt am Schloss gesessen hatte. Warum hatte sie dort allein im Schnee gesessen und geweint? Und wo war dann diese Wut hergekommen, mit der sie ihm das Brot vor die Füße geschleudert hatte? Ja, er hatte schon impulsive Frauen erlebt. Heißblütig, so nannte man das ja gern. Aber das war anders gewesen. Es war kein Temperament gewesen, was er in ihren Augen gelesen hatte. Es war etwas anderes gewesen. Etwas, das er nicht genau benennen konnte, das aber tief in seinem Inneren etwas ausgelöst hatte. Den Instinkt, diese Frau beschützen zu wollen. Georg lachte kurz auf. Wenn er doch eins gelernt hatte aus seiner Begegnung mit ihr, dann, dass sie nicht beschützt werden musste. Sie hatte für sich selbst eingestanden. Auch wenn er immer noch nicht genau verstand, warum sie mit einem Mal so zornig geworden war.

Er gähnte, als er in seine Straße einbog. Die Pension Weber am Ende der Straße konnte er schon sehen. So müde wie heute war er lange nicht mehr gewesen. Den ganzen Tag ja schon. Er konnte sich das nicht erklären. Wusste gar nicht, wann er das letzte Mal so müde gewesen war, dass er bei der Arbeit eingeschlafen war. Werner Seul, der Vorarbeiter, er hatte ihn gefragt, ob er ein Liebchen habe. Einmal hatte er ein Mädchen gehabt. Das war lange her. Da war er noch ein Junge gewesen. Alles hatte er ihr zu Füßen gelegt, ihr alles erzählt, sein Herz geöffnet; und dann hatte sie es einfach mit sich genommen, als sie gegangen war – in die Arme eines anderen.

Das hatte Georg eine Lektion fürs ganze Leben gelehrt. Und jetzt war diese Lektion wichtiger denn je: Wer liebt, der gibt zu viel von sich preis.

Also hatte er sich bislang von allen Menschen hier in Andernach ferngehalten. Es war sicherer für ihn. Gerade jetzt, wo für ihn glasklar war, dass Deutschland diesen wahnwitzigen Krieg nicht mehr gewinnen konnte. Aber auch das behielt er für sich. Davon durfte niemand in seinem Umfeld etwas wissen. Die meisten glaubten doch an den Sieg, der schon lange nur noch ein Hirngespinst war. Georg hoffte, dass es die Amerikaner wären, die zuerst an den Rhein kämen. Oder seinetwegen auch die Briten oder die Franzosen. Nur bloß nicht die Russen. Denn dann wäre sein Leben, die zweite Chance, die er bekommen hatte, vermutlich sofort vorbei.

Vor der Eingangstür zur Pension blieb er stehen. Er fragte sich, was Fräulein Weber heute wieder für ihn zu reparieren hätte. Jeden Abend ging das so. Seine Zimmerwirtin wartete ab, bis das Abendessen vorbei war, dann klopfte sie bei ihm an. »Herr Neumann«, pflegte sie durch die geschlossene Tür zu sagen. »Ich hätte da noch etwas für Sie zu erledigen.« Und dann war es wieder nur ein Stuhlbein, das ein wenig locker saß, oder eine Schranktür, deren Scharnier quietschte. Immer nur war es ein Grund, ihn für sich zu haben, damit sie ihm wieder mitteilen konnte, er müsse sich doch dringend eine Frau suchen.

»Herr Neumann. Ein kräftiger, schmucker junger Mann wie Sie, der kann doch wirklich nicht allein bleiben!«

Georg konnte nicht sagen, woher diese Besessenheit von Fräulein Weber kam. Lag es daran, dass sie selbst nicht verheiratet war? Dass sie keine eigenen Kinder hatte und in ihm den Sohn sah, den sie sich vielleicht gewünscht hatte? Was auch immer der wahre Grund war, Fräulein Weber schien es sich auf die Fahnen geschrieben zu haben, ihn unter die Haube zu bringen. In ein kleines Häuschen mit einer treu sorgenden Ehefrau und am besten direkt noch zwei Kindern. Dabei hätte Georg doch gedacht, dass Fräulein Weber eher andersherum denken müsste. Wer sollte denn die ganzen Schreinerarbeiten in der Pension machen, wenn er nicht mehr hier wohnen würde? Wenn er eine eigene Familie gründen und ausziehen würde?

Er schüttelte den Kopf. So würde es ja doch niemals kommen. Also würde er weiterhin jeden Abend irgendetwas reparieren, ölen oder nachsehen und sich dabei den immer gleichen Fragen von Fräulein Weber stellen müssen.

Freitag, 5. Januar 1945

EIN NEUER TAG

Wieder das raue Lachen. Wieder die schwieligen Hände, der faule Atem. Sie wird zu Boden gedrückt. Zappelt mit den Armen, mit den Beinen, bei dem Versuch, sich zu befreien. Alles in ihr sträubt sich. Sie will das nicht, aber es gibt kein Entkommen. Sie hat nicht genug Kraft, um sich gegen die starken Arme zu wehren, die sie wieder und wieder zurückdrücken. Auf den Boden, in den Dreck.

Ihre Hände tasten verzweifelt. Nach irgendetwas. Nach einem Stein oder sonst einem Gegenstand. Nach etwas, das ihr helfen kann, sich zu befreien. Da! Die Fingerspitzen ihrer rechten Hand fühlen etwas, fahren an etwas Hartem, Festem vorbei. Sie versucht, ihren Arm länger zu machen, wenigsten ein kleines Stückchen. Nur ein bisschen, um den Gegenstand besser zu erreichen. Um danach zu greifen. Sie will den Kopf in die Richtung drehen, will sehen, was es ist, aber grobe Finger fahren in ihr Haar und reißen ihren Kopf zurück. Sie sieht das widerwärtige Gesicht, das ekelhafte Grinsen. Riecht den vergorenen Atem, den Alkohol. Ihr Herz schlägt hart und fest gegen ihre Brust. Sie reckt sich ein Stück. Und endlich bekommt ihre Hand den Gegenstand zu fassen. Ihre Finger schließen sich fest darum. Mit letzter Kraft reißt sie den Arm hoch. In diesem Augenblick bleibt die Zeit stehen. Plötzlich sieht sie alles ganz deutlich von oben, als würde sie neben sich stehen und auf sich herabblicken. Sie sieht die junge, verängstigte Frau im Dreck liegen. Ihr langes blondes Haar hat sich aus dem Zopf gelöst. Sie sieht den grobschlächtigen Mann über ihr. Seine Hose hängt in den Kniekehlen. Mit den Beinen hält er die Frau am Boden fest. Ein Arm drückt ihren Oberkörper zurück, der andere Arm hält ihren Kopf umschlungen. Wie in Zeitlupe fliegt ihre Hand mit dem Gegenstand auf den Mann zu. Trifft ihn direkt am Kopf. Und dann ist sie wieder zurück. Wieder unter ihm. Sie sieht das Erstaunen auf dem Gesicht des Mannes, und dann sieht sie nur noch Blut. Warmes, rotes Blut, das auf sie herabtropft, bevor der Mann über ihr zusammenbricht und ihr fast den Atem nimmt.

Eva fuhr hoch und sog japsend Luft in die Lungen. Das Blut rauschte laut in ihren Ohren. Mit hämmerndem Herzen sah sie sich um, suchte die Dunkelheit um sich herum nach dem Mann ab. Aber da war kein Mann, da war nur ein kleiner Raum. An der Wand konnte sie die Schemen von einem Gitterbettchen und einer Kommode ausmachen. Obwohl es kalt im Zimmer war, stand Eva der Schweiß auf der Stirn. Der Traum, immer wieder dieser Traum. Und jedes Mal war er so beängstigend real. Eva hoffte, dass es irgendwann aufhören würde, dass sie irgendwann wieder ruhig würde schlafen können, ohne diesen Mann, der sie immer noch bis in ihre Träume verfolgte. Aber sie ahnte, dass der Mann und der Traum sie nie völlig loslassen würden. Sie musste lernen, damit zu leben, musste sich in den wachen Stunden des Tages immer wieder und wieder versichern und vergewissern, dass sie in Sicherheit war. Fern von den Geschehnissen ihres Traumes.

Eva ließ sich zurück ins Bett fallen, die Haarnadeln piksten in ihre Kopfhaut. Sie hatte sie ganz vergessen. Mit angewinkelten Beinen zog sie die Wolldecke bis zu den Ohren. Gestern Abend war ihr der muffige Geruch noch unangenehm gewesen, jetzt fand sie ihn heimelig. Auch das Kratzige störte kaum noch. Sie konnte sich gar nicht mehr daran erinnern, sich die Decke übergelegt zu haben. Vielleicht hatte sie es unbewusst im Schlaf getan. Eva drehte den Kopf vorsichtig, sodass sie einigermaßen angenehm liegen konnte mit den Nadeln im Haar. Sie schloss die Augen. Und sah sofort wieder die großen, schwieligen Hände vor sich. Roch den Atem aus Fäulnis und Alkohol. Sofort revoltierte ihr Magen und ließ sie würgen. Eva schluckte gegen die Übelkeit an und setzte sich auf. Erst jetzt fiel ihr auf, dass sie sich gestern Abend nicht mehr ausgezogen hatte. Sie trug immer noch das Hemdblusenkleid und die langen Strümpfe. Sie tastete in die linke Seitentasche und zog die kleine Schachtel und das Papier hervor. Die Schachtel war ein wenig zerknautscht, das Papier leicht zerknittert. Vorsichtig schob sie beides unter die Matratze. Dann stand sie auf.

Gisela schlief in ihrem Gitterbettchen, aber von Ilse war keine Spur zu sehen. Eva verließ leise das Zimmer. Im Flur blieb sie unschlüssig stehen, bevor sie sich dazu entschied, in die Wohnstube zu gehen. Sie wusste nicht genau, wie viel Uhr es war. Wusste nicht, wie es sich in der Familie Herrmann mit dem Frühstück verhielt.

Als sie den Raum betrat, fiel ihr Blick sofort auf Ilse. Sie stand im Nachthemd am Fenster und blickte hinaus, dabei schien sie Eva nicht zu bemerken.

»Guten Morgen«, begrüßte Eva sie.

Ilse fuhr erschrocken herum. Die Augen weit aufgerissen. Als ihr Blick Eva erreichte, wandelte sich der Schreck in Wut. Ohne den Morgengruß zu erwidern oder etwas anderes zu sagen, eilte sie an Eva vorbei aus der Stube und schlug die Tür mit Schwung hinter sich ins Schloss.

Eva ließ die Schultern hängen. Der Tag fing ja gut an. Ein Stück weit konnte sie Ilses Reaktion verstehen. Und sie wusste, dass ihre Cousine noch eine ganze Weile böse mit ihr sein würde, aber das änderte nichts daran, dass deren Reaktion ihr in der Seele wehtat. Da half auch nicht, dass Ilse doch noch ein Kind war und es nicht besser wusste.

Eva musterte die Anrichte und den Tisch, dann die Spüle. Es sah nicht so aus, als hätte hier schon jemand gefrühstückt. Ob die

Tante noch schlief? Wenn sie doch nur wüsste, wie viel Uhr es war. Eva trat zum Fenster und blickte hinaus. Im Dämmerlicht sah sie eine große Kirche mit einem schmalen Turm, aber keine Uhr. Unter sich hörte sie ein dumpfes Rumpeln. Da war jemand in der Buchhandlung zugange. Das konnte nur die Tante sein, sie war also schon wach.

Gestern hatte Eva nur untätig dagesessen. Jetzt war ihre Gelegenheit gekommen, sich als nützlich zu erweisen. Sie würde das Frühstück vorbereiten. Aber wo war alles? Durfte sie einfach so in die Schränke schauen? Sollte sie das tun? Oder sollte sie doch besser auf Tante Maria warten? Sie um Erlaubnis bitten, sich hier umsehen zu dürfen, und sie fragen, ob sie ihr alles zeigen würde? Bei den Kriegers hatte sie nicht vor einer solchen Entscheidung gestanden. Elsbeth Krieger hatte ihr am ersten Morgen alles gezeigt und direkt Anweisungen erteilt, was Eva zu tun und zu lassen habe.

Einen Moment stand Eva nachdenkend in der Stube, dann entschied sie, dass sie hier bei ihrer Familie war – und bei der eigenen Familie durfte man ja wohl in die Schränke sehen!

Schon im zweiten Schrank fand Eva die Teller. In der Schublade das Besteck. Auf der Anrichte stand ein Stück Butter, das stellte sie in die Mitte des Tisches. Etwas Brot fand sie in ein Küchentuch eingeschlagen. Zu Hause hatten sie oft morgens eine Milchsuppe gegessen, dazu harte Brotreste, die man in der süßen und warmen Milch aufweichen lassen konnte. Aber Milch konnte sie hier keine finden. Sie öffnete weitere Schränke auf der Suche nach etwas, das zu Brot und Butter gegessen werden konnte, als sie Schritte auf der Treppe hörte. Sofort schloss sie die Schränke wieder und stellte sich neben den gedeckten Tisch, die Hände vor dem Bauch gefaltet. Die Tante trat ein. Ihr strenger Blick streifte durch die Stube, dann nickte sie knapp. Erleichterung machte sich in Eva breit. Sie hatte etwas richtig gemacht, sie hatte geholfen!

Das Frühstück verlief genauso schweigend wie das Abendessen. Und es gab nicht mehr als das, was Eva gedeckt hatte. Bei der Butter achtete jeder am Tisch sorgfältig darauf, nur wenig zu nehmen, ganz wenig. Sodass auf den Broten nur die hauchzarte Ahnung eines buttrigen Films zu sehen war. Ilse mied immer noch ihren Blick, aber die Kleine, Gisela, sah immer wieder mit neugierig großen und runden Augen zu ihr.

Ein Anfang ist gemacht, dachte Eva, und dieser Gedanke brachte zum ersten Mal seit langer Zeit so etwas wie Freude in ihr Herz.

Nach dem Frühstück schickte Tante Maria die Mädchen auf ihr Zimmer, damit sie sich ankleideten. Zu Eva sagte sie, dass sie sich wieder setzen solle. Dann trat sie zu ihr und zog ihr wortlos nach und nach alle Haarnadeln aus ihren Haaren. Als sie fertig war, trat sie einen Schritt zurück und brummte unbestimmt.

»So schlimm?«, fragte Eva. Sie fasste sich mit beiden Händen an den Kopf. Tastete über ihr Haar.

Die Tante hatte das strenge Gesicht in Falten gelegt. »Es ist schon besser als gestern. Vielleicht machen wir hier …« Sie klemmte sich ein paar Nadeln zwischen die Lippen und trat wieder zu Eva heran. Dann steckte sie einige der Haare wieder fest. »Ja, mit den paar Nadeln sollte es für die nächsten Tage gehen.« Sie zupfte ein paar Strähnen zurecht. »Nächste Woche sehe ich die Anna, das ist eine Bekannte von mir. Die kann vielleicht noch etwas retten, dann sollte es auch wieder ohne Nadeln gehen.«

GUT GETROFFEN

Gähnend saß Georg am Frühstückstisch. Er war allein. Herr Müller und Herr Probst, die anderen Bewohner der Pension, mussten nicht so früh raus wie er. Die beiden waren verwitwet und eigentlich in Rente, die aber in diesen Kriegstagen mehr als spärlich ausfiel, sodass sie sich mit Aushilfsarbeiten hier und dort über Wasser hielten. Was sie genau taten, das erzählten sie nie. Sie waren oft am Bahnhof oder am Hafen.

Fräulein Weber hatte den Tisch im Salon, wie sie den Raum neben der Küche nannte, wie an jedem Tag gedeckt. Auf dem ovalen Holztisch mit den kunstvoll geschnitzten Beinen standen fein säuberlich drei Teller mit einem verblassten Goldrand. Jeder auf einem Tisch-Set aus Stoff. Georg wusste nicht, wie Fräulein Weber es geschafft hatte, diese Kostbarkeiten durch den Krieg zu retten.

Er hatte schon mehrfach vorgeschlagen, das Frühstück in die Küche zu verlegen, damit Fräulein Weber nicht immer alles hin und her tragen musste, aber das lehnte seine Zimmerwirtin rigoros ab. Sie wolle ihren Gästen den bestmöglichen Komfort bieten, so ihre Meinung. Georg hätte lieber in der Küche gesessen. Dort gab es einen in die Jahre gekommenen Küchentisch und vier nicht zueinander passende Stühle. Das hatte etwas Gemütliches. Und obendrein war es dort viel wärmer. Zu Hause hatte er es gar nicht anders gekannt. Es war immer nur am Herd gegessen worden. Aber in diesem Punkt ließ seine Zimmerwirtin nicht mit sich reden.

Nun kam sie mit einer Kanne aus der Küche herein und goss ihm den dampfenden Getreidekaffee ein. Der leicht rauchige Geruch stieg Georg in die Nase. Auch wenn er lange nicht so stark war wie bei echtem Bohnenkaffee. Fräulein Weber stellte die Kanne auf den Tisch und stülpte eine gefütterte Stoffhaube darüber, damit der Kaffee noch etwas länger heiß blieb. Dann verschwand sie wieder in der Küche. Georg nippte an der hellbraunen Flüssigkeit und seufzte, auch der Geschmack war nicht mit dem von Bohnenkaffee zu vergleichen. Wenigstens war die Wärme angenehm in der Kehle. Er nahm einen großen Schluck. Gleich würde seine Zimmerwirtin wieder zurückkommen, sich zu ihm an den Tischen setzen, und dann gab es die allmorgendliche Fragerunde.

Ob er genug Schlaf bekomme? Was die Arbeit mache? Und alle Fragen würden schließlich wieder zu Fräulein Webers Lieblingsfrage führen: Ob er endlich nach einer Frau Ausschau gehalten habe? Vielleicht doch endlich mal mit dem Nachbarsmädchen ausgehen werde? Georg seufzte leise. Fräulein Weber wurde einfach nicht müde, das immer und immer wieder zu fragen, obwohl seine Antworten immer die gleichen waren.

Und da kam sie auch schon aus der Küche zurück.

»Schauen Sie, was ich gestern bekommen habe!« Mit rosigen Wangen legte Fräulein Weber ein zusammengewickeltes Küchentuch vor Georg auf den Frühstückstisch.

»Jetzt schauen Sie doch schon nach!«, forderte Fräulein Weber mit Nachdruck. Sie deutete auf das Küchentuch.

Vorsichtig wickelte Georg das Tuch auf und war erstaunt, zwei noch dampfende Frühstückseier anzutreffen.

»Nur für Sie, mein lieber Herr Neumann. Wo Sie doch bei Kräften bleiben müssen, da können Sie die gut vertragen!«

Georg nahm sich eins der beiden Eier. »Danke, Fräulein Weber, das ist sehr freundlich von Ihnen.«

Die alte Dame winkte ab. »Ach was, für Sie doch immer gern.« Sie setzte sich ihm gegenüber an den Tisch und goss sich selbst etwas Getreidekaffee ein.

Er pellte das Ei mit Sorgfalt. Nur ja beschäftigt sein, keinen Blickkontakt zu Fräulein Weber aufnehmen, damit ihm noch etwas Zeit bis zu ihren Fragen blieb. Das Ei war perfekt. Das Weiße fest, das goldene Eigelb noch ein kleines bisschen weich. Genauso, wie Georg es am liebsten aß. Schnell hatte er es verspeist. Er schob seinen Teller zur Seite.

»Das zweite ist auch noch für Sie!«, rief Fräulein Weber. Sie klang fast schon vorwurfsvoll.

»Aber wollen Sie das nicht lieber selbst essen oder dem Herrn Müller oder dem Herrn Probst überlassen?«

»Herr Neumann! Die beiden Eier habe ich nur für Sie beschafft. Und nun werden Sie die auch essen. Ich dulde keine Widerrede!«

Georg nickte artig, insgeheim musste er grinsen. Fräulein Weber erinnerte ihn manchmal doch an seine Großmutter. Die war auch immer sehr darauf bedacht gewesen, dass er genug zu essen bekam, dass er bei Kräften blieb. Sie hatte ihm auch immer wieder einmal etwas zugesteckt oder eine zweite Portion aufbewahrt. Und auch bei der Großmutter hatte er artig alles aufessen müssen. Er griff nach dem Ei und schlug die Schale auf.

Da war er so fern seiner eigentlichen Heimat, und dennoch hatten sich manche Dinge einfach nicht geändert. Georg fragte sich, warum das so war. Lag es in der Natur der Menschen, dass sie im Grunde doch gleich handelten? Egal, wo sie sich auf diesem Erdball befanden?

Er schluckte den letzten Bissen Ei herunter.

»Na, wunderbar!«, rief seine Wirtin begeistert aus. Sie klatschte in die Hände. »Jetzt sind Sie doch gestärkt für den Tag und für die Arbeit. Und nun – auf, auf – sonst kommen Sie am Ende noch zu spät!«

Georg erhob sich vom Tisch. Er versuchte gar nicht mehr, Teller, Tasse und Besteck abzuräumen. Fräulein Weber hatte ihm schon in seiner ersten Woche hier in der Pension mehr als deutlich gemacht, dass das ihre Aufgabe sei, und sie schimpfte umso lauter, wenn Georg ihr einmal helfen wollte. Wieder grinste er. Mit der Pension Weber und seiner vielleicht etwas zu fürsorglichen und manchmal auch etwas schrulligen Wirtin hatte er es im Großen und Ganzen doch sehr gut getroffen.

»Wo ist Ilse? Immer ist das Mädchen nicht da, wenn ich es mal brauche!« Tante Maria blickte sich suchend im Kinderzimmer um. In der Hand hielt sie einen Zettel und Essensmarken.

Eva saß auf dem Kinderbett. Die beiden Mädchen waren eben an ihr vorbeigestoben, als Eva aus der Küche hinübergekommen war.

Tante Maria blies die Backen auf und ließ lautstark die Luft wieder daraus entweichen. »Jetzt muss ich auch noch selbst einkaufen gehen, bevor ich …«

»Das kann ich doch machen!«, fiel Eva ihrer Tante ins Wort.

Tante Maria sah sie ungehalten an.

»Wenn Ilse das schon kann, kann ich das ja wohl auch.«

Die Tante zögerte.

»Glaubst du wirklich, ich würde mit dem Zettel und den Essensmarken türmen? Nachdem ich alles daran gesetzt habe hierherzukommen? Zu euch. Zu meiner Familie?« Eva stand auf und stemmte die Arme in die Seiten.

Tante Maria verzog den Mund.

»Sag mir einfach, wo ich hinmuss. Ich werde das schon finden, so groß ist Andernach nun wirklich nicht. Und den Einkaufszettel kann ich allemal lesen.« Fordernd streckte Eva die Hand aus.

Einen kurzen Moment verharrte ihre Tante, dann entspannte sich ihr Mund und sie sagte: »Na gut. Aber guck beim Abwiegen und Abfüllen ganz genau hin.«

»Dreimal so gut wie jeder andere. Damit sie mich Auswärtige nicht über den Tisch ziehen.« Eva schlug die Hacken zusammen und salutierte ironisch. Es ärgerte sie, dass die Tante ihr so wenig zuzutrauen schien.

»So hab ich das nicht gemeint«, antwortete die Tante spitz.

»Dann ist man hier in den Lebensmittelläden nicht zuverlässig?«, schlussfolgerte Eva.

»Doch, natürlich«, entgegnete Tante Maria zunehmend unwirsch.

»Wo liegt dann das Problem?«, fragte Eva. Sie verstand nicht, warum die Tante wieder so misstrauisch war.

Tante Maria fuhr sich mit der freien Hand über die Augen. »Es schadet einfach nie aufzupassen. Egal in welcher Situation.«

»Das brauchst du mir nicht zu sagen. Glaub mir, das habe ich auf dem Weg hierher schon mehr als einmal am eigenen Leib erfahren«, erwiderte Eva. Und damit nahm sie der Tante den Zettel und die Marken aus der Hand und eilte durch die Tür die Treppe hinunter, bevor ihre Tante sie noch zurückrufen konnte.

Als Eva den Marktplatz überquerte, vorbei an dem Löschteich und den Hakenkreuzfahnen, die auch heute nur schlapp im Wind hin und her flatterten, sah sie eine junge Frau, die ihr merkwürdig bekannt vorkam. Sie hatte rötlich-blondes Haar und ein rundes, sanftes Gesicht. Während Eva sie ansah, kam ihr das Bild von zwei kleinen Kindern in den Sinn, und da wurde ihr bewusst, wo sie sie schon einmal gesehen hatte: gestern erst! Eben hier, auf diesem Platz, als der Uniformierte sie am Löschteich angeblafft hatte. Sie hatte zwei Kinder an der Hand gehabt und war mit ihnen in einer Seitenstraße verschwunden. Nun stand sie vor dem Gemischtwarenladen, zu dem auch Eva wollte.

»Guten Morgen«, grüßte Eva höflich, als sie neben ihr stand.

»Guten Morgen«, grüßte die junge Frau automatisch zurück. Sie schaute sie nicht richtig an, betrachtete etwas in der spärlichen Warenauslage.

»Wir haben uns schon einmal gesehen«, sagte Eva.

Nun blickte die junge Frau zu ihr. Sie runzelte die Stirn.

»Gestern, hier auf dem Marktplatz«, erklärte Eva. »Du hattest zwei Kinder dabei und ich …« Eva drehte sich um und deutete hinter sich auf den Löschteich. »Ich war da, am Teich und …« Sie brach ab. Holte Luft. »Es kam ein Mann in Uniform … Er hat mich zurechtgewiesen«, sagte sie schließlich. Sie sah, wie die junge Frau sie bei den Worten intensiv musterte und ihr nun ein Licht aufging. Ihre Miene verdunkelte sich schlagartig. »Ich hätte dich nicht wiedererkannt«, sagte sie und machte einen Schritt zur Seite.

»Ja, vermutlich hätte ich mich selbst nicht wiedererkannt.« Eva lächelte zaghaft. Wieder musste sie an die zwei Kleinen denken. Die junge Frau, sie konnte kaum älter als sie selbst sein. »Die Kinder … waren das deine?«

Erschrocken riss ihr Gegenüber die Augen auf. »Was? Nein! Das waren meine jüngsten Geschwister.«

Eva spürte, wie ihr die Röte in die Wangen schoss. Hatte sie wirklich gedacht, dass jemand in ihrem Alter schon zwei Kinder haben konnte? Und dann auch noch zwei, die schon laufen konnten? Um ihre Verlegenheit zu überspielen, fragte sie: »Deine Jüngsten? Dann hast du noch mehr Geschwister?«

Nun legte sich Verlegenheit auf das Gesicht der jungen Frau. Sie nickte schnell, sagte aber weiter nichts.

»Ich hätte auch gern mehr Geschwister gehabt«, sagte Eva. Sie musterte das Schaufenster. Viel war darin nicht ausgestellt. Vor allem handgeschriebene Plakate, die darauf hinwiesen, was bereits ausverkauft war. Und dann ein paar Konserven. Bis zur Hälfte war eine Wand eingezogen, dahinter sah man Regale. »Aber ich hatte nur eine Schwester«, fügte sie hinzu, den Blick fest auf eines der Plakate gerichtet. Eva fragte sich, wie jemand so gleichmäßig und ordentlich schreiben konnte. Sie selbst konnte das nicht.

»Hatte?«, fragte die junge Frau nach.

»Ein Bombenangriff in Berlin.« Mehr konnte Eva nicht sagen.

Eine Zeit lang standen sie da. Die junge Frau war wieder einen Schritt näher gekommen.

»Wie viele Geschwister hast du denn insgesamt?«, fragte Eva schließlich.

Die Frau seufzte. Dann sagte sie: »Acht.«

»Acht?«, fragte Eva ungläubig.

»Ja«, die junge Frau seufzte erneut, »und ich bin die Älteste.«

Eva versuchte, sich das vorzustellen. So viele Geschwister. Manchmal war ihr doch schon die eine Schwester zu viel gewesen. Grete. Mit einem Mal sah sie sie so deutlich vor sich. Die blonden Affenschaukeln, die hellen Augen, die immer ein wenig spöttisch geblitzt hatten. Sie war im letzten Jahr ordentlich in die Höhe geschossen. Bestimmt wäre sie irgendwann größer als Eva gewesen. Nun war sie tot.

»Es tut mir übrigens leid, dass ich gestern so schnell mit meinen Geschwistern verschwunden bin«, sagte die junge Frau.

Eva tat einen tiefen Atemzug. Die kalte Luft füllte ihre Lungen. Sie hob ihre Mundwinkel zaghaft an. »Ach, das muss es nicht. Ich hätte selbst vor mir Reißaus genommen. So, wie ich ausgesehen habe, ganz verlumpt und dreckig.«

»Trotzdem. Es tut mir leid. Es war nicht richtig.« Sie blickte wieder zum Schaufenster und erstarrte mit einem Mal.

Eva folgte ihrem Blick und sah zwei Gesichter, die hinter einem der Regale zu ihnen nach draußen sahen.

Die junge Frau wandte sich zum Gehen.

»Warte!«, rief Eva ihr hinterher.

Die Frau blieb stehen und drehte sich halb um. »Es war schön, mit dir zu reden«, sagte sie zu Eva. »Danke dafür. Ich … ich hoffe, das bleibt so, wenn wir uns noch einmal sehen.«

Eva zog die Augenbrauen zusammen. »Warum sollte sich das ändern?«

»Nun ja. Meine acht Geschwister …«, antwortete die junge Frau ausweichend. »Du wirst bestimmt bald alles darüber wissen.

Du willst doch da rein, oder nicht?« Sie deutete mit dem Kopf zum Gemischtwarenladen.

Eva nickte.

»Dann wirst du mit Sicherheit ganz schnell auf den Stand der Dinge gebracht. Sie haben ja schon gesehen, dass wir zwei reden.«

Eva blickte noch einmal zum Fenster des Gemischtwarenladens, sah, wie die beiden Gesichter wieder hinter den Regalen verschwanden. »Wer ist denn das?«, fragte sie. Aber als sie sich wieder zu der Frau umdrehte, war diese verschwunden. Und Eva hatte sie noch nicht einmal gefragt, wie sie hieß.

Als Eva den Laden betrat, waren die beiden jungen Verkäuferinnen, die eben noch so offensichtlich ihr Gespräch vor dem Schaufenster beobachtet hatten, ganz geschäftig zugange. Die eine, eine zierliche Person mit einer großen Haartolle über der Stirn, wischte die Ladentheke mit einem Feudel ab, und die andere, groß und hager, sortierte Dosen in einem der Regale.

Eva warf einen Blick auf den Einkaufszettel, dann auf die Marken, die sie ihrer Tante eben aus der Hand genommen hatte. Es war Tante Maria nicht recht gewesen, sie damit gehen zu lassen, das hatte Eva genau gespürt.

Bestimmt dachte sie, sie würde sich damit aus dem Staub machen. Die Marken waren heiß begehrt, je mehr die Lebensmittel eingeschränkt wurden.

Eva schritt an den Waren in den Regalen vorbei. Im Gegensatz zu Berlin gab es hier tatsächlich noch etwas Auswahl. Eva fragte sich, warum das wohl so war. Lag es einfach nur daran, dass in diesem doch vergleichsweise kleinen Städtchen nicht so viele Menschen auf einem Fleck wohnten? Das ergab schon Sinn.

Einige der Waren auf dem Einkaufszettel konnte sie selbst in den Regalen finden. Aber die wichtigsten Einkäufe – Schmalz, Mehl und Kraut – gab es nur an der Theke.

Als sie alles zusammengesucht hatte, trat sie an den Tresen. Schweigend legte sie die Waren darauf, und ebenso schweigend nahm die junge Frau hinter dem Tresen alles einzeln zur Hand und notierte die Preise auf einem Stückchen Papier.

Eva warf einen Blick auf den Einkaufszettel von Tante Maria, dann sagte sie: »Ich brauche dazu noch ein halbes Pfund Mehl und ein Viertelpfund Schmalz, wenn noch was da ist. Vom Kraut bitte ein Glas.«

»Du bist neu hier«, antwortete die zierliche junge Frau und begann, das Gewünschte abzuwiegen.

Eva nickte.

»Wo gehörst du denn hin?«, fragte die andere, die Große, die plötzlich neben ihr stand. Sie lehnte sich über den Tresen bei dem Versuch, einen Blick auf die Essensmarken zu erhaschen.

»Ich bin die Nichte von Maria und August Herrmann, und …«, begann Eva.

»Ich hab dich aber noch nie hier gesehen«, unterbrach die zierliche Frau hinter dem Tresen sie. Sie klang dabei so vorwurfsvoll, als wäre das ein nicht zu entschuldigendes Vergehen.

»Wir haben in Berlin gewohnt«, antwortete Eva, und gleichzeitig ärgerte sie sich über sich selbst, dass sie so darauf angesprungen war.

»Und jetzt wohnt ihr alle hier?«, ereiferte sich die Zierliche. Sie tauschte einen vielsagenden Blick mit der Kollegin. »In der kleinen Wohnung über der Buchhandlung kann doch nicht wirklich viel Platz sein«, sinnierte diese.

Eva nickte und schüttelte dann den Kopf. »Nur ich wohne hier.«

»Für die Kinderlandverschickung bist du aber schon viel zu alt!«, ereiferte sich die Kleinere wieder. »Was ist mit deinen Eltern?«

Eva schluckte und sagte dann schnell: »Meine Familie ist tot. Alle.«

Schlagartig wandelten sich die Mienen der beiden Frauen. Waren sie vorher so offensichtlich auf Klatsch und Tratsch aus gewesen, so zeigte sich nun ehrliches Mitgefühl. Aber das hielt nur kurz an. Sehr kurz.

Denn nach einer halben Minute betroffenen Schweigens fragte die Zierliche – und diesmal mit einem noch vorwurfsvolleren Ton: »Was haste denn mit der Margot Becker zu schaffen?«

»Wer soll das sein?«, fragte Eva, obwohl sie sich denken konnte, wer gemeint war. Margot Becker. Nun hatte sie also einen Namen zu dem freundlichen Gesicht.

»Du hast doch mit der gesprochen. Draußen, vor dem Laden. Das haben wir genau gesehen«, sagte die Zierliche.

»Ganz genau!«, ereiferte sich die andere.

Eva tat ganz unbeteiligt. »Ach, die meint ihr.«

»Ja, die Margot.« Die Hagere stemmte die Arme in die Seiten.

»Die habe ich eben erst kennengelernt. Warum?«

»Ach …«, begann die zierliche Frau. Sie stieß sich vom Tresen ab und schob mit einer Hand die Tolle auf ihrer Stirn nach hinten. »Von der hält man sich hier in Andernach lieber fern«, sie blickte Eva scharf an, »wenn man rechtschaffen ist.«

»Rechtschaffen?«, fragte Eva ungläubig.

»Na ja, die Margot, deren Familie hat einen Stall voll mit Kindern.« Die Zierliche tauschte einen langen Blick mit der anderen Frau, bevor sie sich wieder an Eva wandte: »Weißt du, dabei ist der ihr Vater schon lange nicht mehr hier, wenn du weißt, was ich meine.« Sie neigte ihren Kopf nach unten, als würde sie Eva durch eine nicht vorhandene Brille hinweg ansehen.

»Nein, ich weiß nicht, was du meinst«, erwiderte Eva ruhig. Dabei wusste sie genau, worauf ihr Gegenüber hinauswollte. Aber diese Abschätzigkeit, mit der sie sprach, machte Eva einfach nur wütend. Darauf würde sie nicht eingehen!

»Sie meint, dass die Mutter von der Margot eine leichte Dame ist. Eine, die sich mit jedem einlässt«, setzte die andere Verkäuferin noch eins drauf. Sie hatte sich mit der Hüfte gegen den Tresen gelehnt und die Arme vor der Brust verschränkt.

»Und was hat das mit der Margot zu tun?«, fragte Eva bissig.

»Na, hör mal!« Die Hagere rümpfte vorwurfsvoll die Nase. »Wie der Herr so's Gescherr!«

Darauf wusste Eva keine Antwort mehr. Wie konnten diese beiden jungen Frauen, die sicherlich nicht viel älter als sie selbst oder Margot waren, so sprechen? War es der Krieg, der die beiden so verbittert hatte, dass sie sich wie zwei alte Vetteln verhielten? Oder waren sie schon immer so gewesen?

Schweigend nahm Eva die Waren entgegen. Schweigend reichte sie die Essensmarken hinüber. Schließlich hatte sie zwei volle und schwere Tragetaschen an den Armen hängen. Sie ging zur Tür und öffnete sie, aber bevor sie hinausging, hielt sie inne. Sie konnte alles, was die zwei eben über Margot Becker gesagt hatten, nicht einfach so stehen lassen. Eben hatte sie keine Worte zur Erwiderung gewusst, aber das war jetzt anders.

Eva drehte sich zu den beiden Frauen um. »Wisst ihr was?«, sagte sie. »Ich hab die Margot nur als nette und freundliche Person kennengelernt, und ich habe in den letzten Monaten weiß Gott viele Menschen kennenlernen müssen, von denen ich das nicht behaupten kann. Und ich denke fast, dass du und deine Freundin auch zu diesen vielen gehören.« Und damit drehte sie sich auf dem Absatz um und verließ den Laden.

EINE UNMÖGLICHE PERSON

Gisela formte im Hof aus Schnee und Erde Klumpen, die sie zu einer Pyramide aufstapelte. Ilse sah ihr aus dem Augenwinkel dabei zu. Ihre Gedanken waren ganz woanders, als sie mit hochgezogenen Schultern, die Hände tief in den Taschen ihres Mantels vergraben, um ihre Schwester herumstapfte. In einer lang gezogenen Ellipse, immer rund und rund.

Ihre Cousine aus Berlin. Das war eine ganz und gar unmögliche Person!

Eine unmögliche Person. Diesen Ausdruck, den hatte sie einmal bei einer Kundin im Geschäft belauscht. Die hatte das damals über ihre Nachbarin gesagt, über die sie sich furchtbar aufgeregt hatte. Und obwohl Ilse nicht ganz genau verstanden hatte, was das eigentlich bedeutete, so fand sie doch, dass diese Worte sehr gut auf diese Person, diese Eva, passten.

In der Nacht hatte Ilse nur wenig Schlaf gefunden. So dicht an Gisela gedrängt, in dem Gitterbettchen, in dem kaum Platz war. Und dann hatte *dat Klein* die ganze Nacht geschmatzt, als würde sie von den köstlichsten Köstlichkeiten träumen. So sehr hatte sie geschmatzt, dass Ilses Magen sich schmerzhaft und knurrend zusammengezogen hatte. Sie hatte immer Hunger. Nie im Leben würde sie so viel essen können, als dass sie keinen Hunger mehr hätte. Und nun aß die Cousine ihnen noch von dem wenigen weg! Das machte Ilse nur noch wütender. Und dann, als sie heute Morgen endlich etwas Schlaf gefunden hatte, da hatte die große Cousine plötzlich angefangen, sich im Bett herumzuwälzen und zu schreien und zu stöhnen, sodass es Ilse eiskalt den Rücken hinuntergelaufen war. Und mit so einer sollte sie jetzt jede Nacht das Zimmer teilen? Erwartete die Mutter das wirklich von ihr und Gisela?

Ilse ließ die Schultern hängen. Sie wusste doch schon, wie die Antwort lautete: Genau das erwartete die Mutter von ihr und ihrer kleinen Schwester. Mit dem Fuß kickte sie gegen einen der Schneematschklumpen, der ihr in den Weg gerollt war. Gisela quittierte es mit einem erbosten Zungenschnalzen, formte dann aber einfach die nächste Kugel.

Als sie ihre Cousine gestern zum ersten Mal gesehen hatte, war sie eine Fremde für sie gewesen. Eine fremde nackte Frau, die sie durch den Spalt in der Tür gesehen hatte. Da war sie noch neugierig gewesen, was es mit ihr auf sich hatte. Da hatte sie ja auch noch nicht gewusst, dass genau diese Frau ihr in so kurzer Zeit alles wegnehmen würde. Erst das Bett und dann das Essen und am Ende auch noch ihren magischen Moment!

Nachdem Ilse von dem Geschreie und Gestöhne wach geworden war, hatte sie beschlossen, dass es das Beste war, einfach aufzustehen. Also war sie auf nackten Füßen in die Wohnstube gegangen und hatte sich ans Fenster gesetzt. Es war so ruhig gewesen, so friedlich. Das hatte sie nach dieser Nacht doch wirklich auch verdient. Aber gerade als es auf der Straße spannend geworden war, als die alte Schmitt den Kopf aus dem Fenster ihrer Wohnung gegenüber gesteckt hatte, da war diese furchtbare Eva in die Stube gekommen. Ohne anzuklopfen! Sie hatte einfach so Ilses magischen Moment zunichtegemacht. Und das war noch nicht alles gewesen. Nein! Denn dann hatte sie obendrein noch die Frechheit besessen, ihr mit einem Lächeln auf den Lippen einen guten Morgen zu wünschen! Dazu fiel Ilse nun wirklich nichts mehr ein. Unverschämt war das. Hatte einfach frech »Guten Morgen« gesagt, als wäre weiter nichts geschehen. Als wäre sie sich keiner Schuld bewusst. Dabei sollte doch nun wirklich jeder wissen, wie unhöflich es war, sich einfach so an andere Menschen anzuschleichen. Aber diese Eva, diese unmögliche Person, die wusste das natürlich nicht.

Ilse blieb stehen und sah sich um. In dem engen Hinterhof war es still. Von der Hochstraße konnte man hier hinten nichts hören. Der Schnee war weitgehend unberührt, wenn man von ihrem Trampelpfad und Giselas Klumpen absah. Eigentlich war sie gern hier hinten, aber heute half ihr diese Ruhe nicht. Ihre Gedanken kochten zu sehr.

»Ilse!«, hörte sie die Stimme der Mutter dumpf rufen. Sie rollte die Augen nach oben. Kurz spielte sie mit dem Gedanken, hinunter zum Rhein zu laufen, einfach so zu tun, als hätte sie die Mutter nicht gehört, aber da öffnete sich schon die Tür zum Hof, und die Mutter streckte den Kopf hinaus in die Kälte.

»Ach da bist du«, sagte sie. »Komm doch bitte einmal zu mir herein.«

Wenn die Mutter in diesem Tonfall sprach, dann wartete Arbeit auf Ilse, das wusste sie ganz genau.

»Was ist mit Gisela?«, fragte Ilse und deutete zu ihrer Schwester.

»Dat Klein ist beschäftigt«, winkte die Mutter ab. »Komm, ich brauche deine Hilfe.«

Ilse seufzte leise und ging durch die Hintertür in den Hausflur. Die Mutter wartete an der Treppe, die hinauf führte.

»Gut, Ilse, du musst heute die Stube und die Schlafzimmer fegen und dann noch die dicken Socken stopfen, die Löcher haben.«

»Aber Mama«, jammerte Ilse, »das ist ja richtig viel!«

Der Mund der Mutter wurde zu einem schmalen Strich. »Ich weiß«, antwortete sie knapp. »Aber es muss nun einmal gemacht werden, und die Arbeit in der Buchhandlung wartet nicht, und ich habe auch nicht mehr als zwei Hände.«

Ilse seufzte. Diesmal laut. Sie schob sich die Schuhe von den Füßen und stellte sie auf die Matte neben der Treppe, bevor sie sich mit rundem Rücken an der Mutter vorbei die Stufen hinaufdrücken wollte.

»Ilse, warte«, sagte diese da.

Ilse sah auf und stellte fest, dass der harte Zug um den Mund der Mutter mit einem Mal weich geworden war. »Weißt du was?«, fragte sie.

Ilse schüttelte den Kopf.

»Es ist doch noch was von der Butter übrig.«

Sofort sah Ilse das kleine Butterstückchen oben in der Stube vor sich. Viel war es nicht mehr, seit sie zu viert davon aßen, aber es war noch etwas da. Wasser sammelte sich in ihrem Mund.

»Wenn du mit dem Fegen und dem Stopfen fertig bist, dann ist das Stückchen deins.«

Ilse riss die Augen auf. »Alles? Die ganze Butter? Nur für mich?«, fragte sie ungläubig.

»So viel ist es ja nicht mehr«, sagte die Mutter mit einem Lächeln. »Aber das, was noch da ist, darfst du dann essen.«

Ilse schluckte, so viel Speichel hatte sich in ihrem Mund angesammelt, nur bei der Vorstellung, sich die Butter auf der Zunge zergehen zu lassen. Ihr Magen grummelte. Mit einem Mal kam ihr alles, was die Mutter ihr aufgetragen hatte, gar nicht mehr viel vor.

»Danke, Mama!«, rief sie und sprang leichtfüßig die Treppe hinauf.

So schnell hatte sie noch nie gefegt. Der Gedanke an die Butter ließ sie wie beflügelt arbeiten und alle Anstrengung vergessen. Die Stopfsachen bewahrte die Mutter in ihrem Schlafzimmer auf, und so saß Ilse im Schneidersitz auf dem Teppich, der auf dem Boden zwischen Bett und Fenster lag, und stopfte gewissenhaft Socke für Socke. Es erfüllte sie mit großer Freude, dass die Mutter ihr das Butterstückchen versprochen hatte. Lange schon hatte sie nichts mehr extra bekommen. Früher, da hatte sie beim Bäcker oder beim Metzger schon mal hier und da eine Kleinigkeit dazubekommen, aber seit die Lebensmittel durch den Krieg immer knapper geworden waren, war das schon lange nicht mehr passiert. Es war einer der Gründe, warum Ilse sich in letzter Zeit vor dem Einkaufen drückte. Was nützte ihr die ganze Plackerei, wenn nicht einmal etwas für sie dabei heraussprang?

Sie legte die letzte Socke zur Seite und drückte ihre Finger durch, dass es knackte. Dann steckte sie die dicke Stopfnadel und das restliche Wollgarn in die alte Blechdose zurück, bevor sie alles wieder an seinem angestammten Platz verstaute. Die Socken brachte sie in die Stube und setzte sie auf der Küchenbank ab.

Dann ging sie zur Anrichte. Endlich! Der Moment war gekommen. Das Stückchen Butter, nur für sie allein.

Gestern Morgen hatte sie noch davon geträumt, hatte es mit dem Finger anstippen wollen, und jetzt durfte sie es ganz und gar verschlingen. Durfte die ganze Buttrigkeit genießen. Abrupt blieb sie stehen. Die Butter war nicht mehr da! Dort, wo sie gestern und heute Morgen noch gestanden hatte, war sie nicht mehr. Hatte die Mutter sie woanders hingestellt? Suchend blickte Ilse sich um. Aber da war keine Butter. Nirgends. Es gab nur eine Erklärung dafür, dass das Butterstückchen nicht mehr da war: Jemand hatte es gegessen! Aber wer? Sofort kam ihr ihre Cousine in den Sinn. Diese furchtbare Eva. Sie musste die Butter gegessen haben! Wie ein feuriger Ball wallte Wut in Ilses Bauch auf, und sie stieß einen Schrei aus. Dann wirbelte sie herum und stürmte aus der Wohnstube, stapfte zornig die Treppe hinunter. Dabei trat sie gewissenhaft auf jeder Stufe besonders fest auf, damit nur ja jeder in der ganzen Hochstraße hören konnte, wie wütend sie war. So eine himmelschreiende Ungerechtigkeit! Sie hatte die ganze harte Arbeit gemacht, hatte sich so dabei beeilt. Alles nur für das Butterstückchen – für ihr Butterstückchen. Und dann? Dann hatte diese unmögliche Person es einfach aufgegessen.

Sie stampfte wütend durch den Lagerraum nach vorn in die Buchhandlung, denn da musste die Schuldige doch sein! Aber nur die Mutter war zu sehen. Und auf ihrem Gesicht zeichnete sich Unverständnis ab.

»Kind! Was ist in drei Gottes Namen passiert, dass du hier so hereinpolterst?«, fragte die Mutter streng.

Ilse ließ sich nicht beirren. »Wo ist diese unmögliche Person?«, rief sie hitzig.

»Unmögliche Person? Kind, wo hast du das denn her und wen meinst du überhaupt damit?«

»Na, die Eva!«, presste Ilse wütend hervor.

»Eva? Die ist immer noch nicht vom Einkaufen zurück.« Diese Antwort kam sehr kurz angebunden von der Mutter, aber Ilse hatte keine Zeit, sich darüber zu wundern. Sie musste sofort mit der Butter-Diebin sprechen.

»Sie muss schon lange zurück sein«, rief Ilse erbost. »Sie hat nämlich einfach meine Butter gestohlen!«

Die Mutter schüttelte den Kopf. »Da musst du dich vertuen, Ilse. Eva ist noch nicht wieder zurück. Glaub mir, ich habe die Straße keinen Augenblick aus den Augen gelassen. Ich warte auf die Einkäufe.«

»Aber es muss Eva gewesen sein! Niemand sonst würde einfach so an die Butter gehen«, rief Ilse erbost.

»Und ich kann dir noch einmal sagen: Es kann nicht sein. Wer gar nicht da ist, kann auch nichts wegessen.«

»Aber …«, versuchte Ilse es noch einmal.

»Nein! Kein Aber. Es reicht jetzt. Auf dein Zimmer!« Da war sie wieder, die strenge Mutter, die keinen Widerspruch duldete.

Missmutig verschränkte Ilse die Arme vor der Brust. Dann drehte sie sich um und stampfte zornig durch das Lager und wieder die Treppe hinauf. Jeder Schritt hallte noch lauter als zuvor.

Als sie die Tür zum Kinderzimmer aufriss, sah sie Gisela. Sie musste unbemerkt vom Hof hereingekommen sein, als Ilse noch mit dem Stopfen der Socken in Mutters Schlafzimmer beschäftigt gewesen war. *Dat Klein* saß auf den Holzbohlen des Zimmers. Vor ihr lag das Pergamentpapier. Genüsslich leckte sie sich die Finger ab, ihr Gesicht glänzte fettig vor Butter. Als sie Ilse bemerkte, ließ sie die Hände sinken und lächelte ihre große Schwester glückselig an.

Mit einem Mal verpufften all der Zorn und die Wut, die sie bis zur letzten Haarspitze erfüllt hatten, wie im Nichts. Sie hatte die falsche Person des Butter-Diebstahls beschuldigt. Einfach nur, weil sie sich nichts anderes hatte vorstellen können. Weil sie von ihrer Cousine Eva Liebe nur das Schlimmste annahm. Dabei war es ihre eigene Schwester gewesen. Ihre kleine vierjährige Schwester, die sie sonst so oft zur Weißglut brachte, die im Schlaf schmatzte und die sie doch wie nichts anderes auf der ganzen Welt innig liebte. Auf die sollte sie böse sein! Aber sie konnte nicht. Denn wenn sie so zu Gisela sah, wie sie immer noch mit diesem selig verträumten Ausdruck auf dem Gesicht ihre Fingerchen ableckte, immer und immer wieder damit über das Pergamentpapier fuhr, um auch noch den letzten Rest der Butter zu erhaschen, dann konnte sie es einfach nicht.

VERTRAUEN

Es war ein Fehler gewesen. Ein großer Fehler!

Wann war sie nur so weich geworden, dass es sogar ihren Verstand aussetzen ließ? Hans war es gewesen, der auf ihr gutes Herz gepocht hatte, und sie selbst hatte schließlich auch Mitleid mit dem Fräulein Eva Liebe aus Berlin gehabt. Wie sie geschaut hatte gestern. Maria seufzte. Jetzt schaute sie selbst. Und zwar auf die Uhr. Wie lange war es her, dass Eva zum Lebensmittelladen aufgebrochen war? Eine Dreiviertelstunde? Eine ganze Stunde? Sie hätte längst zurück sein müssen. Ein ungutes Gefühl breitete sich in Marias Magengrube aus. Der Wutausbruch ihrer Tochter Ilse vor nur wenigen Minuten machte es auch nicht besser.

Ihr Herz, es war wirklich zu weich geworden. Gestern Nacht, da hatte sie Eva sogar noch zugedeckt! Der Anblick ihrer Nichte, wie sie da gelegen hatte, ohne Decke in der Kälte. Das hatte Maria nicht zulassen können.

Sie selbst war nach dem anstrengenden Tag wie ein Stein ins Bett gefallen. Es hatte sie die allergrößte Anstrengung gekostet, sich überhaupt noch vorher auszukleiden. Dennoch hatte sich der

Schlaf nicht einstellen wollen. Die halbe Nacht hatte sie wach gelegen, während die Gedanken in ihrem Kopf nicht zur Ruhe kommen wollten. Immer wieder und wieder war sie die Ereignisse des Tages durchgegangen, hatte die Gespräche in ihrem Kopf tausendfach wiederholt, immer wieder überlegt, ob sie nicht doch etwas anderes hätte sagen sollen, sich doch hätte anders entscheiden sollen. Und die größte Frage, die drängendste von allen war: War es wirklich eine gute Idee gewesen, ihre Nichte bei sich aufzunehmen? Eva Liebe war schließlich eine Fremde, bei aller Verwandtschaft.

Maria ging im Laden auf und ab. Vom Verkaufstresen zum Fenster, zur Tür, wieder zurück. Die Unruhe in ihrem Kopf hatte sich auf ihre Beine übertragen.

Erneut wanderte ihr Blick zur Uhr. Weitere kostbare Minuten waren verstrichen. Was hatte sie sich nur dabei gedacht, eine Fremde mit den Lebensmittelmarken loszuschicken? Warum hatte sie nicht einfach darauf bestanden, dass Ilse den Einkauf erledigen würde? Aber Ilse war in diesem Moment nicht da gewesen. Und Maria hätte den Laden schließen müssen, um die Einkäufe selbst zu erledigen. Eine Zwickmühle, die sie jetzt aussitzen musste. Maria schüttelte den Kopf. So weit war es schon mit ihr gekommen! Dabei ging es ihr doch gar nicht so sehr um die Marken. Was Maria wirklich umtrieb, war die Ungewissheit, ob sie Eva trauen konnte. Deshalb hatte sie auch den Kreis für den heutigen Abend abgesagt. Wenn ihre Nichte mit den Lebensmittelmarken durchbrennen würde, dann wäre das eine Sache, aber ihr vom Kreis zu erzählen und damit andere Menschen, fernab der eigenen Familie, zu gefährden, war eine ganz andere. Das nächste Treffen des Kreises würde noch einige Zeit auf sich warten lassen müssen. So lange, bis Maria sich über das Fräulein Liebe im Klaren war. Bis sie herausgefunden hatte, ob sie eine Gefahr darstellte oder nicht. Ob ihr zu trauen war. Aber was sollte Maria tun, wenn sich herausstellte, dass ihre Nichte eine von denen war? Von denen, die dem Führer blind folgten und seine Reden nachplapperten, ohne auch nur einmal darüber nachgedacht zu haben? Wenn das so wäre, dann wüsste Maria wirklich nicht mehr, was sie tun sollte.

»Ach Maria, hab doch mal ein bisschen Vertrauen«, das hatte ihr August so oft zu ihr gesagt, wenn sie wieder einmal alles zu schwarzgesehen hatte. Aber Vertrauen war nicht einfach. War es nie gewesen. Und in diesen Zeiten schon doppelt und dreifach nicht. Vor allem, weil sie auf sich allein gestellt war. Wäre ihr August doch jetzt hier, er wüsste, was zu tun wäre. Er würde sie in den Arm nehmen, ihr einen Kuss auf die Stirn drücken, und dann würde er mit ihr zusammen entscheiden. Ihr einen großen Teil der Last von den Schultern nehmen. Mit ihm an ihrer Seite war immer alles einfacher gewesen.

Aber August war nun mal nicht da. Sie musste die Last allein tragen. Allein entscheiden, ob dem Fräulein Liebe zu trauen war. Sie würde ihr auf den Zahn fühlen müssen. Sie auf die Probe stellen. Aber wie? Maria überlegte.

Vielleicht musste sie es doch nicht allein entscheiden. Vielleicht konnte sie jemanden um Hilfe bitten? Friedel Faßbender kam ihr in den Sinn. Der alte Lehrer hatte schon immer ein gutes Gespür für Menschen gehabt und konnte scheinbar jeden mühelos durchschauen und bis in dessen Herz sehen. Seine Menschenkenntnis würde Licht ins Dunkel bringen und dann vielleicht das Gedankenkarussell in ihrem Kopf anhalten können.

Maria nickte zufrieden. Ja, Friedel würde ihr bestimmt helfen können. Wieder blickte sie zur Uhr. Eva war immer noch nicht zurück. Wenn sie nicht mehr wiederkam, würden sich Marias Überlegungen so oder so in Luft auflösen. Dann musste sie nicht entscheiden und auch niemanden um Hilfe bitten. Vielleicht wäre es das Beste so. Sie stemmte die Hände in die Hüften. Im Laden und im Haushalt gab es noch genug zu tun. Sie sollte nicht weiterhin ihre Zeit mit Warten und Was-wäre-wenn-Gedanken vertun. Der Alltag, er war auch in Kriegszeiten noch da. Wollte erledigt werden, egal, was gerade vor sich ging. Nur in der Buchhandlung war weniger zu tun. Wenigstens gab es noch ihre Stammkunden, die ihr in diesen schweren Kriegstagen die Treue hielten. Aber auch die wurden weniger oder kamen seltener. Es war eben kaum noch Geld da für das Luxusgut Buch. Und dass sie durch die Zuteilung der Bücher auf der einen Seite und die Beschneidung des Sortiments durch die *Liste 1* auf der anderen Seite kaum noch Vielfalt anbieten konnte, machte es nicht besser.

So konnte es doch auf Dauer mit dem Buchhandel nicht weitergehen! Alles wurde von oben bestimmt. Alles reglementiert. Und wenn man nach den Rassengesetzen nicht konform war, dann durfte man gar nichts mehr.

Maria hatte mit Schrecken davon gehört, dass sie in ganz Deutschland schon viele Buchhandlungen geschlossen hatten, weil die Besitzer nicht arisch waren. Dann machten sie die Buchhandlungen einfach zu, und die Inhaber nahmen sie mit. Brachten sie in die Lager. Die, aus denen nie jemand zurückkehrte. Der Gedanke daran jagte Maria jedes Mal einen eisigen Schauer über den Rücken.

Vertrauen, dachte Maria und schüttelte die Kälte von sich ab, vertrauen war in diesen Zeiten nicht einfach.

FREUNDSCHAFT

Voll beladen überquerte Eva den Marktplatz und bog in eine enge Straße ein. Sie warf einen Blick auf das Straßenschild, das an einer Hauswand angebracht war: Kramgasse.

Die Gasse führte etwas bergauf und endete in einem kleineren Platz vor dem Rathaus. Als Eva oben angekommen war und um die Ecke in die Hochstraße gehen wollte, sah sie eine junge Frau vor sich. Es war die Frau, deren Namen sie von den zwei unverschämten Tratschtanten im Gemischtwarenladen erfahren hatte.

»Margot! Margot, warte!« Eva hetzte ihr hinterher, bis sie sie endlich erreicht hatte. »Mensch! Was bin ich froh, dich noch mal zu treffen.«

»Dann haben die zwei dir also erzählt, wie ich heiße.« Es war keine Frage, es war eine Feststellung.

Eva, die noch etwas außer Atem war, weil sie so gerannt war, nickte schnell.

»Und wie heißt du?«, fragte Margot.

»Eva, Eva Liebe.«

»Liebe? Wie die Liebe?«, stellte Margot die Frage, die Eva in ihrem Leben schon so oft gehört hatte.

Sie nickte erneut. »Genauso.«

»Das ist aber ein ungewöhnlicher Name, und auch irgendwie lustig.«

»Da, wo ich herkomme, gibt es viel Liebes«, erwiderte Eva.

»Da gibt es viel Liebe? Das ist aber schön.« Ein zaghaftes Lächeln stahl sich auf Margots Gesicht.

»Ja, ist es«, antwortete Eva schlicht.

Ein kurzer Moment der Stille entstand zwischen den beiden. Eva überlegte fieberhaft, was sie noch sagen konnte, um das Gespräch weiterzuführen, bevor es unangenehm werden würde, aber Margot war schneller.

Sie senkte den Kopf, scheinbar in Verlegenheit, und fragte: »Und sonst haben sie nichts erzählt? Nichts über meine Mutter oder …« Sie verstummte. Dann hob sie den Kopf, und Eva konnte sehen, dass ihre Wangen ganz rot waren, und das war nicht allein von der Kälte. »Die Käthe und die Ingeborg halten doch sonst nicht hinter dem Berg«, schloss sie schließlich.

»Käthe und Ingeborg also«, erwiderte Eva. »Vorgestellt haben sie sich mir nicht.«

»Käthe ist die Zierliche«, erklärte Margot.

»… dann ist Ingeborg die Hagere?«, fragte Eva.

Margot nickte. Wieder schwiegen sie beide für einen Augenblick.

Dann fasste Eva sich ein Herz. »Sie haben mir etwas erzählt, weißt du? Und dann hab ich ihnen was erzählt!«

»Wie? Was?«, fragte Margot.

»Na, ich hab ihnen meine Meinung gesagt«, meinte Eva schlicht. Beim Anblick von Margots Miene, die sich von Verlegenheit zu Verwunderung wandelte, musste Eva lächeln.

»Was … was hast du ihnen denn gesagt?«, fragte Margot schließlich leise.

Eva zuckte mit den Schultern. »Ich hab den beiden gesagt, dass ich dich nur als nette Person kennengelernt habe und mich das andere nicht interessiert.«

»Das hast du gesagt?«, fragte Margot ungläubig.

»Ja.« Eva nickte. »Und außerdem habe ich ihnen gesagt, dass ich das von ihnen beiden nicht behaupten kann. Also, nett zu sein.«

Margot riss kurz die Augen auf, aber dann begann sie zu kichern, und auch Eva musste lachen. Plötzlich fühlte sie eine leichte Unbeschwertheit wie schon lange nicht mehr. Wie früher, wenn sie mit ihrer Freundin Hanne unterwegs gewesen war. Sie hatte beinahe vergessen, dass sie sich so fühlen konnte, dass das noch möglich war.

»Dann … dann ist dir egal, was sie über meine Mutter sagen?«, fragte Margot, nachdem sie Luft geholt hatte.

Noch einmal zuckte Eva mit den Schultern. »Auf Klatsch und Tratsch hab ich noch nie viel gegeben.«

Margot sah sie mit großen Augen an und schüttelte dann kurz und fast unmerklich den Kopf, als könnte sie nicht glauben, was Eva ihr gerade gesagt hatte. »Komm, gib mir was von den Einkäufen ab, ich helf dir tragen«, sagte sie dann und nahm Eva eine der schweren Taschen ab. »Wo wohnst du?«

»In der Hochstraße, über der Rhein-Buchhandlung.« Eva deutete die Straße hinauf.

»Bei den Herrmanns?«

Eva nickte. »Genau, das sind Onkel und Tante von mir.«

Margot lächelte breit. »Das trifft sich, ich wohne nur eine Straße weiter, das liegt für mich auf dem Weg. Na ja, obwohl, eigentlich nicht ganz. Tatsächlich ist es ein kleiner Umweg. Aber das ist in Ordnung.« Sie ging los.

Eva folgte ihr. Wieder schwiegen sie, als sie so nebeneinander hergingen. Aber diesmal war es schön. Eva freute sich, endlich wieder mit jemandem den Weg teilen zu können. Auf ihrer Reise von Berlin hierher war sie immer nur allein gewesen. In allen Situationen auf sich allein gestellt.

»Sie haben übrigens recht«, sagte Margot plötzlich leise.

»Wer hat recht und womit?«, fragte Eva, die gedanklich immer noch bei den Erlebnissen ihrer Reise war.

»Käthe und Ingeborg aus dem Gemischtwarenladen. Was sie über meine Mutter sagen«, antwortete Margot noch leiser. »Ich glaube, sie haben recht.«

»Du glaubst es nur?«, fragte Eva vorsichtig nach.

»Nun ja, das ist nichts, worüber man einfach so spricht. Du glaubst ja wohl, dass es ordentlich Backpfeifen hageln würde, wenn ich das zur Sprache bringen würde. Aber …« Mit einem Mal war Margot wieder sehr verlegen. »Es gibt da durchaus Anzeichen. Und mein Vater ist schon lange an der Front, und auch wenn er zwischendurch mal auf Urlaub zu Hause war … Es passt einfach nicht mit der Geburt meiner jüngsten Geschwister zusammen. Das sind die Zwillinge, weißt du?«

Eva wusste nicht, was sie darauf antworten sollte. Sie versuchte sich vorzustellen, wie es für sie gewesen wäre, wenn sie so etwas von ihrer Mutter hätte vermuten müssen. Sie wusste schon, dass es viele Frauen gab, die ihren Körper gegen Geld verkauften. Nur zwei Ecken weiter von ihrer Wohnung in Berlin hatte es eine ganze Straße gegeben, wo die Frauen abends gestanden hatten. Manchmal sogar schon tagsüber. Aber Eva hatte sich nie gefragt, ob diese Frauen Familie hatten. Das war ihr einfach nicht in den Sinn gekommen.

»Meine Mutter wäre bei der Geburt der Zwillinge fast gestorben, wenn Fräulein Frings nicht gekommen wäre«, sagte Margot, die auch ihren Gedanken nachgehangen hatte.

»Fräulein Frings?«

»Das ist die Hebamme von meiner Mutter. Oder besser: Sie war es. Sie ist jetzt im Ruhestand. Wenn man das so sagen kann. Ich glaube, sie arbeitet immer noch. Nur Geburten betreut sie keine mehr.«

»Was macht man denn als Hebamme, wenn man keine Geburten betreut?«, wunderte sich Eva.

»Oh, da gibt es noch viel. Gibt es keine Hebammen, wo du herkommst?«

»Ja, schon. Aber ich war fünf, als meine Schwester geboren wurde, und meine Eltern sind dafür ins Krankenhaus gegangen. Deshalb …« Eva zuckte mit den Schultern.

»Ins Krankenhaus gehen hier mittlerweile auch viele. Trotzdem kann eine Hebamme vor und nach der Geburt noch helfen. Glaub es mir. Ich bin schließlich die mit den acht Geschwistern.« Margot lachte. »Ich hab's schon oft genug gesehen und weiß, wovon ich spreche.«

»Dann hat deine Mutter alle Kinder zu Hause bekommen?«, fragte Eva. Sie konnte den Unglauben in ihrer Stimme nicht ganz unterdrücken.

»Ja, alle acht.« Margot nickte. »Dabei ist das Krankenhaus doch gar nicht weit von uns aus. Ist doch direkt am Schloss, gerade mal die Straße runter. Aber meine Mutter traut den Ärzten nicht. Hat sie noch nie.«

»Bei meinen Eltern war es genau andersherum. Was der Herr Doktor gesagt hat, war Gesetz. Immer.«

»Siehst du, so unterschiedlich kann das sein.«

Sie gingen weiter die Hochstraße hinunter. Kurze Zeit später hatten sie die Rhein-Buchhandlung erreicht.

Eva nahm Margot die Tasche ab. »Danke, dass du mir tragen geholfen hast.«

»Das ist doch selbstverständlich. Ich danke dir dafür, dass du den beiden im Laden Paroli geboten hast.«

»Ach was, das ist doch selbstverständlich«, entgegnete Eva und zwinkerte Margot zu. Sie brachen beide wieder in Gelächter aus.

Eva stieg die drei Stufen zur Ladentür der Buchhandlung hinauf. »Dann auf Wiedersehen«, sagte sie. »Und noch einmal vielen Dank.«

»Ja! Bis bald einmal«, rief Margot im Weggehen.

EIN GUTER MENSCH

Maria Herrmann rückte gerade die Bücher im Regal neben der Lagertür zurecht, als sich die Tür zur Buchhandlung erneut öffnete und Frau Klein eintrat.

Nur wenige Minuten zuvor war Eva endlich mit den Einkäufen nach Hause gekommen. Sie war schnell durch den Laden ins Lager gehuscht und hatte ihr auf dem Weg mit einem Lächeln die beiden Tragetaschen gezeigt.

Maria hatte einen kurzen Blick auf die Einkäufe geworfen und mit Zufriedenheit festgestellt, dass alles seine Richtigkeit zu haben schien, bevor sie ihre Nichte angewiesen hatte, die Sachen nach oben in die Stube zu bringen und wegzuräumen.

Maria schob den letzten Bücherstapel zur Seite und ging dann mit einem Lächeln auf die Kundin zu. Vor dem Krieg war Frau Klein eine ihrer besten Kundinnen gewesen. »Wie schön, Sie zu sehen!«, begrüßte Maria sie. »Wie kann ich Ihnen heute helfen?«

»Ach, Frau Herrmann«, sagte die Frau, »ich brauche ja eigentlich immer was fürs Herz, das wissen Sie doch. Aber das hier, das war nicht das Richtige.« Sie zog ein Buch hervor.

»Wollen Sie sich ein anderes Buch dafür aussuchen?«, fragte Maria, während sie das betreffende Buch von der Kundin entgegennahm. Es war auch ein Liebesroman. Und Maria wusste genau, dass er Frau Klein sehr wohl gefallen haben musste. Sie wusste schließlich, was ihre Kunden am liebsten lasen.

Frau Klein schüttelte den Kopf. »Ich finde im Moment nicht die richtige Zeit zum Lesen, wissen Sie, Frau Herrmann«, sagte sie entschuldigend.

Maria nickte. Frau Klein brauchte also das Geld. Natürlich. Sie deutete zum Tresen. »Dann kommen Sie mit.« Maria trat hinter den Tresen und öffnete die Kasse. Sie musste nicht in das Buch sehen, um zu wissen, was es gekostet hatte. Die meisten Preise der Bücher, die sie vorrätig hatte, kannte sie auswendig. Sie wusste das genauso, wie sie wusste, dass Frau Klein das Buch sehr wohl gelesen hatte, auch wenn sie dabei vorsichtig vorgegangen war, sodass sich keine Leserillen am Rücken bemerkbar machten. Frau Klein gehörte zu den Menschen, die im Krieg fast alles verloren hatten. Ihr Mann war in den ersten Gefechtstagen gefallen, ihre beiden Söhne nur kurze Zeit später. Das Haus hatte sie allein nicht mehr halten können. Wenn sie ein paar Mark zusammensparen konnte, dann kaufte sie ein Buch. Das las sie und brachte es zurück, tauschte es gegen ein anderes und dann wieder gegen ein anderes, bis sie das Geld für etwas anderes nötiger brauchte und es sich zurückzahlen ließ. Weil neben ihrem Geist auch ihr Körper wieder Nahrung benötigte. Und der wurde nicht von Worten satt.

Und immer nannte Frau Klein einen anderen Grund, warum sie ein Buch zurückbrachte. Es habe ihr nicht gefallen, das Thema sei doch nicht ihres und so weiter und so fort. Und Maria Herrmann spielte das Spiel mit. Sie hatte Mitleid mit der gebrochenen Frau. Sie wusste, dass es ihr hätte genauso ergehen können. Und sie war dankbar, dass Frau Klein vor dem Krieg immer so viele Bücher bei ihnen im Laden gekauft hatte. Vielleicht würde sie das nach dem Krieg auch wieder tun. Wer wusste das denn schon? Bis dahin würden sie einfach so weitermachen wie bisher.

»Ich bring Sie noch zur Tür«, sagte Maria, nachdem sie der Kundin das Geld zurückgegeben hatte. Sie begleitete Frau Klein hinaus auf die Straße. »Machen Sie es gut, Frau Klein. Bis zum nächsten Mal.«

Die alte Frau ergriff Marias Hände. »Haben Sie Dank, Frau Herrmann. Sie sind ein guter Mensch. Ein Segen, wenn Sie mich fragen.« Und damit drückte sie ihre Hände einmal kurz und ging davon.

Maria sah ihr noch eine Weile nach. *Ein guter Mensch.* Das würde ihr noch das Genick brechen. Genauso wie das gute Herz, das sie laut Hans Schumacher besaß.

EIN PLAN MUSS HER!

Den ganzen Nachmittag hatte Ilse mit angezogenen Knien dicht neben Gisela gedrängt im Gitterbettchen gesessen und mit ihr Bilderbücher durchgeschaut. *Etwas von den Wurzelkindern* hatten sie bestimmt viermal hintereinander geblättert. Es war Giselas Lieblingsbuch. Die Mutter hatte Ilse die Bücher schon so oft vorgelesen, dass sie den Text auswendig hersagen konnte. Einige der Worte konnte sie daher auch schon lesen, darauf war sie sehr stolz! Eigentlich hätte sie mit ihren sieben Jahren jetzt die erste Klasse der Volksschule besuchen müssen, aber seit die Soldaten in der Roten Schule eingezogen waren, gab es keinen Unterricht mehr. Vielleicht sollte sie den alten Lehrer Faßbender einmal fragen, ob er ihr ein wenig Lesen, Schreiben und Rechnen beibringen konnte. Er war doch so oft im Laden, saß oft mit der Mutter in der Stube bei einer Tasse Gerstenkaffee.

Wie immer hatte ihre kleine Schwester vor Freude gequietscht, wenn Ilse an einer ihrer Lieblingsstellen angelangt war und diese dann besonders langsam vorgetragen hatte. In solchen Momenten konnte Ilse sich gut vorstellen, später selbst einmal Kinder zu haben. Eine Tochter, der sie Bilderbücher vorlesen würde, und die sich genauso an ihre Seite schmiegen würde, wie Gisela es tat.

Als es anfing, dunkel zu werden, stand Ilse auf und kletterte aus dem Gitterbettchen. Sie streckte ihre steifen Glieder. Für so ein Babybett war sie einfach viel zu groß! Gisela konnte mit ausgestreckten Beinen in dem Bettchen sitzen. Und das tat sie nun auch, während sie selbst Buch für Buch zur Hand nahm und vorsichtig durchblätterte. Ordentlich mit Büchern umzugehen, das hatte die Mutter ihnen beiden schon sehr früh beigebracht. Und so wusste Ilse, dass auch Gisela trotz ihrer vier Jahre keine einzige Seite verknicken oder einreißen würde.

Einen letzten Blick warf Ilse noch auf ihre kleine Schwester, dann ging sie durch den Flur zur Wohnstube. Sie musste mit der Mutter reden. So schön es auch war, hin und wieder mit Gisela im Gitterbettchen zu sitzen, auf Dauer darin zu schlafen, kam nicht infrage! Gestern Abend hatte die Mutter ihr dazu nur den Mund verboten. Ilse musste es also mit Bedacht angehen, damit die Mutter auch wirklich zuhörte und wirklich verstand, dass Ilse ein großes Mädchen war, das in einem großen Bett schlafen musste.

Ihre Mutter saß in der Küche und schnitt altes Brot. Ilse wusste, was das hieß: Morgen würde es Brotsuppe geben. Sie hatte der

Mutter schon oft bei der Zubereitung zugesehen. Zuerst wurde das harte Brot in Brocken geschnitten, die man dann über Nacht in Wasser einweichte. Am nächsten Tag kamen Kartoffeln dazu, und das Ganze wurde auf dem Herd gekocht. Wenn noch etwas Salz da war, kam auch das noch hinein. Am Ende ergab es eine graue, dickflüssige Suppe, die zum Glück besser schmeckte, als sie aussah. Die Mutter betonte immer, wie wichtig solche Rezepte seien, bei denen kaum etwas verschwendet wurde.

Ilse stellte sich ganz aufrecht hin, fast hoben ihre Fersen ein wenig vom Boden ab. Sie wollte, dass die Mutter auch an ihrer Statur erkannte, dass Ilse groß war. Ein großes Mädchen.

»Mama«, begann sie. »Du sagst doch immer, dass ich die Große bin.«

Die Mutter sah mit gerunzelter Stirn zu ihr und nickte knapp.

Jetzt musste Ilse schnell sein, bevor die Mutter ihr wieder den Mund verbot: »Alles an mir ist groß, nicht wahr? Guck doch einmal, wie lang meine Beine mittlerweile schon geworden sind.«

Die Stirn der Mutter runzelte sich noch mehr, und sie kniff ein wenig die Augen zusammen.

Ilse holte schnell Luft und sagte dann ganz geradeheraus: »Ich kann doch nicht ewig mit Gisela in dem kleinen Bettchen schlafen. Ich bin groß! Und …«

Mit einer Handbewegung bedeutet die Mutter ihr zu schweigen. »Ilse«, sagte sie. »Es ist im Moment so, wie es ist. In ein paar Tagen hast du dich daran gewöhnt.«

»Aber …«, versuchte Ilse es, doch die Mutter brachte sie mit einem strengen Blick zum Schweigen.

»Die Entscheidung, deine Cousine bei uns aufzunehmen, ist auch mir nicht leichtgefallen«, sagte die Mutter. »Aber Eva gehört nun einmal zu unserer Familie. Daran gibt es nichts zu rütteln.«

»Aber Mama, kann sie nicht irgendwo allein wohnen? Sie ist doch erwachsen.«

Die Mutter schnitt weiter das alte Brot klein, während sie sagte: »Ilse! So einfach geht das nicht. Und erwachsen ist die Eva auch noch lange nicht.«

Ilse trat neben sie an den Tisch. »Aber warum denn nicht?«

Ihre Mutter hielt mit dem Schneiden inne. »Eva mag für dich erwachsen wirken, aber sie ist noch nicht einundzwanzig Jahre alt. Und für eine Frau ist es sowieso nicht so einfach, allein zu wohnen, gerade wenn sie …«

»Fräulein Frings wohnt doch auch allein!«, unterbrach Ilse sie aufgebracht.

Nun sah die Mutter sie an. »Ilse! Das ist etwas völlig anderes.«

»Aber warum denn?«

»Fräulein Frings ist eine hochbetagte Dame. Und sie ist ein Andernacher Urgestein. Sie hat Reputation. Wenn du mich fragst, dann hat sie beinahe der Hälfte aller Andernacher Bürger auf die Welt geholfen.«

Ilse kniff den Mund zusammen. Sie wusste nicht, was Reputa…irgendwas sein sollte, aber sie würde sich in der jetzigen Situation lieber die Zunge abbeißen, als nachzufragen. Also sagte sie hitzig: »Dann soll die blöde Eva doch einfach auch ein paar Andernachern auf die Welt helfen, wenn wir sie dann los sind!«

»Ilse Herrmann!« Jetzt war die Stimme der Mutter kalt. »Was wagst du dich? Ich glaube, du bekommst gleich einen Satz warme Ohren!« Sie ließ das Messer fallen.

Instinktiv riss Ilse die Hände hoch, hielt sie schützend vor ihr Gesicht und machte zwei Schritte zurück, bis sie an die Anrichte stieß. Eine Backpfeife wollte sie wirklich nicht riskieren.

Sie hörte ein metallisches Klappern und dann wieder die Stimme ihrer Mutter. Sanft diesmal. »Eva gehört zu unserer Familie, und deshalb wohnt sie ab jetzt bei uns, bis sie eine eigene Familie gründet.«

Ilse nahm die Hände runter und stöhnte. »Das wird ja noch ewig dauern!«

»Es wird so lange dauern, wie es dauert«, erwiderte die Mutter knapp. »Und bis dahin werden wir alle einfach ein bisschen zusammenrücken.«

»Wir alle? Bisher sind es nur ich und Gisela, die zusammenrücken müssen!«, rief Ilse empört.

»Ilse«, sagte die Mutter nur lang gezogen.

»Ja, ja, schon gut. Sie ist Familie. Ich habe es verstanden«, murrte Ilse. Sie trat wieder an den Tisch und setzte sich auf die äußere Kante der Küchenbank. Dann stibitzte sie sich ein kleines Brotstückchen, das von dem Küchenbrett auf den Tisch gefallen war. Die Mutter sagte nichts dazu. Ilse steckte sich das trockene Häppchen in den Mund und schob es mit der Zunge hin und her, bei dem Versuch, es mit ihrem Speichel aufzuweichen und genießbar zu machen.

Diese Eva würde sie also von nun an bis in alle Ewigkeit ertragen müssen. Die Mutter hatte doch gerade gesagt, dass sie noch gar nicht erwachsen sei. Bestimmt würde es noch lange, lange dauern, bis die Cousine mal heiraten würde. Ilse seufzte innerlich und begann zaghaft auf dem Brotstückchen zu kauen. Das war alles so ungerecht. Niemand hatte sie vorher gefragt, ob ihr das recht war, dass Eva nun bei ihnen einzog. Das war einfach über ihren Kopf hinweg entschieden worden, wie alles andere auch. Dabei war sie doch schon sieben Jahre alt! Zählte das denn gar nicht? Schließlich gab es so viele Dinge, für die sie schon groß genug war. Einkaufen gehen, auf Gisela aufpassen, den Abwasch machen, stopfen, kehren, manchmal auch putzen. All das musste sie machen, weil sie ja schon so *groß* war. Aber für die wirklich wichtigen Dinge war sie noch nicht groß genug, dafür war sie immer nur zu klein. Als wäre sie eine Vierjährige wie *dat Klein*. Sie schluckte den zähen Brotbrei hinunter.

Sie musste sich etwas überlegen. Irgendwie musste diese Eva doch wieder loszuwerden sein. Wenn die Mutter nichts dazutun wollte, dann musste Ilse einfach nachhelfen. Oder etwa nicht? Aber wie? Sie musste sich etwas ausdenken. Genau! Sie würde sich etwas ausdenken, damit diese unmögliche Person gar nicht mehr bei ihnen wohnen bleiben wollte. Das war es! Und dann wäre alles wieder wie vorher. Dann wäre alles wieder gut.

Nur, wie sollte sie das schaffen? Was sollte sie machen, damit diese Eva das Weite suchte? Konnte sie das allein überhaupt, oder würde sie dafür nicht Hilfe benötigen? Aber wer konnte ihr bei so etwas helfen? Wen kannte sie, der in der Lage war, einen anderen zu vergraulen? Nicht nur so ein bisschen, sondern so richtig? Da fielen ihr nur zwei Jungen ein, die mit ihren Vornamen denselben Anfangsbuchstaben teilten: Die zwei Ws! Die könnte sie doch dafür einspannen. Ilse konnte die zwei zwar nicht leiden, aber diese schreckliche Eva konnte sie noch viel weniger leiden. Sie grinste bei dem Gedanken, wie die zwei Ws es dieser unverschämten Person heimzahlen würden. Das war ein guter Plan! Ob noch Zeit war, um jetzt runter zum Rhein zu laufen und die beiden zu suchen? Bis zum Abendbrot sollte es noch etwas hin sein. Sie wollte gerade die Mutter fragen, ob sie noch einmal hinausdürfe, als die Sirene losheulte. Großalarm. Also keine Suche nach den Ws am Rhein, sondern ab in den Bunker. Wie sehr Ilse das hasste. Dann würde sie eben morgen nach den beiden Jungen suchen. Und die Zeit im Bunker, die konnte sie nutzen, um den Plan genauestens auszuarbeiten.

Montag, 8. Januar 1945

FRISCHE LUFT

Maria ließ ihren Blick einmal prüfend durch den Ladenraum der Rhein-Buchhandlung schweifen. Am Samstagmorgen hatte sie den Laden nur eine gute Stunde nach der Öffnung in größter Hast wieder schließen müssen, weil es erneut einen Großalarm gegeben hatte, und auch den halben Sonntag hatte sie mit den Mädchen und ihrer Nichte im Bunker verbringen müssen.

Danach war sie endlich zu Friedrich Faßbender gelaufen und hatte mit ihm über ihre Nichte gesprochen. Wie sie erwartet hatte, hatte der alte Lehrer sofort und bereitwillig zugestimmt, die junge Dame einmal kennenzulernen und ihr auf den Zahn zu fühlen. Das erleichterte Maria ungemein. Seit dem Gespräch mit Friedel Faßbender hatte sie nicht mehr das Gefühl, auch noch die Sache mit ihrer Nichte allein auf ihren Schultern tragen zu müssen. Hier hatte sie Hilfe, auf die sie sich verlassen konnte. Das war gut, da sie doch in den meisten anderen Dingen auf sich allein gestellt war.

Als sie am Sonntagabend zurückgekommen war, war keine Zeit mehr gewesen, um auf- oder nachzuräumen, vom täglichen Kassenabschluss einmal ganz zu schweigen.

Natürlich gab es in diesen Tagen des Krieges nie viel aufzuräumen, und auch das Zählen der Kasse war an manchen Tagen fast schon vergebene Liebesmüh, weil nicht einmal ein einziger zahlender Kunde das Geschäft betreten hatte, aber dennoch: Ordnung musste sein. Und auch wenn Maria die Rechnungsablage nicht gern machte und immer etwas vor sich herschob, so war sie beim Kassenbuch überaus gewissenhaft, ebenso wie beim Sortieren und Aufräumen der Bücher. Gerade Letzteres hatte sie immer gern gemacht, aber nach dem anstrengenden und aufregenden Wochenende mit den ganzen Alarmen war Maria noch müder als sowieso schon.

Maria seufzte einmal, dann ging sie zum Tresen, zog die schwere Holzschublade darunter auf und nahm den Schlüssel für die Ladentür heraus. Es nützte ja alles nichts. Gleich würde die Uhr neun schlagen, und um neun öffnete die Rhein-Buchhandlung. Montags bis samstags. Und alle Müdigkeit der ganzen Welt würde Maria Herrmann nicht daran hindern.

Nachdem sie die Tür aufgeschlossen hatte, zog sie sie weit auf und schob mit dem Fuß den kleinen Holzkeil darunter, damit die Tür auch offen blieb. Es war ihr morgendliches Ritual, egal, wie kalt es draußen war. Erst einmal musste frische Luft in den Laden. Das tat ihr und auch den Büchern gut. Zumindest sagte Maria sich das immer.

Früher hatten sie bei gutem Wetter auch noch einen Tisch mit Büchern vor dem Laden aufgestellt, aber das ging derzeit nun wirklich nicht mehr. Jetzt musste sie die Buchhandlung jederzeit schnell wieder schließen können. Wer wusste denn, wann der nächste Alarm wartete, wann der nächste Luftangriff wieder losging oder gar Schlimmeres? Wenn sie nachts noch wach lag, dann meinte sie in letzter Zeit immer wieder, das entfernte Dröhnen von Gefechtswaffen hören zu können. Die Front, die Gefechte, sie kamen immer näher an den Rhein. Das machte Maria Angst. Und diese Angst war nicht unbedingt um ihrer selbst Willen: Sie hatte Angst um ihre Töchter, um ihre beiden kleinen Mädchen.

Sie ging zurück zum Tresen und nahm das Kassenbuch aus dem Fach neben der Schublade. Sie schlug es auf und trug das Datum von Samstag ein, bevor sie die Kasse öffnete und die Münzen und Scheine zählte. Schnell war sie damit fertig. Ein einziges

Buch hatte sie am Wochenende verkaufen können, bevor ihr das Heulen der Sirene durch Mark und Bein gefahren war. Wenigstens etwas. Und die Kasse stimmte. Das war immer gut.

Früher war es an hektischen Tagen immer wieder einmal vorgekommen, dass es beim Kassenschluss am Abend eine Unstimmigkeit gegeben hatte. Ein paar Pfennige zu viel oder zu wenig, selten einmal ein paar Mark. August hatte sie dann mit einem Lachen in den Arm genommen und gerufen: »Maria! Wo gehobelt wird, da fallen Späne.« Und dann hatte er sie geküsst und das Kassenbuch berichtigt, damit wieder alles in der Ordnung war.

Sie wollte die Ladentür gerade wieder schließen, als sie Frau Betzing auf der Straße entdeckte. An Weihnachten hatte sie als beinahe Einzige dafür gesorgt, dass die Kasse der Buchhandlung geklingelt hatte. Trotz all der Entbehrungen, all des Hungers, hatte sie für ihre Lieben Bücher als Weihnachtsgeschenke gekauft. Das musste man sich einmal vorstellen! Sie hatte dafür ihren alten Pelzmantel auf dem Schwarzmarkt versetzt und selbst einige Tage gehungert, nur um genug Geld zusammenzusparen. So hatte sie Maria erzählt. Und Maria hatte ein richtig schlechtes Gewissen gehabt, weil sie der armen Frau die Bücher nicht einmal ein bisschen günstiger hatte geben können. Die Buchpreisbindung galt. Immer. Dafür hatte sie ihr am Weihnachtstag ein bisschen vom Schmalzgebäck gebracht, das sie mit den Mädchen gebacken hatte. Es war sehr trocken gewesen und leider auch kaum süß, denn es hatte Maria sowohl am Schmalz als auch am Zucker gefehlt, aber Frau Betzing hatte beinahe Tränen in den Augen gehabt, als sie das kleine Bündel entgegengenommen hatte.

Im neuen Jahr hatte sie die Kundin bislang noch gar nicht gesehen, also trat sie nun auf die Straße und ging ihr ein paar Schritte entgegen.

UNTÄTIGKEIT

Das Wochenende war eine Mischung aus Langeweile und Angst gewesen. Und das war keine gute Mischung, wie Eva feststellen musste. Langeweile hatte sie gehabt, weil es scheinbar im Herrmann'schen Haushalt und auch in der Buchhandlung nichts für sie zu tun gab. Nur den einen Einkauf hatte sie übernehmen dürfen und dann erst einmal nichts mehr. Egal ob im Haushalt oder bei der sonstigen Arbeit, immer waren ihr Tante Maria oder Ilse zuvorgekommen. Einmal sogar die kleine Gisela. Und so war sie zur Untätigkeit verdonnert gewesen. Hatte ab und an kurze Spaziergänge durch Andernach unternommen, in der Hoffnung, Margot Becker noch einmal zu treffen, aber auch das war nicht geschehen. Vielleicht, weil sie sich nie allzu weit von der Rhein-Buchhandlung entfernt hatte, immer in der Sorge, der nächste Alarm würde losgehen. Diese Sorge war mehr als berechtigt, denn an jedem Tag dieses nicht enden wollenden Wochenendes hatte es einen Großalarm gegeben. Dann hatte die Angst sie erneut gepackt und fest in ihren Griff genommen. Wenn sie wieder hatte rennen müssen, um in die Sicherheit des Bunkers zu kommen. Mit jedem Losheulen der Sirenen sah sie den letzten Alarm in Berlin noch einmal vor sich. Hörte die runtergeleierten Worte der alten Janssen im Ohr, die unablässig das *Ave Maria* betete, sich wieder und wieder bekreuzigte.

Die ungewissen Stunden im Luftschutzbunker, dazu die vielen neuen und unbekannten Gesichter, das hatte Eva wie in eine Schockstarre versetzt. Und wenn die Entwarnung kam, wurde es noch schlimmer. Mit jedem Schritt die Treppe hinauf und hinaus aus dem Bunker prasselte die Erinnerung an Berlin auf sie ein. Und obwohl die engen Straßen und Gässchen Andernachs nicht einmal entfernt so aussahen wie die breiten Alleen in Berlin mit den Mietskasernen, so konnte sie nicht anders, als wieder den großen Schuttberg vor sich zu sehen. Jedes Mal musste sie ihre Finger zu Fäusten ballen, bis sich ihre Nägel schmerzlich in ihre Handinnenflächen gruben. Der Schmerz half ihr, zumindest kurz abgelenkt zu sein, um nicht in Tränen auszubrechen, aber er konnte ihre Erinnerung nicht völlig wegwischen. Wenn die kalte Winterluft sie begrüßte und der wolkenverhangene Himmel wieder über ihrem Kopf zu sehen war, konnte sie nur daran denken, dass ihre Eltern und ihre kleine Schwester nicht so viel Glück gehabt hatten wie sie. Glück. Als Kind hätte sie sich nicht träumen lassen, dass Glück etwas so Grausames sein konnte.

Jetzt saß sie auf der Kante des Kinderbettes. Es war immer noch früh am Tag, eben erst hatten sie gefrühstückt. So schweigend, wie es in der Familie Herrmann zur Tagesordnung zu gehören schien. Die beiden Mädchen waren nach dem Essen flink die Treppe hinuntergehuscht und hinaus in die Winterkälte gelaufen. Tante Maria hatte sich nur kurze Zeit später in die Buchhandlung verabschiedet. Und Eva? Sie war ins Kinderzimmer zurückgetrottet und hatte sich auf das Bett gesetzt, die Hände im Schoß gefaltet. Untätig. So untätig wie an den Tagen zuvor. In einer Lethargie, die nur auf den nächsten Alarm wartete. Dabei wollte sie das doch gar nicht. Sie wollte nicht, dass die Alarme ihr Leben bestimmten. Sie wollte dem nächsten Luftangriff nicht die Macht darüber geben. Sie wollte es selbst in die Hand nehmen. Ihr Leben wirklich leben! Das war doch einer der Gründe, warum sie Berlin den Rücken gekehrt hatte. Weil sie leben wollte – und weil sie bei ihrer Familie sein wollte, dem bisschen Familie, das ihr noch geblieben war. Aber nie hatte sie in diesen Überlegungen untätig irgendwo herumgesessen. Nein. Das war nicht ihre Art. Und sie würde es bestimmt auch nicht zu ihrer Art werden lassen!

Mit einem grimmigen Lächeln auf dem Gesicht sprang Eva vom Bett auf. Sie würde jetzt wieder alles selbst in die Hand nehmen. Würde sich nicht mehr davon abhalten lassen zu arbeiten, zu helfen. Mit festen Schritten verließ sie das Kinderzimmer und ging hinunter in das Lager der Buchhandlung. Schon gestern hatte sie den kleinen Eimer und die Lappen in der Ecke stehen sehen. Die waren bestimmt zum Staubwischen gedacht. Staub fiel doch überall an, und in trockenen Räumen mit viel Papier noch viel häufiger. So war es zumindest im Studierzimmer von Otto Krieger gewesen. Dort hatte sie beinahe jeden Tag Staub wischen müssen, weil Elsbeth Krieger darauf bestanden hatte. Beim Gedanken an die Kriegers und an ihren Verlobten Alfred fühlte Eva plötzlich einen Kloß in ihrem Hals, aber sie schluckte ihn schnell hinunter. Alles Hinterhertrauern nützte ihr nichts. Was ihr jetzt half, waren Taten.

Eva krempelte ihre Ärmel bis zu den Ellenbogen hoch und griff nach dem Eimer. Sie würde einfach mit anpacken. Die Tante war der Meinung, dass das Bücherverkaufen nicht so einfach zu erlernen war. So hatte sie es ihr doch am Donnerstagabend ins Gesicht gesagt, und vielleicht war das auch der Grund, warum sie Eva noch nicht mal eine Kleinigkeit dazu erzählt hatte. Aber das Bücherverkaufen, das war doch nicht alles, was man in einer Buchhandlung tat. In jedem Geschäft, egal was dort angeboten wurde, gab es Tätigkeiten, die wirklich jedermann und jederfrau erledigen konnte. Und genau das würde Eva nun tun. Sie würde Staubwischen. Aufräumen. Erledigen, was eben so anfiel. Das wäre ja gelacht, wenn sie das nicht konnte! Und die Tante würde dann sehen, dass Eva sich so schnell nicht ins Bockshorn jagen ließ. Dass sie ihre Hilfe nicht einfach nur aus falscher Höflichkeit angeboten hatte, sondern dass sie ihre Worte ernst meinte.

Als sie den Laden betrat, war die Tante nicht zu sehen. Gut so! So konnte Eva frisch ans Werk gehen, ohne aufgehalten zu werden. Mit schnellen Schritten durchmaß Eva den Raum und begann mit dem Regal ganz an der Ecke. Sie stellte den Eimer auf den Boden, einen der beiden Lappen tauchte sie ins Wasser und legte ihn über den Rand, den anderen klemmte sie sich unter den Arm, bevor sie sich daran machte, den obersten Regalboden auszuräumen. Die Tante würde Augen machen, wenn sie das sah!

STADTGESPRÄCH

Eine ganze Zeit lang hatte Maria mit Frau Betzing auf der Straße Floskeln ausgetauscht. Ein Gruß zum neuen Jahr, ein paar Worte zum Wetter. Das Übliche.

»Wollen wir hoffen, dass es endlich das Jahr ist, in dem dieser Schrecken ein Ende findet«, sagte die Kundin jetzt, »denn sonst kann ich an dem neuen Jahr wirklich nichts Gutes finden.«

Maria nickte. »Da sagen Sie was. Hoffen wir das Beste«, erwiderte sie vage.

Frau Betzing war zwar eine gute Kundin der Buchhandlung, aber sie war ihr nicht so vertraut wie die Mitglieder des Kreises. Deshalb versuchte Maria, immer nur bei den allgemeinen Themen zu bleiben, beim Unverfänglichen. So war sie auf der sicheren Seite, auch wenn ihr Frau Betzing sehr ans Herz gewachsen war. Wachsam bleiben war wichtiger. In diesen Zeiten des Krieges konnte man einfach nie wissen.

»Die Alarme, wissen Sie, Frau Herrmann«, sagte die Kundin, »die setzen mir sehr zu.«

Maria nickte wieder. Mit einem knappen Blick an der Kundin vorbei auf das Nachbarhaus stellte sie sicher, dass die neugierige Frau Schmitt nicht in Position war, um wieder einmal alles zu belauschen, was auf der Straße gesprochen wurde.

»Wissen Sie«, fuhr Frau Betzing fort, »als es den ersten großen Luftangriff gab, am Tag nach Weihnachten, der, bei dem die Bomben an der Roten Schule eingeschlagen sind … Das wissen Sie ja,

Frau Herrmann, nicht wahr? Niemand in ganz Andernach hat das nicht mitbekommen. Jedenfalls … da hab ich wirklich gedacht: Jetzt isses mit dir vorbei, Gerda. Jetzt ist alles aus.«

Maria nickte verständnisvoll. Der Tag war schrecklich gewesen. Als die ganze Stadt gebebt und gezittert hatte. Und seitdem ging es Schlag auf Schlag. So viele Jagdbomber, so viele Alarme, so viele zerstörte Häuser.

»Meine Nachbarin, die hat's zerrissen, wissen Sie«, erzählte Frau Betzing weiter. »Sie und ihre vier Kinder, allesamt … Bum!« Mit den Händen ahmte die Kundin eine Explosion nach. Dabei war ihr Gesichtsausdruck seltsam neutral.

Maria lief ein kalter Schauer den Rücken hinunter bei der Vorstellung, was Frau Betzing hatte mitansehen müssen. Was sollte sie darauf erwidern? Passende Worte wollten ihr nicht einfallen, also schwieg sie.

»Na ja, so ist's also im Moment bei mir, Frau Herrmann. Bislang sind das Glück und der Herrgott gnädig mit mir.« Sie machte eine kurze Pause, bevor sie fragte: »Und mit meinem Josef auch! Gestern hab ich wieder einen Brief von ihm bekommen. Er ist ja an der Ostfront. Ist ihr August nicht auch dort stationiert? Wann haben Sie das letzte Mal von ihm gehört?«

Maria zuckte zusammen, bevor sie sagte: »Es ist schon ein Weilchen her. Mein August ist noch nie der große Briefeschreiber gewesen.« Frau Betzing musste nicht wissen, dass es schon viel zu lange her war. Musste sie nicht mit einem mitleidigen Blick ansehen, um dann zu sagen: »Dann ist er bestimmt gefallen, nicht wahr?« So etwas wollte Maria nicht hören, noch nicht einmal denken! Ihr August würde wieder zu ihr zurückkommen. Das wusste sie.

»Dann machen Sie es mal gut, Frau Herrmann, ich muss weiter, wissen Sie. Im Frauenhaus am Marktplatz gibt es heute einen Nähkursus, da werde ich gebraucht. Ich zeige den jungen Mädels vom BDM, wie sie am geschicktesten die Wäsche flicken können.

Ihre Ilse, die ist doch schon so ein großes Mädchen, die können Sie ruhig gleich auch dahin schicken.«

Maria presste die Lippen zusammen. »Ilse ist noch nicht im BDM, so groß ist sie dann doch noch nicht.« Zum Glück, fügte sie in Gedanken hinzu.

»Ach, das macht doch nichts, Frau Herrmann, auch die jüngeren Mädchen können da schon etwas lernen. Sie können es sich ja einmal überlegen. Bis bald dann!«

»Bis bald«, sagte Maria. Sie hatte gar nicht gewusst, dass Frau Betzing sich so für den Frauenbund und den Bund Deutscher Mädchen engagierte. Und jetzt war sie heilfroh, dass sie ihr Gespräch soeben und auch sonst immer so vage wie möglich gehalten hatte. So waren diese Zeiten, man wusste nie, wer auf welcher Seite stand. Wusste nie, wem man wirklich vertrauen konnte und wem nicht.

Maria schlang die Arme um ihren Oberkörper. Ihr war mit einem Mal eiskalt. Von der beißenden Januarkälte und von dem, was die Kundin ihr erzählt hatte. Sie ging zur Buchhandlung zurück und blickte durch das Schaufenster hinein. Da war jemand im Laden, an einem der Regale. Hatte sie etwa nicht bemerkt, dass ein Kunde eingetreten war? Das konnte eigentlich nicht sein, sie hatte zwar mit Frau Betzing ein paar Schritte von der Buchhandlung entfernt gestanden, aber jemand anderen hatte sie auf der ganzen Hochstraße nicht gesehen. Sie schaute genauer. Es war ihre Nichte. Es war das Fräulein Liebe!

VON A BIS Z

»Was machst du denn da?«

Die scharfe Stimme der Tante ließ Eva zusammenzucken. Beinahe hätte sie dabei den Stapel Bücher fallen gelassen. Schnell legte sie die Bücher ab und griff dann den nassen Lappen, um den nun freien Regalboden abzuwischen. »Ich mache sauber«, antwortete sie, ohne die Tante anzusehen.

Sie hörte, wie Tante Maria näher kam, bis sie direkt neben ihr stand. »Wo hast du das her?« Die Tante deutete auf den Eimer und den Lappen in Evas Händen.

»Aus dem Lager«, erklärte Eva knapp. Sie hängte den nassen Lappen wieder über den Eimer und wischte dann mit dem anderen Lappen das Regalbrett trocken. Während sie die Bücher zurück an ihren Platz stellte, erklärte sie: »In der Ecke hinten, da stehen Besen und Eimer und Putzlappen, und die Lappen hier, die waren auch dabei.« Sie nahm sich den nächsten Regalboden vor, räumte seelenruhig die Bücher aus. »Ich hab mir gedacht, wenn ich staubwische, dann muss ich mal an alle Bücher ran und kann damit gleich lernen, was für Titel hier stehen.« Das Letzte war ihr gerade erst in den Sinn gekommen, und sie war sehr stolz auf ihren Gedanken. Daher stemmte sie nun grimmig ihre Hände in die Seiten und sah die Tante herausfordernd an.

Diese zog erstaunt die Augenbrauen hoch. Eva konnte deutlich sehen, dass sie mit dieser Antwort nicht gerechnet hatte. Dass sie vielleicht sogar ein bisschen beeindruckt war.

Recht so!, dachte Eva, und ihre Mundwinkel zuckten ein wenig, auch wenn sie das gerade nicht wollte.

Die Tante fing sich schnell wieder. Denn nun sagte sie: »Gut. Wenn du etwas lernen willst und sowieso alle Bücher einmal zur Hand nimmst, dann kannst du auch gleich noch dafür Sorge tragen, dass sie richtig stehen«, fuhr sie Eva wieder mit dieser Strenge in der Stimme an, die ihr scheinbar in die Wiege gelegt worden war.

»Richtig stehen?«, fragte Eva und wandte ihren Blick zum Regal. Die Bücher standen alle aufrecht nebeneinander. Wie konnte ein Buch denn falsch stehen?

»Ja, natürlich richtig«, sagte Tante Maria. »Im Alphabet.«

Eva nickte schnell. »Im Alphabet, natürlich. In Ordnung, werde ich machen.« Sie zögerte einen kurzen Moment, dann fügte sie noch schnell an: »Danke.«

Damit hatte sie ihre Tante scheinbar schon wieder erstaunt. »Wieso bedankst du dich?«

»Weil du mir die Gelegenheit gibst, etwas zu lernen.«

Die Tante sah für einen Augenblick so aus, als würde sie darauf noch etwas erwidern wollen, aber dann schüttelte sie nur den Kopf und ging ins Lager. Eva war wieder allein in der Buchhandlung. Und sie hatte jetzt eine richtige Aufgabe, eine, die mit dem Bücherverkaufen zu tun hatte! Sie fühlte sich, als hätte ihr jemand einen Adelsschlag verpasst.

Eva wischte schnell die restlichen Regalböden fertig, dann hängte sie die Lappen über den Eimer, stellte diesen zur Seite und sah sich in Ruhe das Regal an. So schnell konnte sie die ganzen Titel gar nicht aufnehmen. Mal waren sie linksherum längs auf den Buchrücken gedruckt, mal rechtsherum, manchmal auch waagerecht. Und dann in unterschiedlichen Schriftarten. Mal stand der Titel oben, mal unten, mal mittig. Eva rieb sich über die Augen. Dann holte sie tief Luft und begann noch einmal von vorn. Es waren allesamt Bücher zu sachlichen Themen. Sie begann oben links. Da stand *Mein Mann, der Rennfahrer* von Elly Beinhorn, daneben *Hermann Göring, Werk und Mensch* von Erich Gritzbach. Sie las weiter. *Meine Wasserkur* von Sebastian Kneipp stand neben *Die deutsche Mutter und ihr erstes Kind* von Johanna Haarer, dann *Robert Koch, Roman eines großen Lebens* von Hellmuth Unger, *Anilin* von Karl Aloys Schenzinger und schließlich zwei Bücher von einem Anton Zischka. Das eine hieß *Ölkrieg* das andere *Sieg der Arbeit*.

Eva zog die Stirn in Falten. Noch einmal las sie alle Titel. Das ergab überhaupt keinen Sinn. Das erste Buch war *Mein Mann, der Rennfahrer*. Ein Buch mit M am Anfang. Aber das Alphabet begann doch mit A. Kein Wunder, dass die Tante sie angewiesen hatte, hier einmal Ordnung zu schaffen. Eva zog die ersten Bücher aus dem Regal, legte sie auf dem Tisch hinter sich ab und begann dann, sie zu sortieren. Dann fiel ihr Blick auf das zweite Regalbrett, auch hier stand alles querbeet. Hatte die Tante etwa dieses Regal lange schon nicht mehr sortiert? Oder wurden die Bücher nach einem anderen Sinn angeordnet? Nach Themengebieten vielleicht? Eva blieb einen Moment unschlüssig vor dem Regal stehen, versuchte das System zu erkennen. Die Tante war immer noch im Lager verschwunden. Und Eva wollte sie auch nicht fragen. Sie wollte beweisen, dass sie alles lernen konnte. Zur Not auch allein. Sie würde die Aufgabe meistern! Die Tante würde schon sehen, dass sie ihr eine Hilfe sein würde. Buch für Buch nahm sie in die Hand und stellte es an den passenden Platz, schob die anderen Titel dabei hin und her, wo es gerade sein musste.

Sie war richtig stolz, als sie fertig war. »Schau mal, Tante Maria!«, rief sie laut. »Ich habe das Regal fertig sortiert.«

Es dauerte nur einen kurzen Moment, bis die Tante aus dem Lager nach vorn in den Verkaufsraum getreten kam. Mit schnellen Schritten kam sie zu Eva herüber. Blieb neben ihr stehen und musterte die Bücher. Eva sah sie erwartungsvoll an, und das Herz rutschte ihr ein wenig herunter, als sie sah, dass Tante Maria die Stirn in Falten legte.

»Aber … Eva!«, sagte sie. »Was hast du getan? Ich sagte doch: nach dem Alphabet.«

Eva sah ihre Tante erstaunt an. »Aber genau das habe ich doch gemacht.« Sie deutete zu den Büchern hinüber. »Sieh mal: A wie *Anilin*, B und C gibt es nichts, dann D wie *Die deutsche Mutter und ihr ers…*«

Weiter kam Eva nicht, denn die Tante brach plötzlich in Gelächter aus. Eva sah sie verwirrt an. Was war denn daran so lustig? Sie hatte sich so viel Mühe mit der Sortierung gegeben. Unsicher stand Eva neben der Tante, deren Gesicht nun völlig anders wirkte als sonst. Alles Strenge, alles Harte war vielen Lachfältchen gewichen, und mit einem Mal bekam Eva eine Ahnung davon, was für eine fröhliche und herzliche Frau ihre Tante eigentlich sein musste.

Genau in diesem Augenblick hörte Tante Maria auf zu lachen. Wenige Sekunden später hatte sie auch ihre Gesichtszüge wieder unter Kontrolle. »Wir sortieren alphabetisch nach dem Nachnamen des Autors«, erklärte sie. »Nicht nach dem Titel. Nie nach dem Titel.«

Eva ließ die Arme sinken. Wie dumm sie gewesen war! Die Bücher, sie hatten gar nicht so unordentlich im Regal gestanden, wie sie zunächst vermutet hatte. Sehr wahrscheinlich hätte sie nur ein, zwei umstellen müssen – und wäre fertig gewesen. Aber weil sie das Muster nicht erkannt hatte, weil sie einfach nicht so belesen war wie ihre Tante, hatte sie alles falsch gemacht. Sie ließ enttäuscht den Kopf hängen. Die Tante hatte vermutlich recht. Bücher verkaufen war nicht so einfach. Und das Sortieren eines Regals war doch nur ein kleiner Arbeitspunkt. Auch wenn Eva sonst noch nicht viel über den Handel mit Büchern im Besonderen oder das Verkaufen im Allgemeinen wusste, soviel konnte auch sie sich schon denken. Zum Bücherverkaufen gehörte mehr, als ein Regal nach Alphabet zu sortieren.

Tante Maria schüttelte den Kopf und verschwand wieder im Lager.

Eva spürte, wie sich Tränen in ihre Augen drängen wollten. Aber sie hielt sie mit aller Kraft zurück. Stattdessen drückte sie ihren Rücken durch und hob ihr Kinn an. Sie würde sich nicht geschlagen geben! Sie hatte sich vorgenommen, der Tante zu zeigen, dass sie alles lernen konnte, also würde sie das auch tun!

Ja, sie hatte einen Fehler gemacht, aber aus denen lernte man bekanntlich. Niemand konnte von Anfang an alles, aber jeder konnte beinahe alles lernen. Nun war es an ihr, das neue Wissen mit Elan in die Tat umzusetzen. Sie trat erneut ans Regal, räumte mit Schwung den ersten Regalboden leer, dann den zweiten. Die Bücher der zwei verbleibenden Regalböden sortierte sie danach grob vor, stellte die Hälfte in die zwei freien Böden. Dann griff sie – eins nach dem anderen – die herausgeräumten Bücher und stellte diese fein säuberlich zurück ins Regal. Hier und da musste sie die anderen Bücher zur Seite schieben und dann wieder zurück. Bis es endlich so war, wie die Tante es gesagt hatte: alphabetisch, nach dem Nachnamen des Autors.

VERGEBUNG

»Ihnen auch einen schönen Tag. Beehren Sie uns bald wieder!«

Maria sah dem alten Herrn Nachtsheim nach, wie er die Tür der Buchhandlung mit Bedacht hinter sich schloss und dann die Hochstraße in Richtung des Mariendoms hinuntereilte. Unter dem Arm ein kleines Päckchen, grob in Packpapier eingeschlagen. Ein Buch, das er gerade bei Maria gekauft hatte. Der erste Verkauf des Tages, und diesmal einer, bei dem ihr nicht das Herz schwer wurde. Ihr Blick fiel auf die frontal im Regal nahe der Kasse stehenden Bücher von Hitler und Goebbels. Ein Schauer fuhr ihr über den Rücken, und sie schüttelte sich kurz.

Ein Klappern ließ sie herumfahren. Ihre Nichte, das Fräulein Liebe, kam mit einer Kiste aus dem Lager nach vorn in die Buchhandlung. Wie sie jetzt so geschickt die Bücher auf einem der Tische drapierte, das hätte Maria niemals für möglich gehalten. Wo das Mädchen heute Morgen doch allen Ernstes die Bücher nach dem ersten Wort des Titels im Regal angeordnet hatte! Dabei waren die Bücher in Buchhandlungen immer ordentlich sortiert. Nach Themengebieten, vom Allgemeinen zum Besonderen und dann nach dem Autor. Dem Nachnamen des Autors im Alphabet. Wie sonst sollte man auch in einer gut bestückten Buchhandlung je ein Buch wiederfinden, wenn es kein ordentliches System gab? Im Fachjargon des Buchhandels sprach man nicht ohne Grund vom »Sortiment«.

Für sie war es unvorstellbar, Bücher anders zu sortieren. Aber dann dachte Maria, dass Eva es nicht hatte wissen können. Sie hatte gerade mal die Volksschule abgeschlossen, war sicherlich kaum jemals in einer Buchhandlung gewesen. Wie hätte sie es da wissen können? Und nachdem Maria sie auf ihren Fehler aufmerksam gemacht hatte, da hatte sie nicht die Flinte ins Korn geworfen. Im Gegenteil! Sie hatte die Bücher alle wieder aus dem Regal genommen und ganz fix in der richtigen Reihenfolge einsortiert. Und dann war sie zum nächsten Regal gegangen und zu dem danach. Das hatte Maria wirklich beeindruckt.

Sie konnte also schon einmal sagen, dass ihre Nichte rechtschaffen war. Aber ob sie auch vertrauenswürdig war, das konnte sie immer noch nicht sagen.

Wie gut, dass Friedel am Freitag vorbeischauen würde. Das hatte er ihr versprochen. Er würde kommen und einmal unter vier Augen mit dem Fräulein Liebe sprechen. Danach, so hatten sie vereinbart, würden Maria und Friedel sich nochmals unterhalten und dann abwägen, ob sie die Treffen an den Freitagabenden weiterführen konnten oder ob sie sie doch für längere Zeit würden ausfallen lassen müssen.

Weder Friedel noch sie wollten die Mitglieder des Kreises gefährden. Das Ehepaar Simon war jüdisch und nur knapp der Deportation entkommen. Seitdem lebten sie bei den Breuchs im Verborgenen. Nur in der Nacht konnten sie die Wohnung verlassen.

Maria bewunderte, dass Elli und Josef so mutig waren. Dass sie das Risiko auf sich nahmen, Anna und David bei sich aufzunehmen. Sie selbst hätte das nicht gekonnt. Da kam es den Breuchs zugute, dass sie keine Kinder hatten. Ilse und Gisela, den beiden hätte sie niemals die Bürde aufladen wollen, den Mund halten zu müssen. Sie wusste doch, wie es als Kind war. Wie sehr man unbedingt erzählen wollte, was man nicht erzählen durfte. Und wenn so etwas an die falschen Ohren geriet … Und falsche Ohren gab es heutzutage mehr als genug.

Maria ging in den Lagerraum. Sie konnte und wollte ihrer Nichte nicht alle Arbeit überlassen und auch selbst ein paar Bücher auf den Tischen nachräumen. Viele waren ohnehin nicht mehr da. Sie hatte sich gerade einen Stapel auf den Arm geladen, als sie hörte, wie vorn in der Buchhandlung die Ladentür geöffnet wurde und dann wieder ins Schloss fiel. »Ich bin gleich bei Ihnen!«, rief sie. Sie fasste den Bücherstapel fester und ging nach vorn. Als sie den Ladenraum betrat, fiel ihr Blick auf zwei junge Frauen mit braunen Haaren. Käthe Schmitz und Ingeborg Krämer, die beiden Klatschbasen aus dem Gemischtwarenladen. Das konnte ja heiter werden! Die zwei kamen nie, um einen Bucheinkauf zu tätigen. Maria wusste, was die beiden wollten. Sie kamen immer nur, um den neuesten Klatsch und Tratsch zu erzählen, oder sie versuchten, Maria auszuhorchen. Dabei waren die beiden doch noch junge Frauen! Als Maria so jung gewesen war wie die beiden, waren die Klatschbasen allesamt alte Damen gewesen. Wie die Zeiten sich doch änderten.

Jetzt waren sie bestimmt hier, weil sie alles über das Fräulein Liebe erfahren wollten. Das hätte Maria sich denken können. Dass die beiden Tratschtanten nach Evas Einkauf am letzten Freitag so neugierig waren, dass sie nun alles von Maria erfahren mussten. Eine Neue aus der großen Stadt, das musste für Käthe und Ingeborg ein gefundenes Fressen sein.

Maria wollte gerade fragen, womit sie den beiden weiterhelfen konnte, als ihre Nichte das Wort ergriff: »Wie kann ich euch helfen?«

Fast hatte Maria vergessen, dass sie ja nicht allein in der Buchhandlung war, wie sonst immer. Sie blickte zu ihrer Nichte und sah, dass diese ein seltsam eingefrorenes Lächeln auf dem Gesicht trug. Bestimmt hatten die zwei schon am Freitag versucht, Eva auszuhorchen. Und scheinbar waren sie damit nicht weit gekommen. Maria unterdrückte ein Lächeln. Das hier versprach, interessant zu werden.

»Wir … also …«, druckste die Kleinere der beiden, Käthe, herum, und dann preschte Ingeborg vor: »Es tut uns leid!«

Maria, die gerade den Bücherstapel auf dem Ladentresen abgestellt hatte, zog erstaunt die Augenbrauen hoch. Käthe und Ingeborg tat etwas leid? Sie wollten gar nicht den neuesten Tratsch erfahren? Was um alles in der Welt war am Freitag im Gemischtwarenladen vorgefallen?

»Was tut euch leid?«, fragte Eva mit monotoner Stimme. Sie schien es sich nicht anmerken lassen zu wollen, aber Maria ahnte, dass die beiden sie in irgendeiner Form beleidigt haben mussten.

»Na ja …«, druckste Käthe wieder los, »weißt du … was wir über die Margot gesagt haben.«

Und Ingeborg fügte hinzu: »Du … du hast ja vielleicht recht mit dem, was du dazu gesagt hast.«

Ach ja, die Margot Becker. Die hatte Maria am Freitag auch gesehen. Natürlich. Über Margot Becker zerrissen die beiden sich bestimmt am liebsten das Maul.

»Und deshalb seid ihr hier? Um euch bei mir zu entschuldigen?«, fragte ihre Nichte. Immer noch klang ihre Stimme seltsam monoton.

Die beiden nickten. Ihre Wangen waren gerötet, ob das noch von der draußen herrschenden Kälte war oder von etwas anderem, konnte Maria nicht sagen.

»Wisst ihr was? Ihr solltet euch nicht bei mir entschuldigen, ihr solltet euch bei der Margot entschuldigen!«, sagte ihre Nichte, und damit drehte sie sich um und ging ins Lager.

Für einen kurzen Moment standen Käthe Schmitz und Ingeborg Krämer unschlüssig herum. Dann rief Käthe: »Gut, das werden wir tun.« Und damit machten die beiden einen Knicks vor Maria und wandten sich mit einer nur gemurmelten Abschiedsformel zur Tür.

Maria schürzte die Lippen. Ihre Nichte war nicht nur rechtschaffen, sie hatte scheinbar auch Mut und einen Sinn für Gerechtigkeit, wenn sie die Unterhaltung gerade richtig gedeutet hatte. Das sprach doch vielleicht dafür, dass sie ihr vertrauen konnte. Aber voreilig wollte Maria nicht sein. Friedel Faßbender, der sollte mit seiner Menschenkenntnis das abschließende Urteil geben. Aber eines konnte Maria Herrmann auf jeden Fall sagen: Ihre Nichte steckte wirklich voller Überraschungen, wenn sie es in nur wenigen Tagen geschafft hatte, dass die beiden Tratschtanten um Vergebung baten.

VON PLÄNEN UND EINEM SCHATZ

»Guck mal, Gisela, du kannst da am Ufer spielen, ja?« Ilse nickte ihrer kleinen Schwester aufmunternd zu und deutete auf das Rheinufer. Dort spielten alle Kinder immer gern. Der Rhein war in Ufernähe gefroren, so konnte man mit einem Stock oder einem Stein das Eis aufschlagen und kleinere Platten herauslösen. Auch Ilse hatte das schon oft gemacht und versucht, daraus Häuschen zu bauen. Aber jetzt ging es ihr darum, die kleine Schwester zu beschäftigen. Sie wollte in Ruhe mit den beiden Ws sprechen. Da musste *dat Klein* nicht mit dabei sein. Am Ende würde sie ihren Plan noch verraten! Gisela konnte nie ein Geheimnis für sich behalten. Manchmal dachte Ilse, dass es an ihrem Alter lag. Mit vier Jahren war es schwer, nichts auszuplaudern. Aber wenn sie sich richtig über Gisela ärgerte, dann war sie meist doch der Überzeugung, dass ihre Schwester es mit voller Absicht tat. So oder so war es besser, wenn Gisela gar nicht erst mithörte.

Und zum Glück kam Gisela auch sofort Ilses Vorschlag nach. So schnell ihre kurzen Beine sie trugen, lief sie durch den Schnee zum Ufer, wo bereits andere Kinder spielten. Die Sonne schien hell und ließ den Schnee glitzern. Das war schön, nach den ganzen dunklen und diesigen Tagen. Ilse wartete nur einen Moment ab, bis sie sicher war, dass Gisela im Spiel versunken war, dann ging sie ein paar Schritte weiter am Rhein entlang, dorthin, wo die Büsche dichter wuchsen.

»Wenn das mal nicht wieder Herrmanns Ilsechen ist«, hörte sie die Stimme vom Walter schon von Weitem, auch wenn sie ihn noch nicht zwischen den schneebedeckten Büschen ausmachen konnte.

Ilse trat näher an die Büsche heran. Das ganze Wochenende über hatte der Plan in ihr gegärt. Immer wieder war sie durchgegangen, was sie zum Walter und zum Werner sagen würde. Sie hatte im Kopf die Möglichkeiten durchgespielt, wie die zwei reagieren und was sie antworten würden. Es hatte sie so sehr beschäftigt, dass sie die letzten Nächte lange wach gelegen hatte. Da hatte *dat Klein* schon selig geschmatzt und die große Cousine sich wieder stöhnend im Bett herumgeworfen.

Endlich konnte sie die beiden Ws zwischen den Büschen sehen. Sie hatten sich über die Wangen mit Schlamm je zwei Streifen gezogen. Im Arm trugen sie ihre Holzgewehre.

»Ja, ich bin's, die Ilse«, antwortete Ilse. Sie versuchte, ihre Stimme möglichst fest klingen zu lassen. »Ich muss mit euch reden.«

Walter und Werner warfen sich einen Blick zu, dann lachten sie beide. »Du musst mit uns sprechen?«, fragte Walter schließlich.

Ilse ballte ihre Fäuste. Sie wollte mutig wirken. »Ja«, sagte sie. »Ich brauch eure Hilfe.«

Die zwei Ws lachten noch mehr. »Du?«, rief Werner. Und Walter fügte hinzu: »Wobei? Beim Haare kämmen und Puppen versorgen? Oder was ist es sonst, was ein Mädchen den ganzen Tag so macht? Schleifchen binden vielleicht?«

Ilse wollte etwas erwidern, aber sie war nicht schnell genug.

»Nein! Ich hab's«, grölte Werner. »Die Windeln vom kleinen Schwesterchen wechseln!«

Die beiden Jungen schüttelten sich jetzt vor Lachen.

Ilse trat wütend mit dem Fuß auf. Schnee und Matsch spritzten hinauf und trafen auch sie selbst an den Waden. Bestimmt war ihre Strumpfhose jetzt dreckig, aber gerade war ihr das egal. »Meine Schwester ist vier, die trägt schon lange keine Windeln mehr«, rief sie den Ws zu.

Die beiden Jungen lachten nur noch mehr, und Ilse fühlte, wie immer mehr Wut heiß in ihr aufstieg und sich nun auch bestimmt gut sichtbar auf ihren Wangen ausbreitete. »Wisst ihr was, ihr könnt mir gestohlen bleiben!«, rief sie erbost. »Ihr könnt mir doch sowieso nicht helfen. Alles, was ihr könnt, ist das Maul aufreißen und heiße Luft rausblasen!« Und damit drehte sie sich um und stapfte wütend von dannen. An ihren Beinen spürte sie noch mehr Schnee und Matsch. Oh, die Mutter würde gleich mit ihr schimpfen! Das machte Ilse nur noch wütender. Was hatte sie sich nur dabei gedacht, ausgerechnet den Werner und den Walter um Hilfe zu bitten?

Sie wollte gerade nach *dem Klein* rufen, damit sie zusammen nach Hause gehen konnten, als sie den Walter hinter sich hörte: »Ilse! Jetzt warte doch mal! Sei nicht so.«

Sie blieb stehen und drehte sich zu den beiden Ws um. Wütend funkelte sie die zwei an, damit sie gleich wussten, dass sie sich ihre Späße jetzt sparen konnten.

»Also, was für ein Problem hast du, und wie können wir da helfen?«, fragte Werner schließlich.

Ilse blies die Backen auf und ließ die Luft dann lautstark wieder entweichen, bevor sie sagte: »Ich habe eine Cousine, und die schläft jetzt in meinem Bett, und die muss weg.«

Die beiden Jungen wechselten einen Blick. »Du willst deine Cousine loswerden?«, fragte Walter.

Ilse nickte.

»Dabei können wir dir nicht helfen.«

»Ihr versteht das einfach nicht. Ihr müsst mir helfen. Die ist aus Berlin! Und hier hat die nichts zu suchen«, rief Ilse verzweifelt.

»Wie alt ist die denn?«, fragte Werner.

»Das ist ja das Schlimmste. Die ist alt! Bestimmt schon fast ...« Sie überlegte. Wie alt mochte diese unverschämte Person sein? Sie war noch nicht erwachsen, hatte die Mutter gesagt. Aber alt war sie trotzdem. »Zwanzig«, sagte sie nach einer kurzen Pause. »Die ist bestimmt schon zwanzig!« Sie nickte, um es sich selbst zu bestätigen. Erwachsen war man mit einundzwanzig, das wusste Ilse. Also konnte nur zwanzig stimmen.

»Zwanzig?«, rief Walter. »Was sollen wir denn da machen?«

»Und was kriegen wir überhaupt dafür?«, ereiferte sich der Werner. »Du glaubst doch nicht, dass wir dir einfach helfen, ohne dass du was dafür rausrückst.«

»Genau«, bekräftige Walter, »da musst du schon was springen lassen, Ilsechen.«

Ilse ärgerte sich über sich selbst. Es war eine dumme Idee gewesen. Wie hatte sie nur jemals gedacht, die beiden Ws könnten ihr helfen? Es ging hier doch nicht um ein weiteres Kind, es ging um eine beinahe erwachsene Frau.

»Pass auf«, sagte Werner, »wir überlegen uns mal was. Ja?« Er wandte sich an seinen Freund: »Oder, Walter?«

»Wir lassen uns was einfallen«, bestätigte Walter.

»Genau«, sagte Werner. Er blickte Ilse an. »Wir denken uns was aus, und du überlegst dir, was du für uns springen lassen kannst. Eine Hand wäscht die andere, Ilsechen. Umsonst ist nur der Tod.« Er streckte die Hand aus. »Abgemacht?«

Ilse schlug ein. »Abgemacht.«

»Dann bis bald, Ilsechen!« Die beiden Ws wandten sich um und rannten mit den Holzgewehren über der Schulter wieder zurück zu den Büschen am Rheinufer.

Ilse atmete einen Moment durch, dann rief sie nach ihrer Schwester: »Gisela! Komm, wir müssen nach Hause. Es ist gleich schon Mittag, und du weißt doch, dass Mutter nicht gern auf uns wartet.«

Die Kleine kam flink zu ihr hergelaufen. Ihre Augen funkelten. »Guck mal, was ich funden hab.« Sie streckte ihren Arm aus.

»Gefunden, meinst du«, korrigierte Ilse sie automatisch. »Zeig mal.«

Ihre Schwester öffnete die Hand, und Ilse sah eine kleine runde Scheibe auf ihrer Handfläche liegen. »Ein Schatz«, erklärte *dat Klein* stolz, und ihre Augen funkelten noch mehr.

Ilse nahm das Fundstück in die Hand. Mit den Fingern rieb sie den Matsch ab, der noch daran klebte. Es war eine kleine Scheibe aus Metall. Sie erinnerte an eine Geldmünze, aber es konnte keine sein, denn sie hatte nichts mit den Geldstücken gemein, die Ilse schon so oft in der Kasse der Buchhandlung gesehen hatte. Da war etwas in die Scheibe hineingedrückt. Merkwürdige Zeichen. Bestimmt war es nur wertloser Müll. Etwas, das eines der Schiffe, die auf dem Rhein fuhren, verloren hatte. Sie gab ihrer kleinen Schwester die Scheibe wieder. »Wo hast du das gefunden?«

»Unten.« Gisela hatte ihre Fingerchen wieder zu einer Faust um die Scheibe geschlossen und deutete damit hinunter zum Ufer.

Ilse nickte. Das bestätigte ihre vorherige Annahme.

»Meinst du … es ist viel wert?«, fragte Gisela, und ihr ganzes Gesicht strahlte.

Die Glocken begannen, Mittag zu läuten. Jetzt blieb ihnen nicht mehr viel Zeit, nach Hause zu kommen. Ilse griff sich die freie Hand ihrer kleinen Schwester und zog sie mit sich in Richtung des Rheintors.

»Weißt du was?«, sagte sie zu Gisela, während sie ihren Schritt beschleunigte, »wir können den alten Lehrer Faßbender mal darauf schauen lassen, wenn er das nächste Mal zu Besuch ist. Der kennt sich mit so was doch aus.«

»Ja!«, rief Gisela erfreut.

Und auch Ilse war erfreut. Sie war zufrieden mit sich selbst. Sollte doch der Lehrer Faßbender ihrer kleinen Schwester erzählen, dass es nur ein wertloses Stück Metall war, sie selbst hatte Besseres zu tun! Sie musste überlegen, was sie dem Werner und dem Walter geben konnte, damit sie zusammen diese schreckliche Eva ein für alle Mal loswerden würden.

DIE WELT DER BÜCHER

Eva wusste nicht, wie Tante Maria es geschafft hatte, aber sie hatte aus nur wenigen Zutaten eines der leckersten Gerichte gekocht, das Eva je gegessen hatte. Die Tante hatte Kraut mit Kartoffeln gekocht und alles zusammen in einem kleinen bisschen Schmalz geschwenkt. Wenn ihr vor einem Jahr in Berlin jemand gesagt hätte, dass sie genau diese Kombination köstlich finden würde, sie hätte es nicht für möglich gehalten. Aber die Dinge änderten sich. Manchmal schneller, als einem lieb war. Gerade Eva konnte davon ein Lied singen. Sie hatte es doch erlebt. In Berlin. Von einer auf die nächste Minute hatte sich dort ihr Leben verändert. Und das nicht nur einmal, sondern gleich zweimal, und schließlich so endgültig, dass sie ihrem alten Leben den Rücken gekehrt hatte.

Sie fuhr erneut mit dem Spüllappen durch den Kochtopf. Das Wasser war kalt, und so musste sie feste schrubben, damit alles sauber wurde. Statt wieder nur untätig zuzusehen, war sie heute als Erste flink vom Tisch aufgesprungen und hatte, ohne zu fragen, einfach mit dem Abräumen und Saubermachen begonnen.

Die beiden Mädchen hatten es achselzuckend hingenommen. Bestimmt waren sie froh, einmal um den Abwasch herumzukommen. Überhaupt war vor allem Ilse heute Mittag überaus freundlich zu ihr gewesen. Ganz anders als beim Frühstück, wo sie ihr noch mit der gleichen kalten, abweisenden Art begegnet war, die sie seit ihrer ersten Begegnung an den Tag legte.

Kinder, dachte Eva im Stillen, sie konnten manchmal so wechselhaft sein. Und dann musste sie grinsen, weil sie in ihren eigenen Gedanken so klang, als wäre sie schon eine alte Dame.

Sie stellte den Topf zum Abtropfen neben die Spüle und nahm sich das Besteck vor, das sie als Erstes zum Einweichen ins Wasser gelegt hatte. Gleich würde sie der Tante wieder in der Buchhandlung helfen. Seit sie heute Vormittag den beiden aus dem Gemischtwarenladen Paroli geboten hatte, war die Tante nicht mehr ganz so streng mit ihr. Vielleicht lag es aber auch daran, dass sie nach ihrem ersten Fauxpas bei der Anordnung der Bücher nicht aufgegeben und schließlich beinahe alle Regale richtig sortiert hatte. Eva redete sich ein, dass es beides war. Dennoch hatte die das Gefühl, dass die Tante ihr immer noch nicht richtig traute. Und sie konnte sich nicht erklären, warum das so war. War sie denn ein so wenig vertrauenerweckender Mensch? Oder glaubte die Tante am Ende immer noch, sie sei gar nicht ihre Nichte?

So oder so, nahm Eva sich vor, würde sie der Tante zeigen, was in ihr steckte. Sie fischte die letzte Gabel aus dem Wasser und legte sie zu den anderen, nachdem sie sie mit dem Spüllappen ordentlich abgewischt hatte. Dann ließ sie das dreckige Wasser ab und nahm sich ein trockenes Küchentuch zur Hand.

Der Vormittag in der Buchhandlung war interessant gewesen. Noch nie hatte sie so viele Bücher in den Händen gehalten. Und nie hätte sie sich vorstellen können, über was es alles Bücher gab und was für Geschichten sich die schreibenden Menschen ausdenken konnten. Aber am spannendsten hatte sie die Kundengespräche gefunden, die Tante Maria geführt hatte. Eva war dann mucksmäuschenstill geworden. Sie hatte beobachtet, wie die Tante das machte. Hatte zugehört, was sie zu den Kunden sagte. Bemerkenswert fand Eva dabei, dass dann eine Verwandlung mit der Tante stattfand. Von einem auf den anderen Moment war sie plötzlich eine ganz andere. Da stand nicht mehr die strenge Tante Maria, da stand mit einem Mal eine Frau, die Bücher und Literatur mit jeder Faser ihres Körpers liebte, die belesen war und genau wusste, wovon sie sprach. Und wie sie von den Büchern redete, mit solcher Inbrunst. Eva hätte ihr sofort jedes Buch abgekauft!

Sie räumte das trockene Geschirr und Besteck an ihren Platz und hängte das Küchentuch zum Trocknen über einen der Stühle, bevor sie sich wieder auf den Weg in die Buchhandlung machte. Als sie die Treppe hinunterging, spürte sie, dass ihr Herz in einer freudigen Aufregung flatterte. Sie wollte von der Tante lernen. Wollte alles lernen, was mit Büchern zu tun hatte!

Mit schnellen Schritten durchquerte sie den Lagerraum und trat in die Buchhandlung. Tante Maria hatte sich gerade unter den Tresen gebeugt und zog ein unglaublich großes und dickes Buch hervor. Schwer musste es auch sein, denn es gab einen kleinen Knall, als sie es auf dem Tresen ablegte. Vor dem Tresen wartete ein Kunde. Eva nickte ihm kurz zum Gruß zu, aber er schien sie kaum zu bemerken. Sein Blick war auf Tante Maria und das große Buch gerichtet. Und auch Eva wandte ihre Aufmerksamkeit wieder der Tante zu.

Mit geschickten Bewegungen, die ganz klar zeigten, dass Tante Maria das hier nicht zum ersten Mal machte, schlug sie das Buch auf und blätterte ein wenig hin und her. Die Seiten waren dünn und eng bedruckt. Aber das schien der Tante nichts auszumachen. Schnell hatte sie die richtige Seite gefunden und fuhr dann mit dem Zeigefinger daran herunter, bis sie mit einem Mal stoppte. »Ah! Hier ist es«, sagte sie dann zufrieden. Mit der freien Hand griff sie einen Bleistift und notierte sich eine Nummer. Eva konnte sehen, wie ihr Kopf hin und her ruckte, während die Tante die Nummer noch einmal kontrollierte. Schließlich schlug sie das Buch mit einem weiteren Knall zu und blickte den Kunden an. »So, Herr König, ich werde es beim Barsortiment bestellen. Kommen Sie doch in der nächsten Woche noch einmal rein.«

Der Kunde nickte. »Das werde ich machen, liebe Frau Herrmann. Dann gehe ich davon aus, dass es lieferbar ist?«

Tante Maria verzog nur kurz den Mund, kaum merklich, bevor sie antwortete: »Das ist in diesen Tagen schwer zu sagen, Herr König.«

In Evas Kopf waren Tausende von Fragen, nachdem der Kunde die Buchhandlung verlassen hatte. Was war das für eine Nummer gewesen, die die Tante notiert hatte, und warum konnte sie nicht sagen, ob das Buch lieferbar war? Und was um alles in der Welt war ein Barsortiment? Aber sie traute sich nicht, auch nur eine davon zu stellen, denn die Tante schien aus irgendeinem Grund, der für Eva nicht ersichtlich war, wütend zu sein. Und so beschloss Eva, dass sie die Antworten auf ihre Fragen auf eigene Faust herausfinden würde. Sie würde so lange zuhören und beobachten, bis sie alles gelernt hatte. Würde hartnäckig bleiben. Am Ende des Tages würde sich das auszahlen, da war Eva sich sicher.

Zuhören, beobachten, lernen. Sie lächelte über sich selbst bei diesem Gedanken. Als sie noch in Berlin gewesen war, da hatte sie überhaupt nicht darüber nachgedacht, etwas Neues zu lernen. Da war sie immer nur darauf fixiert gewesen, ihren Alfred zu heiraten und dann eine gute Hausfrau und Mutter zu werden. Nie hatte sie etwas anderes für sich gesehen. Wie naiv sie doch gewesen war. Wie viel mehr eine Frau sein konnte als nur Hausfrau und Mutter. Sie sah es doch an der Tante. Natürlich war sie auch Hausfrau und Mutter, aber sie war auch Buchhändlerin und Ladenbesitzerin. Und das alles ganz allein! Tante Maria stand ihren Mann.

Genauso wollte Eva das auch machen. Sie wollte ihr Leben selbst in die Hand nehmen, sich nicht mehr auf die Versprechen von anderen einlassen. Erst recht nicht auf die Versprechen von einem Mann. Sie hatte mit Alfred doch gesehen, wozu das führte. Und die Erinnerung daran, wie allein und schutzlos sie sich danach gefühlt hatte, wie gebrochen sie gewesen war … Das wollte sie nie wieder fühlen. Sie wollte genauso stark werden wie ihre Tante, die scheinbar nichts erschüttern konnte. Die zwar sehr streng war, aber die mit ihrer Strenge auch ihr Leben im Griff hatte. So wirkte es zumindest auf Eva. Und wenn sie sich in der Buchhandlung umsah, dann war die Tante damit sehr erfolgreich.

Und was Eva am meisten faszinierte: Die Tante ging in der Welt der Bücher auf, sie brannte für die Bücher und die Literatur. Das war etwas, das die Berliner Eva nie verstanden hätte. Aber die jetzige Eva, die war begierig, alles von der Bücherwelt zu lernen; und genauso unabhängig wie die Tante zu werden.

WEIZEN IM SONNENLICHT

Endlich wieder ein ruhiger Tag, dachte Georg, als er vom Sperrholzwerk hinüber auf die Hochstraße ging und durch das Koblenzer Tor trat.

Das Wochenende war im Gegensatz dazu schrecklich gewesen. Immer rein in den Bunker, raus aus dem Bunker. Immer hoffen, dass die Bomben nicht zu nahe kamen. Dass es bald wieder vorbei war. Nur am Samstag freilich, da war ihm der Alarm einmal gelegen gekommen. So war die Arbeit nämlich schon vor elf Uhr am Vormittag beendet gewesen. Vorarbeiter Seul hatte sie nach Hause geschickt, als die Entwarnung gekommen war. Dafür hatten sie am heutigen Montag natürlich doppelt so viel zu tun gehabt. Aber das war Georg recht. Ein arbeitsamer Tag ohne Alarm. Das war ein guter Tag. Wenn man, so wie jetzt am Abend, spürte, was man den ganzen Tag über getan hatte. Wenn die Glieder angenehm schwer waren. Dann wusste er, dass er auch eine ruhige Nacht haben würde. Weil er müde genug war, um wie ein Stein durchzuschlafen. Ohne Angst, ohne schlechte Träume.

Er atmete die kalte Luft ein. Den Tag über war es sonnig gewesen und auch jetzt noch schmeckte die Luft danach. So sonnig und frisch, dass man sich vorstellen konnte, dass dieser Winter bald enden und der Frühling Einzug halten würde. Darauf freute Georg sich. Endlich die Tristheit des Winters, das ganze Graue hinter sich zu lassen und wieder die bunten Farben des Frühlings zu begrüßen. Er liebte das satte Grün der Wiesen und Sträucher. Liebte die Frühlingsluft, die nach Blumen und Frische und Freiheit roch. Dann hatte er immer das Gefühl, mehr Stärke im Körper zu spüren, mehr von allem zu spüren. Es war erstaunlich, welchen Einfluss die Jahreszeiten hatten. Das konnte doch wirklich niemand abschütteln, dass der Winter mit seiner Kälte und Dunkelheit einem auf der Seele drückte.

Obwohl es schon langsam dunkel wurde, ließ Georg sich heute Zeit auf seinem Weg nach Hause. Er wollte die Ruhe des Tages noch ein wenig auskosten. Hier und da blieb er vor einem der Schaufenster stehen und musterte die Auslage. Obwohl sie bestimmt im Vergleich zu der Zeit vor dem Krieg spärlich sein musste, kam sie Georg immer noch paradiesisch vor. So etwas kannte er von zu Hause nicht. Hatte es nie gekannt. Er ging weiter zum nächsten Schaufenster. Es war das einer Buchhandlung. Sonst ging er daran immer vorbei. Er selbst las nur selten. Und wenn, dann waren es Abenteuergeschichten wie *Billy Jenkins* oder *Hein Class*. Aber so etwas, solche Hefte, hatte er hier bislang noch nicht gesehen. Dennoch zog ihn das Schaufenster heute in seinen Bann. Und das hatte nichts mit den Büchern zu tun, die darin ausgestellt waren. Eine Bewegung im Laden hatte seine Aufmerksamkeit auf sich gezogen. Da ging eine junge Frau hin und her. Trug einen Stapel Bücher in den Armen. Sie trat an einen der Tische, die nahe dem Schaufenster standen, aber sie bemerkte Georg nicht. So sehr war sie in ihre Arbeit vertieft, dass sie scheinbar nichts um sich herum wahrnahm. Das faszinierte Georg. Seine Arbeit im Sperrholzwerk war nur ein notwendiges Übel für ihn. Er brauchte die Anstellung, um Geld zu verdienen, um sein Zimmer bei Fräulein Weber bezahlen zu können. Für nichts anderes. Aber die junge Frau in der Buchhandlung, bei ihr musste es anders sein. Mit welch vorsichtigen und bedachten Gesten sie die Bücher behandelte. Wie eine Mutter, die nach ihren Kindern sah. Den Blick immer nur den Büchern zugewandt. Georg fiel auf, dass sie das helle Haar kurz und ungewöhnlich frisiert trug. Aber was wusste er schon von Damenfrisuren? Vielleicht war das gerade die neue Mode. Bei der hellen Farbe hingegen musste Georg an seine Heimat denken. An die kurzen Sommer, an Weizen im Sonnenlicht. So hell und gelb.

Die Zeit der Weizenernte, das waren immer glückliche Tage gewesen. Die Luft warm und erfüllt vom Staub der Ähren. Seine Beine zerkratzt und zerstochen von den Stoppeln, die auf dem Feld zurückblieben. Beim Bad brannte es wie Feuer, dennoch hatte er nie anders gekonnt, als durch die abgeernteten Felder zu tollen und die Unbeschwertheit des Sommers zu genießen.

Die junge Frau hatte alle Bücher zurechtgelegt und richtete sich nun zu ihrer vollen Größe auf. Immer noch blickte sie nicht zum Schaufenster hinaus auf die Straße.

Wie schmal sie war, fast zerbrechlich. Irgendetwas an ihr kam ihm merkwürdig bekannt vor. Was war es nur? Ihre Haltung? Trotz der Zerbrechlichkeit strahlte sie Stärke aus. Vielleicht hatte er sie unbewusst schon einmal gesehen. Schließlich ging er jeden Tag zweimal an der Buchhandlung vorbei. Morgens auf dem Weg zur Arbeit und abends auf dem Weg zurück zur Pension. Georg schüttelte den Kopf und setzte seinen Weg nach Hause fort. Mit solchen Gedanken musste er sich nicht aufhalten. Was spielte es für eine Rolle, ob er die junge Frau schon einmal gesehen hatte? Was beschäftigte er sich überhaupt damit? Ja, die Farbe ihres Haars gefiel ihm. Aber doch nur, weil sie ihn an die unbeschwerten Tage seiner Kindheit denken ließ. Das war alles. So sagte er es sich immer und immer wieder vor. Es war nicht die Art gewesen, wie sie mit den Büchern umgegangen war. War nicht die Stärke gewesen, die sie dabei ausgestrahlt hatte.

Er musste wirklich mit so etwas aufhören! Musste endlich akzeptieren, dass er sein Leben lang allein bleiben würde, wenn ihm seine Sicherheit und sein Leben lieb waren. Sonst war ihm das auch immer leichtgefallen, aber in den letzten Tagen hatte sich etwas geändert. Was war es nur? Lag es an den immer gleichen Worten seiner Zimmerwirtin? An ihrer täglichen Frage danach, ob er sich nicht endlich eine Frau suchen würde, um eine Familie zu gründen?

Während er langsam weiterging, überlegte Georg. Er musterte den Schnee auf der Straße, der von so vielen Füßen schon in eine matschig braune Nässe verwandelt worden war. Nein, es hatte nichts mit den Worten von Fräulein Weber zu tun. Es hatte mit der Frau am Schloss zu tun. Die weinend im Schnee gesessen hatte. Die kurze Begegnung mit ihr, das Feuer in ihren Augen, das hatte alles ins Rollen gebracht.

Freitag, 12. Januar 1945

DER ALTE LEHRER

Am Morgen war es kalt, kälter als an den Tagen zuvor. Vielleicht kam es Eva aber auch nur so vor, weil ihr die Angst seit gestern wieder tief in den Knochen steckte. Gestern, am Nachmittag, da hatte es plötzlich einen Schlag getan. So laut, dass sogar die Fenster geklirrt hatten und einige aufgesprungen waren! Die Aufregung, die danach in ganz Andernach geherrscht hatte, war beinahe greifbar gewesen. Die Menschen waren auf die Straße gelaufen, hatten geschaut, ob wieder irgendwo eine Bombe eingeschlagen war, ob Flieger am Himmel waren. Aber es war nichts. Später hatte es dann erste Vermutungen gegeben, eine V1 sei vorzeitig explodiert, man habe vorher das grollende Dröhnen gehört. Es sei niemand zu Schaden gekommen, also sei alles gut, so war man einhellig der Meinung. Und auch wenn alle dabei sehr zuversichtlich klangen, beunruhigte Eva das doch. Erinnerte sie wieder an den Tag, an dem eine Fliegerbombe ihr die Familie genommen hatte. Dabei wollte sie sich doch eigentlich darüber freuen, dass die Tante sie endlich überall mitarbeiten ließ. In der Buchhandlung und auch im Haushalt. In den letzten Tagen in der Buchhandlung hatte sie so viel gelernt. Hatte festgestellt, dass es große Unterschiede in den Buchausgaben geben konnte. Bücher, die leinengebunden waren, Bücher, die in Halbleinen gebunden waren, Bücher, die nur Pappdeckel besaßen. Manche hatten Schutzumschläge, einige nicht. Manche waren dick, andere dünn. Und auch die Höhe variierte. Besonders von den Bildbänden war Eva angetan. Die waren so groß und schwer. Da musste man richtig aufpassen, wenn man sie aus dem Regal nahm und wieder zurückstellte. Diese großen Bücher durften nicht schräg stehen, davon wurde der Buchblock schief, das hatte Tante Maria in ihrer strengen Art doziert. Und Eva hatte jedes Wort von ihr aufgesogen. Hatte erfahren, dass ein Barsortiment ein Zwischenbuchhändler war. Ein großer Lagerist, der eine Vielzahl von Büchern verschiedener Verlage bevorratete und diese recht schnell schicken konnte. Das alles hatte Eva sich gut eingeprägt. Sie wollte alles über die Welt der Bücher lernen, wollte alles wissen. Gestern Abend hatte ihr die Tante nach Ladenschluss mehrere Bücher in die Hand gedrückt. Eigentlich waren es mehr Hefte als Bücher gewesen. *Reclams Universal-Bibliothek* stand auf jedem einzelnen oben geschrieben. »Die solltest du lesen«, sagte die Tante und ging dann ohne ein weiteres Wort nach oben in die Wohnstube.

Eva hatte die Hefte durchgesehen. Lessing, Goethe, Schiller. Die Namen dieser bekannten Schriftsteller hatte Eva natürlich allesamt schon einmal gehört. Und in ihrer Zeit in der Volksschule hatten sie hin und wieder auch Texte und Gedichte von ihnen gelesen. Auch wenn sie sich kaum noch an den Inhalt erinnerte. Damals hatte sie das alles nicht interessiert. Nun war das anders. Es war doch ein gutes Zeichen, dass die Tante ihr etwas zu lesen gab. Das musste etwas zu bedeuten haben. Für Eva war es die Bestätigung dafür, dass sie ihre Arbeit in den letzten Tagen gut gemacht hatte.

Am Abend las sie so lange, wie sie die Buchstaben noch auf den Seiten erkennen konnte. Strengte sich an, der Handlung zu folgen, versuchte, es interessant und spannend zu finden. Aber es war mühselig. Die Sätze waren so lang, so verschachtelt und manchmal schlicht unverständlich. Irgendwann gab sie auf, sank in einen unruhigen Schlaf. Der Albtraum suchte sie wieder heim, wie so oft. Am Morgen hatte sie erneut versucht, in einem der Hefte zu lesen. Es aber schnell wieder aufgegeben. Sie war nach der Nacht mit unruhigem Schlaf einfach zu müde dafür, so hatte sie sich selbst gesagt. Am Mittag wollte sie einen neuen Versuch starten, nach dem Essen. Dann war es hell und sie nicht so erschöpft.

Der Vormittag war schnell vorüber. Eva hatte wieder einmal gesehen, dass die Tante die Lesegewohnheiten von beinahe jedem ihrer Kunden in- und auswendig kannte. Sie wusste, wer Kriminalromane las, wer sich für Sachbücher interessierte. Wusste, welche Bücher die Kunden bereits gekauft oder gelesen hatten. Dennoch hatten sie am Vormittag nur wenig verkauft. Bei manchen der Kunden hatte Eva auch den Eindruck gehabt, dass sie die Rhein-Buchhandlung nur betreten hatten, um ein kurzes Schwätzchen mit Tante Maria zu halten. Und es erstaunte Eva bei jedem Kundengespräch aufs Neue, wie freundlich und offen die Tante dann war.

Gerade war Eva dabei, die Kartoffeln für das Mittagessen vorzubereiten. Tante Maria hatte sie darum gebeten. Und auch wenn Eva schon jetzt sagen konnte, dass ihr die Arbeit in der Buchhandlung wesentlich mehr Freude machte als die Hausarbeit, so war sie der Bitte der Tante natürlich sofort nachgekommen. Mit einer Schüssel auf den Beinen saß sie am Tisch und schälte die Kartoffeln. Sorgfältig darauf bedacht, die Schale ganz dünn abzuschneiden, damit möglichst viel Kartoffel übrig blieb. Natürlich würden die Schalen auch noch ausgekocht werden. Morgen oder übermorgen. Früher hatte sie die Schalen von Kartoffeln achtlos weggeworfen. Als sie noch nicht gewusst hatte, welche Formen Hunger annehmen konnte. Wenn sie sich das heute vorstellte, wie sie damals gedacht hatte, sie würde schlimmen Hunger haben, nur weil der Sonntagsbraten noch eine halbe Stunde länger im Backrohr hatte bleiben müssen. Und heute? Heute kannte sie richtigen Hunger. Heute wusste sie, wie glücklich sie damals gewesen war.

Hinterher ist man immer schlauer, dachte Eva.

»Ah! Sie müssen das Fräulein Liebe sein.«

Erstaunt sah Eva auf und blickte geradewegs einem alten Mann in die Augen. Er war hochgewachsen, und aus der Art, wie er darum bemüht war, aufrecht zu stehen, obwohl es ihm augenscheinlich Schwierigkeiten bereitete, schloss Eva, dass er sein Leben lang eine respektvolle Tätigkeit ausgeübt haben musste, es vielleicht auch jetzt noch tat.

»Gestatten Sie?«, sagte der alte Mann und streckte die Hand aus. »Faßbender, Friedrich Faßbender. Emeritierter Lehrer und leidenschaftlicher Literaturverschlinger.« Seine hellen Augen lachten, als er das sagte.

Lehrer, dachte Eva. Und im Stillen freute sie sich, dass sie mit ihrer Vermutung recht behalten hatte. Als Lehrer hatte er sicherlich immer aufrecht vor seiner Klasse gestanden.

Eva hob die Schüssel zur Seite und stand schnell auf. Die Hände wischte sie sich an der Küchenschürze sauber, bevor sie auf den alten Lehrer zutrat. Sie ergriff seine Hand. »Eva Liebe, freut mich«, sagte sie.

»Mich auch, Fräulein Eva, mich auch«, sagte der Mann. Sein Handgriff war für sein Alter erstaunlich fest. »Entschuldigen Sie bitte, dass ich Sie hier oben in der Stube so einfach überrasche, aber Ihre Tante hat mich zu Ihnen hinaufgeschickt. Sie hat mich auf eine Tasse Gerstenkaffee eingeladen. Aber in der Buchhandlung ist gerade Kundschaft, daher hat sie mich zu Ihnen geschickt.«

Einen Moment standen sie beide unschlüssig in der Stube.

»Also, wären Sie so freundlich, ein Tässchen für einen alten Mann aufzugießen?«, fragte Herr Faßbender.

»Aber natürlich, gern. Setzen Sie sich doch.« Eva wies zu der Küchenbank, und der alte Lehrer nahm Platz.

Schnell machte sie sich daran, Getreidekaffee aufzusetzen. Sie nahm einen Wassertopf, füllte ihn und stellte ihn auf den Herd, den sie bereits für die Kartoffeln angefeuert hatte. Dann griff sie nach der Dose mit dem Getreidepulver. Sie gab etwas davon in eine Tasse. Als das Wasser kochte, goss sie die Tasse auf und rührte die Flüssigkeit mit dem Löffelchen um. Dann stellte sie die dampfende Tasse vor Friedrich Faßbender auf den Küchentisch und nahm ihm gegenüber Platz.

Sie nahm die Schüssel mit den Kartoffelschalen wieder auf ihre Knie und ergriff eine weitere Kartoffel. »Bitte nehmen Sie mir das nicht übel«, sagte sie zu Herrn Faßbender, »aber die Kartoffeln müssen geschält werden. Damit kann ich nicht mehr länger warten, der Herd ist ja schon angefeuert.«

»Aber natürlich. Machen Sie nur, das ist völlig in Ordnung«, erwiderte der alte Mann mit einem Lächeln. Er hatte seine Hände um die warme Tasse gelegt.

Eine Weile schwiegen sie. Eva schälte Kartoffeln, Friedrich Faßbender nippte am Getreidekaffee.

Dann durchbrach der alte Lehrer die Stille: »Erzählen Sie mir doch ein wenig von sich, ja? Was lesen Sie zum Beispiel am liebsten?«

So, wie er es gefragt hatte, hatte Eva nicht den Eindruck, dass er nur Konversation betreiben wollte, denn er klang aufrichtig neugierig.

»Bisher habe ich noch nicht viel gelesen. Meine Tante hat mir gestern ein paar von diesen kleinen Heften gegeben, von Reclam, wissen Sie?« Sie schaute von den Kartoffeln auf, und der alte Mann nickte. Seine hellen Augen blickten aufmerksam. Eva senkte den Kopf wieder. »Ich bin nicht weit gekommen«, murmelte sie.

»Maria hat Ihnen Klassiker zu lesen gegeben?«, fragte er.

Eva nickte. »Goethe, Lessing, Schiller.«

Friedrich Faßbender lachte leise. »Keine leichte Kost, wenn Sie mich fragen. Und erst recht kein Grund, gleich den Kopf hängen zu lassen. Glauben Sie mir, ich habe in meiner Studienzeit auch mehr als einmal über die alten Texte geflucht.«

Eva sah überrascht auf.

»Ja«, sagte der alte Lehrer, »genau so war es. Ich glaube ja auch, dass es vielen so geht mit den alten Texten. Aber es traut sich keiner, das einmal laut auszusprechen.« Er beugte sich etwas zu ihr hinüber und sagte mit verschwörerischer Stimme: »Das kann unser kleines Geheimnis bleiben, denn stellen Sie sich das mal vor, wenn jemand erfährt, dass ich – ein Lehrer! – sage, dass die Klassiker furchtbar langweilig und trocken sind.«

Eva kicherte, und Friedrich Faßbender schenkte ihr ein warmes und runzliges Lächeln.

»Dann ist es abgemacht?«, fragte er.

Eva nickte. »Abgemacht.«

»Gut. Und da Ihre Tante Maria Ihnen die Bücher zu lesen gegeben hat, habe ich gleich noch einen Vorschlag: Sie zeigen sie mir, und ich erzähle Ihnen den Inhalt in Kurzform. Dann ist es beinahe so, als hätten Sie sie doch gelesen.«

»Das würden Sie tun?«, fragte Eva.

»Wissen Sie, Fräulein Eva, es hat etwas mit meinem Beruf zu tun. Ich bin Lehrer geworden, um zu lehren. Und in diesen Tagen lehre ich kaum noch. Also ergreife ich schlicht jede Gelegenheit.« Er zwinkerte ihr zu.

Eva lächelte und nahm sich die nächste Kartoffel vor.

»Und wenn Sie mögen, dann erzähle ich Ihnen danach noch etwas von den Schriftstellern und Schriftstellerinnen, die mir selbst sehr ans Herz gewachsen sind.« Er hob den Zeigefinger in die Luft. »Und! Die schreiben allesamt nicht so trocken!«

Wieder kicherte Eva, ein paar Kartoffelschalen fielen zu Boden, und sie bückte sich schnell danach.

Als kurze Zeit später die Kartoffeln auf dem Herd kochten, war Eva schnell ins Kinderzimmer hinübergegangen und hatte die drei Hefte geholt. Nun lagen sie vor Friedrich Faßbender auf dem Küchentisch, und Eva hörte mit großen Augen zu, wie der alte Lehrer ihr den Inhalt jedes einzelnen darlegte. So, wie er es erzählte, war es überhaupt nicht trocken und auch nicht langweilig. Er sprach mit einer leisen und sanften Stimme, und dennoch war Eva sofort bewusst, dass er nicht laut werden musste, um eine Klasse voller Rabauken im Griff zu haben. Er strahlte einfach eine solch unumstößliche Autorität aus, die jeden sofort zum Verstummen kommen ließ, ohne dabei Angst zu empfinden. Was hätte Eva dafür gegeben, so einen Lehrer in Berlin gehabt zu haben. Jemanden, der einem nicht das Wissen mit dem Rohrstock einprügelte, sondern der den innigen Wunsch in einem weckte, es selbst wissen zu wollen, es wissen zu müssen! Wenn es nach Eva ging, dann sollte jeder Lehrer oder jede Lehrerin so sein.

Als er geendet hatte, ließ Eva dennoch die Schultern hängen.

»Was ist denn nun?«, fragte der alte Lehrer besorgt nach. »Haben die Herren Goethe, Schiller und Lessing Sie verstimmt?«

»Nein, das ist es nicht«, entgegnete Eva. »Mir ist nur gerade bewusst geworden, wie viel ich immer noch nicht weiß. Wie wenig ich bislang gelesen habe. Meine Tante hat mir gesagt, ich müsse belesen sein, um in der Buchhandlung arbeiten zu können. Aber wie soll ich es denn schaffen, all die Bücher zu lesen, all das Wissen anzusammeln, das Sie schon lange haben?«

»Mein liebes Kind«, sagte der alte Lehrer, »das ist doch das Gute am Leben: Man lernt nie aus. Nie! Auch ich lerne auf meine alten Tage immer wieder etwas Neues. Und ich nehme das als ein großes Geschenk an. Halten Sie es doch auch so. Sie sind noch jung. Sie können alles lernen, was Sie wollen. Jederzeit!«

Bei diesen Worten stahl sich ein Lächeln auf Evas Gesicht. Genau das hatte sie doch zu Tante Maria gesagt: Dass sie alles lernen konnte! Und genau das würde sie tun. Sie blickte sich in der Stube nach etwas Papier und einem Stift um.

»Sagen Sie mir, Herr Faßbender, was sollte ich denn Ihrer Meinung nach gelesen haben? Was sind die wichtigsten Werke der Literatur?«

»Fräulein Eva, da fragen Sie was. Das ist ein weites Feld, um mit Theodor Fontane zu sprechen. Aber ich kann Ihnen ein paar meiner persönlichen Favoriten nennen, und auch ein paar Ihrer Tante, und gern auch die Werke, die ich früher in der Schule gelehrt habe, lange vor dem Krieg.« Er machte eine Pause und maß sie mit einem Blick, den Eva nicht deuten konnte. Dann fuhr er fort: »Aber von den Werken, die jetzt so überaus lesenswert sein sollen, wenn man den Propagandablättern und den Männern in Uniform glaubt, davon erzähle ich Ihnen nichts.« Immer noch musterte er sie aus strengen Augen. Als wollte er ihre Reaktion auf seine Worte sehen. Worte, die ihn in Schwierigkeiten bringen würden, hätte er sie öffentlich auf der Straße geäußert.

Eva straffte die Schultern, erwiderte den Blick, ohne zu blinzeln, bevor sie antwortete: »Davon will ich auch nichts wissen!«

Das Gesicht des alten Lehrers wandelte sich schlagartig. Es wurde wieder runzlig vor lauter Lachfältchen. Eva fühlte sich, als hätte sie einen Test bestanden.

»Sie haben das Herz am rechten Fleck, Fräulein Eva. Genau wie Ihre Tante.«

Eva lächelte. »Sagen Sie das lieber nicht zu laut. Meine Tante wollte schon von Hans Schumacher nicht hören, dass sie ein gutes Herz hat. Ich glaube, das ist ein wunder Punkt von ihr, das Herz.«

Friedrich Faßbender lachte. »Ja, das kann sein. Aber es ändert nun wirklich nichts daran, dass es genau so ist, wie ich es gesagt habe, mein liebes Fräulein Liebe.«

DAS IST NICHT GUT

Unruhig ging Maria Herrmann in der Buchhandlung hin und her. Seit einer halben Stunde war Friedel Faßbender nun schon oben in der Stube und sprach mit ihrer Nichte. So hatte Maria es eingefädelt. Sie hatte ihrer Nichte aufgetragen, das Mittagessen vorzubereiten, und dann die Mädchen zum Spielen nach draußen geschickt. So konnte Friedel in aller Ruhe unter vier Augen mit Eva sprechen und sich ein Urteil bilden.

Was Maria aber dabei nicht bedacht hatte, war, dass sie nun allein hier unten in der Buchhandlung sein und abwarten musste; und dass sie dabei nervös war. Mehr, als sie jemals gedacht hätte. In den letzten Tagen hatte sie angefangen, ihre Nichte zu mögen, hatte angefangen, sie in ihr Herz zu lassen. Obwohl sie das doch eigentlich nicht wollte. Oder zumindest nicht in diesem Maße. Aber Eva Liebe hatte sie einfach beeindruckt. Mit ihrem starken Willen und ihrer Tatkraft. Damit, dass sie nicht lange fragte, sondern anpackte. Und nun hatte Maria Angst, enttäuscht zu werden. Hatte noch mehr Angst, die Mauern um sich herum, über die sie nur so wenige Menschen blicken ließ, wieder verstärken zu müssen, damit Eva Liebe nicht mehr hindurchkonnte. Damit ihr Herz und ihre Familie sicher waren.

Die Ladentür öffnete sich, und Hans Schumacher trat ein. Maria seufzte erleichtert. Es war gut, dass ihr alter Freund jetzt da war. Er würde sie ablenken, würde mit seiner Ruhe jegliche Nervosität von ihr nehmen. Wie er es sonst auch immer tat. So oft hatte er ihr schon beigestanden.

»Maria!«, begrüßte Hans sie freudig. »Wie geht es dir?«

Maria nickte ihm lächelnd zu. »Gut«, antwortete sie automatisch, obwohl dem doch nicht so war.

Hans trat zu ihr heran. »Und wie geht es dir wirklich?«, fragte er mit sanfter Stimme. Er ergriff ihre Hand und drückte sie.

Natürlich, Hans konnte sie nichts vormachen.

»Es ist wegen meiner Nichte«, sagte sie schnell.

»Wegen Eva? Ist etwas vorgefallen?«

»Nein … Ach, Hans!« Sie sah ihm in die Augen, sah die Besorgnis darin und blickte sofort wieder weg. »Ich weiß nicht, ob ich ihr trauen kann!«

»Aber natürlich kannst du.« Hans drückte ihre Hand.

Maria seufzte. »So etwas kannst auch wieder nur du sagen.«

»Wie meinst du das?«

»Du bist der vertrauensseligste Mensch, den ich kenne.«

»Du sagst das so, als wäre das etwas Schlechtes.«

»In diesen Tagen ist es das auch, das solltest du wissen.«

»Das mag ja sein. Aber deine Nichte? Ich habe sie kennengelernt. Sie ist ein guter Mensch.« Wieder drückte Hans ihre Hand.

Maria kniff den Mund zusammen. »Ich weiß nicht. Sie … Ach!« Impulsiv zog sie ihre Hand zurück. »Es geht hier doch nicht nur um sie oder um mich. Schau mal, Hans. Ich habe die Verantwortung für die Mädchen und für die Buchhandlung … und auch für den Kreis.«

»Das ist also der wahre Grund dafür, dass du letzte Woche das Treffen so kurzfristig abgesagt hast«, meinte Hans erstaunt.

Maria wollte darauf etwas erwidern, aber da öffnete sich die Ladentür erneut, und Elli Breuch trat ein.

»Maria. Hans.« Sie nickte den beiden zum Gruß zu.

»Elli, wie kann ich dir helfen?«, fragte Maria.

Ihre Freundin verzog das Gesicht. »Indem du mir sagst, ob es heute Abend ein Treffen geben wird. Die Anna und der David müssen endlich mal wieder unter Leute. So kann das doch nicht weitergehen.«

Maria warf einen kurzen Blick von Elli zu Hans und wieder zurück. Hatten die beiden sich abgesprochen? »Elli, ich habe das

Treffen letzte Woche nicht leichtfertig abgesagt, und wie es um diese Woche steht, kann ich noch nicht sagen.«

»Aber warum denn?«, fragte Elli.

»Ich …« Maria blickte Hilfe suchend zu Hans.

»Maria hat einen Hausgast«, erklärte er.

»Einen Hausgast?«, fragte Elli Breuch erstaunt.

»Ja, meine Nichte aus Berlin. Sie wohnt jetzt hier.«

»Und deshalb hast du das Treffen in der letzten Woche abgesagt?« Eine Sorgenfalte zeigte sich auf Ellis Stirn. »Warum hast du uns nicht direkt von ihr erzählt?«

Maria verzog leicht den Mund. »Ich wollte euch nicht verunsichern.«

»Dann kann man ihr nicht trauen?«, schlussfolgerte Elli. Sie schlug sich die Hand vor den Mund und murmelte durch ihre Finger hindurch: »Das ist nicht gut, das ist gar nicht gut! Nicht gut.«

»Maria weiß einfach nur noch nicht, ob sie ihr trauen kann, Elli, das ist alles«, sagte Hans. Beruhigend legte er seine Hand auf Ellis Arm.

»Und wie willst du es herausfinden?«, wandte sich Elli an Maria. »Ob ihr zu trauen ist, meine ich?«

»Friedel ist oben«, erwiderte Maria.

»Das ist doch gut«, sagte Hans. »Nicht wahr, Elli?« Er klopfte mit seiner Hand auf Ellis Arm. »Friedel wird schon herausfinden, ob man dem Fräulein trauen kann.«

Elli verzog wieder das Gesicht. »Ich weiß nicht. Ich würde meinen, dass es in jedem Fall besser ist, wenn wir die Treffen so lange aussetzen, bis deine Nichte einen anderen Platz gefunden hat, oder bis …« Sie warf die Hände in die Luft. »… was weiß ich!«

»Elli«, sagte Hans, »ich glaube nicht, dass das notwendig ist, und …«

»Nein, Hans!«, fuhr Elli ihn hitzig an. »Ich muss an die Anna und den David denken. Da kann ich nicht riskieren, dass …«

»Natürlich nicht«, sagte Maria schnell. Sie warf Hans einen kurzen Blick zu. »Das will niemand von uns.«

»Wir warten jetzt erst einmal ab, was Friedel sagen wird«, erwiderte Hans.

»Nicht gut, nicht gut«, begann Elli wieder zu murmeln.

Maria verschränkte die Arme vor der Brust. Sie hoffte sehr, dass Elli falschlag.

EIN SCHAUSPIEL

Immer noch die gleichen Bücher wie am Montagabend, dachte Georg, als er die Auslage der kleinen Buchhandlung musterte.

Eigentlich hatte er sich nur ein wenig die Füße in der Mittagspause vertreten wollen. Er war zum Rhein hinuntergegangen, dort entlangspaziert und dann durch das Rheintor und die Rheinstraße wieder hinauf. Nun war er auf der Hochstraße, war wieder vor der Rhein-Buchhandlung stehen geblieben. Was für ein Zufall! Er schüttelte den Kopf. Er wusste doch, dass es wenig mit Zufall zu tun hatte, genau hier gelandet zu sein. Sein Unterbewusstsein musste ihn hergeführt haben. Der Teil seiner selbst, der immerzu über die beiden Frauen nachdachte. Die Frau am Schloss und die Frau mit dem Haar wie Weizen. Als er die Entscheidung für sein neues Leben getroffen hatte, hätte er niemals gedacht, dass ihm so etwas einmal passieren würde. Dass ihn sein eigenes Sein so hintergehen würde, während sein klarer Verstand genau wusste, dass solche Träumereien nicht gut für ihn waren! Er stellte sich vor, seiner Zimmerwirtin davon zu berichten. Fräulein Weber wäre ganz und gar entzückt davon, dass er sich endlich einmal Gedanken um eine junge Frau machte. Aber dazu würde es niemals kommen. Weder würde er jemals seiner Zimmerwirtin von diesem Unsinn erzählen, noch würde er so weit gehen, einer Frau zu verfallen! Sein Leben hing schließlich davon ab.

Er sollte weitergehen, zurück zum Sperrholzwerk, seine Mittagspause war gleich vorbei. Und dennoch … Er konnte nicht anders, als neugierig zum Schaufenster in den Laden hineinzusehen. Dabei entdeckte er drei Personen, zwei Frauen und einen Mann, alle mittleren Alters. Georg stellte sich auf die Zehenspitzen und spähte in alle Ecken, schaute, ob er noch eine weitere Person ausmachen konnte. Aber es war kein Weizenhaar zu sehen. Dafür führten die drei in der Buchhandlung scheinbar eine hitzige Unterhaltung. Das Gesicht der Frau mit den braunen Haaren war gerötet, das der anderen Frau fahl, beinahe grau. Der Mann wiederum wirkte unsicher. Als wüsste er nicht, was nun zu tun sei. Georg lächelte still in sich hinein. Wenn er eines aus seiner Kindheit gelernt hatte, dann, dass man als Mann besser das Weite suchte, wenn zwei Frauen stritten. Er hatte es bei seinem Vater oft genug gesehen, wenn seine Mutter mit der Großmutter gestritten hatte.

Plötzlich änderte sich in der Buchhandlung etwas. Ein alter Mann kam hinzu. Er war durch einen Raum im hinteren Teil des Ladens gekommen. Durch eine Hintertür, wie Georg vermutete. Der Streit zwischen den beiden Frauen kam mit der Anwesenheit dieses hochgewachsenen Mannes zum Erliegen. Er brachte eine stille Autorität mit sich, die dazu führte, dass auch Georg vor dem Fenster sich aufrechter und gerader hinstellte, dass er genauso aufmerksam wie die drei Personen im Laden zu dem alten Mann aufsah.

Die Frau mit den braunen Haaren fragte etwas, und der alte Mann antwortete mit einem Lächeln auf den Lippen. Die andere Frau schien jedoch nicht überzeugt zu sein, Georg sah es genau an ihrer Haltung, ihrer Gestik. Was auch immer der alte Mann gesagt hatte, sie konnte es offenbar nicht glauben. Der andere Mann wiederum hatte sich jetzt zu der Frau gebeugt und redete auf sie ein. Immer wieder deutete er mit den Händen auf den alten Mann. Scheinbar wollte er unterstreichen, was dieser gesagt hatte. Auch die andere Frau, die mit den braunen Haaren, sprach nun auf die Frau ein. Sie legte ihr einen Arm um die Schultern. Sagte dann etwas zu dem alten Mann, als wollte sie noch einmal dessen Bestätigung. Der alte Mann nickte, trat dann einen Schritt zu den dreien heran und sprach erneut. Langsam, deutlich. Zumindest schloss Georg das aus der Art, wie er den Mund formte. Zu gern hätte er erfahren, was dort drinnen vor sich ging, was gesprochen wurde. Und warum die junge Frau nicht dort war. Die, die er am Montagabend gesehen hatte. Warum war sie nicht in der Buchhandlung?

Die Glocken begannen zu läuten, und Georg wurde bewusst, dass er schon viel zu lange hier in der Kälte vor dem Schaufenster stand. Während er zum Sperrholzwerk eilte, fühlte er sich merkwürdig, und es dauerte einen Moment, bis er verstand, dass es Enttäuschung war, die er spürte. Tiefe Enttäuschung darüber, die junge Frau mit dem hellen Weizenhaar nicht gesehen zu haben. Er schüttelte kräftig den Kopf. Versuchte, all diese Gedanken von sich zu schleudern. Aber es ging nicht. Das Bild von Weizen im Sonnenlicht wollte nicht verschwinden, egal, was er tat.

SCHAFE UND MENSCHEN

Die Glocken läuteten.

Maria sah von Hans zu Friedel und wieder zu Elli, um die sie ihren Arm gelegt hatte.

»Nein, das ist nicht gut. Nicht gut, nicht gut«, murmelte ihre Freundin immer noch dieselbe Litanei.

In gewisser Weise konnte Maria ihre Angst nachvollziehen. Auch wenn sie selbst erleichtert gewesen war, als Friedel Faßbender eben in der Buchhandlung erschienen war und verkündet hatte, dass dem Fräulein Liebe zu trauen sei. Sie habe das Herz am rechten Fleck, sei kein Wolf im Schafspelz, hatte er gesagt. Dennoch, die warnende Stimme in Marias Innerem war noch nicht vollständig überzeugt. Nein, diese Stimme pflichtete Elli bei. Schrie immerzu, dass es nicht gut sei. Dass eine einzige Unterhaltung nicht ausreiche, um ein Urteil zu fällen, dass es nicht reiche, um ganz sicher zu sein. Aber Maria stemmte sich mit aller Kraft dagegen. Sie hatte ihre Nichte doch in den letzten Tagen beobachtet, hatte all das Gute an ihr gesehen. Es war eben nicht nur die eine Unterhaltung zwischen Friedel und ihr, die Maria Gewissheit gab, es war das Gesamtbild, das sich auch aus ihren Beobachtungen zusammenfügte. Die schreiende Stimme in ihrem Inneren war nur ihre eigene Angst. Die, die immer da war, immer lauerte. Die stärker geworden war, seit August fort war und sie alles allein tragen musste. Dieser Stimme durfte sie jetzt keine Macht geben!

»Elli«, sagte sie sanft zu ihrer Freundin. »Uns allen tun die Treffen des Kreises gut. Dir, mir, Hans, Friedel. Und Anna und David erst recht. Und Fräulein Frings freut sich auch, uns alle wiederzusehen.«

»Das weiß ich doch«, murmelte Elli.

Vielleicht brauchte ihre Freundin einfach nur noch etwas Zeit, dachte Maria. Sie kannte Elli doch nun schon so lange und wusste, dass sie nicht gut mit schnellen Veränderungen und Entscheidungen zurechtkam. »Passt auf«, sagte Maria, »ich hätte einen Vorschlag zu machen, wie wir das Ganze vielleicht ein bisschen langsamer angehen.« Sie blickte in die Runde und sah, dass sie nun die Aufmerksamkeit von allen hatte. »Heute Abend treffen wir uns noch einmal in der altbekannten Runde, und dann können wir allen von meiner Nichte erzählen und zusammen abstimmen, ob sie zum Kreis hinzukommen soll.«

Friedel Faßbender lächelte sie offen an, und Elli nickte zögerlich.

»Dann ist es abgemacht«, rief Hans erfreut. »Maria wird ihre Nichte noch nicht einweihen, sondern mit uns allen heute Abend abstimmen.«

Elli schüttelte immer noch den Kopf, aber sie erwiderte nichts.

»Es wird alles gut werden«, sagte Maria zu ihr, und ein bisschen sagte sie es auch zu sich selbst, zu ihrer schreienden Stimme, die doch nicht ganz verstummen wollte.

Freitag, 19. Januar 1945

FREUNDINNEN

Es war wieder sehr kalt, als Eva am Morgen erwachte. Am liebsten wäre sie den ganzen Tag im Bett liegen geblieben, die Wolldecke bis zu den Ohren hinaufgezogen. Aber der Alltag wartete, die Arbeit, die Bücher. Mit diesem Gedanken sprang sie aus dem Bett. Als ihre nackten Füße den eiskalten Boden berührten, fuhr ein Schauer über ihren ganzen Körper. Schnell zog sie sich an und ging in die Stube.

Die letzte Woche war am Montag mit einer wunderbaren Überraschung gestartet: Für jeden hatte es eine Sonderzuteilung von anderthalb Litern Milch gegeben! Für jeden! Das musste man sich einmal vorstellen. Aber schon der nächste Tag hatte den Schrecken des Krieges mit voller Wucht zurückgebracht. Die Brücke bei Neuwied war zerbombt worden! Damit gab es in der näheren Umgebung keinen festen Weg mehr über den Rhein. Sie waren abgeschnitten von der linken Rheinseite.

Und der Schrecken wurde am Mittwoch nur noch größer, als man Überlegungen dazu anstellte, die bereits Ende der Dreißigerjahre geplante und vorbereitete Pionierbrücke unterhalb des Bollwerks nun endlich als Hilfsbrücke aufzubauen. Damit die Militärnachschubfahrzeuge, die sonst täglich die Neuwieder Brücke genutzt hatten, weiterhin den Rhein überqueren konnten. Überall wurden Stimmen laut, die sich dagegen aussprachen. Die riefen, dass man mit einer Brücke die Aufmerksamkeit nur noch mehr auf Andernach lenken würde. Eine Brücke, das war ein gefundener Angriffspunkt für den nächsten

Bombenangriff, an der Neuwieder Brücke habe man es doch gesehen.

Auch Eva war über die Pläne beunruhigt, aber bislang waren keine Bauarbeiten am Rhein unterhalb des Bollwerks auszumachen, und daher vermutete sie, dass es sich nur um Gerüchte handelte, die in der allgemeinen Lage hochgekocht waren.

Nach dem gewohnt stillen Frühstück ging Eva hinunter.

Der Vormittag in der Buchhandlung war an diesem Tag recht eintönig. Es kamen nur wenige Kunden. Eva beschäftigte sich damit, hier und da ein Buch geradezurücken oder Klappentexte und erste Seiten von Büchern zu lesen, die ihr interessant vorkamen.

Sie stand gerade am Tisch vor dem Schaufenster, als etwas auf der Straße ihre Aufmerksamkeit gefangen nahm. Rötlich blondes Haar, dazu ein vertrautes Gesicht. Die Margot Becker!

Eva eilte zur Tür. Zur Tante rief sie: »Ich bin gleich wieder da.« Dann ging sie hinaus. »Margot! Margot warte doch mal!« Sie lief ein paar Schritte hinter ihr her.

Die Angesprochene fuhr herum. Als sie Eva erblickte, lächelte sie. Sie kam heran. »Eva, einen guten Tag dir.«

»Dir auch. Wie schön, dass ich dich gesehen habe«, erwiderte Eva. »Ich habe …« Sie brach ab. Am gegenüberliegenden Fenster war eine alte Frau erschienen. Kleine, kalte Augen, die sie und Margot musterten. »Magst du kurz mit hineinkommen?«, fragte Eva und deutete auf die Buchhandlung. »Drin ist es deutlich wärmer, und dann können wir in Ruhe sprechen«, fügte sie mit einem weiteren Blick zu der alten Frau am Fenster hinzu.

Margot folgte ihrem Blick und nickte dann schnell. »Ja, ich komm gern mit rein.«

Zusammen betraten sie die Buchhandlung. Margot ging nur zögerlich an den Bücherregalen vorbei. Als sie Tante Maria entdeckte, deutete sie eine Verbeugung an und sagte: »Guten Tag, Frau Herrmann.«

Tante Maria nickte Margot zu, dann wandte sie sich zu Eva: »Geht doch rauf in die Stube, ihr zwei.«

Eva sah ihre Tante erstaunt an, damit hätte sie nicht gerechnet. Es hatte sich etwas verändert zwischen ihnen beiden, seit sie so viel miteinander in der Buchhandlung arbeiteten. Seitdem war sie nicht mehr so streng mit ihr. Sie war im Wesen weicher geworden.

Vielleicht, dachte Eva, war sie das schon immer gewesen. Aber die Umstände des Krieges hatten sie hart werden lassen. Das verstand Eva nur zu gut. So war es ihr selbst ergangen. Nach den Schicksalsschlägen in Berlin und erst recht auf ihrer Reise hierher nach Andernach. Sie ergriff Margots Hand und zog sie hinter sich her durch das Lager und die Treppe hinauf. Erst oben in der Stube machte sie halt.

Margot ließ sich lachend auf einen der Küchenstühle fallen. »So, und jetzt erzähl mir mal, was du mit der Käthe und der Ingeborg gemacht hast!«

»Wieso?«, fragte Eva, obwohl sie es sich schon denken konnte.

»Die beiden sind zu mir gekommen und haben mich um Verzeihung gebeten. Kannst du dir das vorstellen?« Margot sah immer noch so aus, als könnte sie es sich selbst eigentlich nicht vorstellen.

Eva lächelte.

»Und damit hast doch bestimmt nur du etwas zu tun, Fräulein Eva Liebe aus Berlin. Du bist die Erste gewesen, die gegenüber den zwei Tratschtanten für mich eingestanden ist. Also, ich frage noch einmal: Was hast du mit den beiden gemacht?«

»Ach, gar nicht viel. Sie waren hier im Laden, weißt du, am vorigen Montag«, sagte Eva.

»Die zwei, im Buchladen?« Margot zog die Stirn in Falten.

Eva nickte. »Sie wollten keine Bücher kaufen, sie wollten zu mir.«

»Warum das denn?«

»Ob du's glaubst oder nicht, sie wollten sich bei mir entschuldigen, für das, was sie mir beim Einkauf an den Kopf geworfen haben.«

»Und was hast du gesagt?« Margot blickte sie neugierig an.

Eva schwieg einen kurzen Moment. Dann sagte sie: »Ich habe den beiden gesagt, dass sie sich nicht bei mir entschuldigen müssen, sondern bei dir.«

Margot schlug die Hände zusammen und lachte. »Und genau das haben sie getan. Ich wusste doch, dass du da etwas mit zu tun hast!«

Eva winkte mit einer Hand ab. »Für mich ist das selbstverständlich.«

»Für mich aber nicht. Ehrlich, bisher ist mir so was noch nicht passiert. Und die Käthe und die Ingeborg, sie wirkten richtig … wie sagt man das? Geläutert?«

»Geläutert?« Eva lachte. »Gibt es das Wort überhaupt noch?«

Auch Margot lachte. »Es mag alt sein, aber es passt. Haargenau. Die zwei sind jetzt wie ausgewechselt.« Sie blickte Eva an. »Danke«, sagte sie dann leise.

»Gern geschehen«, erwiderte Eva aus vollem Herzen.

INVENTUR

Bis zum Mittagessen hatte Eva mit Margot in der Stube gesessen und geredet. Es hatte ihr richtig gutgetan. Wann hatte sie das letzte Mal überhaupt so lange mit jemandem in ihrem Alter gesprochen? Das Bild von Hanne drängte sich ihr kurz auf, aber sie schob es zur Seite. Hanne gehörte zu ihrer Vergangenheit. Genauso wie ihre Familie und Alfred. Dennoch hatte sie die Traurigkeit, die sich immer bei dem Gedanken an die Menschen, die sie verloren hatte, einstellte, nicht völlig abwerfen können. Das hatte auch die Tante bemerkt. Nach dem Mittagessen hatte sie Eva aufgehalten, die wieder nach unten in die Buchhandlung gehen wollte. »Warte«, sagte sie, »ich habe da noch etwas für dich.« Und damit war sie aus der Stube verschwunden und nur kurze Zeit später mit einer Zeitschrift wiedergekommen. Es war das *Börsenblatt für den Deutschen Buchhandel*, die erste Ausgabe für das Jahr 1945. »Das ist die Fachzeitschrift des Buchhandels«, hatte die Tante gesagt. »Jede Woche findest du alle wichtigen Informationen darin. Wenn du fertig gelesen hast, kannst du wieder in die Buchhandlung kommen.«

Wie aufmerksam die Tante doch war. Die Lektüre der Zeitschrift lenkte Eva in der Tat ab. Auf der ersten Seite waren amtliche Mitteilungen und Bekanntmachungen zu sehen. Mit großen Augen las Eva, dass die Reichsschrifttumskammer »Gruppe Schriftsteller« einigen Schriftstellern die Aufnahme verweigerte und einigen die sogenannte »Sondergenehmigung zur Ausübung der schriftstellerischen Tätigkeit« entzog. Wenn Eva das richtig verstand, dann wurden hier – mit Name und Anschrift! – Schreibende genannt, denen man genau das untersagte: das Schreiben. Dazu würde sie die Tante später befragen müssen. Das war doch ungeheuerlich! Eva blätterte weiter. Ein Artikel nachträglich zum hundertsten Geburtstag des bereits verstorbenen Verlegers Johann Wilhelm Spemann, danach eine Auflistung, welche Verfilmungen literarischer Vorlagen es im Jahr 1945 zu erwarten gab. Auf der nächsten Seite folgte ein Artikel, der Evas ganze Aufmerksamkeit auf sich zog. *Aus der Praxis des Berufs* stand dort. Eva las den ganzen Artikel. Es handelte sich wohl um einen Leserbrief zu einem Beitrag einer älteren *Börsenblatt*-Ausgabe aus dem Vorjahr. Nicht alles, was dort geschrieben stand, verstand Eva, aber es begeisterte sie zu lesen, wie der Verfasser, ein Verlagsbuchhändler, davon berichtete, Schaufenster zu dekorieren. Das würde sie auch gern einmal tun, das Schaufenster der Rhein-Buchhandlung dekorieren.

Der Rest der Zeitung bestand aus Werbung und Vermischtem. Unter dem Punkt *Bestellverfahren* waren von einzelnen Verlagen Titel aufgeführt mit Preis und Ausstattungsumfang. Manchmal mit kurzen Texten zum Inhalt. Eva las jede einzelne Zeile. Wunderte sich über die Vielzahl der Titel, die angeboten wurden. Auch über die Themen. Da konnte man fast den Eindruck bekommen, es gäbe über alles auf der ganzen Welt ein Buch.

Nach der Lektüre ging sie hinunter in die Buchhandlung. In dem kleinen Lagerraum blieb sie stehen. Am Vormittag waren Kartons geliefert worden. Sie warf nur einen kurzen Blick darauf. Erst wenn Tante Maria alles gesichtet, abgestrichen und geprüft hatte, durfte Eva die neuen Bücher nehmen und in die Regale im Laden einräumen. Dabei juckte es Eva in den Fingern, die Kartonagen selbst zu öffnen, die erste Person zu sein, die die neuen Bücher darin zur Hand nehmen konnte, die als Erste den Geruch der frischen Druckerschwärze in die Nase bekam.

Mit der Hand fuhr sie über die Kartons. Fühlte die leicht raue Oberfläche, hörte das leise schabende Geräusch, bevor sie weiterging und nach vorn in den Laden trat.

Die Tante war gerade dabei, etwas im Schaufenster zu räumen. Eva ging zu ihr.

»Ah, Eva, gut, dass du da bist.« Maria richtete sich auf und strich mit den Händen ihr Kleid glatt. »Wir müssen über …«, begann sie, brach aber dann ab.

»Was müssen wir?«, fragte Eva. Sie sah die Tante aufmerksam an. War sie nervös? Warum?

»Ähm, wir müssen … über … die Inventur! Genau. Wir müssen die Inventur vorbereiten.«

»Die Inventur?«, fragte Eva. Sie war sich sicher, dass die Tante eigentlich etwas ganz anderes hatte sagen wollen. Was war nur los?

»Ja, das hätte ich schon längst tun müssen«, erklärte Tante Maria schnell. »Dabei werden alle Bücher gezählt und mit Titel aufgeführt, und dann wird alles Material gezählt und aufgeführt. Eine lästige Aufgabe, wenn du mich fragst, aber für dich ist es gut.«

»Wieso ist es für mich gut?«, fragte Eva neugierig.

»Weil du so wieder einmal jedes einzelne Buch im Laden und im Lager zur Hand nehmen musst. Und dann Autor und Titel aufschreiben musst. Glaub mir, danach hast du einen Überblick über das gesamte Sortiment.«

Eva nickte. »Gut. Dann werde ich direkt loslegen.«

Die Tante ging zum Kassentresen und zog ein großes Heft mit linierten Seiten darunter hervor. »Schau, hier trägst du den Autor ein, dann den Titel, dann die Stückzahl. Es ist ganz einfach. Ich zeige es dir.« Sie ging zum äußersten Regal und nahm sich das erste Buch oben links heraus. Sie notierte es in der ersten Zeile. Dann machte sie einen Strich dahinter. »Es ist besser, wenn du die Anzahl erst einmal mit Strichen markierst, für den Fall, dass sich im Lager noch Ausgaben befinden. Die genaue Zahl kannst du dann am Ende dorthin schreiben. Hast du das verstanden?«

»Ja.« Eva nickte. Sie streckte ihre Hände aus, und die Tante gab ihr Heft und Stift.

»Gut, gut«, sagte Maria schnell, und dann huschte sie ins Lager.

Eva wurde immer noch nicht den Verdacht los, dass die Tante eben etwas ganz anderes hatte ansprechen wollen. Dass sie die Inventur nur vorgeschoben hatte.

Aber was konnte es sein?

DER ARBEIT LOHN

Die ganze Woche über hatte ihre kleine Schwester Ilse mit diesem Stückchen Metall genervt, das sie unten am Rheinufer gefunden hatte. Auch jetzt trug sie ihren Schatz stolz bei sich. Sie waren auf dem Weg zu Elli Breuch. Die Mutter hatte sie beide geschickt. Sie sollten Kleidung bei Frau Breuch abholen. Das hätte Ilse auch allein machen können, aber nein, die Mutter hatte natürlich darauf bestanden, dass sie *dat Klein* mitholte. Und so musste Ilse schon wieder ertragen, wie Gisela in einem fort von dem Metallstückchen redete, von ihrem großen Schatz!

Dabei war Ilse in Gedanken doch ganz woanders. Die beiden Ws erwarteten eine Gegenleistung von ihr, einen Lohn für ihre Arbeit, wenn man so wollte. Sie hatten gesagt, dass sie ihr mit ihrem Eva-Problem helfen würden, aber sie machten das nicht für umsonst. In den letzten Tagen hatte Ilse lange überlegt, und schließlich war sie zu dem Entschluss gelangt, dass sie sich Geld aus der Kasse der Buchhandlung nehmen würde. Sonst hatte sie doch nichts anzubieten. Ihre Bücher würden der Werner und der Walter nicht nehmen wollen. Essensmarken waren zu auffällig, und sonst fiel ihr nichts ein. Nun musste sie einen unbemerkten Augenblick abwarten, um sich etwas aus der Kasse zu stibitzen. Sie hoffte sehr, dass die Mutter sie nicht dabei erwischen würde. Schon der Gedanke daran verursachte ihr Bauchschmerzen. Aber es musste sein! Die unmögliche Person musste weg. Da gab es keinen Weg dran vorbei. Ilse hoffte, dass die beiden Ws sich mit wenig Geld zufriedengeben würden. Denn mehr als ein paar Münzen würde sie nicht nehmen wollen. Schon das war eigentlich zu viel.

Endlich waren sie bei Elli Breuch angekommen. Ilse klopfte an, und nur kurze Zeit später spähte die Freundin der Mutter zur Tür hinaus. Als sie entdeckte, dass es Ilse und Gisela waren, riss sie die Tür mit einem strahlenden Lächeln auf.

»Ach, ihr zwei seid es. Kommt rein. Ich habe die Sachen im Flur liegen.«

Ilse und Gisela traten in den engen Hausflur. Frau Breuch eilte nach hinten und nahm ein Bündel von der Kommode, die am Ende des Flurs an die Wand gedrängt war. Sie drückte es Ilse in die Arme.

Natürlich, dachte Ilse. Sie musste es jetzt allein tragen, und dafür hatte sie ihre kleine Schwester mitnehmen müssen?

Sie bedankte sich dennoch artig und wollte sich gerade wieder zur Haustür umdrehen, als sie eine weitere Stimme im Flur hörte. Es war der alte Lehrer Faßbender. Scheinbar war er gerade bei Frau Breuch zu Besuch. Ilse stieß Gisela mit dem Ellenbogen an. Die Kleine sah fragend zu ihr auf. »Da ist der Lehrer Faßbender, hörst du?«, flüsterte Ilse ihr zu. »Jetzt kannst du ihn nach deinem Schatz fragen.« Sie grinste zufrieden, als Gisela freudig nach vorn stob und an Frau Breuch vorbei im Wohnzimmer verschwand. Frau Breuch warf Ilse einen erstaunten Blick zu und ging dann selbst ins Wohnzimmer. Ilse wartete nicht ab, sondern folgte auch. Sie wollte schließlich dabei sein, wenn der alte Lehrer ihrer kleinen Schwester endlich die Flausen von einem großen Schatz austrieb. Als sie das Wohnzimmer betrat, immer noch das Bündel in den Armen, sah sie Herrn Faßbender auf dem Sofa sitzen, Gisela neben ihm. Er drehte das Metallstückchen zwischen den Fingern hin und her, hielt es hoch und zog dann eine schmale Brille aus der Tasche seines Hemdes, die er sich nicht auf die Nase setzte, sondern zunächst nur mit einer Hand vor die Augen hielt.

»Also, Gisela«, begann der alte Lehrer, und Ilse konnte ein Grinsen nicht mehr unterdrücken. Jetzt war der Moment der Wahrheit gekommen. »Du hast hier wirklich einen sehr erstaunlichen Fund gemacht. Das hier scheint mir ein Denar zu sein.«

»Denaah?«, fragte Gisela nach, ihre Augen leuchteten.

Ilse gefror das Lächeln auf dem Gesicht.

»Ein Denar«, wiederholte Herr Faßbender, und er betonte das R am Ende dabei noch einmal besonders. »Und zwar ein Denar aus dem elften Jahrhundert, wenn ich das richtig sehe. Ja …« Er drehte die Münze ein weiteres Mal um. »… hier, da kannst du noch ein Kreuz erahnen und Schleifen in den Winkeln, den Ecken. Und auf der anderen Seite ist die Kirche.« Er gab Gisela die Münze zurück, die sie mit ehrfürchtigem Blick in ihrer ausgestreckten Hand hielt. »Unter dem Kölner Erzbischof Pilgrim wurden hier in Andernach sehr viele Münzen geprägt. Die Andernacher Münzen waren beliebt, auch weit über die Stadtmauern Andernachs, sogar weit bis über die Landesgrenze hinaus«, begann der Lehrer Faßbender. Er dozierte noch weiter, erzählte etwas von einem Kaiser, Konrad oder so ähnlich, Ilse hörte nicht mehr richtig zu. *Dat Klein* hatte tatsächlich einen großen Schatz gefunden. Eine wertvolle Münze. Das war so ungerecht! Ilse war doch diejenige, die dringend etwas brauchte, um es den beiden Ws zu geben, und ausgerechnet ihre kleine Schwester fand ein Vermögen einfach so im Schlamm am Ufer? Dabei wäre das doch für Ilse perfekt, wenn sie auch so eine Münze finden würde. Dann müsste sie sich nicht an der Kasse der Mutter bedienen und hätte gleichzeitig etwas sehr Wertvolles, was sie dem Werner und dem Walter geben könnte. Vielleicht würde sie gleich mit Gisela noch einmal zum Ufer gehen. Sich die genaue Stelle zeigen lassen, an der ihre Schwester die kostbare Münze gefunden hatte. Aber sie hatte gar keine Lust, in der Kälte im Schlamm zu wühlen und auf das große Glück zu hoffen, auch einen solchen Fund zu machen. Sie hatte schließlich schon oft am Ufer gespielt, Sommer wie Winter, und sie hatte noch nie etwas Derartiges gefunden.

Ein neuer Gedanke formte sich in ihrem Kopf, während sie ihre Schwester ansah, die nur noch Augen für die Münze hatte: Sie würde den Denar an sich nehmen. Sie würde ihn nehmen und den beiden Ws geben. Und die kleine Gisela würde sie davon überzeugen, dass sie die alte Münze einfach verloren hätte. So was kam schließlich vor. Ilse selbst hatte schon oft Dinge verloren. Warum sollte es *dem Klein* da anders ergehen?

Genau! So würde sie es machen. Denn damit hatte sie für den Werner und den Walter einen Lohn für ihre Arbeit, ohne sich selbst an der Kasse der Buchhandlung bedienen zu müssen. Das war gut! Und bis die beiden Ws ihren Plan in die Tat umsetzen würden, würde Ilse ihre große Cousine, die unmögliche Person, in Sicherheit wiegen. Damit weder sie noch sonst jemand Verdacht schöpfte.

EINE EINLADUNG

Es begann langsam zu dämmern, als Eva die letzten beiden Bücher aus dem Regal nahm und sorgfältig in das Inventurheft notierte. Jetzt wusste sie wirklich ganz genau, welche Bücher im Laden vorrätig waren, wie die Autorinnen und Autoren mit Vor- und Nachnamen hießen und bei welchem Verlag die jeweiligen Bücher erschienen waren. Und obendrein konnte sie nun auch noch sagen, von welchen Titeln nur eines da war und von welchen sie mehrere Exemplare bevorrateten. Das freute Eva sehr, auch wenn ihre Finger vom vielen Schreiben krampften und es ihr im Rücken zog, weil sie die Bücher oft stapelweise aus den Regalen genommen hatte.

Sie stellte die Bücher zurück und klappte das Heft mit einem zufriedenen Gefühl zu, als die Tante nach ihr rief: »Eva, komm doch einmal kurz zu mir ins Lager, ich muss etwas mit dir besprechen.«

Wie beiläufig die Tante diese Worte gesagt hatte, das machte Eva Angst. Hatte sie etwas falsch gemacht? Sie blickte auf das Heft in ihren Händen. Nein, das konnte es nicht sein, sie hatte sich an die genauen Anweisungen der Tante gehalten. Was also war es dann? Sie überlegte einen Augenblick, und dann fiel ihr wieder ein, wie es überhaupt zu der Inventur gekommen war. Tante Maria hatte schon da über etwas anderes mit ihr reden wollen, Eva hatte es genau gespürt.

Mit klopfendem Herzen trat sie durch die Verbindungstür in den halbdunklen Lagerraum. »Ich bin fertig mit der Inventur«, sagte sie und hielt ihrer Tante Heft und Stift entgegen. »Hier, du kannst schauen, ich habe alles so gemacht, wie du es mir gesagt hast.«

»Ja, ja«, sagte die Tante. Ihre Stimme klang etwas unwirsch, und sie sah Eva nicht an. »Bestimmt hast du alles richtig gemacht, leg das auf den Arbeitstisch.« Sie nahm einen Stapel Bücher und drehte sich zu einem der Regale an der Wand. »Du musst mir helfen, hier noch ein bisschen mehr Platz zu schaffen.«

»Hast du nicht eben gesagt, du möchtest etwas mit mir besprechen?«, bohrte Eva nach, weil sie den Eindruck hatte, dass die Tante schon wieder vom Thema ablenken wollte, wie heute Mittag.

»Ja, das auch, aber erst mal räumen wir hier. Damit genug Platz ist«, erwiderte die Tante fahrig.

»Platz wofür?«

Die Tante verfrachtete den Bücherstapel ins Regal. Dann stemmte sie die Hände in die Seiten und seufzte laut. »Für den Kreis.«

Eva legte die Stirn in Falten. Der Kreis? Darüber wollte die Tante mit ihr sprechen? Was sollte das sein?

Bevor sie nachfragen konnte, erklärte die Tante schon: »Der Kreis, das sind einige Menschen, die mir sehr ans Herz gewachsen sind. Wir alle lesen gern und tauschen uns über Literatur aus.«

»Das klingt aber sehr schön«, sagte Eva und fragte sich im Stillen, warum die Tante ihr das nicht heute Mittag schon erzählt hatte. Warum war sie deshalb so nervös?

»Es ist verboten«, sagte die Tante da schnell. Sie drehte sich wieder zu dem Regal an der Wand.

Eva lachte kurz auf. Die Tante wollte sie wohl auf den Arm nehmen. »Verboten? Warum soll das denn verboten sein?«

»Weil …« Wieder seufzte die Tante. Lange und laut. »Weil wir uns im Verborgenen treffen müssen, und … weil wir uns vor allem über verbotene Literatur austauschen«, fügte sie schließlich im Flüsterton an.

Eva spürte bei diesen Worten ein Kribbeln im Nacken. Die Tante führte einen verbotenen Kreis! Das war beängstigend – und aufregend zugleich. »Warum erzählst du mir davon?«, flüsterte sie zurück.

»Weil die Treffen hier im Lager der Buchhandlung stattfinden, und weil du von jetzt an mit dabei sein wirst.«

DER KREIS

Nach dem Abendessen wandte Tante Maria sich an sie: »Eva, kannst du die Mädchen ins Bett bringen? Dann kann ich unten schon alles vorbereiten.«

»Unten?«, fragte Eva, aber da fiel ihr schon selbst wieder der Kreis ein. »Natürlich! Unten«, schob sie schnell hinterher, und die Tante nickte.

Mit einem Mal war Eva ganz aufgeregt, spürte, wie ihr Herz schneller in ihrer Brust schlug. Sie würde heute Abend etwas Verbotenes tun! Nie hätte sie gedacht, dass dieser Gedanke ihr einmal eine solche Freude bereiten würde. Von ihrer Tante hatte sie bereits erfahren, dass der alte Lehrer, Friedrich Faßbender, mit zum Kreis gehörte. Das hätte sie sich nach seinen Worten beinahe auch selbst schon denken können.

Sie ging mit den Mädchen ins Kinderzimmer und las ihnen aus den Grimm'schen Märchen vor. Gisela hatte sich dabei auf ihren Schoß gekuschelt, und auch Ilse saß dicht neben ihr, den Blick immer ins Buch gerichtet, um die Illustrationen zum Text sehen zu können. Das Eis zwischen ihnen war gebrochen. Mit jedem Tag war ihre Cousine weniger abweisend, ja, heute war sie mit einem Mal richtig freundlich. Das freute Eva, auch wenn sie sich den plötzlichen Sinneswandel ihrer kleinen großen Cousine nicht erklären konnte. Vorher war sie so abweisend gewesen und nun von einem Moment auf den anderen das genaue Gegenteil.

Nachdem die Mädchen im Bett lagen, wartete Eva noch einige Zeit in der Stube ab, bevor sie noch einmal in das Kinderzimmer schlich, um nachzusehen, ob ihre beiden Cousinen schon schliefen. Dann ging sie mit klopfendem Herzen hinunter ins Lager.

Die Tante war da und Hans Schumacher und der Lehrer Faßbender, die restlichen Gesichter waren ihr unbekannt. Drei Frauen und zwei Männer. Sie alle saßen eng gedrängt. Eigentlich war in dem schmalen Lagerraum kaum Platz.

Tante Maria ergriff das Wort, als Eva eintrat: »Ein paar von euch kennen meine Nichte ja schon. Für alle anderen darf ich vorstellen, das ist Eva.«

»Ah, das Fräulein Liebe«, sagte eine der drei Frauen. Es war eine alte Dame, mit einem Lächeln, das so herzlich wirkte, dass Eva sie sofort in ihr Herz schloss.

»Ja. Eva Liebe.« Sie machte einen Knicks, wie sie das früher in der Schule immer gemacht hatte.

Lehrer Faßbender lachte heiser, und auch die anderen schmunzelten über diese Geste.

»Es freut mich sehr, Sie kennenzulernen«, sagte die alte Dame.

»Eva, darf ich dir vorstellen«, schaltete die Tante sich ein und deutete auf die alte Dame, »das ist Fräulein Frings.«

»Die Hebamme?«, fragte Eva.

»Genau die. Woher weißt du das?«, fragte Fräulein Frings erstaunt.

»Die Margot hat mir von Ihnen erzählt. Die Margot Becker.«

Das Gesicht der alten Dame wurde runzlig warm. »Ach, die Margot, das ist eine Liebe.«

»Das bin ich auch«, erwiderte Eva und hatte damit die Lacher auf ihrer Seite.

Die Tante stellte weiter vor: »Den Friedel und den Hans kennst du ja schon.« Sie nickte zu den beiden und fuhr dann fort: »Und das hier sind Elli und Josef Breuch und das Anna und David Simon.«

Eva reichte reihum die Hand. Das Ehepaar Breuch schien etwa im Alter der Tante zu sein, das Ehepaar Simon schon ein wenig älter. Die beiden wirkten sehr nervös. Hatten Eva kaum angesehen, als sie ihr die Hand geschüttelt hatten. Als hätten sie vor irgendetwas Angst. Bevor Eva sich mit diesem Gedanken aber näher befassen konnte, ergriff Tante Maria wieder das Wort.

»Schaut mal, was ich heute für euch dabeihabe«, sagte sie und zog ein Buch unter dem Lagertisch hervor.

»Anna Seghers!«, rief Friedrich Faßbender erfreut. Tante Maria nickte und setzte sich auf eine umgedrehte Kiste. Mit einer Geste wies sie Eva an, neben ihr Platz zu nehmen.

Währenddessen begann der alte Lehrer zu sprechen: »Wir alle hier kennen und schätzen Anna Seghers. Aber unser Fräulein Liebe vermutlich noch nicht?« Er sah Eva fragend an.

Eva spürte, wie ihr die Röte ins Gesicht schoss, während sie den Kopf schüttelte.

»Aber, aber, mein liebes Fräulein. Da haben wir doch schon drüber gesprochen. Das ist völlig in Ordnung.« Er wandte sich zu den restlichen Mitgliedern. »Ihr habt doch nichts dagegen, dass ich unserem Neuzugang ein wenig ausführlicher berichte?«

»Nur zu«, sagte Fräulein Frings. Sie nickte Eva wohlwollend zu, und auch alle anderen gaben ihre Zustimmung.

»Anna Seghers, das musst du wissen, Eva«, sagte Friedrich Faßbender, »ist in unserer Landeshauptstadt Mainz geboren worden. Und zwar unter dem Namen Netty Reiling. Nachdem Hitler 1933 an die Macht gekommen war, hat man sie verhaftet. Die Gestapo hat sie abgeholt. Ihre Bücher sind verboten worden und wurden auch verbrannt. Davon hast du doch gehört, oder? Von der Bücherverbrennung?«

Eva nickte. Sie erinnerte sich noch daran. Sechs Jahre war sie damals alt gewesen. Alt genug, um zu verstehen, dass dort etwas Schlimmes passiert war, aber noch viel zu jung, um das ganze große Ausmaß zu begreifen. Das wurde ihr erst jetzt so richtig bewusst.

»Jedenfalls ist Anna Seghers die Flucht gelungen. Sie ist ins Exil gegangen. Mit dem Schreiben hat sie nicht aufgehört. Und ihre Bücher sind jetzt wichtiger denn je.«

Zustimmendes Gemurmel brandete um Eva herum auf. Lehrer Faßbender hielt das Buch hoch, sodass nun alle den Titel lesen konnten. *Der Kopflohn.*

»Ich hätte gern *Das siebte Kreuz* bekommen«, erklärte Tante Maria, »aber das war nicht möglich. Aber auch über *Der Kopflohn* freue ich mich sehr.«

»Oh! Ist das nicht das zweite Buch von der Seghers?«, fragte Anna Simon leise.

»Nicht das zweite Buch, aber der zweite Roman. Ihre erste Buchveröffentlichung ist eine Erzählung mit dem Titel *Aufstand der Fischer von St. Barbara,* und sie hat auch davor schon einige Kurzgeschichten veröffentlicht. *Die Gefährten* ist aber vor *Der Kopflohn* ihr erster Roman. Dass der grandios ist, brauche ich euch nicht zu sagen, wir haben ihn ja alle bereits gelesen«, sagte Tante Maria. Sie wandte sich an Eva. »Anna Seghers' erster Roman ist Ende 1932 erschienen, nur ein paar Monate bevor Hitler die Macht ergriffen hat. Ich erinnere mich noch gut daran. Eine ganze Partie hatte mein August davon bestellt!« Ihr Gesicht hatte einen beinahe verträumten Zug bekommen.

»Was ist eine Partie?«, fragte Eva.

»Oh!«, rief die Tante aus. »Natürlich. Das kannst du ja nicht wissen. Eine Partie ist eine besondere Form von … nenn es Rabatt. Der Verlag schickt mir elf Exemplare eines Titels, ich zahle aber nur zehn und die mit dem üblichen Rabatt.«

Eva nickte, froh, wieder etwas über den Buchhandel gelernt zu haben.

Die Tante fuhr mit ihrer Erzählung fort: »Also, vom ersten Roman von der Seghers hatten wir damals eine ganze Partie bestellt. Zu der Zeit durfte man ja noch lesen, was man wollte. *Der Kopflohn* ist dann 1933 schon im Ausland erschienen, in Amsterdam.« Tante Maria wandte sich wieder der ganzen Runde zu: »Ich will euch heute davon erzählen.«

Tante Maria gab das Buch an Fräulein Frings, die auf einem Stuhl neben ihr saß. Während die Tante erzählte, wurde das Buch von Hand zu Hand weitergegeben. Jeder warf einen Blick darauf oder blätterte kurz hinein.

»Es geht um den jungen Johann aus Leipzig«, begann die Tante. »Er gehört der KPD an und wird verdächtigt, einen Polizisten erstochen zu haben. Er kann in einem Dorf bei entfernten Verwandten auf dem Bauernhof unterkommen. Obwohl die siebenköpfige Familie selbst kaum etwas hat, machen sie Platz für Johann. Das Leben ist karg und arbeitsreich. Von seiner vermeintlich verbrecherischen Vergangenheit erzählt der junge Johann nichts.« Tante Maria verstummte und blickte einen Augenblick in die Runde. »Ihr wisst ja, Anna Seghers hat die Gabe, genau zu beobachten. Das kennen wir schon aus ihrem ersten Roman. Aber noch nie habe ich so deutlich wie in diesem Buch erfahren, wie es überhaupt dazu kommen konnte, dass die Nationalsozialisten, wie Hitler, einen solchen Erfolg haben konnten. Die Folgen davon spüren wir alle jeden Tag, das brauche ich euch nicht zu erzählen.« Der Blick der Tante huschte bei diesen Worten zu Anna und David Simon. Sie räusperte sich. »Seghers zeigt die hoch verschuldeten Bauern in Armut, deren Existenz auf dem Spiel steht. Und dann erfahren nach und nach verschiedene Charaktere des Buches davon, dass der Johann per Steckbrief gesucht wird. Und alle können den Kopflohn von fünfhundert Mark gut gebrauchen.« Tante Maria klopfte mit den Händen auf ihre Schenkel. »Mehr will ich euch jetzt nicht von dem Roman verraten. Ihr müsst ihn einfach selbst lesen. Wir machen es wie immer: reihum. Wer fängt diesmal an?«

»Ich glaube, wir lassen bei dieser Lektüre unserem lieben Fräulein Eva den Vortritt«, sagte Friedel Faßbender, und alle anderen nickten zustimmend. Alle, bis auf Elli Breuch. »Wolltest du anfangen?«, fragte Friedel sie.

Elli schüttelte den Kopf. »Das ist es nicht.« Sie kniff ihre Lippen zusammen.

»Was dann?«, fragte Tante Maria.

»Ihr könnt der Eva doch nicht einfach so das Buch geben. Sie weiß doch gar nicht, wie brisant das ist. Was, wenn das einer findet?«, erklärte Elli.

»Elli«, sagte Friedel sanft, »Eva weiß ganz genau, dass niemand außerhalb dieses Kreises die Bücher, die wir lesen, sehen darf.« Er wandte sich zu Eva. »Ist es nicht so?«

Eva nickte. »Natürlich.«

Friedel klatschte in die Hände. »Dann ist es also abgemacht. Unser Fräulein Eva wird es nun lesen.«

Josef Breuch reichte das Buch an die Tante zurück, und die gab es Eva in die Hand. Erneut fühlte Eva die Röte in ihren Wangen. Ihr wurde die Ehre zuteil, das Buch als Erste zu lesen. Oder zumindest als Erste nach der Tante, die es offensichtlich bereits gelesen hatte. Eva hielt das Buch zwischen ihren Händen. Der Umschlag fühlte sich glatt und weich an. Vorsichtig schlug sie es auf und strich über das Vorsatzpapier. Sie konnte es kaum abwarten, mit dem Lesen anzufangen. Sie warf einen letzten Blick in die Runde, sah, dass alle Augen auf ihr ruhten. Die Nervosität des Ehepaars Simon schien wie weggeblasen zu sein.

»Fräulein Liebe, es ist sehr schön, dass Sie uns nun an den Freitagabenden beehren«, sagte der alte Lehrer Faßbender, und Fräulein Frings rief: »Recht hat er!«

Mittwoch, 24. Januar 1945

BÜCHERLEBEN

Die letzten Tage waren wie im Nu vergangen. Morgens freute Eva sich, wenn sie hinunter in den Laden gehen konnte, wenn sie durch den Lagerraum nach vorn treten und den einzigartigen Geruch der Buchhandlung wahrnehmen konnte. Nie hätte Eva gedacht, dass Papier so gut riechen könnte. Aber so war es. Papier und Druckerschwärze, das war eine unglaubliche Mischung. Der Geruch erfüllte ihre Nase, solange sie in der Buchhandlung arbeitete, und später, wenn sie ein Buch aufschlug und sich in die Seiten vertiefte, dann war es noch intensiver. Der Geruch verband sich mit den Worten auf den Seiten, wurde zu einem Teil der Geschichte und nahm Eva so mit allen Sinnen gefangen.

Das Buch von Anna Seghers hatte sie am Samstag bereits komplett durchgelesen. Tante Maria hatte sie dann damit zu Elli Breuch geschickt, damit diese es auch lesen und dann an ihren Mann und an Anna und David weitergeben konnte. Auf ihrem Rückweg durch die Stadt war Eva Zeugin eines außergewöhnlichen Experiments geworden. Sie war an einem großen Haus vorbeigekommen, welches halb verfallen war. Es musste durch einen Luftangriff zerstört worden sein. Davor standen Männer, die Wasser in die Bruchstellen spritzten. Eine große Menschenmenge schaute dabei zu. Aus Fetzen der Unterhaltungen reimte Eva sich zusammen, was hier vor sich ging: Bei dem Haus handelte es sich um ein Bürohaus, in welchem sich wohl noch sehr viele gute Möbel befanden. Da aber ein Betreten ob der akuten Einsturzgefahr nicht möglich war, war man auf die Idee gekommen, die Bruchstellen mit Wasser, welches in dieser Kälte sofort zu Eis wurde, zu stabilisieren. Und tatsächlich. Eva war noch nicht lange dort, da begannen die Männer damit, das Haus leerzuräumen. Auf dem Weg zurück war Eva immer noch verblüfft gewesen. Wie jemand so pfiffig sein konnte, Wasser und die klirrende Kälte nützlich einzusetzen.

Am Freitagabend würde Elli Breuch das Buch wieder mit zum Kreis bringen. Dort würde es dann an Fräulein Frings oder den Lehrer Faßbender weitergegeben werden, so hatte die Tante es ihr erklärt. Und am Freitag danach, wenn alle das Buch gelesen hatten, würden sie darüber sprechen. Darauf freute Eva sich schon sehr. Das Buch hatte sie begeistert und erschüttert zugleich, und es hatte so viele Fragen aufgeworfen.

Ein Buch wie Der Kopflohn – so etwas hatte Eva in ihrem ganzen Leben noch nicht gelesen. Es war ganz anders als die Texte, die sie aus der alten Schulfibel kannte. Bei Anna Seghers wurde sie einfach in die Erzählung geschleudert, wohnte einem Gespräch, einer Begegnung bei, ohne erklärt zu bekommen, wo genau sie sich befand, warum die Figuren da waren. Und das musste auch gar nicht erklärt werden. Mit nur wenigen Worten schaffte die Seghers eine Atmosphäre, die so beklemmend war. Ein Mann kommt erschöpft von seinem Tagwerk auf dem Feld nach Hause. Alles schmerzt ihm. So eindrücklich beschrieben, dass auch Eva meinte, ihr täte jeder Knochen im Leibe weh. Der Mann tritt ins Haus ein, und dort warten die Frau und die vielen Kinder. Sie leiden Hunger, es gibt nur wenig zu essen.

Eva hatte diese ersten Seiten mehrfach gelesen. Zuerst, weil sie in diesen für sie neu- und fremdartigen Stil zu erzählen erst hineinfinden musste, dann, weil sie so überrascht darüber war, wie es jemand schaffte, mit so wenigen Worten so viel zu sagen. Und dann hatte Eva festgestellt, dass es nicht nur das war, was Anna

Seghers in knappen Worten und Sätzen schrieb, sondern auch das, was sie nicht schrieb, das, was sie wegließ.

So wollte Eva das auch machen, Dinge aus ihrer Erinnerung weglassen, ihren Blick lieber auf das Wichtige in ihrem Leben lenken. Sich daran festhalten. Denn nur das gab ihr die Kraft weiterzumachen. Allen Schicksalsschlägen zum Trotz. Seit sie nach Andernach gekommen war, seit sie die Tante, die Cousinen und die Buchhandlung kennengelernt hatte, war für Eva klar: Das hier war ihr Leben. Ihre Familie, die Buchhandlung, die Literatur und der Duft nach Druckerschwärze. Daran würde sie festhalten, komme, was da wolle. Sie würde ihr Leben zu einem Bücherleben machen.

NOCH EINMAL NEU

Tante Maria hatte nach dem Mittagessen ihre beiden Töchter zum Einkaufen schicken wollen. Aber weil Ilse so sehr gemault hatte, sie wolle nicht wieder *dat Klein* mitnehmen, wenn es doch eh nichts anderes tun würde, als im Weg herumzustehen und am Ende nicht einmal etwas zu tragen, hatte Eva angeboten, den Einkauf mit der kleinen Gisela zu übernehmen.

Das hatte Tante Maria wie auch Ilse gleichermaßen überrascht. Gerade Ilse hatte ihr einen unergründlichen Blick zugeworfen, den Eva sich nicht wirklich hatte erklären können.

Eva hatte den Vorschlag gemacht, um ihre kleine Cousine aufzuheitern. Seit dem Wochenende weinte sie viel. Rief immer, sie habe ihren Schatz verloren. Eva wusste nicht genau, was die Kleine verloren hatte, aber es schien ihr sehr am Herzen gelegen zu haben. Also hatte Eva beschlossen, sie mitzunehmen.

Mit Gisela an der Hand machte sie zunächst einen kleinen Umweg. Statt einfach die Hochstraße nach rechts hinüber entlangzugehen, wandte sie sich nach links.

»Wo gehen wir?«, fragte die kleine Gisela, und Eva antwortete: »Wir zwei machen einen kleinen Spaziergang, am Schloss entlang, was meinst du?«

Ihre kleine Cousine nickte begeistert. Das kleine Gesichtchen war ganz rosig, und ihre Augen leuchteten.

Sie gingen über die kleine Brücke am Schloss und dann durch den schmalen Torbogen, schließlich umrundeten sie die Anlage und gingen an der Stadtmauer entlang zurück, endlich in die richtige Richtung zum Gemischtwarenladen. Kleine Häuser drängten sich an die große Mauer, in deren oberen Bereich man noch gut die Schießscharten erkennen konnte. Das Schloss war in seiner Blütezeit bestimmt eine uneinnehmbare Festung gewesen.

Während ihres Spaziergangs spielte Eva mit Gisela ein kleines Spiel. *Ich sehe was, was du nicht siehst.* Die Kleine hatte große Freude daran, und so waren sie schnell am Gemischtwarenladen angekommen.

Eva holte einmal tief Luft, bevor sie mit Gisela an der Hand die Stufen zur Eingangstür hinaufschritt. Sie war gespannt darauf, Käthe und Ingeborg wiederzutreffen, nachdem sie doch von Margot erfahren hatte, dass die beiden sich tatsächlich entschuldigt hatten.

Gisela machte sich sofort von ihrer Hand los, als Eva die Tür geöffnet hatte, und lief zwischen den Regalen umher, so schnell ihre kleinen Beine sie trugen. Dabei quietschte sie vor Vergnügen angesichts der Konserven und des restlichen Warenangebotes. Sofort schossen die Köpfe von Ingeborg und Käthe hinter dem Tresen zu ihr herum.

»Geschaut wird nur mit den Augen, nicht mit den Fingern«, rief Eva ihr lachend die Mahnung hinterher, die ihre Mutter früher zu ihr und Grete gesagt hatte, wann immer sie ein Geschäft betreten hatten.

Eva ging zu den beiden jungen Frauen. »Guten Tag, die Damen«, sagte sie mit einem Lächeln.

»Guten Tag, Eva«, erwiderte Ingeborg, während Käthe ihr zum Gruß zunickte. Beide hatten immer noch ihren Blick auf die kleine Gisela gerichtet.

»Sie wird euch den Laden schon nicht auseinandernehmen«, sagte Eva leicht amüsiert. »Sie ist eine waschechte Herrmann.«

»Ach, ist das die Kleine von der Maria, deiner Tante?«, fragte Käthe neugierig, wieder huschte ihr Blick zu Gisela.

»Natürlich ist sie das. Oder meint ihr, ich würde einfach wildfremde Kinder auf der Straße auflesen?« Eva legte nachdenklich den Finger an den Mund. »Wobei … Wenn ich das machen würde, hättet ihr wieder etwas, worüber ihr euch auslassen könntet. So wie über die Margot.« Damit hatte sie die ungeteilte Aufmerksamkeit der beiden. Herausfordernd sah sie Käthe und Ingeborg an.

»Wir … das …«, begann Ingeborg.

Und Käthe sagte: »Wir haben uns bei der Margot entschuldigt.«

»Genau«, pflichtete Ingeborg bei. »Wir machen so was nicht mehr.«

»Wirklich?«, fragte Eva.

»Pass auf«, sagte Käthe, »unser erstes Treffen war vielleicht ein bisschen …«

»… unglücklich?«, vervollständigte Eva den Satz.

Käthe und Ingeborg nickten.

»Lass uns einfach noch einmal neu kennenlernen, was sagst du?«, fragte Käthe.

Eva zögerte einen Moment, aber sie konnte deutlich in den Gesichtern von Käthe und Ingeborg lesen, dass es den beiden ernst war. Und sie waren bei Margot gewesen. »Also gut«, sagte Eva. »Ein Neuanfang.«

»Sehr gut. Ich bin die Käthe«, sagte Käthe und streckte ihre Hand aus.

»Und ich bin die Ingeborg«, sagte Ingeborg und legte ihre Hand auf Käthes.

Eva legte ihre linke Hand darunter und ihre rechte darüber und schüttelte so beide Hände. »Eva Liebe, aus Berlin angereist.«

»Hallo, Eva«, sagten die beiden jungen Frauen im Chor.

Kurze Zeit später ging Eva vollgepackt mit den Einkäufen wieder nach Hause. Mit Käthe und Ingeborg hatte sie abgesprochen, dass sie sich am Wochenende treffen würden. Mit Margot zusammen. Eva freut sich schon darauf.

Die kleine Gisela ging neben ihr. Freudestrahlend knabberte sie an einem Stückchen Zuckerrübe, welches ihr Ingeborg noch zugesteckt hatte, bevor sie den Gemischtwarenladen wieder verlassen hatten. Die Sonne kam endlich heraus, und auch wenn sie in dieser Eiseskälte kaum wärmte, so freute sich Eva doch sehr darüber. Genauso, wie sie sich darüber freute, die beiden Frauen aus dem Gemischtwarenladen neu kennengelernt zu haben. Nachdem sie die Hände geschüttelt hatten, hatten sie sich ganz normal unterhalten. Es war überhaupt kein Vergleich zu ihrem ersten Gespräch im Laden gewesen. Eva hatte heute zwei junge Frauen in ihrem Alter kennengelernt, zwei neue Freundinnen gewonnen.

Gisela ergriff wieder ihre Hand. Sie hatte das Rübenstückchen aufgegessen. »Wieder spielen?«, fragte sie. Und Eva nickte. Im hellen Sonnenlicht war *Ich sehe was, was du nicht siehst* viel besser zu spielen. Die Farben um sie herum leuchteten so. Die Fassaden der Häuser, das Blau des Himmels, Giselas Augen und Eva selbst.

Sie konnte die Buchhandlung bereits in einiger Entfernung sehen, als Ilse ihr entgegengelaufen kam. »Eva!«, rief sie. »Komm an den Rhein! Allein. Es ist sehr wichtig.« Und damit wirbelte sie auf dem Absatz herum und verschwand zwischen den Häusern.

»Was macht Ilse?«, fragte Gisela.

»Ich weiß es nicht«, antwortete Eva ehrlich. »Aber ich werde es herausfinden. Jetzt bringen wir erst die Einkäufe nach Hause, und dann kannst du deiner Mutter von der Rübe erzählen, während ich nach deiner Schwester schauen gehe, ja?«

KALTES WASSER

Ilse versteckte sich hinter dem Schneeberg, den die Kinder am Wochenende für eine große Schneeballschlacht am Rhein aufgetürmt hatten. Von hier aus hatte sie die beste Sicht. Auf den Rhein, auf die beiden Ws und gleich auch auf die unmögliche Person! In ihrer Hand drehte sie die Münze, die sie am Wochenende von ihrer kleinen Schwester stibitzt hatte. Es war eigentlich ganz einfach gewesen. Beim Abendessen hatten sie beide zusammen auf der Bank gesessen. Gisela hatte die Münze unachtsamerweise neben sich gelegt, und Ilse hatte blitzschnell zugegriffen und den Denar in die Tasche ihres Oberkleids gleiten lassen. Schon hatte sie den großen Schatz gehabt.

Am nächsten Morgen schlich sie sich in aller Früh ohne ihre kleine Schwester aus dem Haus und zeigte dem Werner und dem Walter die Münze. Dazu sagte sie ihnen, was der Lehrer Faßbender darüber erzählt hatte. Die Augen der beiden Ws wurden groß und größer. Am liebsten hätten sie Ilse die Münze sofort abgenommen. Aber so dumm war sie nicht!

»Die bekommt ihr erst, wenn ihr euren Teil getan habt!«, hatte sie gerufen. Und dann hatte sie die beiden gefragt, was sie sich überhaupt ausgedacht hätten.

Endlich kam Eva in Sicht. Ihre Miene war ganz besorgt, wenn Ilse das aus der Entfernung richtig sehen konnte. Sie biss sich auf die Zunge und prustete leise. Jetzt erblickte Eva den Werner, der mit beiden Armen aufgeregt winkte und Eva so zu sich ans Ufer lockte.

Und dann ging alles ganz schnell. Eva eilte zu Werner, Walter stob derweil aus seinem Versteck von hinten heran und gab ihr einen gewaltigen Schubs, gerade, als sie das Ufer erreicht hatte. Es gab ein lautes Platschen, und das schreckliche Fräulein Liebe war verschwunden. Jetzt konnte Ilse es nicht länger aufhalten. Das Lachen drängte sich aus ihrem Bauch hinauf in ihre Kehle und von dort schallend nach draußen. Auch die beiden Ws lachten so sehr, dass sie sich die Bäuche halten mussten. Laut und dreckig. Ilse lief zu ihnen. Jeden Moment müsste Eva wieder auftauchen, und dann würde sie ihr ins Gesicht sagen, dass sie dahin gehen sollte, wo der Pfeffer wuchs! Sonst könnte sie jede Woche mit einem Bad im Rhein rechnen. Aber Eva tauchte nicht auf. Die Sekunden verstrichen und Ilse blieb das Lachen mit einem Mal im Halse stecken. Warum tauchte sie nicht auf? Plötzlich hörte sie die Ermahnungen der Mutter im Ohr, dass sie nicht in den Rhein gehen solle. Dass es dort Strömungen gebe, die jeden mit sich rissen. In die kalte und nasse Umarmung von Vater Rhein, der einen erst Tage später wieder loslasse. Ilse lief bei dem Gedanken ein eiskalter Schauer über den Rücken. Sie trat näher an das Ufer heran, suchte mit den Augen das Wasser ab. Das Herz in ihrer Brust schlug plötzlich schneller, und sie hatte das Gefühl, dass sich ihr die Kehle zudrückte. Wo war Eva? Wo war diese unmögliche Person? Sie hatte ihr mithilfe der beiden Ws doch nur einen Schrecken einjagen wollen, nicht mehr! Sie ging weiter nach vorn, stand schon mit den Füßen im Wasser und ging dennoch weiter hinein. Die beißende Kälte des Wassers bemerkte sie kaum. Ihr Herz, es schlug jetzt so schnell, pumpte ihr Blut in einer solchen Geschwindigkeit durch ihren Körper, dass die Kälte ihr nichts anhaben konnte. Da! Jetzt sah sie etwas Großes und Dunkles, das musste Eva sein. Sie fuhr herum, wollte dem Werner und dem Walter zurufen, dass die beiden ihr helfen sollten, ihre Cousine aus dem Wasser zu ziehen, aber da war niemand mehr. Die beiden Ws hatten sich aus dem Staub gemacht. Tränen schossen Ilse in die Augen. Das hier war alles ganz falsch! Sie watete weiter, endlich war sie bei Eva. So tief war das Wasser hier gar nicht. Sie selbst konnte noch stehen, warum also stand Eva nicht? Warum hing sie bewegungslos im Wasser? Ilse griff zu, erwischte einen Arm, zog ihn mit aller Kraft zu sich heran, aber sie konnte Eva kaum bewegen. Was sollte sie tun? Sie war doch nur allein.

Der Kopf, dachte Ilse mit einem Mal. Sie musste wenigstens Evas Kopf anheben, damit ihre Cousine wieder Luft bekam, atmen konnte. Ilse watete noch näher, tastete nach Evas Kinn und schob es hoch. Es kostete sie alle Anstrengung, die sie aufzubringen in der Lage war, aber sie schaffte es. Mund und Nase von Eva waren jetzt über Wasser. Aber nichts passierte. Der Rest von Eva hing immer noch schlaff im Wasser. Ilse wusste nicht mehr, was sie tun sollte. Also schrie sie: »Eva! Atme! Atme doch endlich!« Die Tränen liefen ihr jetzt heiß über die Wangen, während sie immer weiter und weiter schrie. Und plötzlich hustete Eva neben ihr, spuckte Wasser aus. Noch mehr Tränen traten Ilse in die Augen. Tränen der Erleichterung. Eva lebte, sie atmete! Und jetzt schien sie auch die Kontrolle über ihren Körper wiederzuerlangen, denn sie stellte sich mit einem Mal hin und überragte damit Ilse um mehrere Köpfe.

Jetzt, wo die erste Gefahr vorbei war, fuhr Ilse die Kälte des Rheinwassers bis in die Knochen. Sie begann zu zittern. Nicht nur der Kälte wegen, sondern auch, weil ihr bewusst wurde, welcher Ärger nun auf sie wartete. Vielleicht sollte sie weglaufen, sich irgendwo verstecken. Irgendwo, wo die Mutter sie nie und nimmer finden konnte. Denn wenn die Mutter hiervon erfuhr, dann war es aus mit Ilse!

Wieso hatte sie nur die beiden Ws um Hilfe gebeten? Sie hätte sich doch schon von vornherein denken können, dass das kein gutes Ende nehmen würde. Und doch stand sie bis zur Hüfte im Rhein, zusammen mit ihrer Cousine.

»Wir sollten zurück ans Ufer gehen«, sagte Eva, und ihre Stimme klang kehlig dabei, ihre Zähne klapperten vor Kälte.

Wie ein begossener Pudel watete Ilse neben ihr zum Ufer. Ihr Schicksal war besiegelt.

»Komm her, Ilse«, sagte ihre Cousine, als sie wieder an Land waren. Sie nahm Ilse in den Arm. Drückte sie fest. »Danke!«, sagte sie. »Ohne dich … wäre ich … ich wäre …« Sie schluckte. Immer noch klapperten ihre Zähne. Der Wind pfiff kalt über den Rhein. »Eigentlich kann ich schwimmen, und hier kann ich doch sogar noch stehen, aber das Wasser … es war so … kalt. Und ich … ich konnte mich plötzlich nicht mehr … rühren. Hatte … keine Kraft, den Kopf zu heben.«

Ilse war unter Evas Umarmung ganz starr geworden. Ihre Cousine bedankte sich bei ihr. Dabei war sie doch diejenige, die die Schuld an allem trug.

Eva löste die Umarmung und trat einen Schritt zurück. »Kennst du die beiden Jungen?«, fragte sie. »Du hast doch gesagt, ich soll an den Rhein kommen.«

Ilse wurde es ganz anders. Jetzt war also der Moment da, wo Eva eins und eins zusammenzählte. Und dann würde sie bestimmt der Mutter berichten, zu was Ilse die beiden Ws angestiftet hatte, dann war es aus. Dann würde sie Stubenarrest bekommen und weiß Gott nicht was sonst noch alles. Sie konnte es schon beinahe auf ihren Wangen spüren. Das würde Backpfeifen hageln. Und nicht nur das, sicherlich würde die Mutter ihr auch noch den Hintern versohlen. Das hatte sie schon lange nicht mehr getan. Ilse war klar, sie konnte nicht nach Hause gehen. Sie würde nie wieder nach Hause gehen können.

Scheinbar hatte sie zu lange geschwiegen, zu sehr überlegt, denn nun fragte Eva: »Was hast du mit der Sache zu tun?«

Ilse konnte nicht genau ausmachen, ob sie wütend war oder einfach nur enttäuscht. Aber spielte das jetzt noch eine Rolle? Sie zuckte mit den Schultern. Ihr Leben war vorbei. So oder so.

»Du musst etwas damit zu tun haben. Also, heraus mit der Sprache: Was ist da genau gelaufen?« Eva ergriff ihre Hand.

»Ich … ich hatte die beiden Ws, also den Werner und den Walter, gefragt, ob sie mir helfen«, antwortete Ilse schließlich.

»Und wobei sollten sie dir helfen, dass es so ausgeht?«

»Sie sollten mir helfen, dich zu vergraulen.«

»Vergraulen? Weißt du eigentlich, wie gefährlich das war? Im Rhein, bei der Kälte?«, rief Eva.

»Ich weiß«, brachte Ilse noch hervor, dann begann sie laut zu weinen. Alles brach über sie herein, und sie fühlte sich so unglaublich schuldig und hatte gleichzeitig so große Angst.

EINE LEKTION FÜRS LEBEN

Eva zog Ilse einfach an der Hand hinter sich her. Sie mussten schnell nach Hause. Jede Minute länger in der Kälte war eine Minute zu viel. Am Ende würden sie sich beide noch eine Lungenentzündung holen. Sie wusste noch nicht, was sie davon halten sollte, dass Ilse das alles eingefädelt hatte, aber das spielte in diesem Augenblick keine Rolle. Jetzt mussten sie nach Hause, raus aus den kalten und nassen Sachen. Mit Ilses Beweggründen würde sie sich später befassen können und auch damit, dass sie doch eigentlich gedacht hatte, es würde mit ihrer Cousine nun besser laufen. Da hatte sie sich getäuscht. Und zwar sehr!

Ilse weinte und schluchzte lautstark, unternahm aber keinen Versuch, sich von Evas Hand loszumachen. Es war, als hätte sie sich einfach in ihr Schicksal ergeben. Und es blieb ihr auch wirklich nicht viel anderes übrig.

Eva lief mit ihr durch das Rheintor die Rheinstraße hinauf. Sie keuchte. Ihr war so kalt, und mit jedem Schritt wurde ihr nur noch kälter. Endlich hatten sie die Buchhandlung erreicht. Sie eilten zum Hintereingang.

Die Tante wartete bereits im Hausflur. Gisela an ihrer Seite. Als sie sah, wie patschnass Eva und Ilse waren, schlug sie die Hände vors Gesicht. »Was ist denn mit euch passiert? Gisela hat mir gesagt, es wäre was mit Ilse?«

Nein, dachte Eva, es ist nichts *mit* Ilse passiert, es ist etwas *wegen* Ilse passiert. Aber das sagte sie nicht. Sie schob Ilse vor sich her zur Treppe. »Wir müssen jetzt erst mal schnell aus den nassen Sachen, ich erkläre es dir später, ja?« Und damit stieß sie ihre Cousine mit dem Ellenbogen an, damit sie die Treppe hinaufging.

Kurze Zeit später saß sie mit Ilse zusammen auf dem Kinderbett. Sie hatten wieder trockene Kleidung am Leib und ihre Decke sowie die beiden Decken aus dem Gitterbettchen um sich geschlungen. Die Tante hatte mit dem rigorosen Befehlston, der ihr so oft zu eigen war, bestimmt, dass sie sich so aufzuwärmen hatten, und war dann mit Gisela in der Stube verschwunden, um eine heiße Brühe zu machen.

Ilse hatte endlich mit dem Weinen aufgehört. Nun saß sie neben Eva und starrte die Wand gegenüber an.

»So, und jetzt erzählst du mir bitte eins nach dem anderen, warum die beiden Jungs mich ins Wasser gestoßen haben«, sagte Eva schließlich.

»Ich …«, begann Ilse und brach dann sofort wieder ab. Erneut füllten sich ihre Augen mit Tränen.

»Warum wolltest du mich vergraulen? Das war es doch, was du mir eben unten am Ufer erzählt hast.«

»Weil du dich einfach so hier hereingedrängt hast. Mir mein Bett genommen hast und von unserem wenigen Essen auch noch mitisst. Und überhaupt!«

»Du schläfst in meinem Bettchen und isst von meinem Tellerchen und trinkst aus meinem Becherchen«, sagte Eva leise. Am Freitag hatte sie noch ihren beiden Cousinen Märchen der Gebrüder Grimm vorgelesen. *Schneewittchen* war auch dabei gewesen.

Ilse kicherte mit einem Mal. »Genauso. Ich bin eine von den sieben Zwergen.«

»Sieben?«, rief Eva gespielt erstaunt. »Dann hast du neben Gisela noch fünf weitere Geschwister, von denen ich nichts weiß? Wo versteckt Tante Maria die?« Sie drehte ihren Kopf hin und her, ließ den Blick suchend durch das Zimmer gleiten.

Jetzt lachte Ilse richtig. Und auch Eva tat es gut, nach dem Schrecken ein wenig herumzualbern. Natürlich war sie im ersten Moment unglaublich wütend gewesen, als sie begriffen hatte, dass Ilse die Jungs angestiftet hatte, aber dann hatte sie die Reue bei ihrer Cousine gesehen. Sie war es doch gewesen, die ihr in den Rhein hinterhergesprungen war, die ihr geholfen hatte, wieder zu Atem zu kommen. So, wie Ilse reagiert hatte, konnte Eva sich nicht vorstellen, dass sie gewollt hatte, dass ihr etwas Schlimmes passieren würde. Es war ein Dummejungenstreich gewesen, der schief gegangen war.

Eva wusste, dass sie nun zwei Möglichkeiten hatte: Entweder sie erzählte der Tante alles haarklein oder eben nicht.

Sie rutschte näher an Ilse heran und legte einen Arm um Ilse. »Es wird alles gut«, sagte sie dann schlicht.

Ilse drehte den Kopf zu ihr und sah sie ungläubig an. »Aber was ist denn mit …« Mehr brauchte sie nicht zu sagen.

Eva machte eine wegwerfende Geste mit der Hand. »Das lass mal meine Sorge sein. Ich werd dich nicht anschwärzen. Bestimmt nicht. Ich denke, du hast heute eine Lektion für dein ganzes Leben gelernt, oder?«

Ilse zog die Nase hoch und nickte.

»Gut«, sagte Eva. »Aber tu mir bitte einen Gefallen, ja?«
»Was denn?«
»Keine neuen Pläne zum Vergraulen, in Ordnung?«
Ein zaghaftes Lächeln breitete sich auf Ilses Gesicht aus. »In Ordnung.«
»Und wenn uns beiden wieder warm genug ist, dann stellst du mir die restlichen fünf Zwerge vor.«

SECHSUNDSECHZIG

Georg stemmte seine Arme in die Seiten und drückte seinen Rücken durch. Der feine Sägemehlstaub brannte in seinen Augen. Der heutige Arbeitstag im Sperrholzwerk war besonders anstrengend gewesen. Dabei hatten sie nichts Besonderes getan, sondern nur dasselbe wie an jedem anderen Tag auch. Sicherlich war er nur deshalb so erschlagen, weil er sich seit dem Zwischenfall, als er eingeschlafen war, noch mehr zusammenreißen musste. Weil er seitdem mehr Kraft aufwenden musste, penibel darauf zu achten, keine Fehler mehr zu machen. Vielleicht aber lag es auch daran, dass ihm die beiden jungen Frauen im Kopf herumspukten. Die vom Schloss und die aus der Buchhandlung. So sehr er auch versuchte, sich dagegen zu wehren, er konnte nicht anders, als ständig an sie zu denken. Auch das raubte ihm Kraft. Zusammen mit allem anderen.
Georg wollte gerade in den Gemeinschaftsraum gehen, um seine Sachen für den Heimweg zusammenzupacken, als Peter ihn zur Seite nahm.
»De Benno hat heut Geburtstag. Biste dabei?«
»Benno hat heute Geburtstag?«, wiederholte Georg überrascht. Den ganzen Tag über hatte niemand etwas gesagt. Gut, Benno selbst hätte es Georg wohl niemals erzählt, er mochte ihn nicht.

Das zeigte er Georg mit jeder Geste, jedem seltenen Wort. Aber auch die anderen Arbeiter hatten nichts gesagt.

»Ja, und mer überrasche ihn jetzt«, sagte Peter. »Also? Biste dabei?« Er sah ihn fragend an.

»Ich weiß nicht«, antwortete Georg ausweichend.

»Die andere sind alle dabei. Du wärst de Einzige, der fehlen tät«, sagte Peter.

Georg unterdrückte ein Gähnen. Er wollte nichts anderes, als nach Hause zu gehen und sich in sein Bett zu legen. Er verzog den Mund.

»Komm schon«, sagte Peter. Er klopfte ihm aufmunternd auf den Arm. »Spring über deinen Schatten. Oder haste am Ende doch ein Liebchen, das auf dich wartet, wie et der alte Seul vermutet, he?«

Sofort tauchte vor Georgs innerem Auge das Bild der zwei so unterschiedlichen Frauen auf. Der Frau in der zu großen Männerkleidung und der Frau mit dem Haar wie Weizen. Die beiden Frauen, die ihm doch sowieso schon kaum aus dem Kopf gehen wollten. Aber davon würde er sich nicht ablenken lassen. Er riss seinen Arm los und knurrte: »Ich hab kein Liebchen!«

Peter klatschte in die Hände. »Dann haste ja nix Besseres zu tun. Komm.« Er schob Georg in den Gemeinschaftsraum, wo die anderen Arbeiter waren.

Georg wollte noch einen letzten Versuch starten, hier wieder herauszukommen, da stand plötzlich Ludwig vor ihm und drückte ihm ein Glas mit Selbstgebranntem in die Hand, bevor er laut rief: »Ein Hoch auf de Benno! Sechsundsechzig is ’n Schnapszahl, und deshalb sage mer: Hoch de Tassen!«

Unter lauten Rufen der anderen Arbeiter reckten alle die Gläser in die Luft und stießen miteinander an. Für einen Augenblick stand Georg missmutig dabei, dann setzte er das Glas an und ließ die scharfe Flüssigkeit seine Kehle hinuntergleiten. Es brannte angenehm.

Sofort stand Ludwig neben ihm und füllte das Glas wieder auf. Georg trank es leer.

Die anderen Arbeiter stimmten Lieder an. Zuerst *Hoch soll er leben*, dann fingen einige an, *Lili Marleen* zu singen, bis sie schließlich zur Deutschen Nationalhymne übergingen.

Georg sang nicht mit. Er lehnte an der Wand und trank. Ein Glas nach dem anderen. Anders konnte er es hier nicht aushalten. Mit jedem Glas brannte der Schnaps ein bisschen weniger.

Georg schreckte hoch, als Peter wieder neben ihm auftauchte und rief: »Komm, mer gehen jetzt. Morgen müsse mer doch alle wieder ran.«

Georg sah sich aus müden Augen im Gemeinschaftsraum um. Die meisten anderen Arbeiter waren schon nicht mehr da. Scheinbar war er eingeschlafen. Auch wenn er es nicht bemerkt hatte. Denn nur Benno und Peter waren noch anwesend. Georg stieß sich von der Wand ab und torkelte zu seinen Sachen. Endlich war das hier vorbei. Er nickte den beiden anderen zum Gruß zu und wankte zur Tür hinaus.

Draußen war es stockdunkel. Wie lange hatten sie gefeiert? Georg kniff die Augen zusammen, um in der Dunkelheit etwas erkennen zu können, bevor er beherzten Schrittes in die Richtung ging, in der er das Koblenzer Tor vermutete.

Er war noch nicht weit gekommen, als er über etwas stolperte. Für einen Augenblick drehte sich alles, und dann knallte er hart mit dem Kopf auf dem Boden auf.

»Jeb twoju mat'!«, fluchte er und rieb sich mit der Hand über den Kopf.

Während er sich wieder aufrichtete, sah er, von mattem Schein erleuchtet, Benno in der Tür der Fabrikhalle stehen. Der alte Arbeiter sah unverwandt zu ihm hinüber. Georg wurde mit einem

Mal kalt. Hatte Benno gehört, was er gerufen hatte? Blickte er deshalb mit einer solch unbewegten Miene zu ihm herüber? Georg hoffte sehr, dass es nicht so war. Und wenn doch, dass Benno einfach zu betrunken war, um es verstanden zu haben. Denn sonst war es aus für ihn.

Freitag, 26. Januar 1945

DIE KISTE

Maria gähnte. Die Mitglieder des Kreises waren schon vor einiger Zeit nach Hause gegangen, und auch Eva hatte sich ins Bett verabschiedet. Seit sie am Mittwoch zusammen mit Ilse ein unfreiwilliges Bad im Rhein genommen hatte, war sie schneller müde. Maria hoffte sehr, dass das nicht die Ankündigung einer beginnenden Erkältung war. Auch wenn es sie nicht wundern würde. Ein Bad im Rhein, bei der Kälte, da war es schon erstaunlich, wenn sie nicht krank wurde.

Sowohl ihre Tochter als auch ihre Nichte waren überaus wortkarg gewesen über den Grund, wie es zu dem Bad gekommen war. Ilse hatte etwas von unvorsichtig gewesen sein gemurmelt, und Eva wiederum hatte gesagt, sie sei es gewesen, die nicht aufgepasst habe und ausgerutscht sei. Maria hatte es auf sich beruhen lassen. Was auch immer dort am Rhein geschehen war, die beiden wollten nicht darüber sprechen. Und irgendetwas sagte Maria, dass es vielleicht auch besser so war.

Der heutige Abend war wieder wunderbar gewesen. Friedel hatte einige Zeitungsausschnitte von Gedichten dabei gehabt, sodass Maria ihre Kiste mit den verbotenen Büchern eigentlich umsonst aus ihrem Versteck hervorgeholt hatte. Sie ging in die Hocke und nahm einige Bücher aus der Kiste. Nein, umsonst war es bestimmt nicht gewesen. Es erfüllte Maria immer mit großer Freude, wenn sie diese Titel zur Hand nehmen konnte. Sie liebte sie alle.

Sie setzte sich auf eine der umgedrehten Kisten, die für die Treffen als Sitzgelegenheiten dienten, und legte die Bücher auf ihrem Schoß ab. Nach und nach nahm sie jedes einzeln zur Hand. *Das kunstseidene Mädchen* von Irmgard Keun, *Im Westen nichts Neues* von Erich Maria Remarque, *Menschen im Hotel* von Vicki Baum, dann *Die große Stille* von Elfriede Rotermund. *Halligskizzen* hieß der Untertitel. Das war ein Buch, das Maria besonders gern mochte. Und schließlich *Das verlorene Kind* von Rahel Sanzara. Einen Moment lang saß sie mit den Büchern auf dem Schoß da, hielt sie wie eines ihrer Kinder. Dann beugte sie sich wieder zu der Kiste hinunter und legte die Bücher sorgfältig, eins nach dem anderen, zurück. Dabei strich sie sachte über die Buchrücken, als müsste sie den Büchern zu verstehen geben, dass sie immer noch geliebt waren, auch wenn – oder gerade weil – sie ihr Leben in der ständigen Dunkelheit einer Kiste verbringen mussten.

Maria stand wieder auf. Sie gähnte erneut. Nun hatte also auch sie selbst die Müdigkeit erreicht. Maria hob die Kiste an und stellte sie in die Ecke. Sie war zu müde, um sie wieder in ihr angestammtes Versteck zu bringen. Dann nahm sie nach und nach die Sitzkisten und stapelte sie darüber. Das musste reichen. Vor Eva brauchte sie die Kiste schließlich nicht mehr zu verstecken, und bis zum Treffen in der nächsten Woche sollte die Kiste dort auch gut aufgehoben sein. Was sollte schon passieren?

Samstag, 27. Januar 1945

VON DRAMEN UND TRÄUMEN

Das gestrige Treffen des Kreises war wieder sehr schön gewesen. Natürlich hatten sie nicht über das Buch von Anna Seghers gesprochen, weil es ja noch nicht alle gelesen hatten, aber Friedrich Faßbender hatte ihnen dafür von Nelly Sachs erzählt.

Die Lyrikerin Sachs, so hatte der alte Lehrer es berichtet, war in Berlin als Leonie Sachs zur Welt gekommen. Sie war jüdischer Herkunft, und so war ihr Leben seit der Machtergreifung Hitlers kein einfaches gewesen. 1940 schaffte sie es, nach Schweden zu emigrieren. Bücher gab es im Moment keine von ihr. Ihr erstes Buch *Legenden und Erzählungen* von 1921 war nicht mehr lieferbar und obendrein verboten, aber Friedrich Faßbender hatte aus Zeitungen ausgeschnittene Gedichte dabei gehabt, die er vorgetragen hatte. Eva war von den sehr dunklen Texten angetan gewesen. Wieder einmal hatte sich in den kurzen Stunden des Treffens eine völlig neue Welt für sie eröffnet.

Nur die Enge des Lagers hatte Evas Freude an dem Treffen etwas gedämpft. Nachdem die anderen durch die Hintertür verschwunden waren, hatte Eva die Tante gefragt, warum sie die Treffen nicht vorn im Laden abhielten. Dort war mehr Platz, und gemütlicher war es allemal. »Wie soll ich denn das große Schaufenster und die Tür verdunkeln?«, hatte die Tante zurückgefragt, und Eva war sich für einen Moment sehr dumm vorgekommen, weil sie daran nicht gedacht hatte.

Ihre Nachtruhe war dann auch noch sehr kurz ausgefallen. Mitten in der Nacht war sie wieder von ihrem Traum übermannt worden. Einmal wach, hatte sie keinen Schlaf mehr gefunden. Die Bilder aus dem Traum waren zu real gewesen, so real, dass sie Angst gehabt hatte, sie würden sofort wiederkehren, wenn sie nur einmal die Augen schließen würde. Und dann hatte ihr auch der Rücken geschmerzt. Die Arbeit in der Buchhandlung ging nicht spurlos an ihr vorbei.

»Tante Maria, hast du etwas zu lesen für mich?«, fragte sie.

Die Tante runzelte die Stirn. »Wir sind hier in einer Buchhandlung. Ich würde sagen, ich habe so einiges zu lesen. Was suchst du denn?«

»Ich kann nicht gut schlafen, ich habe Alb… Es ist einfach besser, wenn ich nachts etwas lesen kann, das mich ablenkt.«

Ihre Tante bedachte sie mit einem Blick, den Eva nicht so recht deuten konnte.

»Magst du mir davon erzählen?«, fragte Tante Maria. »Von den Träumen? Oder vielleicht … von deiner Reise?«

Eva sah ihre Tante überrascht an. Wusste sie, dass ihre Albträume mit der Reise zu tun hatten? »Woher …«

»Dann hängt beides also zusammen«, unterbrach die Tante sie. »Willst du darüber sprechen?«

Eva überlegte nur kurz und schüttelte dann den Kopf.

»Gut, wenn du es dir anders überlegst, ich habe immer ein offenes Ohr. Und jetzt komm, ich hab da ein Buch für dich, das wird dich ablenken.« Zielstrebig ging Tante Maria zu einem der Regale und zog ein dickes Buch hervor.

Eva verzog das Gesicht, als sie sah, was die Tante da für sie aus dem Regal gezogen hatte. Es war ein Liebesroman. Seichte Unterhaltung. »Ein Liebesroman? Ich weiß nicht …«, sagte Eva lang gezogen.

»Eva, Eva, nur weil es ein Liebesroman ist oder einfach mal etwas anderes Triviales, tut das einem Buch keinen Abbruch. Wenn es doch beim Lesen Freude macht, dann ist es ein gutes Buch. Natürlich wird immer ein großer Unterschied zwischen der unterhaltenden Literatur und der ernsthaften Literatur gemacht, aber in meinen Augen ist das alles Unsinn. Jedes Buch, das die Menschen zum Lesen bringt und nicht so Nazi-durchtränkt ist wie *Mein Kampf* von Hitler oder *Anilin* von Schenzinger oder all die anderen Bücher, die gerade auf der Bestsellerliste zu finden sind, ist ein gutes Buch, ein wichtiges Buch. Denn es bringt vielleicht jemanden zum Lesen, der es sonst nicht getan hätte. Es öffnet einen Weg zu der anderen Literatur, der sonst nicht da gewesen wäre. Und was am wichtigsten ist: Es bietet den Menschen einen Ausweg aus diesem tristen und schrecklichen Alltag. Aus diesem Krieg. Und allein das schon ist Gold wert. Unterschätze also niemals ein triviales Buch!«

Eva nickte. Mit so einem brennenden Vortrag der Tante für die triviale Literatur hätte sie nicht gerechnet. Sie war nach dem, was sie bisher von Lehrer Faßbender und dem Kreis empfohlen bekommen hatte, davon ausgegangen, dass sie alle nur die hohe Literatur schätzten. Dass die Tante die unterhaltende Trivialliteratur nur im Laden stehen hatte, weil sie sich eben verkaufte. Weil die Tante zusehen musste, wie sie die Buchhandlung am Leben hielt. Immer hatte Eva gedacht, Tante Maria würde etwas spöttisch auf die Liebesromane und alles weitere Triviale schauen. Aber so war es nicht. Im Gegenteil. Ihre Tante hatte mit ihren Worten auch für diesen Zweig der Literatur eine große Wertschätzung ausgedrückt. Eva nahm ihr den Liebesroman aus den Händen. »Dann werde ich es nicht unterschätzen. Danke«, sagte sie, und sie meinte ihre Worte genauso.

Die Tante nickte ihr zu. Sie wollte noch etwas sagen, aber in diesem Moment wurde die Ladentür geöffnet. Ein Mann trat ein. Tante Maria ging auf ihn zu und begrüßte ihn freundlich.

Während die Tante mit dem Kunden sprach, trat Eva ans Schaufenster. Sie würde Tante Maria nachher fragen, ob sie es neu gestalten dürfe. Das war etwas, was Eva wirklich gern einmal ausprobieren wollte. Sie hob ihren Blick und sah geradewegs in ein

Paar blauer Augen. Tiefblauer Augen, wie die von Alfred. Dazu ein markantes Kinn, blonde Haare. Der Mann vom Schloss! Er stand draußen auf der Straße vor dem Schaufenster. Automatisch machte Eva einen Schritt zurück und ließ das Buch in ihren Händen fallen. Mit einem lauten Knall kam es auf dem Boden auf. Eva bückte sich schnell und hob das Buch auf. Aus dem Augenwinkel sah sie, dass ihre Tante und der Kunde erstaunt zu ihr blickten. Als sie sich wieder zum Schaufenster umwandte, war da niemand mehr. Mit klopfendem Herzen drückte sie das Buch an sich, beugte sich vor, um etwas mehr von der Straße sehen zu können. Sah nach links und nach rechts, aber der Mann vom Schloss war weg. Wie vom Erdboden verschluckt.

»Eva?«, fragte Tante Maria. »Alles in Ordnung?«

»Was?« Eva fuhr herum. »Ja, ja, natürlich, alles gut.« Sie vermied es, die Tante anzusehen. Denn sie hatte das Gefühl, dass sie ihr klopfendes Herz sonst gesehen hätte. Ihr Herz, das jetzt noch mehr pochte als zuvor. Weil sie ihn wiedergesehen hatte.

Tante Maria war schon längst wieder mit dem Kunden beschäftigt. »Ich werde versuchen, es zu bestellen, Herr Nachtsheim«, hörte Eva sie sagen, »aber Sie wissen ja, wie es im Moment ist: Ich kann nicht versprechen, wann oder ob es kommt.«

»Meine liebe Frau Herrmann, das weiß ich doch. Sie tun Ihr Möglichstes, und ich hoffe auf das Beste.«

»Genauso machen wir das. Danke.«

NICHTS

Ilse wartete, bis Gisela endlich das gemeinsame Kinderzimmer verlassen hatte. Sobald sich die Tür hinter *dem Klein* geschlossen hatte, griff Ilse nach dem Rock und begann, hektisch die Taschen zu durchsuchen.

Es war der Rock, den sie getragen hatte, als sie Eva in den Rhein hinterhergesprungen war. Aber dort war nichts.

Als sie am Mittwoch zusammen mit Eva zurückgekommen war, hatte sie die nassen Sachen nur achtlos auf den Boden geworfen. Erst später hatte sie sie zum Trocknen über die Kommode gehängt. Jetzt ärgerte sie sich, dass sie nicht gleich in den Rocktaschen nachgesehen hatte.

Ilse drehte den Rock herum und schüttelte ihn. Dann tastete sie jeden Zentimeter des Stoffes ab. Immer noch nichts. Die alte Münze, Giselas größter Schatz, war verloren. Ilse ließ den Rock auf den Boden fallen und lehnte sich dann im Schneidersitz an die Wand. Die Holzbohlen waren kalt unter ihren Beinen. Wenn der Denar nicht hier war, nicht mehr in den Taschen des Rocks, dann konnte es nur eines heißen: Sie musste ihn verloren haben. Vermutlich im Rhein. Dabei wollte sie ihn doch ihrer kleinen Schwester zurückgeben. Es war nicht richtig von ihr gewesen, Giselas Münze zu nehmen. Und doch hatte sie es getan. Weil sie gedacht hatte, so alle Probleme auf einen Schlag lösen zu können. Das Eva-Problem, das Problem, die beiden Ws zu bezahlen, und das Problem, sich dafür an der Kasse der Buchhandlung bedienen zu müssen. All das war ihr wichtiger vorgekommen als Giselas Schatz.

Heute wusste sie, dass das gar nicht stimmte. Sie wusste, dass Eva überhaupt nicht so eine furchtbare Person war, wie sie immer gedacht hatte. Im Gegenteil. Wie leicht wäre es für Eva gewesen, Ilse bei der Mutter anzuschwärzen, aber das hatte sie nicht getan. Ilse konnte nicht sagen, ob sie selbst im umgedrehten Fall genauso freundlich reagiert hätte.

Und dass sie sich entschieden hatte, Giselas Schatz zu nehmen, war zum großen Teil daher gekommen, weil Ilse unglaublich neidisch auf ihre kleine Schwester war. Darüber, dass sie so ein Glück gehabt hatte, die Münze am Rhein zu finden. Jetzt schämte sich

Ilse dafür, deshalb wollte sie Gisela den Denar zurückgeben. Aber das ging nun nicht mehr. Sie konnte nichts zurückgeben, was sie verloren hatte.

Ilse stand auf, hob den Rock vom Boden auf und faltete ihn zusammen. Legte ihn dann in die oberste Schublade der Kommode. Vielleicht sollte es so sein, dass sie den Denar im Rhein verloren hatte. Ihre Schwester hatte die Münze schließlich am Rhein gefunden, und Vater Rhein hatte ihn sich wiedergeholt. Als Lohn dafür, dass er Eva hatte gehen lassen, dachte Ilse. So war es doch in den Märchen, die die Mutter Ilse und Gisela oft vorlas. Die ihnen nun Eva manchmal vorlas. Alles hatte seinen Preis. Die Münze war der Preis für Eva. Es konnte gar nicht anders sein. Der Denar war jetzt wieder an seinem angestammten Platz. Und Eva auch. Denn Ilse hatte begriffen, dass ihre große Cousine zu ihnen gehörte. Natürlich hätte Ilse immer noch gern ihr Bett zurück. Aber was alles andere betraf, fand sie es mittlerweile richtig toll, eine große Cousine zu haben.

Nur das schlechte Gewissen nagte noch an ihr. Weil sie Giselas Schatz genommen und verloren hatte, weil sie von vornherein neidisch gewesen war.

Ilse ging von der Kommode hinüber zu einem der Fenster und sah hinaus. Die Sonne zeigte sich zaghaft hinter den Wolken. Den Denar konnte Ilse ihrer Schwester nicht mehr zurückgeben, aber vielleicht konnte sie es auf andere Art wettmachen? Indem sie besonders viel mit ihr spielte oder besonders viele Bücher mit ihr zusammen durchschaute. Oder einfach besonders nett zu ihr war, dachte sie. Denn das war sie leider nicht immer, und das wusste sie auch.

Es war schon später Nachmittag, als Eva mit Margot Becker durch die Rheinpromenade spazierte. Samstags schloss die Buchhandlung bereits gegen Mittag, und so hatte Eva frei. Vor ihnen liefen die beiden kleinsten Geschwister von Margot, Ännchen und Rudi, die Zwillinge. Sie quietschten vor Vergnügen bei dem Versuch, sich gegenseitig zu fangen. Eva sah ihnen mit einem Schmunzeln zu. Wie sie auf ihren kurzen Beinen über den Weg liefen, dabei hin und wieder stolperten. Gleich würden auch noch Ingeborg und Käthe zu ihnen stoßen, so hatten sie es am Mittwoch ausgemacht. Eva freute sich schon darauf, mit allen drei neuen Freundinnen am Rhein entlangzuflanieren.

Die Sonne zeigte sich wieder am Himmel, und die Luft war trotz der Kälte angenehm. In einiger Entfernung konnte man ein gedrungenes rundes Häuschen mit einem Kranarm erkennen. Es war der Alte Krahnen, wie Margot ihr eben erklärt hatte. Ein Überbleibsel des alten Hafens, der wohl bis Anfang des Jahrhunderts noch an dieser Stelle gewesen war. Heute befand er sich hinter dem Bollwerk.

Ännchen und Rudi waren umgedreht und rannten jetzt wieder auf sie zu. Strähnen ihrer rotblonden Löckchen lugten unter den dicken Wintermützen hervor, die beide trugen. Sie liefen einmal um sie herum und zwischen ihnen hindurch wieder nach vorn. Eva machte einen Schritt zur Seite und lachte. Es tat einfach gut, die Unbeschwertheit der beiden Kinder zu sehen.

»Hast du auch eins von den Flugblättern in die Finger bekommen?«, fragte Margot plötzlich unvermittelt, als die beiden Kleinen wieder außer Hörweite waren.

»Flugblätter?«, fragte Eva, die nicht wusste, wovon ihre Freundin sprach.

»Ja, hier, schau.« Margot griff in ihre Tasche und zog ein zerrissenes Blatt Papier hervor.

Eva nahm es. Das Blatt war eng mit Schreibmaschine beschrieben. Der obere Teil fehlte. Eva überflog es.

Wenn ihr jetzt kapituliert, wird die Nachkriegszeit für euch bei Weitem nicht so schwer sein …

Wir Alliierten sind keine Ungeheuer … wollen Fackelträger der Zukunft sein …

… eine Welt des Friedens …

Das Blatt war datiert auf den 18. Januar 1945.

Schnell faltete Eva das Flugblatt zusammen und gab es Margot zurück. Das Blut rauschte ihr mit einem Mal in den Ohren. Sie blickte sich um. »Wo hast du das her?«, fragte sie im Flüsterton, obwohl sie und die beiden Kinder allein in der Rheinanlage waren.

»Das hat am Fensterbrett geklemmt, ganz oben bei uns«, erklärte Margot. »Als ich auf die Straße hinuntergeschaut habe, waren da noch mehr. Mit einem Flieger abgeworfen. Aber die unten, die haben sie aufgesammelt und verbrannt.«

»Das kann ich mir gut vorstellen. Margot, dieses Blatt zu besitzen ist schon gefährlich. Du solltest es auch verbrennen.«

»Das mache ich auch. Aber ich wollte es vorher noch jemandem gezeigt haben, was ich ja jetzt getan habe.«

»Wirst du es auch der Käthe und der Ingeborg zeigen? Die kommen doch gleich.«

Margot verzog den Mund. »Ich weiß noch nicht. Vielleicht. Meinst du, das kann ich riskieren?«

»Schwierig zu sagen«, antwortete Eva. »Sie haben sich ja schon geändert. Aber dass sie früher gern Klatsch und Tratsch verbreitet haben, sagt immer noch nichts darüber aus, wie sie über den Krieg und das alles denken.«

Sie gingen ein paar Schritte weiter.

Eine Welt des Friedens, dachte Eva, das wäre wirklich schön. Aber dazu reichten ein paar Flugblätter nicht. Dazu würde noch sehr viel Blut vergossen werden, bis es so weit war, dass wieder Frieden einkehrte. Bei diesem Gedanken wurde Eva eiskalt.

»Weißt du, was das Schlimmste ist?«, fragte Margot.

Eva schüttelte den Kopf.

»Meine Mutter, die ist eine von denen, die total von Hitler überzeugt sind. Von allem, was er sagt, was er tut. Sie findet diesen Krieg richtig. Kannst du dir das vorstellen? Dass jemand das hier ...«, sie machte eine ausholende und allumfassende Geste, »... gut findet? Das Leid, die Entbehrung, die ständige Angst?«

Eva biss sich auf die Lippe. Sie konnte gar nicht sagen, ob ihre Eltern das gut gefunden hatten oder nicht. Zu Hause in Berlin war nie viel über den Krieg gesprochen worden. Ihre Eltern hatten es einfach hingenommen, ohne es infrage zu stellen. Beinahe gleichgültig. Aber dann fiel ihr wieder Otto Krieger ein. Der war auch von Hitler und vom Krieg und allem, was damit zu tun hatte, überzeugt gewesen. Zumindest bis zu dem Moment, in dem die Nachricht vom Tod seines Sohnes eingetroffen war.

»Es denken aber nicht alle so«, antwortete Eva. Sie dachte an ihre Familie hier in Andernach. Tante Maria, die stand dem ganzen kritisch gegenüber. Der Kreis allein bewies das schon. Wie gern hätte sie Margot davon erzählt. Wie gern hätte sie sie jetzt und hier zum nächsten Treffen eingeladen. Aber das ging nicht. Zum einen, weil sie der Tante versprochen hatte, absolutes Stillschweigen darüber zu bewahren, und dann schon allein aus Platzgründen. Im Lager war einfach kein Platz für auch nur eine Person mehr. Das brachte sie wieder dazu, dass die Tante ihren Vorschlag mit dem Ladenraum abgelehnt hatte – und warum. Sie wusste nicht, wie die große Schaufensterscheibe verdunkelt werden konnte.

Eine Weile gingen sie schweigend weiter. Eva war nun in Gedanken ganz bei der Verdunkelung. Bei der Größe des Ladenfensters reichte eine einfache Decke nicht aus. Und dann war auch die Frage, wie man – was auch immer – befestigen sollte.

»Du weißt auch nicht, wie man etwas Großes verdunkeln kann?«, fragte sie an Margot gewandt.

»Etwas Großes?«, fragte ihre Freundin zurück. »Was denn?«

»Die Schaufensterfront der Buchhandlung meine ich«, erklärte Eva.

»Wofür?«

Evas Herz begann schneller zu klopfen. Die Treffen des Kreises durfte sie nicht erwähnen! »Weil …«, begann sie, und dann sagte sie schnell: »Es ist doch jetzt im Januar immer schon so früh dunkel, und dann könnte meine Tante auch abends noch im Laden räumen, ohne Angst haben zu müssen.«

»Ach so«, entgegnete Margot. Und Eva war froh, dass ihr das als Erklärung scheinbar ausreichte.

»Mir fällt nichts ein, wie man das große Fenster und die Tür ordentlich verdunkelt bekommen würde.«

»Hm«, sagte Margot. »Da braucht es sicherlich ein Gestell. Eine Konstruktion aus Holz, weißt du.«

Natürlich! Ein Holzgestell. »Aber wo soll ich das herbekommen? Ich kann das nicht selbst machen.«

»Ich kann mal meinen Nachbarn fragen. Bei mir nebenan ist doch die Pension Weber, und da wohnt ein junger Mann, der ist, glaub ich, Schreiner. Soll ich dich mit ihm bekannt machen?«

Ein Schreiner, dachte Eva. »Das wäre gut!«, rief sie.

Margot nickte. »Dann mach ich das nächste Woche. Du kommst dann abends einfach mit zu mir, dann sollten wir ihn antreffen, wenn er von der Arbeit nach Hause kommt.«

Eva wollte noch etwas erwidern, aber Margot war plötzlich in einen Laufschritt verfallen, den beiden Kleinen hinterher. »Ännchen! Rudi! Ihr kommt da jetzt sofort runter!«

Ehe Eva sich's versah, war Margot zu einem der Bäume gelaufen und lotste ihre kleinen Geschwister herunter. Sie wollte gerade zu Margot aufschließen, als sie hinter sich Rufe hörte: »Eva, Eva!«

Sie drehte sich um und sah Käthe und Ingeborg. Die beiden kamen mit schnellen Schritten zu ihr heran. Eva wollte den Arm zum Gruß recken und winken, aber da stach ihr ein heißer Schmerz durch den Rücken und ließ sie zusammenzucken.

»Was ist denn mit dir?«, fragte Käthe erstaunt, als sie mit Ingeborg zusammen angekommen war.

»Ach, der Rücken«, stöhnte Eva und stemmte einen Arm an die schmerzende Stelle.

»Der Rücken?«, mischte sich jetzt Ingeborg ein. »Was hast du denn gemacht?«

Eva drückte ihren Rücken vorsichtig durch. »Na, in der Buchhandlung gearbeitet.«

»Wovon bekommt man denn da Rückenschmerzen? Vom Bücherlesen?« Käthe lachte.

Das entlockte Eva dann doch ein kleines Lächeln. Wenn man sie in Berlin gefragt hätte, was es wohl in einer Buchhandlung zu arbeiten gäbe, hätte sie dasselbe geantwortet.

»In einer Buchhandlung zu arbeiten, hat in erster Linie wenig mit Lesen zu tun«, erklärte sie.

Die beiden Freundinnen sahen Eva erstaunt an. Zum ersten Mal, seit Eva sie kannte, hatte es ihnen beiden die Sprache verschlagen.

»Ja, das glaubt man so nicht, oder?«, sagte Eva und lächelte. »Aber das Lesen von Büchern, das ist etwas, was man nach der Arbeit tut, am Abend oder am Wochenende. Während der Arbeit gibt es anderes zu erledigen.«

»Und von dem anderen bekommt man es im Rücken?«, fragte Ingeborg.

»Hast du eine Ahnung, was ein Stapel Bücher für ein Gewicht hat? Und jetzt stell dir mal ein ganzes Paket mit Büchern vor. Manchmal habe ich das Gefühl, die laden da Wackersteine hinein.« Eva lächelte schief.

»Wackersteine!« Ingeborg lachte. »Wacker schlägst du dich, mein liebes Fräulein Eva, das nur in der Freizeit liest.« Sie schlug ihr auf die Schulter, sodass Eva erneut vor Schmerz zusammenzuckte.

»Na ja, vielleicht doch nicht ganz so wacker«, sagte Ingeborg entschuldigend.

»Wer ist hier nicht wacker?«, rief da Margot. Sie kam mit Ännchen und Rudi an je einer Hand zu ihnen.

»Andersherum wird ein Schuh daraus«, rief Käthe. »Das Fräulein Eva ist doch ein wackeres, nicht wahr?«

Margot lachte. »Und wie. Schließlich ist es nur ihr zu verdanken, dass wir nun alle zusammen hier stehen.«

Eva sah, dass sich die Wangen von Käthe und Ingeborg rosig verfärbten, sie hatten die kleine Spitze von Margot wohl verstanden, aber sie sagten weiter nichts dazu.

Kurze Zeit später spazierten sie zu viert durch die Promenade. Die Zwillinge sausten wieder voraus oder um sie herum. Eine Zeit lang unterhielten sie sich über dies und das, blieben nur bei allgemeinen Themen. Bis Margot plötzlich stehen blieb, in die Tasche ihres Mantels griff und sagte: »Ingeborg, Käthe, ich weiß nicht, ob ich gerade dabei bin, den größten Fehler meines Lebens zu machen, aber ich habe da etwas, das muss ich euch zeigen.«

Montag, 29. Januar 1945

WER DEN NACHWEIS ERBRINGEN MUSS

Das Wochenende war sehr ruhig verlaufen. Marias Nichte hatte sich die meiste Zeit um die Mädchen gekümmert, hatte ihnen aus *Heidi* von Johanna Spyri oder *Nesthäkchen* von Else Ury vorgelesen, war mit ihnen in der Stadt unterwegs gewesen, sodass Maria tatsächlich seit langem einmal wieder die Zeit gefunden hatte, in Ruhe ein Buch zu lesen. Natürlich las sie immer viel. Das brachte der Beruf schließlich mit sich. Aber oft war es gehetzt oder abends im Bett, wenn ihr die Augen nach nur wenigen Seiten schon zufielen. Sich einmal an einem Nachmittag hinzusetzen und zu lesen, war Luxus für Maria. Und an diesem Wochenende war ihr dieser Luxus zuteilgeworden. Dank ihrer Nichte, dank dem Fräulein Liebe aus Berlin.

So war Maria an diesem Montagmorgen erfrischt in den Tag gestartet. Es hatte sich beinahe wie früher angefühlt; wie vor dem Krieg.

Zusammen mit Eva betrat sie die Buchhandlung durch den Lagerraum. Bis zur Ladenöffnung waren noch ein paar Minuten Zeit, und so ging Maria wie gewöhnlich einmal an allen Regalen entlang, rückte hier und da ein Buch zurecht.

Ihre Nichte trat sofort zum Schaufenster. »Tante Maria?«, fragte sie. »Darf ich das Schaufenster neu machen?«

Maria blickte zu ihr hinüber. »Was möchtest du denn ausstellen?«

»Ich hatte an die kleinen Heftchen gedacht, die aus dem Reclam Verlag.«

»Warum ausgerechnet die?«, fragte Maria neugierig und ging zum Schaufenster hinüber.

»Weil jedermanns Geldbeutel heutzutage klein ist. Und die Hefte kosten zwanzig Pfennige das Stück, da greift dann vielleicht doch der eine oder andere zu«, erklärte Eva.

»Ein interessanter Gedanke«, erwiderte Maria. »Nur zu«, sie nickte der Nichte aufmunternd zu.

»Und ich habe noch eine Idee … na ja, genauer gesagt hatte Margot sie.«

»Ich höre?«

»Wenn wir eine Bretterkonstruktion für das Schaufenster und die Tür anfertigen lassen würden, dann wäre das mit der Verdunkelung zu machen. Und dann könnte der Kreis sich …«

Weiter ließ Maria ihre Nichte nicht sprechen. »Du hast der Margot Becker vom Kreis erzählt?«

»Nein! Natürlich nicht«, erwiderte ihre Nichte ernst.

Das erleichterte Maria.

»Aber ich würde es gern tun«, fügte Eva hinzu.

Maria presste die Lippen aufeinander.

»Was hältst du denn von der Idee mit der Konstruktion?«, fragte ihre Nichte unbeeindruckt.

»Wer soll denn das bauen? Ich kann das nicht, und der Hans auch nicht. Nur mein August …« Sie brach ab und schluckte. »Wir können das nicht.«

»Das lass einmal meine Sorge sein.«

Maria wollte noch etwas erwidern, aber da sagte ihre Nichte plötzlich: »Tante Maria, schau mal, da steht die Polizei vor der Tür!«

Maria sah zur Tür und tatsächlich. Draußen standen drei Männer in Uniform. Schnell ging sie zum Kassentresen. Sie blickte ihre Nichte an, deren Gesicht mit einem Mal die Farbe von Büttenpapier angenommen hatte, so blass war sie. Maria nahm den Schlüssel aus der Schublade und eilte zur Tür. Die Polizisten waren nicht aus Andernach, sonst hätte Maria sie gekannt. Sicherlich waren sie aus Koblenz. Das konnte nichts Gutes bedeuten.

Während sie aufschloss, fiel ihr plötzlich und siedend heiß ein, dass sie die Kiste mit den verbotenen Büchern nicht mehr in ihr Versteck geräumt hatte! Sie stand noch im Lager, in der Ecke unter den leeren Sitzkisten. Ihr Mund wurde ganz trocken. Sie schluckte gegen die Angst in ihrer Kehle an, bevor sie die Tür öffnete, ihr bestes Kundenlächeln aufsetzte und freundlich sagte: »Guten Tag, die Herren, kommen Sie doch herein.«

Die drei Polizisten traten ein. Einer blieb vorn stehen, die beiden anderen stellten sich hinter ihn.

»Wie kann ich behilflich sein?«, wandte Maria sich an den Mann, der der Anführer dieser Dreiertruppe zu sein schien. »Sind Sie auf der Suche nach einem speziellen Buch?«

Der Uniformierte zog die Augenbrauen hoch, und da erst bemerkte Maria die mögliche Doppeldeutigkeit ihrer Worte, die sie so bestimmt nicht beabsichtigt hatte. Wieder sah sie die Kiste vor sich, die Bücher darin. Ihr Herz schlug fest gegen ihre Brust.

»Ja, spezielle Bücher suchen wir.« Die Stimme des Mannes war so kalt, dass Maria ein Schauer über den Rücken fuhr.

Der Mann schnipste mit den Fingern, und einer der beiden Polizisten hinter ihm gab ihm eine Mappe in die Hand. Er öffnete sie und sagte dann, den Blick auf die Mappe gerichtet: »Laut meinen Unterlagen wird diese Buchhandlung von August Herrmann geführt, ist das richtig?«

»Ja, die Buchhandlung wird von meinem Mann und mir geführt«, antwortete Maria. Sie hoffte, dass der Polizist das leichte Zittern in ihrer Stimme nicht hören konnte. Ihre Gedanken rasten, drehten sich nur um die Kiste im Lager.

»August Herrmann ist vor drei Jahren eingezogen worden und verrichtet seitdem getreu seinen Kriegsdienst. Ist das richtig?«, fuhr der Mann fort.

Maria nickte.

»Sie leiten seitdem kommissarisch die Buchhandlung?«

Erneut nickte Maria.

Der Mann sah auf. Ohne den Kopf zu drehen, ließ er den Blick durch den Ladenraum schweifen. »Wo ist die junge Frau?«, fragte er.

Marias Herz blieb einen Augenblick stehen, während sie sich selbst umsah. Eva war weg. War sie ins Lager gegangen? Versuchte sie etwa, die Kiste in Sicherheit zu bringen? Aber sie wusste doch nicht, dass Maria sie am Freitag einfach nur in die Ecke geschoben hatte. Oder doch?

»Ich … ich weiß es nicht. Sie ist bestimmt gleich wieder zurück«, gab Maria matt von sich.

Der Mann nickte knapp, aber aus seinen kalten Augen konnte Maria genau herauslesen, dass es nicht in Ordnung war. »Müller! Sie fangen in der Ecke an. Zimmermann, Sie auf der anderen Seite!«, befahl er.

Die beiden Männer, die hinter ihm gestanden hatten, gingen zu den Regalen und begannen, Buch für Buch herauszuziehen und anzusehen. Dabei waren sie nicht zimperlich.

»Wohin führt die Tür dahinten?«, fragte der diensthabende Polizist. Er deutete zur Lagertür.

Marias Herz blieb stehen. »Zum Lager«, sagte sie.

»Gut. Dann werde ich mich dort umsehen.« Der Mann schob Maria mit einem Arm zur Seite und ging dann mit großen Schritten in Richtung Lager.

In Marias Kopf schrie es laut: Halt ihn auf! Halt ihn auf!

Aber sie konnte nur dabei zusehen, wie der Mann im Lager verschwand. Schnell ging sie hinterher. Die Kiste stand noch genauso in der Ecke, wie Maria sie am Freitagabend hingestellt hatte. Darüber die leeren Kisten. Von Eva war keine Spur zu sehen. Wo war sie nur hingegangen? Hatte sie am Ende ganz Reißaus genommen? Aber warum?

Der Polizist stand mitten im Raum. Die Mappe hatte er unter den linken Arm geklemmt. Mit der rechten Hand hob er den Rechnungsstapel auf dem Arbeitstisch an und gab ein missbilligendes Schnalzen von sich. Dann trat er an das erste Regal heran. Schob die Bücher, die dort lagerten, zur Seite. Spähte dahinter.

Marias Blick wanderte zwischen dem Mann und dem Kistenstapel, der nur einen halben Meter weiter rechts an der Wand stand, hin und her. Das Herz schlug ihr mittlerweile bis zum Hals.

Der Mann durchforstete jeden Regalboden, dann fiel sein Blick auf den Kistenstapel. »Was ist das?«, fragte er und deutete darauf.

Maria schluckte. Jetzt ist es aus, schrie alles in ihrem Kopf. Leise sagte sie: »Das ist nur … das ist …« Weiter kam sie nicht. Denn in diesem Moment betrat Eva den Lagerraum aus dem Hausflur.

Der Polizist fuhr herum. »Da ist das junge Fräulein ja wieder. Wer sind Sie?« Er schlug die Mappe wieder auf, blätterte durch die Papiere darin. »In meinen Unterlagen kann ich nichts über eine Hilfskraft finden.«

Maria wollte gerade etwas erwidern, da erhob Eva selbst das Wort: »Eva Therese Liebe aus Berlin. Ich bin die Nichte von August und Maria Herrmann.«

Wieder schnalzte der Mann missbilligend, bevor er den Blick von seinen Unterlagen hob und Eva aus seinen kalten Augen musterte. »Liebe?«, fragte er. Er betonte den Namen dabei auf eine Art, bei der Maria ein neuerlicher Schauer über den Rücken fuhr.

Eva hielt seinem Blick stand, aber Maria konnte sehen, dass auch ihr Herz schnell schlug. Sie sah, wie die Ader an ihrem Hals pulsierte.

Der Mann klappte die Mappe mit einem Knall zusammen. »Bei ihrem Namen drängt sich mir nur eine Frage auf: Sind Sie reinen Blutes, mein Fräulein?«

Maria wurde kalt. Sie hatte noch nie darüber nachgedacht, was der Nachname Liebe bedeuten konnte, hatte nie darüber nachgedacht, ob ihr Schwager jüdisch sein könnte. Für sie spielte das keine Rolle. Aber jetzt hatte sie noch mehr Angst. Angst wegen der Kiste und Angst um ihre Nichte, um das Fräulein Liebe.

Die drückte nun ihren Rücken durch, fasste in ihre Rocktasche und zog ein zusammengefaltetes Papier heraus. »Das ist mein Ariernachweis.« Sie sagte es mit erstaunlich fester Stimme.

Deshalb war sie also nach oben gegangen, wurde es Maria klar. Sie hatte dort ihre Papiere geholt. Mit einem Mal ahnte Maria, dass ihre Nichte dieses Schriftstück in der Vergangenheit häufig hatte vorzeigen müssen, dass sie schon oft in derselben Situation gewesen war und sich solch vorwurfsvollen Blicken und Worten hatte aussetzen müssen.

Der Mann studierte das Schriftstück und brummte dabei immer mal wieder ein »Hm«, und dann sagte er laut: »Soso!« Er ließ das Papier sinken und fixierte Marias Nichte. »Wie ich es vermutet hatte. Sie sind nicht rein arisch!«

»Mein Vater ist laut den Nürnberger Rassengesetzen deutschblütig«, erwiderte Eva. »Ich damit auch.«

»Diese Gesetze sind viel zu lasch, wenn Sie mich fragen.« Er verzog den Mund, als würde er sich vor etwas ekeln.

»Ich frage nicht«, antwortete Eva mutig.

Der Mann sog scharf die Luft ein, und Marias Herz setzte einen Schlag aus. War ihre Nichte zu weit gegangen? Würde man sie mitnehmen und deportieren? Wie so viele andere auch?

Bevor der Mann etwas erwidern konnte, wurde er von seinem Untergebenen unterbrochen, der an der Tür zum Lager erschienen war und nun mit Hitlergruß salutierte. »Mit den Regalen im Geschäft sind wir fertig.« Er ließ den Arm sinken.

Der Mann warf Eva und Maria einen letzten bösen Blick zu, dann aber gab er ihrer Nichte doch den Ariernachweis wieder zurück und wandte sich seinem Kollegen zu. »Gut, Müller. Haben Sie etwas Auffälliges gefunden?«

»Keine unwerte Literatur. Alles gute deutsche Bücher«, meldete Müller.

Der Mann nickte. »In Ordnung. Hier bin ich auch fertig, dann wollen wir es für heute gut sein lassen.« Er wandte sich zur Tür, die in den Laden zurückführte, drehte sich dann aber noch einmal zu Maria und Eva um. »Ich werde wiederkommen, seien Sie darauf gefasst. Und auf Sie, Fräulein Liebe, habe ich von nun an auch ein besonderes Auge. Bei so dreckigem Blut kann man ja nie wissen.«

Die letzten Worte hatte er beinahe ausgespuckt, und Maria musste alle Kraft aufbringen, ruhig zu bleiben, um den Mann nicht lauthals anzuschreien, was er sich denn erlauben würde. Sie blickte zu ihrer Nichte, die mit unbewegter Miene neben ihr stand. Wie schaffte sie es nur, die Fassung zu wahren?

Die drei Polizisten verließen den Laden mit einem Hitlergruß, den Maria und Eva gezwungenermaßen erwiderten. Sie beide verharrten still, bis sie sicher sein konnten, dass die Männer wirklich weg waren. Dann begann Maria zu zittern. »Die Kiste mit den Büchern …«, begann sie.

»Ich weiß«, sagte Eva leise.

»Wenn er nicht auf deinen Namen aufmerksam geworden wäre, dann …«

»Ich weiß«, sagte Eva noch einmal, und Maria erkannte, dass ihre Nichte gerade ihr eigenes Leben für sie riskiert hatte. Dass sie sich sehenden Auges in die Gefahr begeben hatte.

»Danke!«, murmelte Maria, und dabei nahm sie ihre Nichte in den Arm und drückte sie fest.

»Was hat der Polizist gemeint, als er gesagt hat, du seist nicht rein arisch?«, fragte Maria, nachdem sie die Umarmung gelöst hatte.

Ihre Nichte klappte den Ariernachweis auf und zeigte ihn Maria. Maria las sich alles durch. Evas Großvater war ein »Mischling 2. Grades«, ein »Vierteljude«. Das war es, was der Mann angesprochen hatte. Maria rechnete nach. Ein Teil der Ururgroßeltern von Eva war demnach jüdisch gewesen. Das lag vier Generationen zurück!

Sie hielt Eva den Nachweis hin, die das Papier ergriff, dann zusammenfaltete und wieder zurück in ihre Rocktasche steckte.

»Tante Maria«, sagte ihre Nichte, und sie hatte plötzlich einen Ausdruck auf dem Gesicht, den Maria nicht einordnen konnte. War es Wut? »Ich muss dringend zum Gemischtwarenladen.«

»Warum?«, fragte Maria verwundert. Es lagen keine Einkäufe an, und nach dem Schrecken mit der Polizei war Maria froh, erst einmal nur im Laden bleiben zu können.

»Weil ich einen bösen Verdacht habe, wie es zu der Durchsuchung gekommen ist. Und das muss ich jetzt klären.«

WUT

In ihrer Wut bemerkte Eva die kalte Luft auf ihren Wangen gar nicht; und mit jedem Schritt, den sie näher zum Gemischtwarenladen kam, wuchs die Wut in ihrem Bauch noch mehr an. Käthe und Ingeborg! Nur die zwei konnten dafür verantwortlich sein, dass die Polizei so plötzlich in der Buchhandlung aufgetaucht war. Anders konnte es doch nicht sein. Sie hatten sich eben doch nicht geändert! Sie hatten bestimmt sofort ausgetratscht, dass Margot ihnen das amerikanische Flugblatt gezeigt hatte – und dass Eva dabei gewesen war. Wie sonst wäre es zu der Durchsuchung gekommen?

Schnell hatte sie den Gemischtwarenladen erreicht. Sie stürmte zur Tür herein und wollte schon loslegen, aber da bemerkte sie zum Glück noch rechtzeitig, dass Kundschaft im Laden war. Eva ballte die Hände zu Fäusten und schob sie tief in die Taschen ihres

Mantels, während sie sich an das Schaufenster stellte und nach draußen sah. Hinter sich hörte sie Ingeborg und Käthe mit den beiden Kundinnen sprechen. Wie höflich sie waren, und fröhlich obendrein. Aber das würde ihnen bald vergehen! Wenn Eva ihnen klipp und klar sagen würde, dass sie sie durchschaut hatte. Dass sie genau wusste, was sie getan hatten.

Je länger die beiden mit den zwei Kundinnen sprachen, desto unruhiger wurde Eva. Sie hatte keine Zeit mehr, um zu warten! Ihre Wut, ihr Ärger, das alles wollte heraus.

Endlich waren die zwei Frauen mit ihrem Einkauf fertig und traten zur Tür des Ladens hinaus. Natürlich mit einem überaus freundlichen Gruß von den beiden Nattern, die sich ihre Freundinnen nannten.

Eva drehte sich zu Ingeborg und Käthe herum.

»Eva, wie schön …«, begann Käthe, aber Eva ließ sie nicht aussprechen.

»Ihr zwei! Ihr solltet euch was schämen!«

Käthe und Ingeborg warfen sich einen verständnislosen Blick zu.

»Jetzt tut nicht so! Ihr habt doch damit zu tun«, rief Eva.

»Was ist denn passiert?«, fragte Ingeborg. Wie unschuldig sie dabei klang, als wüsste sie nicht ganz genau, was geschehen war.

»Ihr habt das Flugblatt gesehen, und dann habt ihr mir und meiner Tante gleich die Polizei auf den Hals gehetzt! Auf dass sie nach den verbotenen Büchern suchen«, meinte Eva hitzig.

»Jetzt mal ganz langsam«, sagte Ingeborg, und Käthe fügte hinzu: »Die Polizei? Verbotene Bücher? Welche Bücher?«

Eva spürte, wie die Wut in ihrem Bauch brodelte. »Ihr zwei denkt, ihr könnt euch hier einfach herausreden, oder? Glaubt ihr wirklich, ich bin so naiv? Ich weiß, dass ihr bei der Polizei gewesen seid!«

Wieder tauschten Ingeborg und Käthe einen Blick.

»Ich war nicht bei der Polizei«, sagte Käthe. »Ingeborg, du?«

Die Angesprochene schüttelte heftig den Kopf. »Natürlich nicht!«

»Siehst du, Eva«, sagte Käthe. »Wir waren es nicht.«

»Und ich glaube euch nicht!«, rief Eva erbost.

»Du sagst also, wir wären zur Polizei gegangen, um von dem Flugblatt zu erzählen, und dann haben sie die Buchhandlung durchsucht?«, fasste Ingeborg langsam zusammen.

Eva presste die Lippen aufeinander und nickte.

»Aber Eva, überleg doch mal, wenn wir wirklich wegen dem Flugblatt zur Polizei gegangen wären, dann wär die doch geradewegs zur Margot gegangen. Warum sollten sie in die Buchhandlung kommen?«

Eva dachte darüber nach. Das klang logisch. Alles, was Ingeborg und Käthe zu ihr sagten, klang logisch. Und die Überraschung auf ihren Gesichtern und in ihren Worten war echt, da war nichts gespielt oder aufgesetzt. Mit einem Mal drang die Erkenntnis durch ihre Wut, und ihr wurde klar: Käthe und Ingeborg hatten nichts gesagt.

Darüber müsste sie eigentlich froh sein. Sie müsste sich freuen, vertrauenswürdige Freundinnen zu haben. Die weder Margot noch sie angeschwärzt hatten. Die das Geheimnis des Flugblattes für sich behalten hatten.

Aber stattdessen fühlte sie sich leer. Sie hatte einen Schuldigen gesucht, für das, was heute Morgen in der Buchhandlung passiert war. Einen Schuldigen dafür, dass sie ihren Ariernachweis hatte zeigen müssen. Dass sie wieder einmal mit Worten und Blicken wie Dreck behandelt worden war.

Tränen traten ihr in die Augen und liefen über ihre Wangen. Eva machte keine Anstalten, sie abzuwischen. Ingeborg und Käthe traten zu ihr und umarmten sie.

Es tat gut, dass sie das taten. Es ließ Eva sich sicher fühlen, als könnte ihr jetzt – in diesem Moment – niemand auf der ganzen

Welt etwas anhaben. Nicht einmal so ein Polizist wie heute Morgen. Und am meisten schätzte Eva, dass die beiden nicht sprachen. Dass sie nicht noch einmal nach den verbotenen Büchern fragten. Obwohl Eva sich schon denken konnte, dass die Frage sowohl Ingeborg als auch Käthe unter den Nägeln brannte.

MAN SIEHT SICH IMMER ZWEIMAL

»Weißt du«, sagte Eva leise, »ich habe tatsächlich gedacht, die Ingeborg und die Käthe wären es gewesen.« Sie warf Margot, die neben ihr ging, einen kurzen Blick zu. »Aber sie waren es nicht. Ich habe sie zu Unrecht beschuldigt.«

Als Eva vom Gemischtwarenladen wieder zurück in die Buchhandlung gekommen war, hatte sie ein langes Gespräch mit ihrer Tante geführt. Die hatte natürlich wissen wollen, warum Eva so schnell davongestoben war und was für einen bösen Verdacht sie gehabt hatte. Eva hatte ihr alles erzählt. Von Margot und dem Flugblatt, von Ingeborg und Käthe und schließlich von ihrem Verdacht, die zwei wären schnurstracks zur Polizei gegangen. Und dann von der Erkenntnis, dass es nicht so gewesen war. »Da sind sie also doch zwei gute Seelen«, hatte Tante Maria gesagt. Und Eva hatte genickt. Das waren die beiden. Dennoch brodelte es leise in ihr. Weil es scheinbar keinen Grund für die Durchsuchung gegeben hatte. Die Tante hatte mit grauem Gesicht nur gesagt: »Das ist einfach Willkür, Eva. Nichts anderes. War es vor Jahren schon und jetzt immer noch.«

Willkür. Genauso hatte es sich angefühlt. Und Eva mochte dieses Gefühl nicht. So ausgeliefert zu sein.

»Kopf hoch, Eva!«, ermunterte sie Margot. Sie hakte sich bei ihr unter. »Die zwei waren es nicht, und das ist ein Grund zum Freuen.«

»Ich weiß«, erwiderte Eva. Dennoch hing es ihr nach, dass sie den beiden eine solche Tat zugetraut hatte, statt ihnen einfach zu *ver*trauen.

»Komm«, sagte Margot, und sie schubste sie mit dem untergehakten Arm an. »Wir gucken jetzt, ob wir meinen Nachbarn treffen. Deshalb sind wir doch schließlich unterwegs.«

Eva lächelte ihrer Freundin dankbar zu. Mit Margot war immer alles so einfach. Das war schön.

Bisher war sie noch nicht bei Margot zu Hause gewesen, dabei war es wirklich nicht weit von der Rhein-Buchhandlung entfernt, wie sie jetzt feststellte. Denn sie bogen gerade um eine Ecke, als Margot schon sagte: »Schau mal, da ist mein Nachbar. Da vor dem Haus. Siehst du?«

Eva folgte ihrem Blick und sah einen jungen Mann mit blonden Haaren. Sein Oberkörper war breit gebaut, und irgendwie wirkte seine Gestalt ihr vertraut. Je näher sie an ihn herankamen, desto sicherer wurde Eva, dass sie diesen Mann bereits kannte, und als sie ihn beinahe erreicht hatten, da wurde Eva bewusst, woher sie ihn kannte: Es war der Mann, den sie am Schloss getroffen hatte. Den sie am letzten Samstag erst vor dem Schaufenster der Buchhandlung wiedergesehen hatte und der dann einfach verschwunden war.

»Das ist dein Nachbar?«, fragte Eva ungläubig an Margot gewandt.

»Ja, das ist Georg.«

Georg, natürlich, dachte Eva. So hatte er sich vorgestellt. Georg vom Sperrholzwerk. Ihr Herz begann, schneller zu schlagen. Sie wollte Margot zurückhalten, einfach wieder umdrehen und zurückgehen, aber da rief ihre Freundin schon: »Georg!«

Er wandte sich zu ihnen um. »Margot, schön, dich zu sehen.«

Sein Blick schweifte kurz über Margot, dann weiter zu Eva, wo er wie hypnotisiert hängen blieb.

»Das ist meine Freundin Eva«, stellte Margot sie vor. »Eva, das ist der Georg.«

»Guten Tag, Eva«, sagte Georg, und seine Stimme klang ein wenig brüchig dabei. Er kam zu ihnen heran. Sein Blick ruhte immer noch auf Eva.

Nervös strich sie sich die kurzen Haare hinter die Ohren. Auch sie konnte den Blick nicht von Georg wenden. Von seinen blauen Augen.

Als sie voreinanderstanden, ergriff Georg ihre Hand. Wie groß und warm sie war, aber auch rau. Die Hand eines Arbeiters. Eine Hand, die fest zupacken konnte.

»Guten Tag«, erwiderte Eva, und auch ihre Stimme war nicht mehr ganz so fest, wie sie es gern gehabt hätte. Warum war er am Samstag so plötzlich verschwunden, nachdem er sie in der Buchhandlung gesehen hatte? Nahm er es ihr übel, wie sie sich am Schloss verhalten hatte?

»Die Eva braucht einen Schreiner. Und da habe ich natürlich sofort an dich gedacht, Georg«, begann Margot loszuplappern.

»Kenne ich dich noch woandersher als aus der Buchhandlung?«, fragte Georg plötzlich, als würde er Margot nicht zuhören. Er hatte die Augen zusammengekniffen, sodass sie jetzt nur noch dunkel waren, und kaum noch etwas von dem strahlenden Blau zu sehen war. Auch die Stirn hatte er in Falten gelegt. Das gab seinem markanten Gesicht etwas Geheimnisvolles und Anziehendes.

Warum fragte er das? Erkannte er nicht, dass sie sich schon einmal persönlich getroffen hatten?

»Ihr kennt euch schon?«, fragte Margot dazwischen, und da wurde Eva bewusst, dass auch Margot sie nicht hatte zuordnen können, als sie sich zum zweiten Mal getroffen hatten.

Georg wusste nicht, dass sie diejenige war, die seine Hilfe ausgeschlagen hatte. Die ihm das Brot vor die Füße geworfen hatte, bevor sie Reißaus genommen hatte.

»Wir …«, begann Eva. »Wir haben uns schon einmal getroffen. An meinem ersten Tag hier in Andernach.«

Georg sah sie immer noch fragend an.

Aber Margot schien ein Licht aufzugehen, denn sie fragte: »An deinem ersten Tag? Der Tag, wo ich dich am Löschteich gesehen habe?«

Eva nickte.

Margot stieß Georg mit dem Ellenbogen an. »Es ist kein Wunder, dass du Eva nicht zuordnen kannst. Als sie in Andernach angekommen ist, habe ich sie zuerst für einen Mann gehalten.«

Und endlich zeigte sich Erkennen auf Georgs Gesicht. Seine blauen Augen, sie waren plötzlich ganz hell.

»Du warst das!«, rief er. »Am Schloss unten?«

Eva presste die Lippen zusammen und nickte. Jetzt war es also so weit, jetzt würde er ihr ins Gesicht sagen, was er von ihrem unfreundlichen Verhalten hielt, dass er nichts mehr mit ihr zu tun haben wolle.

Aber da lächelte Georg, strahlte beinahe; und Eva lächelte zögerlich zurück, während ihr Herz aufgeregt in ihrer Brust zu flattern begann.

FRÄULEIN LIEBE

Sie war ein und dieselbe! Die beiden Frauen, die ihm in den letzten Tagen und Wochen so oft im Kopf herumgespukt waren, sie waren ein und dieselbe! Eva vom Schloss und die Frau mit dem Weizenhaar aus der Buchhandlung. Es war unglaublich!

»Du brauchst also einen Schreiner?«, fragte er sie.

Eva nickte. Ihre Wangen waren mit einem Mal ungewöhnlich rot, dabei war es heute gar nicht so winterlich kalt.

»Ja«, antwortete stattdessen seine Nachbarin Margot. »Die Eva möchte gern die Buchhandlung verdunkeln, und …« Weiter kam sie nicht, denn eines der Erdgeschossfenster im Haus zu ihrer Rechten wurde geöffnet, und Frau Becker streckte den Kopf heraus. »Margot! Da biste ja endlich. Komm rein, ich brauch deine Hilfe mit denne Pänz!« Und damit knallte sie das Fenster wieder zu. Margot warf ihm und Eva einen entschuldigenden Blick zu, verabschiedete sich rasch und eilte zur Haustür.

»Das war … Margots Mutter?«, fragte Eva. Leichter Unglauben lag in ihrer Stimme.

Georg nickte. »Ja, das war die gute Frau Becker, wie sie leibt und lebt.«

Stille breitete sich zwischen ihm und Eva aus. Als wüssten sie beide nicht recht, was sie sagen sollten, nachdem Margot so plötzlich verschwunden war.

»Dann bist du also auch eine Herrmann? So heißen die Inhaber vom Buchladen doch, oder?«, fragte Georg schließlich.

»Nein, Liebe«, entgegnete Eva leise.

Liebe? Hatte Georg sich verhört? War das überhaupt ein Nachname?

Eva schien die Verwirrung auf seinem Gesicht ablesen zu können, denn sie sagte mit einem Lachen: »Liebe, genau wie die Liebe. Eva Liebe.«

Die Liebe. Das war es doch, was er für sich nicht zulassen konnte. Und hier stand sie vor ihm, als hübsche junge Frau. Und bevor er noch gewusst hatte, wie sie hieß, war sie ihm schon nicht mehr aus dem Kopf gegangen. Georg wusste gerade nicht, ob das gut war.

»Du bist also Schreiner«, riss Evas Stimme ihn aus seinem Gedankengang.

»So ungefähr«, antwortete Georg.

»Bist du jetzt ein Schreiner, ja oder nein?«, hakte Eva nach.

Georg legte den Kopf schief. »Sagen wir es einmal so: Ich kann mit Holz und Säge umgehen.«

»Gut, das muss reichen«, erwiderte Eva.

»Wofür denn genau?«

»Eine Verdunkelung für die Buchhandlung. Die Schaufensterscheibe ist sehr groß und lässt sich natürlich nicht öffnen. So kann man auch nichts zwischen Fenster und Rahmen klemmen, und …«

Eva sprach noch weiter, aber Georg hörte ihr gar nicht mehr richtig zu. Es war etwas an ihr, an dem Fräulein Liebe, das ihn ganz und gar ablenkte. Das ihn seinen guten Vorsatz vergessen ließ. Liebe, das wollte er nicht zulassen. Aber Eva Liebe, das war vielleicht etwas anderes?

»Also, was ist jetzt?«, fragte Eva mit einem Mal laut.

So laut, dass Georg zusammenzuckte und schuldbewusst in ihre Augen blickte. Graue Augen. Schöne Augen. »Entschuldige bitte, ich war abgelenkt«, sagte er schnell. »Du brauchst eine Verdunkelung für die Schaufensterscheibe?«

»Und für die Ladentür, ich denke, ein Gestell ist auch da besser.«

»Ein Gestell hast du dir vorgestellt. Aus Holz, nehme ich an?«, fragte Georg nach.

Eva verengte die Augen. »Hast du mir eben überhaupt zugehört?«, fragte sie.

»Nicht so richtig«, gab Georg zu.

Sie zog die Augenbrauen zusammen, und dabei bildete sich eine steile Falte auf ihrer Stirn. Es sah süß aus, dachte Georg. Und gleichzeitig ärgerte er sich darüber, dass er es süß fand.

»Das Holz kann ich vielleicht selbst noch irgendwoher bekommen«, sagte Eva. »Das schaffe ich schon irgendwie. Aber ich habe nichts, was ich dir als Lohn für deine Arbeit geben kann. Wirklich. Da ist einfach nichts.« Wie verlegen sie aussah.

»Mach dir darum keine Sorgen«, antwortete Georg. »Und Holz kann ich auch mitbringen.«

»Aber … ich kann nichts bezahlen. Auch nicht für das Holz.«

Georg winkte ab. »Das ist in Ordnung. Ich kann mitbringen, was im Sperrholzwerk überbleibt, wenn wir die großen Platten zuschneiden. Da kann ich schon ein Gestell draus schreinern.«

»Danke«, sagte Eva.

»Was du lieber besorgen solltest, ist Stoff für die Verdunkelung«, gab Georg zu bedenken.

Eva verzog das Gesicht. Scheinbar hatte sie daran noch gar nicht gedacht. »Oje!«, rief sie aus. »Daran habe ich noch gar nicht gedacht.«

Georg schmunzelte. »Dann ist es also abgemacht. Ich kümmere mich um das Holz und die Konstruktion eines Gestells, und du kümmerst dich um Stoff für die Verdunkelung.« Er streckte Eva die Hand hin.

Sie schlug ein. »Abgemacht!«, rief sie. »Dann bis bald, Georg.« Immer noch waren ihre Wangen so rot. Sie drehte sich um und ging.

Und Georg verfluchte sein Herz, das so merkwürdig aus dem Takt geriet, als er Eva Liebe hinterherblickte.

Mittwoch, 31. Januar 1945

MIT ANDEREN AUGEN

»Was meinst du, wird uns die Elli Verdunkelungsstoff geben?«

Maria sah ihre Nichte an. Wie energisch sie diese ganze Sache mit der Verdunkelung des Ladens anging. Sie hatte nun einen Schreiner an der Hand, der heute Nachmittag mit dem Bau der Bretterkonstruktion anfangen würde. Ein junger Mann, der in der Pension Weber wohnte, wie Maria schon erfahren hatte. Sie war gespannt darauf, ihn kennenzulernen, denn er brachte das Fräulein Liebe dazu, rosige Wangen zu bekommen, wann immer sie ihn erwähnte.

»Ich denke schon, dass Elli uns den Stoff geben wird«, erwiderte Maria.

»Und was ist, wenn sie keinen hat?«, fragte Eva.

»Dann hat sie ihre Wege, welchen zu bekommen«, antwortete Maria.

Ihre Nichte nickte und machte sich wieder an die Arbeit. Sie räumte das Schaufenster aus. Wenn der Schreiner später kam, sollte er Platz zum Arbeiten haben. Sich so bewegen können, dass keines der kostbaren Bücher Schaden nahm.

Maria hingegen vertiefte sich wieder in ihre Bestellliste. Mit den letzten Kundenbestellungen hatte sie leider keinen Erfolg gehabt. Das Barsortiment hatte nicht geliefert. Warum das so war, konnte Maria nicht sagen. Vielleicht hatte der betreffende Titel eine Lieferschwierigkeit, oder er stand mittlerweile auch auf der Liste der verbotenen Bücher. Sie überlegte, ob sie es wagen sollte, das Buch beim Verlag direkt zu bestellen. Obwohl sie schon ahnte, dass die Antwort des Verlages so oder so sein würde, dass sie nur noch im Zuteilungsverfahren auslieferten. Maria seufzte. Was wünschte sie sich oft den Buchhandel zurück, wie er vor dem Krieg gewesen war. Als es noch keine Reichsschrifttumskammer gegeben hatte, die alles bestimmte, die das Zuteilungsverfahren überhaupt erst initiiert hatte. Und sie hoffte sehr, dass dieser alte Buchhandel wiederkehren würde, wenn nur endlich dieser Krieg einmal vorbei wäre.

Die Ladentür öffnete sich, und Hans Schumacher trat ein.

»Maria, einen guten Tag dir«, begrüßte er sie mit einem Lächeln.

Maria erwiderte das Lächeln.

»Maria, ich …«, begann Hans, aber dann bemerkte er Eva im Schaufenster. »Oh, guten Tag, Eva.«

»Guten Tag, Hans.« Ihre Nichte nickte ihm zum Gruß zu und ging dann wieder an die Arbeit.

Mit einer Hand kratzte Hans sich verlegen am Kinn. Jetzt erst fiel Maria auf, dass er die andere Hand hinter dem Rücken hielt.

»Was hast du denn da?«, fragte sie ihn.

Hans zog seine Hand hinter dem Rücken hervor. Ein kleiner Strauß Schneeglöckchen kam zum Vorschein. »Die sind für dich«, sagte er leise.

Maria lächelte. Schneeglöckchen, die hatte sie schon als Kind so geliebt, sie wusste gar nicht mehr, wann sie zum letzten Mal welche gesehen hatte. Das konnte auch nur Hans Schumacher, in Zeiten, in denen es an allem fehlte: Blumen pflücken. Die Geste rührte Maria. Mehr, als ihr lieb war.

»Danke«, sagte sie schnell und nahm die Blumen entgegen. »Die … stelle ich dann ins Wasser.« Sie deutete hinter sich, um zu zeigen, dass sie dafür hinauf in die Stube gehen musste.

Hans nahm ihr die Blumen wieder ab. »Das kann ich doch machen.« Und damit ging er mit den Blumen nach hinten. Er kannte sich schließlich bei Maria so gut aus wie bei sich zu Hause. Kopfschüttelnd sah Maria ihm hinterher.

»Der Hans ist schon ein Guter, oder? Ist immer hier, hilft dir, wo er kann. Und jetzt sogar Blumen? Ich glaub, er mag dich sehr«, sagte ihre Nichte vom Schaufenster her. »Vielleicht solltest du ihm eine Chance geben.«

Hans eine Chance geben?, dachte Maria, aber stattdessen erwiderte sie scharf: »Ich bin verheiratet!«

Das hatte ihr gerade noch gefehlt, dass ihre Nichte aus Berlin ihr Ratschläge in Liebesdingen gab. Da konnte sie dreimal das Fräulein Liebe sein. Was die Sache zwischen Hans und ihr anging, war es nicht so einfach. Sie waren kein Liebespaar. Waren es auch früher nie gewesen. Natürlich hatte Maria immer gespürt, dass Hans vielleicht mehr in ihr sah als sie in ihm. Für sie war er doch immer nur wie ein großer Bruder gewesen. Oder etwa nicht? Ja, kurz bevor sie August Herrmann kennengelernt hatte, da hatte sich etwas in ihrer Freundschaft verändert. Ganz leicht nur. Ihr Herz hatte mitunter etwas schneller geschlagen, wenn Hans in ihrer Nähe gewesen war. Aber das hatte doch eigentlich nichts zu sagen gehabt. Oder etwa doch?

Maria schüttelte fest den Kopf. Sie wollte solche Gedanken nicht zulassen; sie konnte es nicht! Wie sollte denn so etwas enden, wenn ihr August endlich aus dem Krieg wiederkam?

Aber was, wenn nicht …?

Der Gedanke war schneller durch Marias Kopf geschossen, als sie ihn hatte aufhalten können. Dennoch war sie nicht bereit, ihn zuzulassen, nur weil er jetzt dort war! Und aussprechen würde sie ihn erst recht nicht. Nein. Noch gab es die Hoffnung, dass August zurückkam. Noch hatte ihn niemand für tot erklärt. Es hatte kein Schreiben von der Front gegeben. Weder einen Brief von ihm noch eine Nachricht über sein mögliches Ableben. Und so lange das noch in der Schwebe hing, so lange beide Varianten möglich waren, wollte Maria sich weder für die eine noch für die andere entscheiden. Denn das tat das Leben oder eher dieser furchtbare Krieg für sie.

»Bist du da nicht bald einmal fertig?«, fragte sie ihre Nichte barsch, um von ihren eigenen Gedanken abzulenken. »Dann kannst du jetzt zur Elli gehen und nach dem Verdunkelungsstoff fragen.«

»Wenn das dein Wunsch ist«, erwiderte ihre Nichte, und Maria war sich nicht sicher, worauf sie genau geantwortet hatte.

VERDUNKELUNG

Georg war schon da, als Eva den Laden wieder betrat. Er stand mit Tante Maria am Schaufenster und war in ein Gespräch vertieft, deutete dabei mit den Händen mal hierhin, mal dorthin. Scheinbar erklärte er der Tante, wie er sich die Konstruktion vorstellte.

Tante Maria war die Erste, die Eva entdeckte. »Eva! Da bist du ja wieder. Was hat die Elli gesagt?«, fragte sie.

Eva, die das letzte Stück des Heimweges gerannt war, versuchte erst, ihren Atem zu beruhigen, bevor sie antwortete: »Sie kann uns den Stoff besorgen, aber sie muss wissen, wie viel wir brauchen.«

Ihre Tante nickte. »Das kann uns der Herr Neumann dann sicherlich sagen.« Sie wandte sich an Georg. »Nicht wahr, Herr Neumann?«

Georg nickte. »Das kann ich ausrechnen«, antwortete er. Dann blickte er zu Eva. »Freut mich, dich zu sehen.« Ein schiefes Lächeln zeigte sich auf seinem Gesicht.

Evas Herz machte einen Hüpfer. »Mich auch«, antwortete sie und lief dann schnell ins Lager und weiter in den Hausflur, um ihren Mantel abzulegen. Dort setzte sie sich auf die Treppe und versuchte, ihren Atem und ihr Herz wieder in den Zaum zu bringen.

Erst als sie sich sicher war, dass man ihr nicht mehr anmerkte, wie aufgeregt sie war, ging sie wieder nach vorn.

Eine Zeit lang arbeiteten alle drei still vor sich hin. Eva machte die Rechnungsablage im Lager, die Tante war wieder einmal mit den Bestellungen zugange, und Georg hantierte im Schaufenster.

Als Eva fertig war, trat sie nach vorn in den Laden. »Tante Maria, ich habe alle Rechnungen abgeheftet, was soll ich jetzt machen?«

Die Tante sah vom Bestellbuch auf. »Alles fertig? Gut. Sehr gut. Weißt du was, heute ist nicht viel los, und geöffnet haben wir auch nicht mehr lange. Ich gehe schon einmal hinauf, ich muss dringend die Wäsche von den Kindern durchsehen, Ilse hat wieder einen Schuss gemacht. Du bleibst so lange hier.« Sie verstaute das Bestellbuch. »Wenn irgendetwas ist, kannst du mich ja rufen.« Und damit verschwand sie im Lager. Eva hörte, wie sie die Treppe nach oben ging.

Sie sah zum Schaufenster, wo Georg immer noch am Arbeiten war. Wie konzentriert er war, während er mit einem Metermaß die Schaufensterscheibe ausmaß. Zwischendurch notierte er etwas auf einem Stückchen Papier. Eva fiel auf, dass er das Papier merkwürdig in seiner linken Hand hielt, oder war seine ganze linke Hand merkwürdig? Von hier aus konnte sie es nicht genau sehen. Außerdem lenkte sie jetzt ab, dass ihm das blonde Haar, das er sonst zu einem akkuraten Seitenscheitel trug, in die Stirn fiel.

Eva ging zu ihm hinüber. »Du bist immer noch am Messen?«, fragte sie.

»Lieber zweimal messen und einmal schneiden«, antwortete er mit einem Lachen. »Es soll ja schließlich nachher ganz genau passen.« Er wollte sich den Bleistift hinter das Ohr klemmen, aber er rutschte ihm aus der Hand und kullerte Eva vor die Füße.

Automatisch bückte Eva sich danach, und auch Georg hatte seinen Arm bereits danach ausgestreckt. Ihre Hände berührten sich, und Eva hatte das Gefühl, dass die Zeit für einen Moment aufhören würde weiterzulaufen. Wie in Zeitlupe hob sie ihren Blick. Sie war noch immer in der Hocke, und auch Georg hatte sich weit nach vorn gebeugt. Nur wenige Zentimeter trennten ihre Gesichter. Evas Blick glitt darüber, blieb einen Moment an seinen vollen Lippen hängen, die ihr vorher so nicht aufgefallen waren, und wanderten dann zu seinen Augen weiter. Zu seinen blauen Augen, die sie immer noch so sehr an Alfreds erinnerten. Aber zum ersten Mal schmerzte dieser Anblick nicht. Zum ersten Mal fühlte sie dabei ein leichtes Flattern in ihrer Magengrube. Zarte Schmetterlingsflügel, die sich auszubreiten begannen. Schnell zog sie ihre Hand zurück und stand auf. Georg hob den Bleistift vom Boden auf. Unsicher standen sie sich für einen Moment gegenüber. Dann sprachen sie gleichzeitig:

»Ich muss noch im Lager …«, begann Eva.

»Ich mach dann hier weiter«, sagte Georg währenddessen.

Eva nickte schnell und ging nach hinten. Sie schob die Lagertür so weit zur Seite, dass Georg sie nicht mehr sehen konnte, und lehnte sich dann an den großen Arbeitstisch. Ihr Herz schlug schnell, und die Schmetterlingsflügel flatterten immer noch in ihrem Inneren. Was war da eben geschehen? Sie starrte in den dunklen Lagerraum, aber alles, was sie vor sich sah, waren Georgs volle Lippen und seine blauen Augen. Dabei hatte sie sich doch geschworen, niemanden mehr in ihr Herz zu lassen. Damit ihr niemand wieder etwas versprechen konnte, was er dann am Ende doch nicht einhalten konnte. So wie ihr Alfred.

Sie wusste nicht, wie lange sie so in der Dunkelheit gestanden hatte, als Georg plötzlich die Tür zum Lager aufzog.

»Den Rest bekomme ich heute nicht mehr fertig«, sagte er. »Du musst ja auch die Buchhandlung schließen, und es wird draußen langsam dunkel. Ich komme morgen wieder.«

»Natürlich«, sagte Eva schnell. Sie blickte aus der Dunkelheit des Lagers in das Dämmerlicht in der Buchhandlung. »Gleich ist Sperrstunde, da musst du ja auch nach Hause.«

»Genau«, antwortete Georg ebenso schnell.

Eva schob sich an ihm vorbei in den Ladenraum. Dabei streifte sie seinen muskulösen Arm. Ein Schauer durchfuhr sie. Was war es nur mit diesem Mann, dass sie selbst solche Kleinigkeiten so dermaßen durcheinanderbrachten? Bei Alfred war das nie so gewesen. Ja, auch bei ihm hatte sie Schmetterlinge gefühlt, und einmal war ihr sogar ein wohliger Schauer über den Rücken gelaufen, als er ihre Brüste berührt hatte. Aber das hier war etwas ganz anderes. Sie hatte Georg doch nur gestreift. Nur seinen Arm berührt und zuvor seine Finger.

Während sie hinter Georg die Ladentür abschloss und das Licht in der Buchhandlung löschte, dachte sie darüber nach, wie unterschiedlich Georg und Alfred doch waren. So unterschiedlich wie Tag und Nacht. Nur die blauen Augen, die einten sie.

Freitag, 2. Februar 1945

FEUER UND VERLANGEN

Am gestrigen Donnerstag hatte es schon früh Alarm gegeben. Kurz nach Mittag hatten die Sirenen aufgeheult. Als sie nach draußen gelaufen waren, zum Luftschutzbunker, hatte man in der Ferne das Gefechtfeuer gehört. Die Front kam näher. Unaufhaltsam. Das machte Eva Angst. Gefechte in der Stadt waren etwas ganz anderes als Luftangriffe. Es war noch viel unberechenbarer, viel gefährlicher. Um zwei Uhr hatte es Entwarnung gegeben. Sie waren gerade erst aus dem Bunker zurück in die Buchhandlung gekehrt, als ein neuerlicher Alarm losgegangen war. Gleichzeitig hatten sie die Motorengeräusche der Jagdbomber gehört. Deshalb waren sie nicht zurück in den Bunker gelaufen, sondern hatten sich in den Keller des Hauses geflüchtet. Einen Luftangriff in einem Keller zu verbringen, hatte wieder die Erinnerungen an Berlin zurückgebracht. Es waren schreckliche Stunden für Eva gewesen, und sie hatte gezittert, als zum zweiten Mal an diesem Tag Entwarnung gegeben wurde.

Am Abend war Georg im Laden erschienen, um mit dem Bau der Bretterkonstruktion zu beginnen. Damit hätte Eva wirklich nicht gerechnet, und auch Tante Maria war ganz überrascht gewesen. »Herr Neumann«, hatte sie gesagt, »bei den vielen Alarmen hätte ich gedacht, sie bleiben heute zu Hause.«

Sie selbst hatte gestern kaum mit Georg gesprochen. Zu sehr hatten ihr die Alarme in den Knochen gesessen. Sie hatte sich sogar früher nach oben entschuldigt und mit etwas Lektüre versucht, die Bilder von Berlin zu verdrängen.

Jetzt war auch dieser Freitag schon zur Hälfte vorbei, und Eva merkte, wie sie unruhig wurde. Sie wusste, dass Georg gleich ein weiteres Mal zur Arbeit an der Konstruktion kommen würde, und das erfüllte sie mit mehr Vorfreude als das Treffen des Kreises, welches für den späteren Abend geplant war. Aber sie wollte sich nicht eingestehen, dass es so war. Im Gegenteil, sie versuchte sogar, es vor sich selbst zu verstecken. Ein sinnloses Unterfangen.

Die halb fertige Bretterkonstruktion stand im Schaufenster. Mit etwas Glück würde Georg sie heute beenden können. Das hatte er gestern gesagt. Aber selbst wenn er es wirklich heute schaffen würde, das Treffen des Kreises musste dennoch im Lager stattfinden. Elli Breuch hatte noch nicht den Verdunkelungsstoff beschaffen können.

Trotzdem freute Eva sich auf das Treffen. Nie hätte sie sich vorher vorstellen können, wie erfüllend es sein konnte, mit einem Kreis von Menschen über ein Buch zu sprechen, das alle bereits gelesen hatten. Man musste sich nicht mehr mit dem Inhalt als solchem aufhalten, musste nicht mehr in Grundzügen erklären, worum es in dem Buch ging. Man konnte sich direkt auf die Details stürzen und diese diskutieren. Darüber diskutieren, wie man selbst etwas in dem Roman einschätzte, um dann zu staunen, wie anders genau das gleiche Detail von einem anderen Leser gesehen werden konnte. Dabei änderte sich ihr Blick, wurde weiter, weiser und insgesamt größer.

Schon länger hatte sie sich etwas überlegt, was ihr auf der Seele lag. Sie mochte die Menschen des Kreises alle sehr gern, aber sie wünschte sich manchmal jemand Gleichaltrigen an ihrer Seite. Manche Probleme, die Eva mit einem Text hatte, wurden vom Kreis nicht verstanden. Und das wollte sie ihnen nicht zum Vorwurf machen. Aber in Gedanken spielte sie immer durch, wie es wäre, wenn ihre Freundinnen mit dabei wären. Wenn auch Margot, Käthe und Ingeborg mit in den Sog der Literatur gezogen werden würden und dann mitdiskutierten.

Aber das konnte sie nicht entscheiden. Dafür musste sie die Tante und die anderen Teilnehmer überzeugen.

Es war noch früh am Nachmittag, als Georg in der Buchhandlung erschien. Er habe heute früher Feierabend machen können, sagte er, während er eine neue Ladung von schmalen Holzbrettern im Lagerraum ablegte. Dabei warf er Eva einen Blick zu, der die Schmetterlingsflügel wieder zum Flattern brachte.

Während Georg sich im Schaufenster an die Arbeit machte, trat die Tante neben Eva. »Er ist ein tüchtiger junger Mann, nicht wahr?«, sagte sie, und ein leichtes Lächeln umspielte ihre Lippen, das Eva nicht einordnen konnte.

Sie spürte, wie ihre Wangen wärmer wurden.

»Da musst du nicht rot werden, Eva«, sagte die Tante leise und tätschelte ihren Arm.

Eva ging nicht darauf ein. Sie wusste doch selbst noch nicht genau, wie sie das einschätzen sollte. Halb befürchtete Eva schon, Tante Maria würde noch etwas dazu sagen wollen, aber da betrat ein Kunde die Buchhandlung.

Während ihre Tante den Kunden bediente, wandte Eva ihren Blick wieder zu Georg. In der Nacht hatte sie von ihm geträumt. Von seinen Händen, seinen vollen Lippen. Die sie an Stellen ihres Körpers berührt hatten, wo sie noch nie von einem Mann berührt worden war. Bei dem Gedanken daran wurden ihre Wangen noch wärmer als zuvor. Und dennoch konnte sie den Traum nicht beiseiteschieben, und erst recht nicht das Gefühl von Verlangen, den er in ihr ausgelöst hatte. Auf der einen Seite wollte sie das fühlen, wollte das Feuer in sich auskosten, mehr davon haben, aber auf der anderen Seite machte es ihr auch Angst.

Und es war doch nur ein Traum gewesen. Sie wusste ja gar nicht, ob eine tatsächliche Berührung von Georgs kräftigen Händen so etwas in ihr auslösen würde. Dennoch konnte sie nicht anders, als ihn anzusehen. Wie er sägte und hämmerte. Wie sich seine Muskeln dabei deutlich unter seinem Hemd abzeichneten. Wie fest er zupackte, alles im Griff hatte.

Nachdem der Kunde die Buchhandlung wieder verlassen hatte, schickte Tante Maria Eva ins Lager. Wie an jedem Freitag musste dort noch geräumt werden, bis wieder genug Platz für den Kreis war. Eva ließ sich Zeit damit. Es lenkte sie von den neuen und unbekannten Gedanken und Gefühlen ab, die sie immer noch nicht so richtig einordnen konnte.

Als sie wieder nach vorn in den Laden trat, war es schon spät. Sie blickte auf die Uhr. In nur wenigen Minuten würden sie die Buchhandlung für den heutigen Tag schließen. Sie wollte die Tante gerade fragen, ob es noch etwas für sie zu tun gebe, als Georg sich im Schaufenster aufrichtete.

»Frau Herrmann, Eva, ich bin fertig«, sagte er und machte sich daran, sein Werkzeug zusammenzusammeln. Dabei fiel Eva wieder seine linke Hand auf. Jetzt konnte sie auch sehen, was damit war. Georg fehlten Finger an dieser Hand. Ein kalter Schauer fuhr Eva über den Rücken, und sie fragte sich, was wohl geschehen war. Ein Unfall im Sperrholzwerk? An der Säge vielleicht?

»Die Konstruktion am Fenster ist permanent«, erklärte Georg. »Die an der Tür können Sie einfach an ihren Platz schieben, wenn Sie sie benötigen.«

»Was ist mit dem Stoff? Wie bekommen wir den fest?«, fragte Tante Maria.

»Ich habe Nägel an den Rändern angebracht. Daran können Sie den Stoff befestigen.«

Tante Maria klatschte die Hände zusammen. »Herr Neumann, ich weiß gar nicht, wie ich Ihnen danken soll! Meine Nichte hat mir erzählt, dass Sie nichts für Ihre Arbeit haben wollen.«

»Da hat sie recht«, erwiderte Georg schlicht.

»Aber … Sie haben jetzt drei Tage daran gearbeitet und dann noch das Material, das ganze Holz und …«

Georg winkte ab. »Das sind alles Reste aus dem Sperrholzwerk, das darf ich so mitnehmen. Wirklich, Frau Herrmann, alles in Ordnung.«

»Wollen Sie sich denn nicht wenigstens ein Buch aussuchen? Herr Neumann, ich kann und ich werde Sie nicht einfach so gehen lassen!«, sagte Tante Maria resolut.

Aber Georg schüttelte nur den Kopf. »Ich … ich lese nicht so viel, Frau Herrmann.«

»Gibt es denn wirklich nichts, was …«, begann nun Eva und brach ab, als sie bemerkte, wie Georg sie mit einem Mal ansah. Wie eindringlich seine blauen Augen plötzlich waren.

»Doch, vielleicht gibt es da etwas«, sagte er schließlich.

»Was denn?«, fragten Eva und ihre Tante gleichzeitig.

Georg fuhr sich einmal mit der freien Hand durch die Haare, und dann sagte er schnell: »Würdest du am Sonntag mit mir auf einen Spaziergang gehen, Eva?«

WIDER BESSEREN WISSENS

Würdest du am Sonntag mit mir auf einen Spaziergang gehen, Eva?

Hatte er das wirklich gesagt? Er konnte es nicht glauben, aber wenn er sich die überraschten Gesichter von Eva und ihrer Tante so ansah, dann hatte er genau das getan. Wider besseren Wissens hatte er gerade das Fräulein Liebe gebeten, mit ihm auszugehen. Dabei wollte er sich doch von der Liebe fernhalten. Beinahe hätte er den Kopf geschüttelt, über sich selbst, über so viel Unvernunft, die er an den Tag legte. Aber es war gerade nicht die Vernunft, auf die er hörte.

Eva antwortete nicht, also sagte er schnell: »Wir könnten am Rhein spazieren gehen oder zum Krahnenberg hinauf.« Immer noch nichts. Irgendwie musste er die unangenehme Stille im Raum füllen. »Weißt du, von da oben hat man einen wunderbaren Blick ins Rheintal, aber eigentlich ist es am Rhein schöner, also wenn wir am Rhein …« Er brach ab, weil Eva weiterhin keine Regung zeigte. »Es ist vielleicht doch keine so gute Idee«, murmelte Georg. Er drehte sich zur Tür um.

»Moment, junger Mann, nicht so schnell!«, sagte da Maria Herrmann streng.

Verblüfft wandte Georg sich zu ihr um. Auch Eva blickte mit Erstaunen zu ihrer Tante.

»Meine Nichte scheint gerade die Sprache verloren zu haben«, erklärte Maria Herrmann, »daher antworte ich Ihnen und sage, sie wird gern mit Ihnen gehen. Ist es nicht so, Eva?« Mit dem Ellenbogen stieß sie ihre Nichte an, die den Blick wieder zu ihm richtete.

Evas Wangen leuchteten, und sie sah ihm unverwandt in die Augen. Ihr Blick war so intensiv wie bei ihrem ersten Zusammentreffen am Schloss. Wieder hatte Georg den Eindruck, sie würde ihn restlos durchschauen. Würde sein Geheimnis erkennen. Er schluckte.

»Ja, ich würde gern mit dir am Rhein spazieren gehen«, antwortete sie schließlich.

»Dann … ich …«, begann Georg. »Ich hole dich am Sonntag ab, am Nachmittag.«

Eva nickte, und ihre Tante klatschte erneut in die Hände. »Sehr gut. Dann sehen wir Sie am Sonntag wieder, Herr Neumann.«

Als er die Buchhandlung verlassen hatte, seine Werkzeuge unter dem Arm, fragte Georg sich erneut, was da nur in ihn gefahren war. Er hatte sich doch vorgenommen, sich von allem fernzuhalten. Und doch … Mit Eva war es anders. Sie wollte ihm nicht aus dem Kopf gehen, und sie – sie war besonders. Wie sie eben dagestanden hatte, mit den flammend roten Wangen. Sie war schön. Alles an ihr war schön.

Der Hammer rutschte ihm aus der Hand, und als er danach greifen wollte, rutschte auch das restliche Werkzeug hinterher.

»Oi«, entfuhr es Georg. Er machte einen Ausfallschritt, um sich nicht an seiner eigenen Säge zu schneiden. Dadurch rutschte er aus und landete auf dem Hosenboden im kalten Schnee.

Seine Großmutter, die hätte gesagt, dass das ein Omen sei, dachte er, als er aufstand, sich den Schnee von der Hose klopfte und die Werkzeuge wieder einsammelte. Ja, seine Großmutter hätte gesagt, dass er aufpassen müsse. Auf der Hut sein müsse. Aber bei ihr war alles ein Omen gewesen – und meist ein böses. Egal, was es war: Der Schnee war zu früh geschmolzen, der Schnee lag zu lange. Jemand hatte im Haus gepfiffen oder einen Spiegel zerbrochen … All das brachte jahrelanges Unglück über einen. Alles war furchtbar und immer noch furchtbarer gewesen.

Aber er war schon lange nicht mehr zu Hause bei seiner Großmutter, er war jetzt hier zu Hause. In Andernach am Rhein. Und wenn er eins von den Rheinländern gelernt hatte, dann, dass sie ihre positive Haltung niemals verloren. »Et hätt noch immer jut jegange«, das war ein rheinischer Grundsatz, und den wollte er sich auch selbst hinter die Ohren schreiben. Er musste endlich damit aufhören, immer den Teufel an die Wand zu malen. Er war jetzt an einem besseren Ort, und wenn der Krieg endlich vorbei wäre, würden auch die Zeiten besser werden. Da hatte er ein verdammtes Recht auf sein eigenes Glück!

Und am Sonntag würde er das Fräulein Liebe ausführen, auf einen Spaziergang am Rhein entlang.

EIN ANLIEGEN

Maria Herrmann schmunzelte immer noch über ihre Nichte, die sich offensichtlich in den jungen Schreiner verguckt hatte. Und bei ihm schien es nicht anders zu sein. Das erinnerte Maria so sehr an ihre jungen Tage, als sie gerade ihren August kennengelernt hatte. Das war eine schöne Zeit gewesen, eine unbeschwerte. Oft wünschte sie sich, sie könnte dorthin zurückreisen und all das Schöne wieder erleben. Aber so funktionierte das Leben nicht. Das Leben kannte nur einen Weg: geradeaus nach vorn, egal, was kam. Ob Sommer, ob Winter, ob Krieg, ob Frieden. Immer nach vorn, immer weiter und weiter.

Maria trat in den Lagerraum und schloss die Tür zum Ladengeschäft sorgfältig, bevor sie das Licht einschaltete. Eva hatte gut geräumt. Alles war an seinem Platz, bereit für ein neuerliches Treffen des Kreises. Und ihre Nichte hatte recht, es war eng hier. Beklemmend. Aber es würde wohl das letzte Treffen im Lager werden, wenn alles nach Plan lief und Elli Breuch den Verdunkelungsstoff besorgen konnte. Maria fragte sich, wie viele Bücher Elli dafür aushandeln würde. Sie mochte ihre Freundin, aber an dieser Stelle war sie ein Fuchs.

Eva war noch mit den Mädchen oben, als Maria hörte, wie jemand an die Hintertür klopfte. Es waren das Fräulein Frings und Friedel Faßbender. Kurze Zeit später trafen auch schon Elli mit ihrem Mann und Anna und David ein. Schließlich kam Eva von oben die Treppe herunter. Nun fehlte nur noch Hans.

Alle nahmen ihre angestammten Plätze ein und unterhielten sich, während sie auf Hans warteten. Maria nutzte die Gelegenheit, ihre Nichte zu beobachten. Einmal mehr stellte sie fest, dass sie ein gutes Händchen mit den Leuten hatte. Wie sie jetzt mit Anna und David sprach und es sogar schaffte, die beiden zum Lachen zu bringen. Das war mehr wert als alles andere auf der

Welt. Die zwei lebten schon so lange in Angst. Und Eva Liebe mit ihrer unbefangenen jugendlichen Art – sie schaffte es, den beiden wieder etwas Lebensfreude zurückzugeben.

Es waren doch die kleinen Dinge, die zählten. Die kleinen Gesten. Ein Lachen, ein Händedruck, ein aufmunterndes Nicken. All das brachte Eva mit sich.

Noch einmal klopfte es an die Hintertür, und Hans kam endlich. Sofort verstummten die Gespräche. An diesem Abend war es wieder Friedel, der ihnen etwas vortrug. Diesmal hatte er einen Text von Mascha Kaléko dabei. Vor sieben Jahren war die Schriftstellerin in die Vereinigten Staaten emigriert und schrieb seitdem von dort aus für einige Exilzeitungen. Maria mochte die Texte von ihr sehr gern. Ihre Lyrik war melancholisch und sachlich zugleich. Eine besondere Mischung, wie Maria fand.

Wie immer war der Abend viel zu schnell vorbei, und die Ersten standen bereits auf, um zu gehen, als ihre Nichte plötzlich das Wort erhob: »Wartet bitte. Ich habe noch ein Anliegen, das ich mit euch besprechen möchte.«

Alle Anwesenden sahen aufmerksam zu ihr.

»Wir sollten den Kreis vergrößern. Noch mehr Menschen hinzuholen. Wenn wir doch bald auch mehr Platz haben, vorn im Laden.«

»Vergrößern?«, stieß Elli aus.

Aber Friedel fragte neugierig: »An wen hast du denn da gedacht?«

»Die Margot Becker zum Beispiel«, antwortete ihre Nichte. »Und vielleicht auch die Käthe Schmitz und die Ingeborg Krämer.«

»Du willst die beiden größten Tratschtanten von ganz Andernach hinzuholen?«, rief Elli empört. »Da können wir ja gleich die Straßen mit Plakaten pflastern und uns danach die Handschellen selbst anlegen.« Gemurmel machte sich breit, und gerade Anna und David sahen ganz erschrocken aus.

Maria stand auf und hob beschwichtigend die Hände. »Noch ist nichts gesagt. Immer mit der Ruhe.«

»Aber, aber …«, ereiferte sich Elli, »ausgerechnet die zwei aus dem Gemischtwarenladen?«

»Du hast die beiden noch nicht mit unserem Fräulein Liebe zusammen gesehen«, sagte Maria. »Sie hat ihnen so sehr die Meinung gesagt, dass die beiden hier im Laden gestanden und sich entschuldigt haben.«

»Dann haben sie sich geändert?«, fragte Anna leise nach.

»Das kann ich ja gar nicht glauben«, meinte Elli.

»Jetzt lasst doch mal die Eva etwas dazu sagen«, forderte Fräulein Frings, das brachte alle anderen zum Verstummen. »Also, Eva.« Fräulein Frings bedeutete ihr mit einer Geste zu sprechen.

Maria beobachtete, wie ihre Nichte sich räusperte, bevor sie sagte: »Die zwei sind meine Freundinnen. Und das nicht ohne Grund. Ich weiß jetzt, dass ich ihnen jederzeit und mit allem vertrauen kann. Und das blind. Ich hoffe, ihr alle nehmt mein Wort?«

Wieder erhob sich leises Gemurmel. Elli und Anna schüttelten die Köpfe. Fräulein Frings, Friedel und Hans wiederum nickten Eva wohlwollend zu.

Maria dachte über Evas Vorschlag nach. Sie hatte recht, es wäre gut, wenn sie den Kreis vergrößerten, wenn sie auch die jungen Leute mit hinzunähmen. Maria sah doch, wie gut die jugendliche Unbefangenheit von Eva den anderen tat. »Ich denke, wir sollten es wagen. Wir haben doch schon viel zu lange nichts mehr gewagt«, sagte sie.

»Und das sagst ausgerechnet du, Maria?«, fragte Anna ungläubig. »Du bist doch sonst nach Elli diejenige, die am wenigsten wagt.«

Maria überging die Spitze und lächelte nur sanft.

»Hier ist doch gar kein Platz mehr«, wandte David ein.

»Wir werden die Treffen nach vorn in den Laden verlegen, sobald Elli genug Verdunkelungsstoff besorgt hat«, erklärte Maria, aber sie sah genau, dass immer noch nicht alle überzeugt waren. Gerade Elli und auch Anna und David sahen nicht überzeugt aus. Aus dem Augenwinkel sah sie, wie Fräulein Frings gähnte. Es war schon sehr spät. Heute Abend würden sie keine Einigung oder gar einen Entschluss dazu fassen. Also stand Maria auf, sah in die Runde und sagte: »Ich möchte auch einen Vorschlag dazu machen.«

Alle Anwesenden verstummten und blickten nun zu ihr.

»Wir vertagen die Entscheidung auf das nächste Treffen. Bis dahin kann jeder von euch in Ruhe darüber nachdenken und das Für und Wider abwägen. Was sagt ihr?«

»So machen wir es!«, rief Friedel Faßbender, und die anderen stimmten zu.

Sonntag, 4. Februar 1945

BROT UND KÄSE

Obwohl es nasskalt war, spürte Eva die Kälte nicht, im Gegenteil. Georgs Gegenwart reichte aus, dass Eva warm war. Eine Wärme, die sie von Kopf bis Fuß erfüllte. Dabei ging er nur neben ihr her. Mit Alfred in Berlin war es anders gewesen. Er hatte von Anfang an wie selbstverständlich ihre Hand genommen, wenn sie spazieren gegangen waren. Sie ertappte sich dabei, wie sie wieder einmal automatisch mit ihrem Daumen nach dem Ringfinger tastete.

Dabei war es gut, dass es mit Georg anders war. Sie wollte sich nicht noch einmal so überstürzt verloben. Und nach ihrem Traum von Georg war es vielleicht auch besser, dass er ihre Hand nicht ergriff. Sie hatte Angst, dass dann die Wärme in ein Feuer umschlug.

Unruhig blickte Eva in den grauen Himmel. Suchte nach Jagdbombern. Gestern waren so viele geflogen, die Sirenen waren beinahe nicht verstummt. Heute schien es ruhig zu sein. Es tat gut, nach der langen Zeit im Bunker mal wieder an der frischen kalten Luft zu sein. Vielleicht konnte sie so für einen Augenblick den Krieg vergessen.

»Du bist also aus Berlin?«, fragte Georg plötzlich.

Eva nickte, das hatte sie ihm eben erzählt. Wenn sie auch den Grund für ihren Fortgang aus der großen Stadt ausgelassen hatte.

»Ist das Leben dort sehr anders als hier?«

»Ein Unterschied wie Tag und Nacht«, antwortete Eva. Andernach war so anders als Berlin. Man sah an jeder Ecke und in jedem Gässchen, dass es eine mittelalterliche Stadt war, dass sie nicht geplant worden war, sondern gewachsen. Die vielen kleinen Häuschen drängten sich aneinander, standen verwinkelt und manchmal auch schief. So etwas hatte sie in Berlin nicht gesehen. Dort waren die Straßen und die Häuser groß. Alles gerade, wie mit einem Lineal gezogen. »Hier ist alles so ...«, fuhr sie fort, »ich weiß nicht, klein irgendwie und verwinkelt.«

»Ich finde schon Andernach sehr groß«, sagte Georg.

»Dann kommst du nicht von hier?«, fragte Eva neugierig, und sie meinte zu bemerken, dass Georg bei dieser Frage leicht zusammenzuckte.

Er fuhr sich mit der Hand über die Stirn. »Nein ... ich bin in einem ganz kleinen Dorf groß geworden«, sagte er dann.

»Wie heißt das Dorf denn? Ist es hier in der Nähe?«, fragte Eva.

»Das ... das kennst du bestimmt nicht. Es ist wirklich winzig. Nicht im Rheinland, es ist ... weiter weg. Ich bin jetzt hier in Andernach, das ist alles, was zählt.« Den letzten Satz hatte er mehr zu sich selbst gesagt.

Wieder schwiegen sie.

Als Georg sie eben in der Buchhandlung abgeholt hatte, ein Bündel unter dem Arm, waren sie die Hochstraße in Richtung des Mariendoms gegangen. Ganz bis zum Ende. Zum Runden Turm, in dessen Mauer ein riesiges Loch prangte. 1689 hatten die französischen Truppen um Ludwig XIV. versucht, ihn zu sprengen. Der Turm hatte getrotzt!

Sie waren weitergegangen, Am Schänzchen vorbei bis zum Alten Krahnen. Dort angekommen, hatte Georg einen der großen Mühlsteine, die vor dem Kran lagen, vom Schnee befreit und dann sein Bündel ausgebreitet.

Nun saßen sie beide auf der Wolldecke, die Georg mitgebracht hatte. Eva sah ihm dabei zu, wie er den Rest seines Bündels auspackte. Es war ein zusammengeknotetes Tuch, das er jetzt entfaltete. Dabei konnte Eva zum ersten Mal seine linke Hand richtig sehen. An dieser Hand hatte er nur noch zwei Finger, den Daumen und den kleinen Finger. Die drei Finger dazwischen fehlten. Eva überlegte, ob sie ihn darauf ansprechen sollte, aber da wurde sie vom Inhalt des Tuches abgelenkt. Ein frisches Stück Brot, das verführerisch roch, ein Stückchen Dauerwurst und sogar Käse. Mit der rechten Hand griff Georg in seine Hosentasche und zog ein Taschenmesser hervor. Er klappte es auf und schnitt damit Brot, Wurst und Käse. Eva blickte auf seine Hände, die diesmal nicht fest zupackten, sondern vorsichtig waren, beinahe sanft. Eine Gänsehaut zog sich über ihre Arme, und sie war froh, dass Georg es nicht sehen konnte unter ihrem Wintermantel.

»Bitte, nimm«, forderte Georg sie auf.

Eva schenkte ihm ein Lächeln und nahm sich ein Stückchen Brot. Es war so frisch, als wäre es heute erst gebacken worden. Sie wusste gar nicht, wann sie das letzte Mal so ein frisches Stück Brot gegessen hatte. Die Bäcker der Stadt durften nur altes Brot ausgeben, laut amtlicher Anweisung.

»Wo hast du das Brot her?«, fragte sie verwundert und nahm einen weiteren Bissen. Kostete die weiche Feinkörnigkeit, die leichte Säuerlichkeit, die in einem perfekten Verhältnis zum Geschmack des gemahlenen Getreides stand.

Georg zog die Mundwinkel zu einem verschmitzten Lächeln hinauf. Damit sah er aus wie ein Lausbub. »Meine Zimmerwirtin hat es heute gebacken.«

Seine Zimmerwirtin, dachte Eva, und sie spürte einen Stich von Eifersucht in ihrem Herzen. »Ihr scheint ja viel an dir zu liegen«, sagte sie, und obwohl es leichthin klingen sollte, konnte sie den beleidigten Unterton nicht ganz vermeiden.

Georg lachte. »Fräulein Weber ist schon hochbetagt, keine Sorge. Und das Brot backt sie nicht bloß für mich, sondern auch für die anderen beiden Herren, die in der Pension wohnen.«

Eva lachte auch, aber es ärgerte sie dennoch, dass sie sofort so eifersüchtig reagiert hatte. Dabei waren sie und Georg doch nicht einmal ein Paar. Sie waren nur zwei Menschen, die zusammen einen Spaziergang unternahmen und dabei etwas Proviant aßen. Das zumindest versuchte sich Eva gerade einzureden.

Georg hielt ihr ein Stückchen von dem Käse hin, und sie nahm es aus seiner Hand. Dabei berührten sich ihre Fingerspitzen wieder. Die Schmetterlinge begannen aufgeregt in ihrem Bauch herumzuflattern. Diesmal fingen ihre Flügel Feuer. Schnell zog Eva ihre Hand zurück. Das Stückchen Käse fiel zu Boden.

»Oh! Der gute Käse!«, rief Eva erschrocken. »Das wollte ich nicht, tut mir leid.«

Aber Georg hatte sich bereits nach unten gebeugt und das Stückchen aufgelesen. Dabei fiel ihm eine Strähne seines blonden Haars ins Gesicht. Mit einer Hand wischte er Schnee und ein paar Dreckkrumen von dem Käse und steckte sich das Stück dann in den Mund. Während er kaute, sah er Eva aus seinen blauen Augen an. Er schob sich die Haare aus der Stirn. »Dem guten Käse tut auch ein bisschen Erde keinen Abbruch«, sagte er dann mit einem schiefen Lächeln, und Eva merkte, dass ihr Herz schneller zu schlagen begann.

Schweigend aßen sie alles auf. Eva achtete darauf, sich nur noch etwas zu nehmen, wenn sie ganz sicher nicht mehr Georgs Hände berühren konnte. Die Schmetterlinge und ihr Herz konnte sie damit aber nur wenig beruhigen.

Es begann schon dunkel zu werden, als sie vom Alten Krahnen am Rhein entlang zurückgingen. Georg trug sein Bündel wieder unter dem Arm, und diesmal hatte er ihr seinen anderen Arm angeboten und Eva hatte sich untergehakt. Sie freute sich, ihm nah zu sein, und war gleichzeitig froh, dass der dicke Stoff ihrer Wintermäntel sie voneinander trennte. So gingen sie zusammen durch die Rheinpromenade bis zum Rheintor und von dort die

Rheinstraße hinauf bis in die Hochstraße. Vor der Buchhandlung blieben sie stehen. Eva löste sich von Georg und wandte sich zur Tür, auf der untersten Stufe drehte sie sich zu ihm um, um ihm für den Nachmittag zu danken und sich von ihm zu verabschieden. Da erst bemerkte sie, wie dicht er hinter ihr stand. Sie auf der Treppe, er auf der Straße, so waren sie auf Augenhöhe. Seine blauen Augen waren im Dämmerlicht dunkel.

Georg neigte ihr seinen Kopf entgegen, und Eva wurde mit einem Mal bewusst, dass er sie küssen wollte. Ihr Herz pochte fest in ihrer Brust, ließ ihr Blut durch ihre Adern rasen und in ihren Ohren rauschen. Ein Kuss. War sie dafür schon bereit? Der einzige Mann, der sie bislang geküsst hatte, war Alfred gewesen.

Aber Georg suchte nicht ihre Lippen, er nahm ihre Hand und drückte ihr zart einen Kuss auf den Handrücken.

»Gute Nacht, Fräulein Liebe«, sagte er, und seine Stimme war so dunkel wie seine Augen.

Eva schluckte, ihre Stimme, sie wollte ihr so gar nicht mehr gehorchen, und so kam nur ein Krächzen heraus, als sie sagte: »Gute Nacht, Georg Neumann.«

Samstag, 10. Februar 1945

EIN FAST NORMALER TAG

Die Sonne schien hell auf sie nieder. Eva hob die Hand und schirmte ihre Augen ab, um über den Rhein blicken zu können. Am Ufer liefen ein paar Kinder. Sie spielten Fangen und rannten lachend umeinander her. Der Schnee war endlich geschmolzen und gab den Blick auf erste sprießende Pflänzchen frei. Die Natur führte ihren Kreislauf durch die Jahreszeiten fort, selbst wenn ein Krieg um sie herum tobte.

Die letzte Woche war wie im Flug vergangen. Jeden Mittag war Georg am Schaufenster der Buchhandlung erschienen, hatte ihr zum Gruß zugewunken und war dann wieder verschwunden. Hatte sie mit klopfendem Herzen und flatternden Schmetterlingen zurückgelassen.

Das hatte dazu geführt, dass sie auch immer nur an Georg hatte denken müssen. So sehr hatte er ihre Gedanken in Beschlag genommen, dass sie nicht einmal beim gestrigen Treffen des Kreises aufmerksam gewesen war. Die Mitteilung der Kreismitglieder, dass sie ihren Vorschlag, ein jüngeres Publikum hinzuzuholen, noch einmal vertagen würden, hatte sie kaum wahrgenommen. In ihrem Kopf war es immer nur um Georg gegangen. Um Georg und seine blauen Augen, die wie Alfreds waren.

Eva nahm die Hand herunter und lehnte sich mit dem Rücken gegen das Geländer an der Ufermauer. Die Luft war kühl, roch aber angenehm frisch und brachte eine Ahnung von Frühling mit sich. Als sie gestern Mittag wieder einmal wegen eines Alarms im Bunker gesessen hatte, hatte man dort über das Gerücht diskutiert, die Amerikaner kämen über die West-Eifel näher. Als wenn das ein Gerücht wäre! Eva hörte nachts doch das Gefechtfeuer, und das Flugblatt, das Margot gefunden hatte, war auch ein deutlicher Beweis dafür. Das hatte Eva im Bunker natürlich nicht gesagt. Sie wollte ihre Freundin nicht in Gefahr bringen. Im Bunker saß Eva sowieso meist still in einer Ecke und versuchte, ihre Angst im Griff zu halten. Gleichmäßig und ruhig zu atmen. Das allein war oft schon schwierig genug.

»Eva! Was stehst du da nur rum und schaust verträumt in die Ferne?«, hörte sie mit einem Mal Käthe rufen.

Sie blickte sich um und erkannte, dass ihre Freundinnen bereits weitergegangen waren. In der letzten Woche war sie mehrmals mit den anderen unterwegs gewesen. Einmal mehr freute Eva sich, wie gut sie sich miteinander verstanden. Als wäre es nie anders gewesen. Als wären sie alle schon seit Jahren Freundinnen.

Eva stieß sich vom Geländer ab und folgte den dreien. Sie gingen auf einem schmalen Weg am Rhein entlang. Auf ein seltsam massiges Bauwerk zu. Es wirkte fast wie eine Burg. Eva beeilte sich, ihren Freundinnen hinterherzugehen. Je näher sie auf das Bauwerk zukam, desto deutlicher sah sie, dass es darunter eine Art Senke gab und ein Tunnel dort hinein oder hindurch führte, wenn sie das von dieser Entfernung aus richtig beurteilen konnte.

Käthe und Ingeborg schnatterten wild, während Margot still nebenherging. Eva schloss zu ihr auf. »Was ist das für ein Tunnel? Und was ist das da drüber?«, fragte sie und deutete auf das Bauwerk.

»Das? Oh, das ist nur das Bollwerk.«

»Ach so, nur das Bollwerk. Damit ist ja alles klar«, erwiderte Eva. Sie lächelte.

»Früher war es eine Zollstation«, erklärte Margot. »Jetzt ist oben ein Kriegerdenkmal. Für die Gefallenen aus dem Ersten Weltkrieg. Von da oben hat man einen schönen Ausblick über den Rhein.« Sie gingen weiter. »Bald können sie es auch für die aus dem jetzigen Krieg erweitern. Falls da überhaupt so viel Platz ist«, brummte Margot leise.

Jetzt hatten sie das Bollwerk erreicht. Der Name war überaus passend, fand Eva. Es wirkte wie eine Festungsanlage, wie eine Trutzburg, wie es da so groß und massig vor ihr aufragte, dass sie sich mit einem Mal sehr klein vorkam. Vor ihnen neigte sich der Weg zu dem schmalen Tunnel, rechts von ihnen konnte man auf das Bauwerk hinaufgehen. Margot war bereits einige Schritte nach rechts gegangen, aber Käthe und Ingeborg liefen hinunter in den Tunnel. Eva folgte ihnen neugierig, nur Margot blieb stehen.

»Sollen wir nicht lieber hinaufgehen? Ich mag den Tunnel nicht«, rief Margot.

Käthe und Ingeborg waren schon in den Tunnel hineingelaufen und machten nun laute Stimmen, die bis zu Margot und Eva nach draußen schallten. Es klang verzerrt, hallte gruselig. Aber Eva konnte jetzt das Licht am anderen Ende des Tunnels sehen. Er war nicht sonderlich lang. Vielleicht hundert Meter.

»Die Margot hat Angst!«, rief Ingeborg.

»Genau!«, setzte Käthe nach.

»Ihr verhaltet euch wie zwei kleine Pänz«, rief Margot zurück.

»Komm«, sagte Eva schnell zu Margot, »zeig mir das Bollwerk. Hast du nicht eben gesagt, dort oben hätte man einen schönen Ausblick?«

Margot nickte dankbar, und zusammen gingen sie ein Stückchen von dem Tunnel zurück und dann ein paar Treppenstufen hinauf. Der Weg war mit Steinplatten ausgelegt. Als sie oben angekommen waren, nahm Margot Eva bei der Hand und zog sie durch einen Bogen in das Rund.

Käthe und Ingeborg kamen lachend zu ihnen gelaufen. »Hier seid ihr also. Wir dachten schon, wir hätten euch in die Flucht geschlagen.«

»Mit ein paar Rufen aus einem Tunnel? Da müsst ihr euch schon mehr anstrengen«, erwiderte Margot.

Käthe tat so, als würde sie einen imaginären Stift hinter ihrem Ohr hervorziehen und hielt die andere Hand wie ein Stück Papier vor sich. Während sie so tat, als würde sie etwas notieren, sagte sie: »Besseres Manöver ausdenken, um die Fräuleins Becker und Liebe in die Flucht zu schlagen.«

Ingeborg kicherte, und auch Eva und Margot konnten sich ein Lächeln nicht verkneifen.

Sie umrundeten einen großen Steinsockel, vor dem eine Kriegerstatue stand, und traten schließlich auf der anderen Seite wieder hinaus. Jetzt standen sie an der Spitze des schmal zusammenlaufenden Bauwerks. Davor war eine weitere Steinfigur angebracht, beinahe wie eine Gallionsfigur. Von hier oben aus konnte man nur ihren blanken Rücken sehen. Die Haare standen wild nach hinten.

Margot setzte sich auf die Mauer zur Linken, deutete auf die Figur und sagte: »Das ist Siegfried, der Drachentöter. Wenn du unten davorstehst und hinaufsiehst, dann kannst du auch den Drachen sehen.«

»Du meinst wohl das Krokodil!«, rief Käthe und kicherte.

Eva sah verständnislos zwischen Käthe und Margot hin und her und sah, dass auch Margot ein Grinsen nicht unterdrücken konnte.

»Man kann von dem Drachen nur den Kopf sehen«, erklärte Margot, »und der sieht schon ein bisschen aus wie der von einem Krokodil.«

Eva zuckte mit den Schultern und legte dann die Hand flach auf den Rücken der Figur. »Einen hübschen Rücken hat er aber, der steinerne Held.«

Die Freundinnen lachten.

»Nur über die Frisur müssen wir noch einmal sprechen«, dozierte Margot und deutete auf die steinerne Mähne Siegfrieds.

»Ja, das ist nicht nach der deutschen Fasson«, bestätigte Ingeborg mit strenger Miene.

Einen kurzen Moment schwiegen sie alle. Ingeborg lehnte sich neben Margot an die Mauer, und Eva tat es ihr gleich. Es war Käthe, die sich mit einem Mal vor ihr aufbaute und sagte: »Und jetzt erzählst du uns endlich alles vom Georg! Die ganze Woche vertröstest du uns nun schon. Die Margot kennt ihn ja, aber die Ingeborg und ich, wir nicht. Also raus mit der Sprache, wie sieht er überhaupt aus?«

Beim Anblick der gespannten Gesichter ihrer Freundinnen schmunzelte Eva. »Das ist doch ein abgekartetes Spiel. Ihr habt mich nur hierhergebracht, damit ihr mich in aller Ruhe verhören könnt!«, rief sie gespielt empört.

»Haargenau so ist es«, erwiderte Käthe, und Ingeborg und Margot nickten.

»Und jetzt erzähl endlich, wie sieht er aus?«, rief Ingeborg.

Eva spürte, wie ihr die Röte langsam in die Wangen stieg. »Normal würde ich sagen«, begann sie ausweichend.

»Ist er groß?«, bohrte Käthe nach.

»Ja«, bestätigte Eva, »er ist groß und blond.«

»Und kräftig!«, rief Margot.

»Also wenn er jetzt auch noch blaue Augen hat, dann sieht er ja am Ende aus, wie ein echter Arier aussehen soll«, sagte Ingeborg. »Eva, willst du uns gerade einen Bären aufbinden? Und du, Margot, gleich mit? Ist das die Rache für unser Tunnelgeschrei?« Sie hatte die Augen zusammengekniffen.

Margot lachte, und Eva sagte: »Nein, ist es nicht. Der Georg sieht genau so aus: groß, kräftig, blond und blauäugig.«

»Der Georg hat nicht zufällig noch ein paar Brüder?«, fragte Käthe.

»Käthe!«, rief Ingeborg. »Du kennst doch selbst genug Männer, ist da niemand für dich dabei?«

Käthe machte eine wegwerfende Geste. »Ach … das sind doch alles nur Milchbubis, wenn der Georg wirklich so aussieht wie beschrieben. So was will ich. Muskeln an den Armen, eine breite Brust zum Anlehnen.« Sie seufzte. »Wo arbeitet der Georg?«

»Im Sperrholzwerk«, erwiderte Margot. Sie hatte sich mit dem Rücken zum Rhein auf das Mäuerchen gesetzt und nickte in Richtung des Hindenburgwalls.

»Im Sperrholzwerk? Gibt es denn da noch mehr kräftige Männer wie deinen Georg?«, fragte Käthe an Eva gerichtet.

»Ich weiß es nicht«, antwortete sie. »Und es ist nicht mein Georg.«

»Du weißt nicht, wer da sonst noch arbeitet? Mädchen!«, rief Käthe. »Es wird Zeit, dass wir das herausfinden. Mit den Jungspunden, die jetzt noch in Andernach sind, kann man ja nichts anfangen, und wir können auch nicht alle ewig darauf warten, dass die Männer aus dem Krieg zurückkommen. Wir bleiben schließlich nicht immer so jung und hübsch.«

»Jung und hübsch?«, fragte Ingeborg. Sie legte sich einen Finger an den Mund und musterte Käthe einmal von Kopf bis Fuß. »Also jung bist du auf jeden Fall. Über das andere müssen wir noch einmal reden.« Sie machte galant einen Sprung zurück und wich so der Hand von Käthe aus.

»Na warte!«, erwiderte diese, und sie alle vier mussten lachen.

Margot hob die Hände und brachte sie wieder zur Ruhe. »Lasst die Eva lieber mal von ihrem Treffen mit dem Georg erzählen.« Sie sah Eva an. »Du warst doch letzten Sonntag mit ihm spazieren, oder nicht?«

Bevor Eva antworten konnte, wollte Ingeborg wissen: »Habt ihr euch geküsst?« Ihre Wangen waren mit einem Mal rotgefleckt und sie kicherte aufgeregt.

»Nein … ja, nicht so richtig«, erwiderte Eva.

»Was denn jetzt?«, rief Käthe aufgeregt. »Ja oder nein?«

»Er hat mir einen Handkuss gegeben«, sagte Eva. Automatisch fasste sie mit der linken Hand an den Rücken der rechten. An die Stelle, an der Georgs Lippen ihre Haut nur hauchzart berührt hatten.

»Hättest du es gern gehabt, wenn er dich richtig geküsst hätte?«, fragte Ingeborg, wieder kicherte sie.

Eva nickte, und sie konnte nicht verhindern, dass ihr Herz mit einem Mal schnell und aufgeregt in ihrer Brust schlug. Sie hätte Georg so liebend gern geküsst. Lieber als alles andere auf der Welt. Mit Alfred damals, da war es recht schnell gegangen mit dem ersten Kuss, aber Georg, er war so zurückhaltend, dass Eva nicht einschätzen konnte, ob ihm nun etwas an ihr lag oder nicht.

Käthe begann, laute Kussgeräusche von sich zu geben, und Ingeborg fiel lachend mit ein.

Eva lehnte sich neben Margot und sah dabei zu. Wie sie die Lippen schürzten und mit den Augen klimperten. Es war schön zu sehen, wie die neuen Freundinnen herumalberten, als gäbe es keinen Krieg und keine Entbehrung. Ja, sie mochten gerade etwas kindisch sein, aber das war doch nichts Schlimmes. Nein, es war genau das Gegenteil! Es war gut, sich wieder ein bisschen wie ein Kind zu fühlen. Unbeschwert und sorgenfrei. Eva hatte dieses Gefühl mehr vermisst, als ihr bewusst gewesen war. Heute war ein guter Tag, ein fast normaler.

»Was ist denn da los?«, fragte Ingeborg mit einem Mal. Sie war wieder vor Eva und Margot erschienen und deutete über ihre Köpfe hinweg zum Rheintor hinüber. Obwohl sie hinter den drei Freundinnen stand, konnte sie bei ihrer Größe mühelos über all ihre Köpfe hinwegblicken.

Eva drehte sich um und sah nun auch, dass die Menschen zum Tor hindurcheilten.

»Es gibt was! Bestimmt!«, rief Käthe, und ohne lange zu warten, rannte sie los.

Eva und die anderen beiden folgten ihr. Aus dem Steinrund hinaus, den Weg und die Stufen hinunter zum Rhein.

Als sie am Tor ankamen, hörten sie, wie eine Frau vor ihnen rief: »Es gibt Butter zu kaufen! Butter!«

Die Freundinnen sahen sich nur kurz an und nickten. Es war klar, was nun zu tun war. Sie mussten nach Hause, die Fettmarken holen und dann nichts wie los, damit auch sie noch ein Stückchen Butter erhalten würden.

Butter!, dachte Eva und merkte, wie ihr dabei das Wasser im Munde zusammenlief. Heute war wirklich ein guter Tag.

Montag, 12. Februar 1945

ANNENACH ALAAF

Ilse nahm Gisela an der Hand, und dann rannten sie los. Den anderen Kindern hinterher, die schrien und lachten.

Auf dem Marktplatz angekommen, sahen sie schon eine ganze Traube von Kindern. Alle drängten nach vorn, zum Werner und zum Walter. Die beiden verteilten Luftschlangen. Luftschlangen, das musste man sich einmal vorstellen!

Von den anderen Kindern hörte Ilse, dass die beiden Ws vor ein paar Tagen ins Kaufhaus Weickert an der Ecke Bahnhofstraße geklettert waren. Dabei war es doch mehr als einsturzgefährdet, seit es nach Weihnachten fast komplett ausgebrannt war. Aber die beiden mal wieder! Nur denen war so etwas zuzutrauen. Sie waren hineingeklettert und hatten die Luftschlangen gefunden; und dann hatten sie beschlossen, den Rosenmontag zu feiern. Krieg hin oder her. Das konnte sich doch keiner ausdenken. Ilse schüttelte vor Freude den Kopf. Bunte Luftschlangen zum Rosenmontag! Der Werner und der Walter verteilten sie großzügig an alle Kinder.

»Wir feiern heute Faasenacht!«, schrien sie.

Und von überall hörte man helle Kinderstimmen, die »Annenach Alaaf!« riefen.

Ausgelassen rannte die Kinderschar durch die Altstadt. In diesem Augenblick gab es keinen Krieg. In diesem Augenblick gab es nur die Kinder und den Karneval.

Und auch Ilse und Gisela waren mit dabei. Sie warfen die Luftschlangen auf die Militärfahrzeuge, und die Soldaten winkten ihnen im Vorbeifahren zu. Dabei stimmten sie alle zusammen Karnevalslieder an. Ilse kannte die Texte nicht, aber sie waren so eingängig, dass sie nach ein paarmal Hören alles mitsingen konnte, und auch Gisela sang lauthals mit, obwohl sie nur wenige der Töne traf.

Ilse hatte noch nie einen richtigen Rosenmontag erlebt. Es war doch immer nur Krieg. Aber die Mutter hatte ihr von den großen Umzügen hier in Andernach erzählt. Davon, dass die verschiedenen Karnevalskorps große Festwagen geschmückt hatten, um damit durch die Stadt zu fahren. Und dazu hatten Musikkapellen gespielt, und alle hatten geschunkelt und gesungen. Das stellte Ilse sich schön vor.

Dat Klein quietsche und quiekte vor Freude. Die Augen groß und kugelrund. Immer wieder sammelte Gisela die bunten Schnipsel vom Boden auf, kümmerte sich nicht darum, dass manche davon schon nass und durchweicht waren. Sie sammelte sie auf und warf sie mit neuerlichem Freudengeschrei in die Luft, rief voller Inbrunst: »Annenaaaaah Alaaaaaaf!«

Am Rande des Marktplatzes tat sich plötzlich etwas. Ilse stellte sich auf die Zehenspitzen, um über die Kinderschar hinwegsehen zu können. Ein paar der Kinder hatten sich wohl verkleidet, wenn sie das richtig sah, und sich rote Herzen auf die Wangen gemalt. Ein Junge trug eine Krone auf dem Kopf, die aus Pappe und scheinbar mit Bindfäden zusammengebunden war. »Ich bin heut der Prinz Karneval!«, rief er, und die bunt bemalten und verkleideten Kinder folgten ihm wie in einem Zug.

Gisela stand neben ihr und versuchte, auch etwas sehen zu können.

»Komm her, ich heb dich hoch, dann kannst du sehen«, sagte Ilse zu Gisela.

Ihre kleine Schwester strahlte sie an, und Ilse griff sie unter den Armen und zog sie hoch. Fasste dann mit der linken Hand nach und schob sich Gisela auf die Hüfte, wie die Mutter es früher gemacht hatte. Dabei kam sich Ilse ganz groß vor. Fast so, als wäre sie selbst schon eine erwachsene Mutter.

Gisela quietschte vergnügt, als sie den kleinen Prinzen-Karnevalszug sah, und auch Ilse lachte. Die bunten Papierschnipsel wirbelten mit den Freudenrufen der anderen Kinder um sie herum. Ilse drehte sich mit Gisela auf dem Arm im Kreis. Noch nie in ihrem Leben war sie so glücklich gewesen.

Als der kleine Zug bei ihnen vorbeikam, blieb Ilse ruhig stehen. Sie versuchte, sich jede noch so unbedeutende Kleinigkeit davon einzuprägen, damit sie niemals etwas von diesem glücklichen Tag vergessen würde.

Diese Erinnerung wollte sie in sich bewahren. Denn so wie heute, so stellte sie sich eine Welt ohne Krieg vor. Fröhlich und bunt.

KONFETTI IM HERZEN

Eva warf einen schnellen Blick auf die Uhr. Endlich. Gleich würde sie Georg wiedersehen. Dieser kleine Moment am Tag, mit dem er ihr die letzten zwei Wochen versüßt hatte, war für Eva zum schönsten Moment des Tages geworden. Nie hätte sie gedacht, dass nur ein kurzer Blick, ein kleines Winken, ihr einmal so viel bedeuten könnten. Wie anders doch alles mit Georg war.

Aber so schön es auch war, Eva wünschte sich langsam ein bisschen mehr. Sie wollte wieder mit Georg spazieren gehen, sich wieder bei ihm unterhaken und ihn dann endlich einmal küssen. Deshalb hatte sie am Wochenende den Entschluss gefasst, heute zu Georg nach draußen zu gehen. Ihn nicht gleich wieder entwischen zu lassen. Sie würde ihn zu einem Treffen einladen. Sie war es satt, dass die Konventionen sagten, die Frau habe zu warten, bis der Mann ihr den Hof mache. Sie war es satt zu warten, bis er sie wieder einlud. Sie wusste doch nicht, was der Krieg noch alles mit sich brachte, wusste nicht, ob Georg trotz seiner Verletzung nicht doch irgendwann wieder eingezogen wurde und zurück an die Front musste. Da wollte sie vorher etwas Glück verspüren, wollte mehr als nur einen Handkuss und ein tägliches Winken. Auch wenn sie noch nicht genau wusste, wie viel mehr sie wollte. Das schob sie beiseite.

Endlich sah sie ihn, wie er die Straße entlanggegangen kam. Eva wandte sich zu ihrer Tante um. »Ich bin mal kurz draußen«, sagte sie und ging dann zur Ladentür und hinaus.

Georg war überrascht, als sie auf ihn zueilte. »Eva! Was machst du denn hier?«

»Dich nicht so schnell wieder gehen lassen wie in den letzten zwei Wochen«, entgegnete sie keck.

Er antwortete nicht sofort. Tatsächlich sah er gerade etwas verlegen aus, was Eva zu einem Lächeln brachte.

»Ich würde gern noch einmal mit dir spazieren gehen«, sagte sie also freiheraus.

Nun war es an ihm zu lächeln. »Das möchtest du?«, fragte er, und seine Stimme klang ein wenig rau dabei.

Eva nickte und trat einen Schritt näher. »Du holst mich am Samstag ab«, sagte sie mit fester Stimme.

Georg verzog den Mund zu einem schiefen Lächeln.

Eva rätselte noch, ob es daran lag, dass sie ihn einfach vor vollendete Tatsachen stellte oder ob es etwas anderes war. Da steckte Georg seine rechte Hand in die Tasche seiner Jacke, zog sie wieder hervor und warf sie in die Luft. Bunte Papierschnipsel rieselten auf Eva und ihn hernieder.

»Konfetti«, sagte er und zwinkerte ihr zu. »Das habe ich eben auf dem Weg hierher aufgesammelt. Da drüben liegt es überall.« Er deutete hinter sich in den Teil der Hochstraße, wo es zum

Marktplatz hinunterging. »Ich wollte es für dich vor dem Schaufenster werfen.«

»Konfetti«, wiederholte Eva, und sie musste breiter lächeln, weil sich einige der bunten Schnipsel in Georgs Haaren verfangen hatten. Sie trat noch näher zu ihm und zupfte einen nach dem anderen heraus.

»Samstag«, sagte er, und sie konnte seinen warmen Atem auf ihrer Wange spüren, weil sie sich so nah waren. »Samstag hole ich dich ab.«

Eva merkte, wie ihr Herz schneller schlug und sich in ihrem ganzen Körper eine angenehme Wärme ausbreitete. Georg hatte für sie Konfetti gesammelt. Und nun spürte sie Konfetti im Herzen. Viele bunte Schnipsel, die wild und fröhlich umeinanderwirbelten und ihr ganzes Herz erfüllten.

Donnerstag, 15. Februar 1945

PEGELSTÄNDE

Maria schüttelte sich, als sie von draußen wieder in die Buchhandlung trat. Es war regnerisch und furchtbar nasskalt.

Da hatte Maria doch eigentlich gedacht, ihr Leben wäre endlich einfacher geworden. Eva half ihr an so vielen Stellen, arbeitete in der Buchhandlung, besorgte die Einkäufe und schaute oft nach den Mädchen. Am Sonntag hatte sie zum ersten Mal seit ewiger Zeit nichts mehr zu tun gehabt. Gar nichts. Sie wusste gar nicht, wann das überhaupt schon einmal der Fall gewesen war. Im ersten Moment war es ihr unangenehm gewesen, und sie hatte fast schon ein schlechtes Gewissen geplagt, als sie sich in der Stube an den Tisch gesetzt und einfach nur aus dem Fenster gesehen hatte. Nichtstun, da hatte Maria kaum Übung drin.

Aber mit der Sorglosigkeit und dem Nichtstun war es nun vorbei. Seit gestern hatte der Rhein wieder Hochwasser, das Wasser stand bereits unten in der Mauerstraße. Eigentlich hätte Maria damit rechnen sollen. So viel Schnee, wie es gegeben hatte. Da war doch schon glasklar gewesen, dass beim ersten Sonnenstrahl alles schmelzen und es dem Rhein zu ordentlich Wasser verhelfen würde.

Gerade war sie auf der Straße gewesen. Hatte die Nachbarn nach dem Pegelstand gefragt. So war das bei jedem Hochwasser. Man traf sich draußen, tauschte den aktuellen Wasserstand aus, hoffte, dass es nicht so schlimm werden würde. Gestern hatte das Wasser bei acht Meter zwei gestanden, heute schon bei acht Meter achtunddreißig. Maria hoffte, dass es nicht noch weiter steigen würde. Sie hatte immer Angst, dass es irgendwann auch einmal die Hochstraße treffen würde. Am besten, sie ging schon mal in den Keller, schauen, ob sie noch etwas heraufholen sollte. Nur für den schlimmsten Fall der Fälle.

Maria zog ihren Mantel aus und ging durch das Lager in den Hausflur. Dort traf sie auf ihre Nichte.

»Und?«, fragte sie. »Kommt das Wasser bis hier herauf?«

»Das kann ich im Moment nicht abschätzen«, antwortete Maria.

»Was heißt das für morgen Abend?«

»Dazu gibt es eine gute und eine schlechte Nachricht«, sagte Maria. Sie hängte den Mantel an den Haken im Flur.

»Ich will die Gute zuerst«, verlangte ihre Nichte.

Maria nickte. »Die gute Nachricht ist, dass ich noch einmal mit allen Kreismitgliedern gesprochen habe, und sie haben alle dafür gestimmt, dass du deine drei Freundinnen hinzuholst.«

Eva lächelte freudig. »Und was ist die Schlechte?«

»Das Hochwasser, Eva. Es nützt nichts, wir müssen den Kreis für morgen absagen.«

Das Lächeln ihrer Nichte verschwand, und sie verzog das Gesicht. Bevor sie etwas erwidern konnte, sagte Maria schnell: »Aufgeschoben ist doch nicht aufgehoben. Aber das Risiko mit dem Hochwasser will ich nicht eingehen.«

»Ja, das verstehe ich schon.«

Maria nickte. »Gut. Jetzt ist es auf jeden Fall das Beste, wenn wir im Keller schauen, ob es noch etwas gibt, was wir rechtzeitig ins Trockene bringen sollten.«

»Was ist mit den Büchern im Laden?«, fragte ihre Nichte.

»Die Hochstraße hat ihren Namen nicht ohne Grund«, entgegnete Maria. »Sie liegt oben, hoch, weißt du? Bisher hat es das Wasser noch nie bis ganz hier herauf geschafft.«

»Bisher? Dann können wir uns doch morgen mit allen treffen.«

Maria seufzte. »Ich will einfach kein Risiko eingehen. Das Treffen sagen wir ab, und im Laden räumen wir sicherheitshalber die unteren Regalböden frei. Lieber die Bücher zwei-, dreimal umherräumen, als wenn wir sie wegwerfen müssen, weil sie nass geworden sind. Bücher und Wasser, das verträgt sich nicht.«

»Gut, dann gehe ich jetzt schon mal im Keller schauen, und danach helfe ich dir im Laden. Und wenn wir damit fertig sind, kann ich zu Friedel Faßbender, Fräulein Frings, Elli und Hans gehen und ihnen wegen morgen absagen.«

Maria sah ihrer Nichte hinterher, als sie wieder durch das Lager in den Hausflur verschwand. Es dauerte nicht lange, und sie hörte, wie Eva die schwere Kellertür aufzog. Wie organisiert sie doch war. Wie selbstverständlich es für das Fräulein Liebe war, Maria an jeder Stelle zu unterstützen. Maria war sehr froh darüber. Und besonders froh war sie, dass Eva auch den Botengang übernehmen würde. So musste sie selbst nicht noch einmal hinaus in dieses nasskalte Wetter. Das tat ihrem Rücken nicht gut. An solchen Tagen fühlte Maria sich wie eine alte Frau, die überall Zipperlein hatte. Natürlich wurde sie nicht jünger, aber so alt war sie dann eigentlich auch noch nicht. Dennoch brachte sie eine solche Jugend wie Eva schon lange nicht mehr mit sich. Als sie so alt gewesen war wie ihre Nichte, da hatte sie ihren August kennengelernt.

Maria trat an die Schaufensterscheibe und blickte hinaus in den Regen. Sie fragte sich, ob es dort, wo ihr August jetzt war, auch regnete. Und wenn es so war, ob er es überhaupt noch fühlen konnte. Ob er überhaupt noch irgendetwas fühlte. Oder ob er nicht doch schon längst dem Krieg zum Opfer gefallen war.

Ehrenhaft natürlich, dachte sie bitter.

Samstag, 17. Februar 1945

HAND IN HAND

Georg lächelte, als er die Hochstraße entlangging. Er freute sich darauf, Eva wiederzusehen. Da hatte er so lange einen Kampf mit sich selbst ausgefochten. Mit seinem Kopf, der das Fräulein Liebe nicht zu nahe kommen lassen wollte, und seinem Herzen, das doch schon seit Wochen nur noch für das Fräulein Liebe schlug.

Und wer hatte diesen Kampf beendet? Es war das Fräulein Liebe höchstselbst gewesen. Sie hatte die Entscheidung in die Hand genommen. Hatte ihn zu einem neuerlichen Treffen eingeladen. Eva Liebe war einfach eine besondere Frau. Sie war stark und wusste, was sie wollte. Das gefiel Georg. So sehr, dass er keine Angst mehr verspürte bei dem Gedanken, sie vollends in sein Leben zu lassen.

Als er die Buchhandlung erreichte, stellte er fest, dass er zu früh war. Der Laden war noch geöffnet. Georg überlegte nur kurz, ob er draußen warten solle, dann entschied er sich dagegen. Seit er die Gestelle für die Verdunkelung angefertigt hatte, war es ein vertrautes Gefühl für ihn, sich zwischen den Büchern zu bewegen. Eva war gerade im Gespräch mit einer Kundin, und so war es ihre Tante, die ihn begrüßte: »Herr Neumann! Wie schön, dass Sie vorbeischauen. Wie kann ich Ihnen helfen?«

Georg sah immer noch zu Eva. Wie selbstbewusst sie dastand. Mit welcher Aufmerksamkeit sie mit der Kundin sprach. In einer Hand ein Buch, von dem sie der Dame erzählte.

»Ah, ich sehe schon«, riss Frau Herrmann ihn aus seinen Betrachtungen. »Sie sind wegen meiner Nichte hier. Das hätte ich mir ja auch gleich denken können.«

Ertappt fuhr Georg herum. »Wie funktioniert es mit der Verdunkelung?«, fragte er, um das Thema zu wechseln.

Maria Herrmann zuckte die Schultern. »Meine Bekannte hat genug Stoff besorgen können, aber bisher sind wir noch nicht dazu gekommen, es zu testen. Und jetzt noch das Hochwasser …«

Georg nickte. Das Hochwasser hatte ihn zuerst beunruhigt. Aber dann hatte er gesehen, wie gelassen die Menschen damit umgingen. Hochwasser war zwar etwas, worüber man sprach, aber was hier am Rhein wohl immer wieder einmal vorkam. Gerade, wenn es so viel Schnee gegeben hatte und dann frühlingshaftes Tauwetter kam. Georg wusste nicht, ob diese Gelassenheit etwas Andernach-typisches war, oder ob die Menschen überall im Rheinland so eingestellt waren.

In diesem Moment verabschiedete Eva die Kundin und kam zu ihnen herüber. »Georg, wie schön. Da bist du ja schon.«

»Ihr seid verabredet?«, fragte ihre Tante, und Eva nickte.

»Ja, liebe Tante, wir sind verabredet. Für so eine tolle Bretterkonstruktion reicht ein einziger Spaziergang nicht aus.« Sie zwinkerte Georg zu. »Ich gehe nur rasch meinen Mantel holen.«

»Natürlich«, schickte ihre Tante ihr hinterher, als sie ins Lager ging. »Das hat nur mit der Konstruktion für die Verdunkelung zu tun.«

Georg wandte sich schnell um und musterte die Bücher in dem Regal hinter sich. Maria Herrmann gab ein seltsames Geräusch von sich, Georg konnte nicht genau sagen, ob sie ein Kichern unterdrückte oder sich einfach nur verschluckt hatte.

Nur wenig später ging er mit Eva zusammen die Läufstraße entlang. Die Christuskirche erhob sich still und groß zu ihrer Linken. Eigentlich wäre Georg gern am Rhein entlanggegangen, wie beim letzten Mal. Aber das Hochwasser machte das unmöglich.

Mit einem Mal blieb Eva stehen und sah ihn ernst an. »Darf ich dich etwas fragen?«

»Natürlich«, antwortete er.

»Deine Hand …« Sie deutete auf seine Linke. »Was …« Erneut brach sie ab, aber Georg wusste schon, was sie fragen wollte.

»Durchschuss«, antwortete er knapp. »An der Front. Seitdem bin ich kriegsversehrt.« Mit der rechten Hand rieb er über seine linke. Manchmal meinte er, den Schmerz noch fühlen zu können. Den Schmerz der drei Finger, die doch schon so lange nicht mehr dort waren. Und die Angst, die damit einherging, wenn die Wahrheit doch einmal ans Licht kommen würde.

Er wusste nicht, ob Eva ihm die Gedanken auf seinem Gesicht ablesen konnte, aber sie ließ das Thema fallen, fragte nicht weiter, wie es sonst alle anderen taten. Immer nur weiter bohrende Fragen stellten, die Georg doch gar nicht beantworten wollte.

Nein, Eva machte etwas ganz anderes. Sie trat neben ihn und ergriff seine linke Hand. Ganz selbstverständlich. Und so gingen sie weiter. Spazierten still nebeneinander her. Hand in Hand.

Mittwoch, 21. Februar 1945

POW

Georg war froh, als an diesem Abend der Hammer fiel und er nach Hause gehen konnte.

Wieder hatten sie Bomben abgeworfen. Zwei Stück. Und noch nie waren sie so nah gewesen wie heute. Die Erde hatte gebebt, als würde ein Riese, ein Titan darauf stampfen und alles niedertrampeln. Die Bomben waren in der Nähe des Bandstahlwerkes gefallen. Das hatten sie gesehen, als sie endlich wieder aus dem Bunker hinaus ins Freie hatten gehen dürfen. Das Sperrholzwerk hatte nichts abbekommen. Dennoch hatte Georg mit jedem neuen Luftangriff Angst, dass die Halle als Nächstes getroffen wurde. Und wenn dann der Alarm zu spät kam, dann war es aus.

Er hatte mit Vorarbeiter Seul darüber gesprochen. Der alte Mann hatte Georg die Hand schwer auf die Schulter gelegt. »Du musst keine Angst haben«, hatte er gesagt. »In der Schlossruine haben se Kriegsjefangene hingetan. Da werden se so nah keine Bomben hinwerfen. Mir sin hier sicher.« Er hatte müde ausgesehen. Noch älter als sonst.

Georg wusste nicht, ob Werner Seul ihn wirklich damit hatte beruhigen wollen, oder ob er es nur gesagt hatte, um sich selbst zu beruhigen. Natürlich hatte auch Georg schon gesehen, dass jemand auf das Dach der Schlossruine geklettert war und mit weißer Farbe riesige Buchstaben darauf gepinselt hatte.

Georg ging in den Gemeinschaftsraum und packte seine Sachen zusammen. Den anderen Arbeitern nickte er zum Abschied zu, verließ dann das Werk und ging hinüber zum Koblenzer Tor neben dem Schloss. Die weißen Flecken auf dem Dach leuchteten beinahe in der beginnenden Dunkelheit.

Werner Seul hatte ihm erzählt, dass dort »POW« geschrieben stand. Dennoch hatte es noch ein paar Tage gedauert, bevor man ihm erklärt hatte, dass POW für »Prisoners of War« stand – »Gefangene des Krieges«. Georg wusste nicht genau, wer da gefangen war. Unter der Hand erzählte man sich, es seien Inder. Eigentlich war es egal. Alles, woran Georg immerzu denken musste, war, dass es ihm hätte genauso ergehen können. Mehr als einmal hatte er fürchten müssen, in Kriegsgefangenschaft zu geraten …

Die Gefahr, dass man ihn verhaften würde, war immer noch real. Das würde nie vorbeigehen. Damit musste er leben. Und obwohl er das wusste, hatte er Eva in sein Leben gelassen. Das Fräulein Liebe hatte ihm einfach den Kopf verdreht, anders konnte er es sich nicht erklären. Wenn es um Eva ging, konnte er nicht mehr klar denken.

Er ging durch das Tor und die Hochstraße entlang.

Als er sie am Samstagabend wieder zurück zur Buchhandlung gebracht hatte, da hatte er ihr wieder einen Handkuss geben wollen. Aber er hatte seine Rechnung ohne das Fräulein Liebe gemacht. Sie packte seine Hand fest und zog ihn mit einem Ruck fest zu sich. Er stolperte einen Schritt nach vorn, zu ihr heran, und da küsste sie ihn. Einfach so. Auf den Mund. Mit ihren süßen, weichen Lippen. Georg hatte im ersten Moment gar nicht gewusst, wie ihm geschah.

Endlich konnte er das Ladenschild der Buchhandlung sehen.

Wie würde es wohl mit Eva und ihm weitergehen, wenn dieser Krieg endlich vorbei war? Würden sie das Kriegsende überhaupt erleben? Wer wusste denn, ob sie beide diesen Krieg überleben würden? In den letzten Wochen war Andernach von so vielen Bomben getroffen worden. Da musste man nur einmal an der falschen Stelle sein, und dann wars das. Dann war es mit allem vorbei. Aber vielleicht würden sie ja doch Glück haben. Vielleicht schützte sie die Schlossruine mit den Gefangenen. Das Sperrholzwerk war schließlich wirklich nicht weit davon entfernt.

Vor dem Schaufenster der Rhein-Buchhandlung blieb er stehen und drehte sich um. Auch von hier aus konnte er noch das Schloss sehen. Dieser Teil der Hochstraße war also hoffentlich auch noch nah genug, um von einer Bombe verschont zu bleiben. Er drehte sich zurück und blickte zur verdunkelten Schaufensterscheibe. Er konnte kaum ausmachen, dass im Laden Licht brannte. Nur an einer winzig kleinen Stelle glomm ein Lichtschein hervor. Man sah es aber nur, wenn man direkt vor dem Laden stand. Das erfüllte ihn mit Stolz. Er hatte eine ordentliche Bretterkonstruktion gebaut. Und scheinbar hatte er auch genug Nägel an den Seiten angebracht, sodass Eva und ihre Tante den Verdunkelungsstoff gut festmachen konnten. Er lächelte. Am Samstag hatte Frau Herrmann ihm noch erzählt, dass sie die Verdunkelung noch nicht ausprobiert hätten, und heute hatten sie scheinbar die Zeit dazu gefunden. Es freute ihn, dass er Eva und ihrer Tante hatte helfen können.

Während Georg seinen Weg nach Hause fortsetzte, dachte er, dass er unter allen Umständen das Ende des Krieges erleben wollte. Er wollte leben, mit Eva an seiner Seite!

Mittwoch, 28. Februar 1945

KEINE ZEIT ZU VERLIEREN

Maria rückte die Bücher gerade, dabei gab es eigentlich gar kein Buch, das gerade gerückt hätte werden müssen. Seit sie vor einer Stunde geöffnet hatte, war noch keine Kundschaft in der Buchhandlung gewesen. Darüber wunderte Maria sich nicht. Die ständigen Alarme, die Bomben, die näher kommende Front. Mit jedem Tag ging es mehr und mehr ums reine Überleben. Wer wollte da schon Bücher kaufen? Wenn es so weiterging, würde sie die Buchhandlung schließen müssen. Neue Ware hatte sie in dieser Woche gar keine bekommen, und ob in den nächsten Tagen etwas geliefert würde, stand in den Sternen.

Es gab so wenig zu tun, dass sie ihre Nichte nach oben geschickt hatte. Sie hatte ihr freigestellt, ob sie etwas lesen oder sich am Haushalt beteiligen wollte. Wie sie Eva kannte, hatte sie jetzt schon alles gefegt, die Wäsche zusammengelegt und vielleicht sogar die Fenster geputzt. Das gute Fräulein Liebe.

Maria ging langsam an den Regalen entlang. Mit jedem Tag bemerkte sie mehr, wie der Kriegsalltag an ihr nagte. Denn im Gegensatz zum Alltag vor dem Krieg hatte dieser nichts Beständiges. Dabei war es genau das gewesen, was Maria immer über Wasser gehalten hatte. Früher hatte es immer etwas zu tun gegeben. Immer wieder neue und spannende Bücher zu sehen gegeben. Während in diesen Tagen nicht einmal sicher war, ob überhaupt noch Ware kam. Das alles trug dazu bei, dass Maria das Gefühl hatte zu fallen. Aus ihrem Leben, ihrem Alltag. Mit Eva an ihrer Seite war doch vieles leichter geworden, und sie hatte gedacht, endlich wieder genug

Kraft sammeln zu können. Für sich selbst. Zum Durchhalten. Aber die Wahrheit war eine andere. All die Zeit davor, in der sie nur auf sich allein gestellt gewesen war, mit den Kindern, mit der Buchhandlung, diese Zeit hatte ihr so viel Kraft geraubt. Sie hatte Maria so sehr ausgelaugt, dass es ihr kaum möglich war, wieder zu Kräften zu kommen. Sie hatte gedacht, es würde aufwärtsgehen, aber jetzt musste sie feststellen, dass dem nicht so war. Die Entbehrungen dieses Krieges hatten sie müde gemacht. Erschöpft und ausgeschöpft. Wo war die Maria, die sie früher einmal gewesen war?

Sie blieb stehen und zog eines der Bücher aus dem Regal. Es war Shakespeare. Der englische Dichter war der Zensur noch nicht zum Opfer gefallen. Maria klappte das Buch auf und blätterte durch die Seiten, dabei musste sie an Fräulein Frings denken. Die alte Hebamme liebte die Dramen von Shakespeare sehr.

Zwei Wochen hatte der Kreis sich jetzt schon wieder nicht getroffen. Nach dem Hochwasser war auch das Treffen am letzten Freitag ausgefallen. Statt sich zu treffen, hatten sie alle in den verschiedenen Bunkern von Andernach gesessen. Großalarm hatte es gegeben. Am späten Nachmittag. Die Jagdbomber waren tief über Andernach geflogen, hatten gekreist, auf die Rheinkähne geschossen. Später hatte man sich im Bunker erzählt, dass sie Bomben über Plaidt abgeworfen hätten, dem Nachbarort von Andernach, dass es den dortigen Bahnhof getroffen hätte.

Maria stellte das Buch zurück in das Regal. Sie merkte, dass ihr die Treffen fehlten. Der Austausch mit den Menschen, die ihr so sehr ans Herz gewachsen waren. Die Abende, an denen sie einfach aussprechen konnte, was sie dachte.

Sie warf einen Blick auf die Uhr. Die Zeiger schienen eingefroren zu sein, denn die Zeit wollte nicht vergehen. Sie war heute besonders zäh und langsam. Maria seufzte. Sie ging zum Kassentresen und fuhr herum, als sie hörte, dass die Ladentür geöffnet wurde. Es war Friedel Faßbender.

»Friedel! Wie schön, dich zu sehen«, begrüßte Maria ihn.

»Guten Morgen, Maria«, entgegnete der alte Lehrer. Ein Lächeln umspielte seine Lippen.

»Was ist es?«, fragte Maria. »Ich kenne dich, Friedel Faßbender! Wenn du so schaust, hast du gute Nachrichten.«

Friedel nickte. Schnell ging er zu Maria, stellte sich so hin, dass er mit dem Rücken zum Fenster stand und griff dann in seine Jackentasche. »Schau, was ich ergattern konnte.« Er zog ein kleines Büchlein hervor.

Maria riss die Augen auf. Schnell blickte sie an Friedel vorbei zum Schaufenster und der Tür. Stand wirklich niemand davor, schaute niemand herein? Mit einem Nicken bedeutete sie dem Lehrer, ihr ins Lager zu folgen. Das war sicherer.

»Wo hast du es her?«, fragte sie, als sie im Lagerraum waren.

»Das verrate ich nicht«, entgegnete Friedel. Jetzt lächelte er richtig.

»Heinrich Heine!« Maria nahm das Büchlein zur Hand und strich mit den Fingern darüber. »Du weißt, dass ich eine Schwäche für ihn habe.«

»Nicht nur du, meine liebe Maria. Nicht nur du.«

»Es ist das perfekte Buch, um unsere neuen Kreismitglieder zu begrüßen«, sagte Maria.

Friedel nickte. »Genau das hab ich mir auch gedacht. Schade, dass es noch bis zum Freitag hin ist.«

»Ja«, erwiderte Maria. Sie blätterte das Buch in ihren Händen auf. Überflog die erste Seite. »Aber warum sollen wir warten? Lass uns doch schon früher treffen. Ich weiß nicht, wie es dir geht Friedel, aber ich möchte gar nicht mehr warten. Wir haben uns doch schon über zwei Wochen nicht gesehen. Und die Verdunkelung funktioniert. Eva und ich haben es an mehreren Abenden ausprobiert. Es steht also nichts mehr im Weg.«

»Was schlägst du vor?«

»Lass uns Nägel mit Köpfen machen und uns direkt heute Abend treffen«, sagte Maria.

»Heute?«, fragte Friedel, und Maria nickte.

»Dann muss der gute Heinrich Heine nicht so lange warten«, erklärte Maria. Sie zwinkerte Friedel zu.

»Heine kann also nicht so lange warten?«, fragte Friedel und zwinkerte zurück.

»Genau so ist es. Der gute Heinrich hat keine Zeit zu verlieren«, bestätigte Maria. »Und die jungen Leute sind dann endlich auch mit dabei.«

»Gut, dann machen wir das so«, sagte Friedel. »Wer weiß denn auch, was am nächsten Freitag ist? Ich gehe gleich los und sage allen Bescheid.«

»Und ich schicke meine Nichte, den jungen Leuten Bescheid zu sagen.«

»So machen wir das!« Friedel Faßbender lächelte. »Und das hier …« Er nahm das Heine-Büchlein an sich. »… nehme ich wieder mit.«

Maria nickte. Das war auf jeden Fall besser. Ihr reichte ihre eigene Kiste, die doch beinahe gefunden worden wäre, gäbe es nicht das Fräulein Liebe.

»Bis später, Maria. Das wird ein unvergesslicher Abend!«

»Das wird es hoffentlich.«

EIN HANDEL

Die Sonne schien an diesem Mittag kräftig und hell. Die Luft war angenehm und brachte eine leichte Note von Blumenduft mit sich. Krokusse und Schneeglöckchen blühten, obwohl hier und da noch ein kleines bisschen Schnee lag.

Als die Tante eben nach ihr gerufen hatte, da hatte Eva gedacht, sie würde doch ihre Hilfe in der Buchhandlung benötigen. Aber das war es nicht gewesen. Mit einem strahlenden Lächeln auf dem Gesicht hatte sie ihr zugeraunt, dass das Treffen des Kreises schon heute Abend stattfinden würde, und dass sie nun die jungen Leute informieren solle.

Die jungen Leute, Eva lächelte. Wenn die Tante das sagte, konnte man fast den Eindruck bekommen, sie würde sich selbst für uralt halten. Dabei war sie doch in der Blüte ihrer Jahre.

»Und was ist mit dem Georg?«, fragte Eva.

»Der junge Herr Neumann?«, fragte Tante Maria zurück. »Aber der liest doch kaum.«

»Was nicht ist, kann ja noch werden«, antwortete Eva, und als die Tante darauf nicht reagierte, fügte sie hinzu: »Ich hätte ihn gern dabei. Ohne ihn könnten wir uns gar nicht in so großer Runde treffen.«

»Dann lad ihn ein«, willigte ihre Tante schließlich ein.

Eva war in den Hausflur gelaufen und hatte ihren Mantel vom Haken genommen, und dabei war ihr eine Idee gekommen. Schnell war sie die Treppe hinauf in die Stube gelaufen.

Während sie nun von der Hochstraße in die Kramgasse abbog, steckte sie ihre Hand in die Manteltasche. Ihre Finger schlossen sich um die kleine Schachtel und sie lächelte. Sie würde noch einen kleinen Umweg einlegen, bevor sie zum Gemischtwarenladen ging, um Käthe und Ingeborg einzuladen. Margot und Georg würde sie sowieso erst am Abend antreffen. Es blieb ihr also genug Zeit.

Wenig später hatte sie den Bahnhof erreicht. An der Ecke sah sie einen kleinen Pulk. Der Schwarzmarkt. Genau dort wollte sie hin. Sie ging näher heran, beobachtete dabei die Menschen genau. Schnell hatte sie herausgefunden, welcher der Männer und Frauen, die dort standen, Kaffee anbot. Es war ein alter Mann, der einen Hut tief in die Stirn gezogen hatte. Er hielt sich gebeugt. Ob seines Alters wegen oder damit er so seine Waren besser manteln konnte, vermochte Eva nicht zu sagen. Ihr Herz klopfte schnell in ihrer Brust, als sie auf ihn zutrat. In Berlin war sie nie auf einem Schwarzmarkt gewesen. Aber als die Tante ihr gesagt hatte, dass sie für heute Abend ihre Freunde einladen dürfe, da war ihr sofort die Idee gekommen, Kaffee zu besorgen. Echten Bohnenkaffee. Der heutige Abend sollte ein Fest werden. Und für ein Fest brauchte es schließlich etwas Besonderes!

Sie nickte dem alten Mann zu. »Ich brauche etwas Kaffee«, flüsterte sie.

»Kaffee willste, ja?« Der Mann legte seinen Kopf schief und musterte sie. »Was gibste mir dafür?«

Eva steckte wieder die Hand in die Manteltasche, umfasste die kleine Schachtel. »Zigaretten«, antwortete sie.

Die Augen des Mannes leuchteten für einen kurzen Moment auf. »Gut, gut. Wie viel Kaffee willste?«

»Ein Viertelpfund.«

»Dann rück mal die Zigaretten raus. Da gibste mir drei Schachteln für.«

»Drei Schachteln?«, entfuhr es Eva. So viel hatte sie nicht. Ganze Schachteln! Sie hatte gerade einmal drei Zigaretten. Drei einzelne. Nicht mehr.

»Ja was glaubst du denn, Mädsche?«, rief der alte Mann. »Ich verschenk hier nix.«

Eva biss sich auf die Unterlippe. Sie hatte sich in den Kopf gesetzt, für heute Abend Kaffee zu besorgen. Und sie war nicht bereit, ohne diesen zu gehen. Sie holte tief Luft. »Was bekomme ich für drei Zigaretten?«

»Drei? Für drei Stängel kann ich dir höchstens e'ne Löffel Kaffeepulver geben«, sagte der Mann.

»Aber ich brauche mehr.« Im Kopf rechnete sie schnell durch. Zählte die Anzahl der Kreismitglieder. »Ich brauche mindestens ein Achtelpfund«, sagte sie mit fester Stimme.

»Und du glaubst wirklich, dass ich dir ein Achtelpfund Kaffee für drei Zigarette gebe?«

Eva sah ihm fest in die Augen und nickte.

Einen Moment lang musterten sie sich gegenseitig. Eva war darauf bedacht, nicht den Blick zu senken. Stärke zu zeigen.

Der alte Mann stieß einen leisen Pfiff aus. »Mädsche, Mädsche, du hast Mumm in de Knochen.«

»Heißt das, ich bekomm das Achtelpfund?« Eva griff mit der Hand nach der Schachtel. Die letzten Zigaretten von Otto Krieger. Das letzte bisschen, was ihr von ihrem alten Leben in Berlin geblieben war. Es war gut, wenn sie das nun endlich loswürde. Was nützte es ihr denn, sich noch so an diese alten Zöpfe zu klammern? Das brachte niemanden wieder zu ihr zurück. Und die Erinnerung, die schmerzte nur.

Sie zog die Schachtel heraus und gab sie dem Mann. »Hier. Sehen Sie. Das ist alles, was ich hab. Die letzten drei.«

Der Mann nahm die Schachtel entgegen und öffnete sie. Warf nur einen kurzen Blick hinein, bevor er die Schachtel ausgiebiger von außen betrachtete. »Club«, las er den Markennamen ab. »Die sieht man nicht oft hier. Wo hast du die her?«

»Aus einem anderen Leben«, antwortete Eva. »Und mehr ist da nicht, wenn Sie das meinen. Was ist jetzt mit dem Kaffee? Bekomm ich ein Achtelpfund, ja oder nein?«

»Du traust dich was, Kleine.« Der alte Mann zeigte ein zahnloses Lächeln.

Wieder herrschte ein Moment der Stille zwischen ihnen, während sie sich gegenseitig mit den Augen taktierten. Es fühlte sich wie ein Duell an, so hatte Eva den Eindruck. Sie sah deutlich, dass der Mann immer noch keine Entscheidung getroffen hatte. Schließlich neigte er den Kopf wieder zur Seite, machte ein schnalzendes Geräusch und griff in seine Manteltasche. Er zog eine kleine braune Papiertüte hervor. »Hier.«

Eva nahm die Tüte schnell entgegen und ließ sie unauffällig in ihrem eigenen Mantel verschwinden. Sie nickte dem Mann zum Abschied zu.

»Weißte, Mädsche, du gefällst mir«, rief der alte Mann ihr im Weggehen hinterher. »Wenn de irgendwann noch mal was zum Tauschen hast, dann kommste wieder zu mir, ja? Vor allem, wenn de doch noch irgendwo mehr von den Club-Zigaretten findest.«

Eva nickte ihm zu und wandte sich um. Als sie den Kurfürstendamm zurück in Richtung Innenstadt ging, konnte sie ein breites Grinsen nicht mehr unterdrücken. Sie hatte es geschafft. Hatte mit nur drei Zigaretten ein Achtelpfund Kaffee erstanden! Damit würde jeder von ihnen heute Abend wenigstens ein dünnes Tässchen Kaffee genießen können.

Sie steckte die Hand in die Manteltasche und fühlte die Papiertüte. Echter Bohnenkaffee! Jetzt freute sie sich noch mehr auf die Gesichter von Käthe und Ingeborg und erst recht auf das von Margot und am meisten auf Georgs.

Der heutige Abend, das wusste sie mit einem Mal, würde mit Abstand der schönste Abend ihres Lebens werden. Das schönste Treffen des Kreises. Wie sehr freute Eva sich schon darauf. Sie hatte gedacht, mit ihrer Ankunft in Andernach hätte ihr neues Leben begonnen, aber jetzt erkannte sie, dass es heute Abend erst richtig beginnen würde. Wenn ihre Familie, ihre Freunde und der Kreis zusammentreffen würden.

3

Immer noch

Mittwoch, 28. Februar 1945

DANACH

Das Erste, was Eva wahrnahm, war das laute Dröhnen in ihren Ohren. Es schien von überallher zu kommen und schmerzte in ihrem Trommelfell. Und dann hörte sie, ganz entfernt, als wäre alles um sie herum weit weg, Stimmen, Schreie. Sie öffnete die Augen und musste blinzeln. Da war so viel Staub. Er rieselte ihr von den Wimpern, von den Brauen, ins Gesicht, in die Augen. Sie hustete. Ihre Lunge war trocken, voller Staub.

Endlich konnte sie wieder etwas sehen. Und mit dem Bild, das sich ihr bot, kam auch die Erinnerung schlagartig wieder. Sie war in der Buchhandlung. Friedel Faßbender hatte Heinrich Heine vorgelesen. Sie hatten Kaffee getrunken. Georg war da gewesen. Und dann … Der Fliegeralarm. Der Bombeneinschlag.

Sie wischte sich Staub und Dreck aus dem Gesicht, von ihrem Kopf und stemmte sich auf die Ellenbogen. Ihre Beine waren von Schutt bedeckt, zerfetzte Bücher, Bretter, Steinbrocken. Vorsichtig bewegte sie ein Bein, zog es unter dem Schutt hervor, dann das andere. Sie sah nicht nach, ob sie dort Wunden hatte, wichtig war jetzt nur, dass sie sie bewegen konnte, dass sie nicht gebrochen waren. Langsam stellte sie sich hin und trat auf wackeligen Beinen an das Schaufenster. Oder an das, was einmal das Schaufenster gewesen war. Die Tür war noch intakt, nur das Fenster hatte es komplett aus der Verankerung gerissen, die Bretterkonstruktion für die Verdunkelung gleich mit. In der Straße war ein Krater. Die Bombe, sie musste genau dort eingeschlagen sein. Genau vor der Buchhandlung. Hatte das Schaufenster, Teile der Zwischendecke und der Stube darüber hinweggerissen, hinausgesprengt. Das Haus gegenüber hatte es auch getroffen. Auch hier fehlten große Teile der Fassade.

Sie stützte sich mit einer Hand am Rahmen der Tür ab. Fühlte unter ihren Fingern Fetzen des rauen Stoffs. Sie ließ ihre Hand weitergleiten, tastete die Tür ab, wie sie es an diesem Abend schon einmal getan hatte, um sicherzugehen, dass die Verdunkelung wirklich fest und sicher saß. Wie lange war es her, dass sie das getan hatte? Eine halbe Stunde? Mehrere Stunden? Ein ganzes Leben?

Leben! Erst jetzt wandte sie ihren Kopf und sah nach den anderen. Wo waren sie? Wo war ihre Tante, wo Georg?

Sie sah, dass sich überall im Raum Körper regten. Sie war scheinbar die Erste gewesen, die es wieder auf die Beine geschafft hatte. Mit der Hand rutschte sie ab, und eine Scherbe bohrte sich tief in ihren Handteller. Fluchend zog sie sie zurück. Spürte das Blut, das hervorquoll und auf den Boden tropfte.

Wieso konnte dieser Krieg nicht endlich zu Ende sein? Wieso musste mit Bomben geworfen werden? Ihre Eltern, ihre Schwester Grete, sie waren einer Bombe zum Opfer gefallen. Sie hatten nicht so viel Glück gehabt wie Eva jetzt. Und Alfred? Der war im Kugelhagel an der Front gestorben. Vielleicht war er auch von einer Bombe getroffen worden. Am Ende war es sowieso egal. Sie waren alle tot. Nichts würde sie wieder zu ihr zurückbringen. Und nun war auch sie selbst dem Tod nur um Haaresbreite entgangen.

Sie wischte die blutende Hand an ihrer Bluse ab. Ein stechender Schmerz fuhr ihr durch den ganzen Arm, und die Ohren dröhnten ihr immer noch. Die Beine schmerzten, der Rücken, alles. Sie hustete. In diesem Moment wäre es ihr lieber gewesen, die Bombe hätte sie erwischt. Dann wäre jetzt alles vorbei. Das wäre doch besser als die Schmerzen und die Zerstörung. Besser als die schreckliche Erinnerung an alle, die ihr dieser verdammte Krieg schon genommen hatte.

Endlich füllten Tränen ihre Augen und liefen ihr über die Wangen. Sie wischte sie nicht weg. Sie ließ ihnen freien Lauf. Ließ sie auf den Schutt um sie herum tropfen. Sich mit ihrem Blut auf dem Boden vermischen.

»Eva?« Georg stand mit einem Mal dicht neben ihr. Beim Klang seiner Stimme gaben ihre Beine nach. Sie konnte sich nicht mehr halten, hatte alle Kraft, die sie vorher noch aufgebracht hatte, verloren. Sie stolperte einen Schritt nach vorn, wäre beinahe in das zerstörte Schaufenster gefallen. Aber Georg fing sie auf. Seine starken Arme drückten sie an sich und hielten sie sicher und fest.

Eva lehnte ihren Kopf an seine Brust. Sie wusste, dass sie ihm jetzt so nah war, dass sie sein Herz klopfen hören müsste. Aber immer noch dröhnte es laut in ihren Ohren, sodass sie kein weiteres Geräusch ausmachen konnte. Aber sie spürte die Wärme, die er ausstrahlte. Spürte die Muskeln seiner Arme. Und sie fühlte sich mit einem Mal sicher. So sicher, wie sie sich schon lange nicht mehr gefühlt hatte. Sie schloss die Augen. Es war doch besser, dass noch nicht alles vorbei war. Viel besser. Vielleicht wurde ja doch noch alles gut.

Georg drückte ihr einen sanften Kuss auf den Scheitel. Dann schob er sie wieder ein Stückchen zurück und fasste nach ihren Händen. Dabei bemerkte er die klaffende Wunde in ihrer Linken. Ohne zu zögern, riss er sich den linken Ärmel seines Hemdes an der Schulter ab. Streifte ihn über seinen Arm und wickelte ihn dann um ihre Hand. Dabei war er sanft und vorsichtig. Als würde ihre Hand zerbrechen, wenn er zu viel Druck ausübte.

Eva ließ ihren Blick an Georg vorbei durch den zerstörten Ladenraum schweifen. Sie hatten Glück gehabt. Sie alle. Fräulein Frings hatte eine blutende Wunde im Gesicht, aber es schien ihr sonst gut zu gehen. Tante Maria stand neben ihr und blickte fassungslos um sich. Hans hielt sich den Arm. Margot, Käthe und Ingeborg waren völlig mit Staub bedeckt, aber sonst scheinbar unversehrt. Der alte Lehrer Faßbender humpelte leicht, aber er drückte seinen Rücken schon wieder durch wie eh und je. Aufrecht.

Allen ging es gut! Das erleichterte Eva, und dann wandte sie ihren Blick nach oben, zur Zwischendecke, die ein riesiges Loch hatte. Dann wanderten ihre Gedanken weiter und …

Ihre Cousinen! Ilse und Gisela! Sie hatten doch oben geschlafen!

Und Eva war nicht die Einzige, die diesen Gedanken hatte.

»Die Mädchen!«, rief Tante Maria plötzlich mit schriller Stimme. »Meine Mädchen!« Und damit kämpfte sie sich über den Schuttberg ins Lager, um zum Treppenhaus zu kommen.

SCHMERZEN

Ilse blickte an sich herunter. Da war Blut. So viel Blut. Wo kam es her? Mit beiden Händen fasste sie sich an den Kopf. Sie fühlte eine feuchte Wärme. Das Blut kam von ihrem Kopf. Sie nahm die Hände herunter. Sie tropften rot. Was war passiert?

Eben hatte sie sich noch an ihre Schwester gekuschelt und dann … Das Haus hatte gewackelt, und es hatte so laut geknallt. So laut, dass ihr jetzt noch die Ohren wehtaten. Und auch alles andere. Und wo war das Fenster? Wo war die Wand? Wieso ergab das alles keinen Sinn?

Durch das laute Rauschen in ihren Ohren hörte sie ein neues Geräusch: Gisela weinte. Wie betäubt drehte Ilse ihren Kopf, sah zu ihrer Schwester, die neben ihr an der Wand lehnte. Mit den Händen hielt *dat Klein* sich den Bauch. »Aua«, jammerte sie. »Ich will, dass das aufhört. Der Bauch tut so weh! Und die Ohren.« Sie schluchzte. »Es tut weh!«

Wie betäubt blickte Ilse noch einmal auf ihre blutroten Hände, fasste sich erneut an den Kopf. Es brannte ein bisschen, aber sonst tat es nicht weh. Wie seltsam das war. Müsste sie nicht genauso große Schmerzen wie Gisela haben? Stimmte etwas nicht mit ihr? War sie bald tot, wenn sie jetzt so viel Blut verloren hatte, aber kaum Schmerz spürte? Angst kroch in ihr hinauf. Ganz langsam und kalt. Ihr Herz schlug mit einem Mal schnell, und sie hatte das Gefühl, kaum Luft zu bekommen. Die Angst schnürte ihr den Hals zu.

»Ilse! Gisela! Mädchen? Wo seid ihr?« Die Stimme der Mutter klang dumpf und fern.

Ist das alles nur ein Traum?, fragte Ilse sich verwundert. Das viele Blut, das verschwundene Fenster, die dumpfe Stimme der Mutter. Es musste ein Traum sein. Ja, es war alles nur ein böser Traum. Sofort beruhigte sich ihr Herz, und sie konnte wieder freier atmen. Nur ein Traum. Gleich würde sie aufwachen, und alles war wieder gut.

Aber da krachte etwas mit einem lauten Poltern gegen die Zimmertür. Ilse wandte ihren Blick dorthin und sah, wie die Mutter versuchte, die Tür, vor der Schutt und Steine lagen, weiter aufzuschieben. Sie stemmte sich dagegen, kämpfte regelrecht – und Ilse konnte ihr nur teilnahmslos zusehen. Gisela wimmerte. Dieser Traum wurde immer verrückter.

Ein weiteres Ächzen, ein weiteres Poltern, und die Mutter hatte die Tür geöffnet. Sie eilte zu ihnen. Ließ sich vor ihnen beiden auf die Knie fallen und legte je einen Arm um sie.

»Meine Mädchen!«, rief die Mutter. Tränen liefen ihr über die Wangen.

Ilse hob ihre blutverschmierten Hände, tastete nach der Mutter. Sie fühlte sich so echt an. Ihre Haut war warm und weich. Das war kein Traum. »Mama!«, rief sie, und nun musste auch sie weinen.

»Mein Bauch«, jammerte Gisela wieder. »Aua! Mein Bauch!«

Die Mutter drückte sie beide an sich. Wiegte sich mit ihnen hin und her, als wären sie kleine Babys. Dann ließ sie von ihnen ab und blickte ihnen in die Gesichter. Jetzt erst bemerkte sie das Blut. Bemerkte die Wunde, die Ilse am Kopf haben musste. Ihr Gesicht wurde blass. »Ilse! Du musst sofort zum Arzt!«

»Es tut gar nicht weh, Mama«, sagte Ilse, um die Mutter zu beruhigen.

Ihre Worte lösten das Gegenteil aus. Das Gesicht der Mutter wurde noch blasser und besorgter als zuvor schon.

»Schnell!«, befahl die Mutter. »Du musst ins Krankenhaus. Kannst du laufen?« Sie stand auf und griff Ilse mit beiden Händen unter die Achseln, um ihr beim Aufstehen zu helfen.

Wackelig kam Ilse zum Stehen.

»Kannst du laufen?«, fragte die Mutter erneut.

Gisela jammerte wieder leise, drückte die Hände auf ihren Bauch. Ilse machte einen Schritt, dann noch einen. Sie nickte.

»Gut, dann komm.« Die Mutter nahm ihren Arm und zog sie mit sich zur Tür.

Ilse warf einen Blick zu Gisela, die noch immer im Schutt und dem Rest, der einmal das Gitterbettchen gewesen war, an der Wand lehnte. Und dann sah sie die Münze. Giselas Schatz lag mitten in dem ganzen Schutt. An der Stelle, wo zuvor die Kommode gestanden hatte. Vater Rhein hatte den Denar doch nicht an sich genommen. Er war die ganze Zeit hier gewesen. Hier in diesem Zimmer. Sie wollte ihrer kleinen Schwester sagen, dass er da lag, wollte darauf zeigen, aber da zog die Mutter sie schon am Arm aus dem Zimmer.

Donnerstag, 1. März 1945

DIE BARMHERZIGEN SCHWESTERN

Ilse wusste nicht, wie lange sie geschlafen hatte, als sie an diesem Morgen die Augen öffnete. Der Geruch nach Krankheit und Sauberkeit stieg ihr in die Nase. Automatisch fasste sie sich an den Kopf und traf auf eine raue Bandage. Mit sechs Stichen hatte der Herr Doktor ihre Kopfwunde gestern Nacht genäht, danach hatten die Schwestern sie in das Bett in dem großen Krankensaal gelegt. Zur Beobachtung, so hatte der Herr Doktor gesagt. Dabei hatte Ilse doch nur nach Hause gewollt. Zur Mutter, zur Schwester, zu ihrer Familie.

Sie hatte lange geweint. In dem großen Krankensaal zwischen den vielen anderen Patienten hatte sie sich allein gefühlt. Noch nie hatte sie woanders geschlafen als zu Hause. Die fremden Menschen, die Größe des Saals und dieser merkwürdige Geruch, das alles hatte ihr schreckliche Angst gemacht. Dennoch hatte der Schlaf sie irgendwann gefunden.

Die Nachtschwestern waren von der Frühschicht abgewechselt worden, und Ilse sah ihnen nun dabei zu, wie sie unermüdlich zwischen den Betten hin und her wuselten. Sie mochte die Borromäerinnen in ihren grauen Kleidern und mit ihren grauen Schleiern. Sie waren freundlich zu ihr.

In den Stunden nach dem Luftangriff und auch noch einige Zeit nachdem der Herr Doktor ihre Wunde genäht hatte, hatte Ilse keine Schmerzen verspürt. Sie stehe unter Schock, hatte der Herr Doktor ihr erklärt. Ilse wusste nicht genau, was ein Schock war, aber er musste jetzt überstanden sein, denn mit einem Mal verspürte sie einen stechenden Schmerz am Kopf. Es zog und schmerzte mal mehr, mal weniger, je nachdem, wie sie den Kopf hielt.

Langsam setzte sie sich im Bett auf. Ihre Blase drückte, außerdem wollte sie nach Hause. Sie musste doch endlich ihrer kleinen Schwester sagen, dass sie ihren Schatz wiedergefunden hatten. Das war sie Gisela schuldig, nachdem sie ihr die Münze einfach so geklaut hatte. Ilse rutschte zur Kante und ließ ihre Füße auf den Boden gleiten. Gerade, als sie den ersten Schritt machen wollte, merkte sie, wie ihr schwindelig wurde. Ihre Beine wurden weich, als wären keine Knochen mehr darin, und sie knickte einfach so zur Seite. Der Schmerz in ihrem Kopf flammte scharf auf, und sie wusste, dass jetzt der Aufprall kam, der harte Fußboden und noch mehr Schmerzen. Stattdessen griffen zwei Arme nach ihr.

»Na, na, junges Fräulein. Du hast sehr viel Blut verloren, da ist es noch nicht an der Zeit, Spaziergänge zu unternehmen.«

Ilse drehte den Kopf und erblickte eine der barmherzigen Schwestern, die sie scheinbar mühelos aufgefangen hatte. Obwohl die Borromäerin zierlich war, hatte sie Kraft in ihren Armen, denn jetzt hievte sie Ilse zurück ins Bett.

»Du bleibst heute noch brav liegen«, sagte sie, während sie Kissen und Bettdecke zurechtzog. »Morgen schauen wir, ob du wieder nach Hause kannst.« Sie stemmte die Arme in die Seiten und maß Ilse mit einem strengen, aber liebevollen Blick, der sie ein wenig an ihre Mutter erinnerte. »Und bis dahin: keine Ausflüge und keine Dummheiten!«

Ilse dachte an Gisela, an den Schatz. »Kann ich nicht heute schon nach Hause?«

Die Ordensschwester schüttelte den Kopf, der graue Schleier schwang träge mit. »Leider nein, mein junges Fräulein. Dafür bist du noch zu schwach.«

»Und … und wenn ich mal muss?«, fragte Ilse leise. Unter der Decke klemmte sie ihre Beine übereinander.

»Dann rufst du nach uns. Ich bin Schwester Elisabeth und da drüben ist Schwester Agnes.« Sie deutete auf eine zweite Ordensschwester, die gerade an der Tür erschienen war. »Es wird nichts im Alleingang gemacht.« Und damit drehte sie sich um und eilte quer durch den Raum zum nächsten Bett.

Aber, dachte Ilse, ich muss doch jetzt schon …

TIEF VERGRABENE ERINNERUNG

Georg lag noch im Bett, als Fräulein Weber an die Zimmertür klopfte. »Herr Neumann?«, hörte er ihre Stimme dumpf durch die geschlossene Tür. »Geht es Ihnen gut? Das Frühstück ist schon lange fertig, und Sie müssen doch zur Arbeit.«

Zur Arbeit. Er wollte nicht zur Arbeit. Er wollte gar nichts mehr, außer sich die Decke über den Kopf ziehen und alles vergessen, alles ausblenden.

In der Nacht, direkt nach dem Bombeneinschlag, da hatte das Adrenalin ihn bis zur letzten Spitze seines Haars durchdrungen, hatte das Blut rauschend durch seine Adern gepumpt und ihn im Hier und Jetzt gehalten. Er hatte nicht nachgedacht, nur gehandelt, ohne weitere Gedanken zuzulassen. Aber nachdem er ein paar Stunden geschlafen hatte, hatte es nachgelassen – und dann erst war ihm bewusst geworden, was da passiert war. Wie knapp er dem Tod entgangen war. Das hatte ihn an seine Zeit an der Front erinnert. Auch da war er mehr als einmal nur haarknapp mit dem Leben davongekommen. Bei dem Gedanken daran schmerzten die fehlenden Finger an seiner Hand mit einem Mal so stark. Wie konnte etwas wehtun, das nicht mehr da war? Das hatte Georg sich schon so oft gefragt. Und eigentlich hatte er gedacht, diese Phantomschmerzen hinter sich gelassen zu haben, seit er sein neues Leben in Andernach begonnen hatte. Aber die gestrige Nacht hatte alles wieder zurückgebracht. Die Schmerzen, die Erinnerung, einfach alles, was er so lange beiseitegeschoben hatte.

Er krümmte sich unter seiner Bettdecke zusammen und massierte mit der rechten Hand den vernarbten Handteller seiner linken. Oft hatte man ihm schon gesagt, dass er Glück gehabt habe. Dass andere Arme, Beine oder gar das ganze Leben verloren hätten. Was waren da drei Finger? Aber die Wahrheit war: Er hatte kein Glück gehabt, er hatte dem Glück nachgeholfen.

Mit diesem Gedanken brach die Erinnerung an seinen letzten Tag an der Front wieder hervor. Es war die Erinnerung, die er am tiefsten in sich vergraben hatte. Die Erinnerung, die ihn an dem Tag, als er im Sperrholzwerk eingeschlafen war, kurzzeitig wieder eingeholt hatte, die er aber damals erfolgreich hatte wieder zurückdrängen können. Er versuchte es auch jetzt. Versuchte, dagegen anzukämpfen, dass sie an die Oberfläche kam, er schaffte es nicht. Mit voller Wucht kehrte sie zurück.

Während Fräulein Weber erneut an die Zimmertür klopfte, sah er es wieder vor sich: die Ebene, übersät von Blut und Toten. Von zerfetzten Körpern, von abgetrennten Körperteilen, von unförmigen Klumpen, die nichts mehr mit einem Menschen gemein hatten. Metallischer Geschmack erfüllte seinen Mund, und auch die Luft roch metallisch. Er wusste, dass es das Blut war. Das viele Blut, das sinnlos in die Erde sickerte. Wie lange war es her, dass die Landschaft vom Donnern und Dröhnen des Gefechtslärms erzittert war? Dass Erde und Blut vom Einschlag der Granaten hinaufgespritzt waren, die Luft schwer vom Dunst des Schießpulvers? In diesem Nebel konnte man nicht mehr erkennen, wer Freund und wer Feind war.

Aber jetzt hörte er nichts mehr. Der Dunst hatte sich gelegt, die letzten Schreie, das letzte schmerzerfüllte Wimmern war verklungen. Es herrschte nur noch Stille. Eine tödliche, beängstigende Stille. Er war der einzige Überlebende. Völlig unversehrt. Es grenzte an ein Wunder. Nicht einmal eine Schramme hatte er abbekommen. Aber jetzt war er ganz allein auf Feindesgebiet. Er fragte sich, ob er es schaffen würde, sich allein durchzuschlagen. Fragte sich, wie lange er unentdeckt bleiben konnte, bis ihm die Kriegsgefangenschaft drohte.

Und dann fand er ihn. Den zweiten Überlebenden dieses sinnlosen Gemetzels. Der Uniform zufolge war er sein Feind, aber dann zeigte sich, dass er etwas ganz anderes war. Ohne ihn wäre Georg heute nicht hier. Ohne ihn gäbe es Georg Neumann gar nicht.

DAT KLEIN

»Ich weiß nicht, wie wir das jemals alles schaffen sollen.« Maria stemmte ihre Arme in die Seiten und blickte sich im Laden um. Die Vormittagssonne strahlte heute mit besonderer Kraft. Als wollte sie die Schrecken der Nacht hinwegschieben, aber sie bewirkte damit das genaue Gegenteil. In dem hellen Licht sah Maria nur umso genauer, wie sehr alles zerstört war. Die Bombe hatte Schutt und Dreck und Trümmer zurückgelassen. Nur wenig erinnerte daran, dass hier bis gestern Abend noch ein hübsch eingerichteter kleiner Laden gewesen war. Die Buchhandlung war das Lebenswerk ihres Mannes gewesen. Das Haus, das seiner Familie. Und nun war alles kaputt. Und Maria wusste nicht, wie sie es schaffen sollte. Ohne ihren August.

»Ich bin doch auch noch da«, sagte ihre Nichte. Sie stand neben ihr. Auch sie sah erschöpft aus. Wenn auch lange nicht so erschöpft, wie Maria sich fühlte. Sie hatte eben nicht die halbe Nacht in Sorge im Krankenhaus durchwacht.

Maria fuhr sich mit der Hand über die Augen. »Was können wir beide schon ausrichten?«, fragte sie resigniert.

Gestern Nacht hatte sie gedacht, sie würde Ilse verlieren. Ihre große Tochter hatte so viel Blut verloren. Aber nachdem der Arzt im Krankenhaus die Wunde versorgt hatte, hatte es schon wieder ganz anders ausgesehen. Zum Glück. Es war Maria nicht leichtgefallen, ohne ihr Kind nach Hause zu gehen, aber eine andere Wahl hatte sie nicht gehabt.

In der Nacht hatte Gisela bei ihr geschlafen, und sie war auch nicht aufgewacht, als Maria heute Morgen wieder aufgestanden war. Nach dieser furchtbaren Nacht war das nicht weiter verwunderlich.

»Tante Maria«, sagte ihre Nichte, und jetzt erst fiel Maria auf, dass sie ihre linke Hand verbunden hatte, »wir beide schaffen das. Wir bauen den Laden wieder auf.«

Maria klopfte ihr auf die Schulter. Da sprach die Jugend aus ihrer Nichte. Sie selbst war sich da nicht so sicher. Es ergab alles keinen Sinn mehr. Den Laden wiederaufbauen? Womit? Es war doch so schon alles knapp gewesen. Erst vor kurzem hatte sie noch überlegt, dass sie den Laden schließen müsste, wenn sich nicht bald etwas änderte. Jetzt hatte die Bombe den Laden für sie geschlossen; und Maria hatte keine Kraft mehr, etwas daran zu ändern.

Sie sah Eva zu, wie sie kleinere Trümmerbrocken zur Seite räumte. Es war nur ein Tropfen auf den heißen Stein. Maria wandte sich um. Sie konnte den Anblick nicht länger ertragen. Es war ohnehin viel wichtiger, nach ihrer Tochter zu sehen. Sie würde *dat Klein* wecken und mit ihr zusammen ins Krankenhaus zu Ilse gehen. Mit etwas Glück würden sie sie auch schon wieder mit nach Hause nehmen können.

Maria trat in den Flur. »Gisela«, rief sie. Keine Antwort. »Gisela!«, rief sie erneut. Lauter diesmal. Wieder empfing sie nur Stille.

Das war ungewöhnlich. Maria eilte die Treppe hinauf, durch den Flur bis zu ihrem Schlafzimmer. Sie öffnete die Tür und trat ein. Gisela schlief scheinbar immer noch.

»Gisela«, sagte Maria sanft. Sie umrundete das Bett und setzte sich neben sie. Ihre Tochter hatte den Kopf tief in der Bettdecke vergraben, nur der wirre Haarschopf schaute noch heraus. Maria strich ihr über die Haare. »Meine Kleine, wach auf«, sagte sie, aber da bemerkte sie die Hitze, die Gisela ausstrahlte. Schnell legte sie ihr die Hand auf die Stirn. »Du liebe Güte«, rief sie laut aus. »Du glühst ja!« Sie zog die Bettdecke ein Stück zurück, sodass sie jetzt Giselas Gesicht sehen konnte. Es war rot und glänzte nass vor Schweiß. Maria tätschelte ihre Wange, aber Gisela reagierte nicht, öffnete nicht einmal die Augen. Mit zwei Fingern schob Maria ihr die Augenlider des rechten Auges auseinander. Ein glasiger Blick traf sie kurz, dann klappten die Lider wieder zu.

Hastig zog Maria die Bettdecke ganz zur Seite. Ein unangenehmer Geruch kam ihr entgegen. Gisela lag zusammengekrümmt da, die Hände am Bauch. Als sie ihre Tochter auf ihren Schoß ziehen wollte, bemerkte sie, dass *dat Klein* unter sich gelassen hatte. Und sie sah das Blut, das sich mit dem Urin vermischt hatte. Maria wurde heiß und kalt gleichzeitig.

Sie sprang auf und ächzte, als sie Gisela auf die Arme nahm. Der kleine Körper ihrer Tochter war so schlaff, dass es schwierig war, ihn richtig zu fassen zu bekommen. Als sie zur Schlafzimmertür wankte, wusste sie nicht, ob sie es schaffen würde, Gisela bis zum Krankenhaus zu tragen. Aber sie musste! Was auch immer mit ihrer Tochter war, es war ernst. Viel ernster als Ilses Kopfwunde.

Sie schob die Tür auf, und da hörte sie plötzlich die Stimme von Hans Schumacher. Er schien die Treppe hinaufzukommen.

»Maria? Bist du hier oben? Eva hat gesagt, ich könnte dich hier vielleicht …« Er brach ab, als Maria mit Gisela auf den Armen an der Treppe erschien.

»Hans!«, rief sie, und Tränen füllten ihre Augen. »Du musst mir helfen. Gisela ist verletzt, und sie fiebert und …«

Hans ließ sie nicht aussprechen. Er rannte den Rest der Treppe zu ihr hinauf und nahm ihr Gisela aus den Armen. »Komm, wenn ich sie trage, sind wir schneller im Krankenhaus.« Und damit eilte er die Treppe wieder hinunter, und Maria eilte ihm hinterher.

Zusammen liefen sie zur Hintertür hinaus. Hans mit Gisela auf den Armen voraus und Maria mit sorgenvollem Herzen hinterher. Nur schnell ins Krankenhaus. Dort hatten sie ihrer großen Tochter geholfen, so musste es auch mit der Kleinen sein. Anders durfte es nicht sein. Nur schnell ins Krankenhaus. Dass Gisela schon so stark fieberte, dass sie nicht mehr ansprechbar war, schob sie zur Seite.

Freitag, 2. März 1945

SEHNSUCHT

Eva wickelte den Stoff von ihrer Hand ab. Seit Mittwochnacht hatte sie den provisorischen Verband, den Georg für sie aus seinem Hemdsärmel gerissen hatte, nicht gewechselt. Aber nun wurde es Zeit. Ihre Handfläche pochte schmerzhaft, und sie wusste, dass sich die Wunde noch schlimmer entzünden würde, wenn sie sie nicht ordentlich säuberte und neu verband.

Es war noch nicht hell an diesem frühen Morgen. Aber Eva hatte keinen weiteren Schlaf mehr gefunden. Die Nacht war eine einzige Mischung aus Albträumen und Angst gewesen. Der Traum von dem Mann hatte sie wieder einmal übermannt, und dazu hatten sich noch die Szenen des Bombeneinschlags und die Angst um ihre beiden Cousinen gemischt. Obwohl es durch die zum Teil fehlende Fassade noch kälter als sonst in der Stube war, war sie schweißgebadet hochgeschreckt. Und es hatte gedauert, bis sie das Gefühl des Traums endlich hatte abschütteln können.

Das letzte Stück Stoff klebte an der Wunde. Vorsichtig zog sie es ab. Dennoch schoss der Schmerz stechend in ihre Handfläche. Neues rotes Blut quoll hervor. Eva fluchte leise.

Neben sich hatte sie bereits eine kleine Schüssel mit kaltem Wasser, ein sauberes Stück Stoff und eine neue Bandage liegen. Die Bandage hatte sie aus einem alten Rock gerissen, etwas anderes hatte sie auf die Schnelle nicht gefunden. Nun tauchte sie eine Ecke des Stoffstücks in das Wasser und säuberte damit die Wunde. Mit der noch trockenen Seite tupfte sie danach alles ab. Die

Wunde hatte zum Glück nicht zu eitern begonnen. Aber sie war groß und tief genug, dass es sicherlich noch einige Wochen dauern würde, bis sie gänzlich ausgeheilt war. Eva biss die Zähne zusammen und wickelte die neue Bandage um ihre Hand. Wie sollte es jetzt weitergehen?

Gestern hatte sie noch versucht, alles positiv zu sehen. Sie war voller Tatendrang gewesen und hatte angefangen, die ersten Steine zur Seite zu räumen. Aber die Ernüchterung war schnell gekommen. Mit ihrer verletzten Hand hatte sie nicht lange arbeiten können, und dann war ihr mit einem Mal aufgefallen, dass die Tante gar nicht mehr da gewesen war.

Erst als Hans Schumacher am Nachmittag in die Buchhandlung gekommen war, hatte sie erfahren, dass die Tante mit der kleinen Gisela im Krankenhaus war. Dass es schlimm um die Kleine stand und die Tante nicht von ihrer Seite weichen wollte. Auch das hatte zu der unruhigen Nacht von Eva beigetragen. Immer wieder hatte sie an ihre Familie in Berlin denken müssen, hatte sich gefragt, ob sie hatten leiden müssen. Hatten sie Schmerzen gehabt? Angst? Oder war es so schnell vorbei gewesen, dass für all das keine Zeit mehr dagewesen war?

Eva verknotete die Enden der Bandage und überprüfte noch einmal, ob sie fest und sicher an ihrer Hand saß, bevor sie aufstand. Es war so still im Haus. Sie vermisste das Getrappel der Kinderfüße, das Rumoren der Tante aus der Buchhandlung. Die Stille drückte. Auf ihre Ohren, ihre Seele, ihre Stimmung. Zeigte ihr eines nur zu deutlich: Sie war allein. Ein Schauer lief ihr kalt über den Rücken. Allein, das wollte sie nicht sein. Ihre Gedanken wanderten zu Georg. Seit der Bombennacht hatte sie ihn nicht mehr gesehen. Dabei kam er doch sonst mindestens einmal am Tag vorbei. Eine tiefe Sehnsucht erfüllte Eva. Und sie hatte mit einem Mal das Gefühl, auseinanderbrechen zu müssen, wenn Georg sie nicht in seine starken Arme nahm. Wenn er sie nicht fest- und zusammenhielt. Sie musste zu ihm. Musste ihn sehen.

Es war noch früh. Wenn sie jetzt zur Pension Weber lief, würde sie ihn vor der Arbeit erwischen können. Eva zögerte keine Sekunde. Sie lief sofort los. Die Treppe hinunter und zur Hintertür hinaus. Dabei griff sie im Vorbeirennen den Mantel vom Haken und zog ihn sich auf dem Weg an. Knöpfte ihn zu, während sie die Hochstraße entlangeilte. Ihr Herz brauchte jetzt Georgs Nähe. Ihre Arme seine Geborgenheit; und sie selbst die Sicherheit, dass er noch da war.

Sie keuchte, als sie vor der Pension Weber haltmachte, aber hielt sich nicht damit auf, wieder zu Atem zu kommen. Stattdessen trat sie die eine Stufe zur Tür der Pension hinauf und klopfte vorsichtig an.

Während Eva darauf wartete, dass man ihr die Tür öffnete, hoffte sie sehr, dass sie nicht zu spät war. Dass sie Georg noch nicht verpasst hatte.

WENN NICHT EINMAL BETEN HILFT

»Komm, Maria«, sagte Hans sanft, »wir müssen gehen. Ilse wartet bestimmt schon auf dich. Komm.«

Maria rührte sich nicht. Sie hatte die Worte von Hans gehört, aber sie ergaben keinen Sinn. Sie konnte nicht gehen. Das musste er doch wissen.

»Da hilft nur noch beten.« An nichts anderes konnte sie denken. Es war das Letzte gewesen, was Maria gestern noch gehört hatte, bevor sich die Tür zum Behandlungszimmer vor ihr geschlossen hatte.

»Da hilft nur noch beten.« Das hatte die eine Schwester zur anderen gemurmelt, nachdem der Arzt gerufen hatte: »Wir operieren unverzüglich!«

Sie war schon auf dem Stuhl im Wartebereich eingeschlafen, als Hans am Abend wiedergekommen war. Er war zwischendurch in der Buchhandlung gewesen und hatte ihrer Nichte Bericht erstattet, bevor er wieder zurück zu ihr ins Krankenhaus gekommen war. Von diesem Moment an war er nicht mehr von ihrer Seite gewichen. Er war es gewesen, der ihr die Hand gehalten hatte, als der Doktor eben aus dem Operationssaal zu ihnen gekommen war. Er hatte sie gestützt, als ihr die Beine weggesackt waren bei den Worten: »Wir konnten nichts mehr tun.«

Wir konnten nichts mehr tun? Was konnten sie nicht mehr tun? Beten?

Der Arzt hatte weitergesprochen, von inneren Blutungen, Organschäden und Schrapnellsplittern erzählt. Die Worte waren von Maria abgeprallt. Ihr Kind war tot. Unwiederbringlich aus dem Leben gerissen. Was spielte es da noch für eine Rolle, wie es passiert war? Das änderte nichts daran. Es half genauso wenig wie beten.

»Komm, Ilse wartet«, sagte Hans erneut. Er nahm ihre Hände und zog sie sanft aus dem Stuhl hoch. Wie lange hatte sie hier gesessen? In diesem Wartebereich, der nun zu ihrer persönlichen Hölle geworden war?

Hans schob sie vorwärts, am Fenster vorbei zur Tür. Ein heller Sonnenstrahl traf Maria mitten ins Gesicht, und sie musste blinzeln. »Wo gehen wir hin?«, fragte sie, als würde sie aus einer Trance erwachen.

»Hinüber in den anderen Trakt, in den Krankensaal. Deine Tochter Ilse abholen«, antwortete Hans geduldig.

Maria blieb wie erstarrt stehen, als diese einfachen Worte bis zu ihr durchdrangen. Ihre große Tochter! Wie sollte sie ihr erzählen, was geschehen war? Wie sollte sie Ilse jemals beibringen können, dass sie nun ein Einzelkind war? Der Gedanke schmerzte noch mehr als alles andere zuvor. Sie hatte keine Kraft mehr. Sie konnte das nicht tun.

Wieder war es Hans, der jetzt einen Arm um sie legte und sie vorwärtsschob. Hans. Er war wie ein Fels in der Brandung, ihr Bollwerk am Rhein. Er war immer schon für sie da gewesen, wurde ihr jetzt bewusst. War immer an ihrer Seite gewesen. Selbst nachdem sie August geheiratet hatte. Und er litt mit ihr, dass sie ihre Jüngste verloren hatte. Als wäre die kleine Gisela sein eigenes Kind gewesen.

Maria holte tief Luft, und dann machte sie den ersten Schritt wieder aus eigener Kraft, und dann den nächsten. Hans nahm den Arm von ihrem Rücken, und nun war Maria es, die sich bei ihm unterhakte. Sie musste sich zusammenreißen. Für ihre große Tochter da sein. Und mit Hans an ihrer Seite würde sie es schaffen.

Kurze Zeit später betraten sie den Krankensaal, in dem Ilse lag. Je näher sie an ihre Tochter heranging, desto mehr brach ihre vorige Zuversicht wieder ein. Gisela und Ilse, sie hatten sich so ähnlich gesehen. Und während sie Ilse anblickte, sah sie nur Gisela vor sich. Tränen drängten sich in ihre Augen und liefen ihr heiß über die Wangen, als sie an Ilses Bett angekommen waren, als sie den Verband um den Kopf ihrer Tochter sah.

»Mama? Warum weinst du? Es geht mir doch gut.«

Ilses helle Stimme, so hell wie Giselas. Das war zu viel für Maria. Sie konnte sich nicht mehr zusammenreißen. Es war einfach nichts mehr übrig. Mit dem Tod ihres kleinen Mädchens fühlte es sich an, als hätte ihr jemand das Herz herausgerissen. Und zurückgeblieben war nur noch eine große Leere. Sonst war da nichts mehr. Nicht einmal ihre Stimme fand Maria mehr.

»Mama?«, hörte sie Ilses Stimme. Sie klang beunruhigt.

Und dann hörte sie Hans antworten: »Ilse, du musst jetzt ganz stark sein.«

Eva wusste nicht, wie lange sie jetzt schon vor der verschlossenen Tür der Pension Weber stand. So langsam begann sie, sich dumm zu fühlen. Dreimal hatte sie nach jeweils einer angemessenen Wartezeit erneut geklopft, und nichts war geschehen. Als wäre niemand zu Hause. Dabei wusste Eva doch, dass in der Pension neben Georg die Zimmerwirtin und noch zwei pensionierte Männer wohnten. Sie konnte sich beim besten Willen nicht vorstellen, dass niemand von diesen vier Personen zu Hause war. Das konnte nicht sein.

Sie klopfte erneut. Diesmal mit aller Kraft. Vielleicht war sie vorher einfach zu zaghaft gewesen. Weil es noch früh war und sie nicht das ganze Haus hatte wecken wollen. Aber jetzt wollte sie nicht mehr länger warten!

Und endlich waren Schritte zu hören, und dann öffnete eine ältere Frau die Tür. Das musste Georgs Zimmerwirtin sein.

»Guten Morgen, Frau Weber«, sagte Eva.

»Fräulein Weber«, korrigierte die alte Frau sie, »ich war nie verheiratet.« Sie streckte ihren Rücken durch.

»Fräulein Weber«, wiederholte Eva und nickte der Zimmerwirtin zu, »guten Morgen. Ich möchte zu Georg Neumann. Ist er noch zu Hause? Oder ist er schon …«

»Sie wollen zu Herrn Neumann?«, fragte Fräulein Weber erstaunt dazwischen, und nun musterte sie Eva unverhohlen von Kopf bis Fuß.

»Wenn's recht ist!«, entgegnete Eva spitz.

»Wer sind Sie denn überhaupt?«, fragte Fräulein Weber.

Eva holte langsam Luft. »Ich bin Eva Liebe, eine …« Sie brach ab. Was war sie denn eigentlich für Georg? Eine Bekannte, eine Freundin? Wie konnte man das nennen? »Ich bin eine Freundin vom Georg«, entschied sie schließlich.

»Eine Freundin, soso. Ich habe gar nicht gewusst, dass der Herr Neumann endlich Gesellschaft gefunden hat.« Wieder musterte die alte Frau sie neugierig.

Dieses Verhalten ärgerte Eva. Sie hatte keine Zeit für so etwas. Sie musste zu Georg. »Ist der Georg jetzt da? Ja oder nein?«, fragte sie mit Nachdruck.

Und da wurde die Miene der Zimmerwirtin mit einem Mal grau. »Seit der Bombennacht kommt der Herr Neumann nicht mehr aus seinem Zimmer. Ich weiß gar nicht, was ich noch machen soll. Der Herr Neumann wird noch seine Arbeit darüber verlieren, wenn er länger dort fehlt. Und er muss doch auch etwas essen und trinken! Ich mache mir wirklich große Sorgen.«

Eva erschrak bei den Worten der alten Frau. War Georg am Ende auch verletzt? Kam er deshalb nicht aus seinem Zimmer? Wenn sie vorher schon so dringend zu ihm gewollt hatte, so war es jetzt noch dringender. Sie musste sehen, wie es ihm ging. Musste sich vergewissern, dass alles mit ihm in Ordnung war. Sie wollte Fräulein Weber gerade darum bitten, sie hineinzulassen, da hörte sie jemanden auf der Straße rufen.

»Eva! Eva! Bist du das?«

Eva fuhr herum und sah ihre Freundin Margot, die die Straße entlanggelaufen kam. Ganz außer Atem kam sie vor ihr und Fräulein Weber zum Stehen. Ihr Gesicht war noch blasser als sonst.

»Ist etwas passiert? Ist etwas mit deiner Mutter oder deinen Geschwistern?«, fragte Eva besorgt.

Margot schüttelte heftig den Kopf. »Es ist deine Cousine. Die kleine Gisela.«

Das traf Eva kalt. »Was ist mit ihr?«, fragte sie, und sie wusste nicht, ob sie es wirklich hören wollte.

»Sie ist tot.«

Drei Worte. Drei kleine Worte, und die Welt hörte für einen Moment auf, sich zu drehen. Nur am Rande bekam Eva noch mit, dass Fräulein Weber nach Einzelheiten fragte und Margot erklärte, sie sei im Krankenhaus gewesen, um eine Medizin für ihre Mutter abzuholen, und da habe sie es erfahren. Alles, woran Eva in diesem Augenblick noch denken konnte war: Wieder einmal hatte eine Bombe ihr ein Familienmitglied genommen.

Sonntag, 4. März 1945

RUHE IN FRIEDEN

Es war noch dunkel, als sie sich an diesem Sonntagmorgen schweigend auf den Weg machten. Der Andernacher Friedhof lag außerhalb, am Ende der Koblenzer Straße, und so mussten sie noch ein ganzes Stück gehen. Beerdigungen wurden nur noch in den frühen Morgenstunden abgehalten. Weil dann die Gefahr eines Luftangriffes am geringsten war, vermutete Eva. Bislang waren die Angriffe über Tag oder am Abend beziehungsweise in der Nacht erfolgt.

Als Margot ihr am Freitagmorgen erzählt hatte, dass ihre kleine Cousine gestorben war, war Eva sofort ins Krankenhaus geeilt. Mit der Nachricht war ihr klar gewesen, dass sie nun zu ihrer verbleibenden Familie musste. Zu Tante und Cousine, um ihnen in diesen schweren Stunden beizustehen.

Sie war kaum am Krankenhaus eingetroffen, als sie Tante Maria mit Hans und Ilse gesehen hatte. Die drei verließen das große Gebäude. Ilse weinte, während die Tante kaum wahrzunehmen schien, dass Eva auftauchte.

Erst am Abend ging Eva wieder zurück zur Pension Weber. Die Zimmerwirtin bat sie hinein und führte sie zu Georgs Zimmer. Dort stand Eva eine Zeit lang vor der verschlossenen Tür, klopfte und sprach durch die Tür. Von Georg hatte sie kaum Antwort bekommen. Nur auf ihre Frage hin, ob er verletzt sei, hatte er mit einem klaren »Nein« geantwortet. Und so war sie schließlich wieder gegangen. Mit gebrochenem Herzen.

Eva blickte die Straße entlang. Sie liefen in einem kleinen Tross. Zwei Sargträger, die sie nicht kannte, vorneweg, dahinter der Priester mit einem Messdiener und dann die Tante mit Hans an ihrer Seite. Maria war bei Hans Schumacher untergehakt, aber Eva sah deutlich, dass es mehr als das war. Hans stützte sie. Ohne ihn an ihrer Seite wäre ihre Tante einfach zusammengebrochen. Eva selbst ging neben Ilse, die einen breiten Verband am Kopf trug. Mehrfach hatte sie ihrer Cousine den Arm hingehalten, aber Ilse hatte diesen nicht ergriffen. Stattdessen hatte sie ihre Hände tief in den Manteltaschen vergraben.

Eva blickte auf ihre linke Hand. Heute Morgen erst hatte sie sie wieder neu verbunden. Mit den unverletzten Fingern fuhr sie über die Bandage. In der Bombennacht war ihr Georg so nah gewesen, hatte ihre Wunde verbunden und nun ließ er sie nicht mehr zu sich. Ließ niemanden mehr zu sich. Das verstand Eva nicht. Was war nur mit ihm los?

Sie erreichten den Friedhof und gingen zwischen den Gräbern hindurch. Eva war erstaunt über die zum Teil imposanten Grabmale mit großen Steinengeln und reich verzierten Grabsteinen. Vor einem rechteckig ausgehobenen Loch machte der Tross halt. Es war gerade groß genug für den kleinen Sarg, wie Eva mit einem Kloß im Hals feststellte. Sie blickte zu ihrer Tante und sah, dass diese nur teilnahmslos vor sich hinstarrte. Seit Giselas Tod hatte sie kaum noch gesprochen.

Der Sarg wurde von den Trägern an zwei Seilen hinab in die Erde gelassen, während der Priester einige Worte dazu sprach.

Eva sah zu, wie der Sarg langsam in dem Loch verschwand, bis sie ihn nicht mehr sehen konnte.

Ihre kleine Cousine. Es kam Eva wie gestern vor, dass sie spazieren gewesen waren, dass die Kleine auf ihrem Schoß gesessen hatte, während Eva ihr vorlas. Und nun? Nie wieder würde Eva das freudige Funkeln in ihren Augen sehen, nie wieder ihr heiteres Kinderlachen hören.

Sie blickte zu Ilse, die immer noch neben ihr stand. Sie konnte nur ahnen, wie sie sich fühlen musste. Eva selbst hatte doch auch die kleine Schwester verloren. Auch durch einen Bombenangriff. Sie legte den Arm um ihre Cousine. Hoffte, ihr mit dieser Geste Kraft geben zu können und die Gelegenheit, sich anzulehnen.

Hatte Ilse zuvor nur starr dagestanden, so fuhr sie plötzlich unter Evas Arm zusammen und wand sich dann flink von Eva los. Sie warf ihr einen Blick zu, der von Wut und Trauer gleichermaßen erfüllt war, bevor sie auf dem Absatz herumwirbelte.

Eva wollte etwas zu ihr sagen, aber sie konnte ihr nur noch hinterherblicken, als sie zwischen den Gräbern davonstob. Der helle Kopfverband stach deutlich zwischen den dunklen Büschen hervor.

Was tat dieser Krieg ihnen allen nur an?

MEA CULPA

Durch meine Schuld. Durch meine Schuld. Durch meine große Schuld.

An nichts anderes mehr konnte Ilse denken als an die Worte, die sie einmal im Mariendom während der Messe gehört hatte. Es war, als hätten sie sich tief in ihr Innerstes gefressen und dort in Wackersteine verwandelt, die Ilse nun ein Leben lang mit sich herumtragen musste.

Sie war schuld daran, dass Gisela tot war. Sie wusste es genau. Nur sie. Wenn sie nicht so stark geblutet hätte, wäre die Mutter nicht mit ihr ins Krankenhaus gelaufen. Dann wären sie alle zu Hause geblieben, bei Gisela. Und dann hätten sie es rechtzeitig gemerkt, und der Herr Doktor hätte mit seiner Operation Erfolg gehabt. Das wusste Ilse einfach, während sie tränenüberströmt vom Friedhof nach Hause lief. Auf der Koblenzer Straße wurde sie langsamer. Die genähte Wunde an ihrem Kopf pochte und Ilse schlug vor lauter Wut noch einmal mit der Hand gegen den Verband. Der Schmerz durchzuckte sie wie ein heißer Blitz. Aber es war nur recht so. Sie war schuld. Nur sie allein. Mit dieser Schuld würde sie von nun an leben müssen.

Wie oft hatte sie sich über Gisela aufgeregt, oder darüber, dass sie schon wieder nach ihr sehen und auf sie aufpassen musste? Wie oft war sie wütend gewesen, wenn sie einmal Schimpfe dafür bekommen hatte, dass *dat Klein* gefallen war oder seine Kleidung zerrissen hatte? Wie oft hatte sie lieber allein sein wollen, ohne die Kleine. Und nun würde sie für immer allein sein. Würde niemals mehr auf ihre kleine Schwester aufpassen müssen. Nie mehr.

Durch meine große Schuld.

Geräuschvoll zog Ilse die Nase hoch und wischte sich den restlichen Rotz mit dem Ärmel ihres Mantels ab. Früher hätte sie dafür auch von der Mutter Schimpfe bekommen, aber seit Gisela gestorben war, schimpfte die Mutter nicht mehr. Sie sprach auch kaum noch. Eigentlich machte sie gar nichts mehr, als vor sich hinzustarren.

Den langen Weg, die Koblenzer Straße bis zum Koblenzer Tor und dann weiter in die Hochstraße, ließ Ilse den Kopf hängen und blickte nur noch auf ihre Füße. Sie hatte gewusst, dass der Krieg schlimm war. Der ständige Hunger, die ständigen Alarme und die Langweile und manchmal auch angsterfüllte Zeit im Bunker, das alles war schlimm. Aber Ilse hatte nicht ahnen können, wie schlimm der Krieg eigentlich sein konnte. Hätte sich nie vorstellen können, dass der Krieg bis in ihr Kinderzimmer kommen würde, um ihr die Schwester zu nehmen.

Als sie zu Hause angekommen war, trat sie durch die Hintertür ein. Sie ging die Treppe hinauf und dann weiter in das Kinderzimmer. Es war ihr egal, dass man ihr das eigentlich verboten hatte. Weil der Raum zerstört war. Der Boden vielleicht noch mehr einbrechen konnte. Sie musste dorthin, dorthinein! Sie musste Giselas Schatz retten. Und wenn es das Letzte war, was sie tun würde. Das war sie ihrer kleinen Schwester schuldig. Auf Zehenspitzen durchquerte sie das Zimmer, umrundete dabei die Schuttbrocken, die im Weg lagen, und das Loch, das im Boden klaffte, bis sie an der Stelle angekommen war, an der früher die Kommode an der Wand gestanden hatte. Dort hatte die Münze gelegen, in der Nacht des Bombenangriffs. Sie musste also noch dort sein. Ilse beugte sich hinunter und wischte mit den Händen Staub und Schutt zur Seite. Mit jeder Bewegung wurde sie fahriger. Ein kleinerer Brocken polterte laut durch das Loch im Boden. Ilse störte sich nicht daran, die Münze war alles, was gerade zählte. Sie hatte sie dort liegen sehen. Das hatte sie sich nicht eingebildet, egal, wie schwer sie am Kopf getroffen worden war. Weiter schob sie den Dreck zur Seite, tastete den Boden ab. Und endlich fühlten ihre Fingerspitzen etwas Rundes und Flaches.

Sie nahm die Münze in die Hand. Wischte sie an ihrem Mantelärmel sauber. Tränen liefen ihr die Wangen hinunter, während sie die Münze mit ihren Fingern umschloss. Der Denar, er würde sie immer an Gisela erinnern. Sie würde ihn wie ihren Augapfel behüten. Er war die Erinnerung an ihre kleine Schwester und gleichzeitig die Mahnung für ihre Schuld. Ihre große Schuld.

Montag, 5. März 1945

ZURÜCK INS HIER UND JETZT

Vier Tage hatte er im Bett gelegen. Vier Tage war er in seiner Erinnerung versunken und hatte wieder und wieder seinen letzten Tag an der Front durchlebt. Den Tod und die Geburt von Georg Neumann. Hatte nur am Rande mitbekommen, dass neben Fräulein Weber auch Eva einmal vor seiner Zimmertür gestanden und mit ihm gesprochen hatte.

Erst heute hatte er endlich begriffen, dass er so nicht weitermachen konnte. Dass er die Chance für ein neues Leben bekommen hatte und diese nicht einfach so wegwerfen konnte. Er musste zurück ins Hier und Jetzt kehren. Sonst wäre es mit ihm und mit Georg Neumann vorbei.

Also war er aufgestanden und hatte sich angezogen. Nach mehreren Tagen im Bett hatte es sich merkwürdig angefühlt. Fräulein Weber war überrascht und sichtlich erleichtert gewesen, ihn am Frühstückstisch vorzufinden. Und dann vorwurfsvoll, weil er kaum einen Bissen herunterbekommen hatte. Aber der warme Gerstenkaffee war gut gewesen. Er hatte ihn von innen heraus gestärkt.

Danach war er zum Sperrholzwerk gegangen, und nun stand er vor Werner Seul.

»Jung, wie gut, dich zu sehen!«, sagte der alte Mann und klopfte ihm auf den Rücken. »Ich hatt schon gedacht, die letzte Bombe hätt dich erwischt.«

»Das hat sie auch beinahe«, antwortete Georg. »Deshalb bin ich jetzt hier. Ich muss mit Ihnen reden, in Ruhe. Können wir vielleicht in den Gemeinschaftsraum gehen?«

Der Vorarbeiter nickte, und so gingen sie zusammen hinüber.

»Also, Jung, was haste auf dem Herzen?«, fragte Seul, als sie an dem großen Tisch Platz genommen hatten.

Georg legte seine Hände übereinander. Die Rechte über seine versehrte Linke. Immer hatte er das Gefühl, die linke Hand schützen zu müssen. »Ich kann erst einmal nicht mehr zur Arbeit hier im Sperrholzwerk kommen«, erklärte er schließlich.

»Warum nicht?«, fragte der alte Mann.

»Wissen Sie, es gibt da eine Frau, und ihr Haus wurde von einer Bombe getroffen. Ich möchte ihr helfen«, sagte er, und in Gedanken fügte er hinzu: Wenn sie mich noch lässt.

Georg wusste nicht, wie Seul reagieren würde, aber mit der Antwort, die er nun von sich gab, hätte er wirklich nicht gerechnet.

»Jung«, sagte Seul, »wer weiß, wie lang mer überhaupt noch arbeite könne. Guck, dass de deine Schäfje ins Trockene bekommst. Und wenn de Krieg irjendwann e'mal vorbei is, kannste dich jederzeit wieder bei mir melde.«

»Danke, Herr Seul«, sagte Georg, der erstaunt von dem Verständnis des Vorarbeiters war.

Der alte Mann grinste breit. »Weißte, Jung«, sagte er, »ich hab et gewusst! Du hast ja doch 'n Liebchen.«

STEIN FÜR STEIN

Eva schloss die Tür, die das Lager von der Buchhandlung trennte, auf und trat in den zerstörten Ladenraum. Nach der Beerdigung gestern hatte sie einen Entschluss gefasst: Sie würde das Schicksal und die Zukunft der Buchhandlung und ihrer Familie in die Hand nehmen! Komme, was da wolle.

Eva sah sich um. Der Laden war in den letzten Tagen geplündert worden. Zumindest im vorderen Teil, der durch das Loch, wo früher einmal das Schaufenster gewesen war, gut erreichbar war. Die Reste von Georgs Holzkonstruktion waren verschwunden. Bestimmt schon in irgendeinem Ofen verfeuert. Ob und wie viele der Bücher fehlten, das würde sich erst herausstellen, wenn sie alles aufgeräumt hatte. Eva glaubte nicht, dass sie überhaupt noch viele Bücher finden würde, die nicht beschädigt worden waren.

Sie krempelte die langen Ärmel ihres Kleides hoch und überprüfte, ob die neue Bandage an ihrer linken Hand fest saß. Dann zog sie den ersten Stein hervor, und den nächsten, und den nächsten danach. Stein für Stein. Ihre verletzte Hand pochte leise, aber es war nicht mehr so schlimm wie noch vor ein paar Tagen. Jeden einzelnen Stein brachte sie nach draußen in den Hof. Stapelte sie dort, so gut es ihr möglich war, aufeinander. Damit würde man die Buchhandlung wieder aufbauen können, das wusste Eva. Und genau das wollte sie. Die Buchhandlung, das Haus wieder aufbauen. Sie war im Moment die Einzige der Familie, die dazu in der Lage war. Tante Maria machte nichts mehr. Sie sprach nicht, sie aß nicht. Und ob sie überhaupt noch in der Nacht schlief, konnte Eva nicht sagen. Und Ilse? Sie war noch ein Kind, sie konnte nicht viel ausrichten. Und was ihren Onkel August anging, der war vermutlich im Krieg gefallen. Wer blieb also noch? Nur noch sie selbst. Mehr Familienmitglieder gab es nicht. Auf Georgs Hilfe brauchte sie auch nicht zu zählen. Er hatte sie fallen gelassen. Von einem Moment auf den nächsten. Igelte sich einfach in seinem Pensionszimmer ein und ließ niemanden mehr zu sich. Ihr gebrochenes Herz schmerzte, wenn auch anders als ihre Hand. Der Schmerz war auf seine Art viel schlimmer; und gleichzeitig gab er ihr eine zornige Kraft. Stärkte ihren Willen, es jetzt erst recht allen zeigen zu wollen. Sie war allein, aber sie würde sich nicht unterkriegen lassen! Von nichts und niemandem!

Mit einem grimmigen Lächeln hievte sie den nächsten Stein hoch. Sie war hierhergekommen, weil sie immer gedacht hatte, sie würde ihre Familie brauchen. Weil sie gedacht hatte, sie wäre allein aufgeschmissen. Aber so war es nicht. Sie brauchte nicht ihre Familie, ihre Familie brauchte sie! Denn sie war die Einzige, die den Willen hatte, aufzuräumen und weiterzumachen. Sie war die Einzige, die bereit war, für die Buchhandlung und für ihre Familie zu kämpfen. Für Tante Maria und Ilse. Und für die Welt der Bücher, die ihr sosehr ans Herz gewachsen war. All das wollte sie retten.

Ganz allein.

HOFFNUNGSLOS UND UNHALTBAR

Georg war guter Dinge, als er vom Sperrholzwerk zur Rhein-Buchhandlung ging. Er freute sich darauf, Eva wiederzusehen. Es tat ihm leid, dass er ihr nicht hatte die Tür öffnen können, als sie in der Pension gewesen war. Er war zu der Zeit einfach noch zu sehr in seiner eigenen Vergangenheit gefangen gewesen. Hatte dort nicht herausgekonnt. Das würde Eva sicherlich verstehen, wenn er es ihr gleich erklärte.

Endlich hatte er die Buchhandlung erreicht. Durch das große Loch in der Häuserfront sah er Eva. Ihr Haar war zerzaust und von Schuttstaub bedeckt. Ebenso ihr Gesicht und ihre Kleidung. Und dennoch kam sie ihm in diesem Moment schöner vor als jemals vorher. Sie zerrte gerade einen Stein heraus und verschwand dann damit nach hinten durch die Lagertür. Wie stark sie doch war. Er lächelte, kletterte durch das Loch in den Laden und folgte Eva, die nach draußen gegangen zu sein schien. Im Hausflur trafen sie aufeinander.

Als sie ihn saß, riss Eva die Augen auf und rief: »Du?«, als könnte sie nicht fassen, ihn hier zu sehen.

»Eva, ich …«, setzte er an, aber sie blieb nicht stehen, sie drängte sich einfach an ihm vorbei und ging zurück in den Laden.

Georg holte tief Luft und trat nach draußen auf den Hof. Dort sah er, was Eva bereits geleistet haben musste. Ganze Stapel von Steinen drängten sich dicht aneinander. Sie war wirklich eine außergewöhnliche Frau. Er wartete, bis Eva mit dem nächsten nach draußen kam. Sie ging schnurstracks an ihm vorbei, behandelte ihn, als wäre er Luft. Er streckte seine Hand aus und bekam ihren Arm zu fassen. Hielt sie daran zurück. »Eva, jetzt warte doch mal.«

Sie machte ihren Arm mit einem Ruck frei und ging wieder hinein, als wäre nichts weiter geschehen.

Georg fluchte innerlich und eilte ihr hinterher. Im Laden holte er sie ein. »Bitte, Eva«, sagte er. »Gib mir wenigstens eine Chance, dir zu erklär…«

»Was willst du mir erklären?«, fauchte sie. »Warum du dich von einem auf den nächsten Moment nicht mehr blicken lässt? Dich in deinem Zimmer einschließt und niemanden mehr zu dir lässt? Sodass ich und deine Zimmerwirtin – dass wir uns große Sorgen machen? Und dann tauchst du mir nichts, dir nichts einfach wieder auf, als wäre nichts gewesen? Das meinst du?«

Mit jedem Wort war Eva lauter geworden und ihr Gesicht röter. Und in ihrer Wut, die Georg nun entgegenschlug, war sie wunderschön. Wie ihre Augen angriffslustig funkelten, wie ihre gesamte Willenskraft ihm aus jeder Faser ihres Körpers entgegenstrahlte. Am liebsten hätte er sie jetzt in den Arm genommen und stürmisch geküsst. Aber er hielt sich zurück. Das Letzte, was er wollte, war, etwas zu tun, ohne ihr Einverständnis dafür zu haben. Sosehr er sich auch wünschte, ihre weichen und süßen Lippen zu schmecken.

Er senkte den Kopf. »Ja, das meine ich.«

Eva funkelte ihn noch einen Augenblick aus wütenden Augen an, dann griff sie nach dem nächsten Stein und trug ihn wortlos an ihm vorbei nach draußen.

Georg blieb ratlos zurück. Was sollte er jetzt tun? Eva wollte keine Erklärung und scheinbar auch keine Entschuldigung. Zumindest nicht in Worten. Vielleicht war es besser, Taten sprechen zu lassen? Er beugte sich hinab und nahm sich einen großen Brocken, den er genauso wortlos wie Eva eben nach draußen trug. Er hatte ihr doch sagen wollen, dass er seine Arbeit im Sperrholzwerk bis auf unbestimmte Zeit aufgegeben hatte, dass er nichts anderes wollte, als sie zu unterstützen und ihr zu helfen. Wenn sie es nicht hören wollte, dann zeigte er es ihr eben. So arbeiteten sie beide schweigend nebeneinanderher. Machten große Bogen umeinander, wenn sie sich einmal in den Weg kamen. Aber bei jedem neuen Zusammentreffen meinte Georg, dass sich der Abstand zwischen ihnen beiden verringerte. Dass die Miene von Eva weicher wurde. Bis sie irgendwann direkt vor ihm stehen blieb.

Wieder sagte sie nichts. Aber sie ging auch nicht weg, als Georg einen Schritt näher zu ihr herantrat, und schließlich noch einen, sodass er ganz dicht vor ihr stand. Vorsichtig legte er seine Arme um sie, und es war, als würde er damit einen unsichtbaren Bann brechen, denn mit einem Mal drückte Eva sich fest an ihn. Sie murmelte etwas gegen seine Brust.

»Was hast du gesagt?«, frage er und gab ihr einen Kuss auf den Scheitel.

Die hob den Kopf und sah ihm ins Gesicht. Tränen glitzerten in ihren Augen. »Ich hab gesagt, dass du das verdammt noch mal nicht noch einmal tun sollst! Ich hab mir solche Sorgen um dich gemacht, du verdammter Idiot! Ich dachte, du hättest mich fallen gelassen.«

Georg lächelte. Er hatte Eva noch nie zuvor fluchen gehört. »Das hab ich nicht«, sagte er. »Ich … ich hatte nur mit …« Wie sollte er es am besten formulieren? »Ich … Es war meine Vergangenheit. Durch den Bombeneinschlag ist plötzlich alles wieder heraufgekommen. Es war alles wieder so real. Meine Zeit an der

Front. Ich …« Er wollte ihr alles erzählen, alles, was er bislang geheim gehalten hatte, aber er kam nicht weiter, denn Eva hatte ihre Arme um seinen Hals geschlungen und seinen Kopf zu einem Kuss zu sich hinuntergezogen. Es war ein hungriger Kuss, und Georg erwiderte ihn mit der gleichen Rastlosigkeit wie Eva. Während Georg sich in den Kuss fallen ließ, wusste er: Nie wieder wollte er woanders sein als mit dieser Frau zusammen. Mit Eva wollte er den Rest seines Lebens verbringen, jeden einzelnen Tag. Denn er liebte sie hoffnungslos und unhaltbar und bis über beide Ohren.

Mittwoch, 7. März 1945

FLAKHELFER

Ilse riss sich den Verband vom Kopf und rannte nach draußen. Dabei hatte sie keinen Mantel angezogen. Sollte sie doch krank werden! Es scherte ohnehin keinen mehr. Die Mutter am wenigsten. Die saß immer nur in ihrem Zimmer und starrte die Wand an. Als hätte nicht auch Ilse ihre Schwester verloren! Dabei wollte sie doch nichts anderes, als von der Mutter in den Arm genommen zu werden. Wie ein kleines Kind gewiegt zu werden und dabei einfach nur zu weinen. So, wie die Mutter es früher mit ihr gemacht hatte, wenn sie traurig gewesen war.

Ilse bog von der Hochstraße in die Rheinstraße ein und lief nach unten. Die kalte Luft brannte auf ihrer Kopfwunde. Das war ihr nur recht. Als sie durch das Rheintor trat, sah sie die große Flak – und daneben, wie hätte es auch anders sein können, die beiden Ws. Sie lief zu den beiden hinüber. Einen Streit mit den beiden anzufangen, das war ein Gedanke, der Ilse gerade richtig reizte. Sie wollte ihre Wut loswerden! Sollten der Werner und der Walter doch einmal zu spüren bekommen, was in ihr steckte!

»Ilse, guten Tag, wie gehts, wie stehts?«, rief da der Werner freundlich, und auch der Walter schenkte ihr ein fröhliches Begrüßungsnicken.

Was war denn mit den beiden los?, fragte sich Ilse verwundert. Die zwei waren doch sonst immer nur darauf aus, andere zu ärgern. Noch nie hatten sie sie nur Ilse genannt, immer war es »Herrmanns Ilsechen« gewesen.

Sie trat näher an die Flak und die beiden Jungen heran. »Was macht ihr zwei hier?«, fragte sie.

»Wir sind jetzt Flakhelfer«, antwortete der Werner mit Stolz in der Stimme. Er kletterte auf die Flak.

»Genau!«, rief der Walter. »Wir werden die Stellung halten, wenn der Feind kommt.« Mit einer Hand klopfte er gegen den Stahl der Kanone.

»Wir werden Andernach beschützen! Werden für Volk und Vaterland kämpfen«, fügte Werner hinzu.

Dann reckten sie beide den rechten Arm und riefen: »Heil Hitler!«

Ilse schüttelte den Kopf. Das konnte doch nicht der Ernst von den beiden Jungen sein. Ja, sie waren älter als sie selbst, aber doch noch weit davon entfernt, als Soldaten an vorderster Front zu kämpfen.

Ihre Reaktion blieb bei den beiden Ws natürlich nicht unbemerkt.

»Was denn?«, fragte der Walter. »Denkste, wir können das nicht?«

»Dafür haben wir doch die ganze Zeit geübt«, berichtete der Werner.

»Als ihr mit euren Holzgewehren am Rheinufer entlanggeschlichen seid und wehrlose Pänz damit verprügelt habt?«, fragte Ilse zurück. Da konnte sie ihre Wut doch ein wenig herauslassen.

Aber die beiden Jungen sprangen nicht darauf an.

»Wir sind jedenfalls vorbereitet«, sagte der Werner, und der Walter nickte zustimmend. »Uns wird niemand aufhalten können.«

Den ganzen Vormittag hatte Eva mit Georgs Hilfe wieder im Laden geräumt. Am Montagabend hatten sie mit Brettern das Loch in der Ladenwand notdürftig verschlossen, damit nicht noch mehr geplündert wurde. Und so langsam machte sich auch im Ladenraum ihre Arbeit bemerkbar. Mit jedem Schuttstück, jedem Stein, jedem kaputten Holzbrett, das sie nach draußen trugen, kam der Laden mehr und mehr zum Vorschein. Wie Eva schon vermutet hatte, hatten nur wenige Bücher den Bombeneinschlag unbeschadet überstanden. Um die nationalsozialistische Literatur war sie nicht traurig. Im Gegenteil. Es freute sie, dass die Bombe sie zerfetzt hatte. Dass sie endlich einen Grund hatte, um Hitlers *Mein Kampf* und all die anderen völkischen Werke fortzuwerfen. Sie hoffte sehr, der Krieg würde bald ein Ende finden, damit sie nicht gezwungen waren, diese Bücher wieder neu einzukaufen und im Laden auszustellen.

Eva drückte ihren Rücken durch und ächzte vor Schmerzen. Sie hatte schon gedacht, die Rückenschmerzen vom Tragen der vielen Bücher früher wären schlimm gewesen, aber jetzt hatten sie eine völlig neue Ebene erreicht. Dennoch wollte Eva sich davon nicht abhalten lassen. Ebenso wenig wie von den Schmerzen in ihrer Hand, die trotz der täglichen anstrengenden Arbeit besser wurden. Die Wunde heilte zusehends. Jeden Abend legte sie sich einen neuen, sauberen Verband an.

»Was hältst du von einem Getreidekaffe?«, fragte sie Georg, der damit beschäftigt war, die losen Steine im noch verbliebenen Mauerwerk zu prüfen, ob sie dort bleiben konnten oder durch andere Steine ersetzt werden mussten.

»Da würde ich nicht Nein sagen«, erwiderte er und schenkte ihr ein warmes Lächeln, das sich sofort bis zu ihrem Herzen stahl.

Sie nickte. »Kommt sofort.« Und damit ging sie durch das Lager zur Treppe und nach oben.

In der gesamten Wohnung war es ungewöhnlich still. Ilse lief bestimmt wieder draußen herum. Seit Gisela gestorben war, kam sie nicht einmal mehr regelmäßig zu den Mahlzeiten. Nur abends erschien sie, für die Nacht. Und Tante Maria? Die sagte nichts dazu. Sicherlich saß sie auch jetzt wieder nur in ihrem Zimmer und starrte stumpf vor sich hin.

Als Eva in die Wohnstube trat, sah sie, dass der Teller mit Haferschleim, den sie beim Frühstück für ihre Tante bereitgestellt hatte, immer noch unberührt dort stand. Tante Maria hatte also schon wieder nichts gegessen. So konnte das nicht weitergehen!

Statt den Getreidekaffee aufzusetzen, ging sie hinüber zum Zimmer der Tante. Sie hielt sich nicht mit Anklopfen auf, sondern riss die Tür einfach auf und trat in das Zimmer. Ein stickiger und modriger Geruch schlug ihr entgegen. Mit festen Schritten ging sie durch das Zimmer, zog die Vorhänge zur Seite und öffnete das Fenster.

Im Licht der trüben Märzsonne sah sie die Tante auf dem Bett sitzen. Sie hatte ihr Gesicht vom Fenster und von Eva abgewandt.

»Tante Maria, in der Küche steht noch dein Frühstück«, sagte Eva sanft.

Ihre Tante zeigte keine Regung.

»Du musst doch etwas essen, wie willst du sonst bei Kräften bleiben?«, fragte Eva.

Immer noch nichts. Eva wusste nicht, ob die Tante sie wirklich nicht wahrnahm, oder ob sie nur so tat. Aber eines wusste sie: Dieser Zustand konnte nicht mehr so bleiben. Die Tante würde daran zugrunde gehen, und sie würde Ilse noch mit sich reißen. Das würde Eva nicht zulassen!

Sie trat zu der Tante heran und legte ihr die Hände auf die Schultern. Dann dreht sie die Tante zu sich, dennoch traf ihr Blick nicht den Evas, sie sah immer noch stur an ihr vorbei.

Eva fühlte, wie Wut in ihr aufwallte. »Tante Maria, es reicht jetzt, verdammt noch mal!«

Die Tante zuckte unmerklich zusammen. Ob es an der Lautstärke lag, mit der Eva gesprochen hatte, oder an dem Fluch, konnte sie nicht sagen. Aber es war eine Reaktion gewesen.

»Ich werde nicht mehr länger mitansehen, wie du dich in dein Schneckenhaus zurückziehst und dabei alles um dich herum vergisst. Verdammt noch mal!«, fluchte Eva erneut. »Du hast eine Tochter, die dich braucht! Die sich jetzt wieder weiß Gott wo herumtreibt, weil du ihr gerade keine Mutter sein kannst. So kann es nicht weitergehen.«

Die Tante erwiderte endlich ihren Blick, Schmerz stand darin.

»Ich weiß, dass du um Gisela trauerst«, sagte Eva wieder leiser. »Aber damit bist du nicht allein. Wir alle trauern um sie. Lass uns wieder an dich heran. Sprich bitte wieder mit uns. Sprich vor allem mit deiner Tochter. Ilse braucht ihre Mutter. Siehst du das denn nicht? Du hast immer noch ein Kind, das dich braucht!« Bei diesen Worten waren Eva die Tränen in die Augen getreten, und sie sah auch in den Augen ihrer Tante Tränen glitzern. Eva wollte noch etwas sagen, aber da hörte sie ein Geräusch hinter sich. Sie wandte ihren Kopf und sah Ilse in der offenen Schlafzimmertür stehen. Sie weinte.

Auch Tante Maria war ihrem Blick gefolgt, und als sie Ilse erblickte, war es, als würde sie aus einem langen Traum aufwachen. »Mein Kind«, sagte sie, und die Tränen liefen ihr über die Wangen. »Mein großes Kind.«

»Mama!«, rief Ilse, und dann rannte sie zu ihr und warf sich ihrer Mutter in die Arme.

Eva wischte sich die Tränen aus den Augen, bevor sie leise das Zimmer verließ und die Tür hinter sich schloss. Ihre Anwesenheit war nicht mehr erforderlich. Dieser Moment gehörte allein Mutter und Tochter.

»Doch kein Getreidekaffee?«, fragte Georg überrascht, als Eva mit leeren Händen wieder zurück in den Laden kam. Aber er ärgerte sich sofort über seine Äußerung, denn erst jetzt fiel ihm auf, dass Eva geweint hatte. Ihre Augen waren ganz aufgequollen und rot. Sofort eilte er zu ihr und nahm sie in den Arm. »Was ist passiert?«

Eva zog geräuschvoll die Nase hoch. »Etwas Gutes«, sagte sie dann.

»Wegen etwas Gutem musst du weinen?«, fragte er überrascht.

»Meine Tante, sie ist wieder …« Eva pausierte, als würde sie das passende Wort suchen. »… zurück«, sagte sie schließlich.

Georg verstand, was sie meinte, und nun verstand er auch, warum Eva weinte. »Das ist schön«, sagte er.

Eva nickte. »Jetzt geht es hoffentlich wieder aufwärts.«

Georg gab ihr einen schnellen Kuss. »Natürlich geht es aufwärts. Einen anderen Weg kennen wir doch nicht.«

Eva lächelte. »Einen anderen Weg nehmen wir nicht, meinst du.«

»So ist es.«

Er wollte ihr einen weiteren Kuss geben, als er Gekicher von der Straße hörte. Durch die Ritzen in der Bretterwand vor dem ehemaligen Schaufenster zeigten sich ein paar Augenpaare. Und dann hörten sie Ingeborgs Stimme rufen: »Ei, ei, ei, was seh ich da? Ein verliebtes Liebespaar!«, gefolgt von noch mehr Kichern.

Georg und Eva sahen sich an. Sie wussten beide, dass neben Ingeborg wohl auch noch Käthe und Margot draußen stehen mussten.

»Liebling«, säuselte Georg übertrieben, »deine Freundinnen sind da.«

Eva zwinkerte ihm zu und rief dann zur Bretterwand hinüber: »Hinten durch könnt ihr rein, über den Hof, ihr drei.«

Kurze Zeit später standen sie zu fünft im Laden. Ingeborg und Käthe kicherten immer noch ein wenig.

»Was führt euch denn her?«, fragte Eva.

»Wir wollen helfen«, erklärte Margot.

»Genau«, pflichtete Käthe bei.

Und Ingeborg sagte: »So machen Freunde das doch.«

Georg klatschte in die Hände. »Wunderbar!«, rief er. »Dann lasst uns anpacken.«

Während alle geschäftig zu Werke gingen, dachte Georg, wie gut es war, dass sein neues Leben ihn hierhergebracht hatte. Zu der Frau, die er liebte, zu seinen Freunden. Zu den Menschen, die für ihn eine Familie waren.

Und es war auch gut, dass Eva ihn mit dem Kuss unterbrochen hatte, als er ihr die ganze Wahrheit hatte erzählen wollen. Es war besser, wenn sie nie davon erfuhr.

Für ihn und für sie.

Freitag, 9. März 1945

DIE AMERIKANER KOMMEN

»Kommt schon! Beeilt euch doch endlich!«

»In den Bunker, schnell, schnell!«

»Die Amerikaner kommen, beeilt euch!«

Maria hörte die Rufe der Nachbarn auf der Straße, aber sie war noch nicht fertig. Das weiße Laken, es wollte einfach nicht richtig halten.

»Lass mich das machen.« Wie aus dem Nichts war Eva hinter ihr am Fenster erschienen. Mit geschickten Bewegungen knüpfte sie das Laken fest.

Maria blickte aus dem Loch in der Wand im ersten Stock die Straße hinauf und hinunter. Fast überall hatten die Menschen weiße Banner, Laken oder Küchentücher aufgehängt. Als Zeichen dafür, dass sie sich bedingungslos ergaben. Die Hoffnung darauf, dass die Häuser nicht noch mehr zerstört wurden, als sie es eh schon waren. Und die noch größere Hoffnung, dass damit dieser Krieg endlich ein Ende finden würde, ein unblutiges.

Wenn Eva nicht gewesen wäre, dann wäre Maria einfach in ihrem Zimmer geblieben. Ihre Nichte war es gewesen, die ihr endlich die Augen geöffnet hatte. Die sie zurück ins Leben geholt hatte. Zurück zu ihrer Tochter Ilse, die sie brauchte. Jetzt mehr denn je.

Maria musste wirklich sagen, dass sie Eva zwar als willensstarke Persönlichkeit kennengelernt hatte, aber dass sie so stark war, hätte sie nie geahnt. Und dann war sie nach unten in die Buchhandlung gegangen und hatte gesehen, was ihre Nichte auch dort geschafft hatte. Der ganze Dreck, der ganze Schutt, er war fort.

Die ehemalige Fensterfront war notdürftig mit einer Bretterwand verschlossen. Da musste also auch Georg Neumann seine Finger im Spiel gehabt haben.

Und es war auch Eva gewesen, die gesagt hatte, sie sollten ein weißes Laken ins Fenster hängen. Wobei … sie hatte es nicht gesagt, sie hatte es beinahe schon befohlen. Und Maria war gefolgt. Sie war ihrer Nichte dankbar, dass sie in dieser schweren Zeit alles zusammenhielt. Und sie wusste, dass es eigentlich sie selbst hätte sein müssen, die alles zusammenhielt, aber sie konnte es nicht.

»Komm, jetzt müssen wir wirklich los«, sagte ihre Nichte und nahm sie an der Hand.

»Was ist mit den Büchern?«, fragte Maria atemlos.

Ihre Nichte sah sie verständnislos an. »Was soll damit sein?«

»Wenn jetzt die Amerikaner kommen, werden sie bestimmt auch den Laden durchsuchen. Dann sollten besser keine Bücher von Hitler oder sonst einem Parteioberen zu finden sein.«

»Ach so, das meinst du.« Ihre Nichte machte eine wegwerfende Geste. »Die Bücher waren nach dem Bombeneinschlag alle so kaputt, die habe ich schon vor ein paar Tagen entsorgt.«

Erleichtert atmete Maria auf. Das war gut.

Zusammen eilten sie die Treppe hinunter. Ilse wartete schon an der Hintertür.

Als sie auf die Straße traten, hörten sie den Gefechtslärm und das Dröhnen der Panzer.

Gestern erst waren ganze Scharen von deutschen Soldaten durch Andernach gekommen. Sie alle waren auf dem Rückzug. Weiter den Fluss hinauf konnten sie auf dieser Seite nicht, also hatten sie sich alle am Rhein zusammengefunden und versucht, mit der Fähre hinüberzukommen. In Andernach selbst hatte man dafür den Volkssturm mit alten Männern und jungen Burschen, die eher noch Kinder waren, mobilisiert. Mehrere Flaks hatte man in den Rheinanlagen aufgebaut. Das hatte ihr Ilse berichtet. Und

Maria hatte gewusst, was das hieß: Das Ende war nah. Bald würde auch Andernach eingenommen werden, und nun war es wirklich so weit. Die Amerikaner kamen von Plaidt herüber.

Kurze Zeit später setzte Maria sich im Bunker auf eine der Bänke an der Wand. Auf der einen Seite saß Ilse dicht neben ihr, auf der anderen ihre Nichte Eva. Klamme Kälte kroch Maria von unten die Beine hinauf. Der Boden des Bunkers war nur festgestampfte Erde. An einigen Stellen hatte sich an den Wänden Salpeter gebildet. Das Geräusch von Panzerketten auf der Straße wurde lauter und lauter, und das Mauerwerk des Bunkers erzitterte. Staub und Salpeter rieselten herab. Erfüllten die Luft mit einem salzigen Geruch.

»Mama, werden wir jetzt auch sterben?« Ilse schluchzte.

»Ach, mein Mädchen.« Maria legte die Arme um ihre Tochter, drückte sie fest an sich. »Es wird alles gut werden. Der Krieg ist bald vorbei.«

»Ja, vorbei und verloren!«, kam es von weiter hinten im Bunker.

»Vorbei! Das ist es, was zählt. Verloren? Was solls! Wir hätten diesen Krieg nie anfangen sollen«, rief jemand anderes.

»Wir waren das doch gar nicht! Unser Führer hat nur auf …«

»Jetzt hör doch auf, Josef! Der Führer hat uns das Ganze doch erst eingebrockt. Und das alles nur, weil solche Schafsköpfe wie du auf ihn gehört haben. Bedingungslos.«

»Kopflos, wenn du mich fragst«, ereiferte sich ein weiterer Mann zu Marias Linken. »Ihr alle seid doch auf die hohlen Phrasen reingefallen.«

»Das sagt ja gerade der Richtige. Wer war denn am Anfang Feuer und Flamme für die NSDAP? Das warst doch du, Benno! Leute wie du, ihr habt die ganzen Braunen doch erst groß gemacht!«

Lautstark riefen nun alle durcheinander, und zwei Männer waren aufgesprungen und hatten sich am Kragen gepackt.

»Jetzt hört doch alle auf!«, sagte Maria laut. Auch sie war aufgestanden und hatte ihre Tochter schützend hinter sich geschoben. »So kommen wir nicht weiter. Da oben, da sind die Amerikaner. Und das heißt, dass dieser elende Krieg endlich vorbei ist. Jetzt müssen wir alle nach vorn blicken und das Beste aus dem machen, was von unserem Land und unserem Leben noch da ist.« Maria war mit jedem Wort lauter geworden, bestimmter. »Wenn ihr euch jetzt hier die Köpfe einschlagt, ist niemandem geholfen. Herrgott noch mal, es sind Kinder hier unten! Und die wollen weder in diesem schrecklichen Krieg sterben noch hier unten im Luftschutzbunker, nur weil ihr meint, ihr müsstet euch noch auf den letzten Drücker gegenseitig die Schuld in die Schuhe schieben!«

»Recht hat sie«, warf eine Frau ein, die auf der anderen Seite stand. Auch sie hatte kleine Kinder dabei. »Schämt ihr euch denn gar nicht? Ihr habt doch nur Angst, dass die Amis euch einkassieren. Und jetzt wollt ihr immer nur einem anderen die Schuld geben, damit ihr euch besser fühlt.« Sie schüttelte den Kopf. »Daran, dass es mit der NSDAP und den Nazis so weit gekommen ist, daran sind wir alle schuld.« Sie blickte sich im gesamten Bunker um, und nur noch Schweigen empfing sie. Die Frau ließ sich wieder auf die Bank sacken. »Das Kind ist doch schon lange in den Brunnen gefallen, die Milch vergossen. Hört doch jetzt mal alle auf zu jammern. Wir müssen neu anfangen.«

Neu anfangen, dachte Maria, und sie blickte zu ihrer Nichte. Eva hatte es schon vorgemacht. Sie hatte vor einigen Tagen neu angefangen, als sie damit begonnen hatte, den Laden wieder aufzubauen.

Maria ließ ihren Blick weiter über die Gesichter der Anwesenden schweifen und blieb an einem vertrauten hängen. Dort hinten, ganz in der Ecke saß Hans. Er lächelte ihr zaghaft zu. Hans Schumacher. Mit ihm würde vielleicht auch ein Neuanfang möglich sein.

Montag, 12. März 1945

EIN MANN, EIN WORT

Nie hätte Eva sich vorstellen können, wie schlagartig sich das Leben von nur einem Tag auf den anderen verändern konnte. Aber so war es, seit die Amerikaner Andernach eingenommen hatten. Und es war gut so. Endlich löste sich die Angst, die Eva sonst immer im Nacken gesessen hatte. Der Krieg, er war vorbei. Natürlich noch nicht in allen Teilen Deutschlands, das hatte Eva in der Zeitung gelesen, aber hier am Rhein auf jeden Fall. Und für die anderen Landstriche Deutschlands konnte es auch nicht mehr lange dauern.

Aber auch wenn der Krieg in Andernach vorbei war, so war das Wochenende nicht ruhig gewesen. An der Roten Schule und Am Schänzchen hatte sich ein Widerstand gebildet, der sich mit den Amerikanern noch einen erbitterten Kampf geliefert hatte. Eva war froh, dass die Buchhandlung weit genug davon entfernt war. Das ständige Knallen der Waffen hatten sie natürlich trotzdem gehört. Wie gut war es gewesen, als endlich Stille eingekehrt war. Als sie sicher sein konnten, dass es jetzt wirklich aus war mit dem Krieg.

Dennoch war nicht sofort alles einfach. Die amerikanische Besatzung brachte neue Regelungen mit sich. Nachdem sie die Menschen am Freitag aus den Bunkern geholt hatten, hatten sie alle angewiesen, nach Hause zu gehen und das Haus nicht mehr zu verlassen. Erst heute, am Montag, durfte eine Person je Haushalt zwischen zehn und zwölf Uhr nach draußen, um die nötigsten Besorgungen zu erledigen. Die Chance hatte Eva genutzt. »Ich geh zum Gemischtwarenladen«, hatte sie gerufen und war schnell nach draußen gestürmt, um dann geduckt weiterzugehen. Es war schon komisch, unter den Augen der amerikanischen Soldaten die Straße hinunterzugehen. So viele Panzer auf einmal hatte Eva bislang noch nicht gesehen.

Sie ging gerade am Löschteich auf dem Marktplatz vorbei, als sie Margot sah. Freude wallte in Eva auf. Sie hatte ihre Freundin seit letzten Mittwochabend nicht mehr getroffen und war froh, dass auch sie wohlbehalten den Einmarsch der Amerikaner überstanden hatte. Eva wartete, bis Margot zu ihr aufgeschlossen hatte.

»Gehst du auch zum Gemischtwarenladen?«, fragte sie ihre Freundin, und diese nickte.

Zusammen liefen sie weiter. Mit Margot an ihrer Seite war es ihr leichter ums Herz.

Sie hatten den Marktplatz schon fast überquert, als plötzlich Ingeborg aus einer der Seitenstraßen auf den Platz gelaufen kam. Überrascht blieben Eva und Margot stehen. Keuchend und mit hochrotem Kopf kam Ingeborg bei ihnen an.

»Warum bist du nicht im Laden?«, stellte Margot die Frage, die auch Eva hatte stellen wollen.

Ingeborg musste ein paar Mal tief Luft holen, bevor sie sprechen konnte. Statt auf Margots Frage zu antworten, sagte sie: »Ihr glaubt nicht, wer eben an unserer Tür geklopft hat!«

»Wer?«, fragten Eva und Margot zusammen.

»Mein Vater! Vor vier Jahren haben sie ihn eingezogen. Seit anderthalb Jahren haben wir nichts mehr von ihm gehört. Wir haben gedacht, er wäre tot. Und jetzt gerade sitzt er mit meiner Mutter in der Stube. Könnt ihr euch das vorstellen?«

»Und was machst du dann hier?«, fragte Eva.

»Du willst doch nicht wirklich arbeiten gehen? Nimm dir doch den Tag frei. Ich kann ja für dich einspringen«, bot Margot an.

»Die Käthe sagt mir einfach, was ich machen soll. Im Kopfrechnen bin ich ganz gut – und wo was steht im Laden, weiß ich auch. Kaufe doch immer da ein.«

Ingeborg schüttelte den Kopf. »Das ist nett, aber ich geh selbst. Zu Hause gibts Streit.«

Jetzt verstand Eva gar nichts mehr. »Aber … dein Vater ist wieder da und am Leben. Warum gibt es da Streit?«

»Hat deine Mutter etwa einen Hausfreund?«, platzte Margot raus.

Ingeborg bedachte sie mit einem bösen Blick. »Auch wenn das für dich naheliegend erscheinen mag, aber, nein, hat meine Mutter nicht.« Sie machte eine kurze Pause. »Es gibt Streit, weil mein Vater uns nur wenige Minuten, nachdem er zur Tür hereingekommen ist, eröffnet hat, dass er nur eine Nacht bleibt und morgen früh wieder geht.«

»Wie? Er geht wieder?«, fragte Eva.

Und Margot hakte nach: »Aber wohin denn?«

Ingeborg ließ die Arme sinken, und dann erzählte sie Eva und Margot alles. Ihr Vater war als Kriegsgefangener mit den Amerikanern unterwegs. Weil er einen Lkw-Führerschein hatte und die Amis dringend Fahrer benötigten, durfte er mit einem Konvoi durchs Land fahren. Er hatte Glück! Für viele andere Männer sah die Kriegsgefangenschaft ganz anders aus. Der Trupp, mit dem Ingeborgs Vater unterwegs war, war immer näher an den Rhein gekommen und hatte schließlich halt in Koblenz gemacht. Und als ihr Vater das Deutsche Eck gesehen hatte, war sein Heimweh richtig groß geworden. So groß, dass er zu seinem amerikanischen Kompaniechef gegangen war und ihn gefragt hatte, ob er für einen Tag nach Hause gehen dürfe, nach Andernach, um nach seiner Familie zu sehen.

»Wisst ihr«, sagte Ingeborg, »der Ami hat erst mal gelacht. Hat gesagt: Ihr Deutschen, ihr meint, ihr seid schlau. Du willst doch nur weglaufen. Sagst mir, du kommst am nächsten Tag wieder, aber in Wahrheit sehe ich dich nie mehr!«

»Und was ist dann passiert?«, fragte Margot atemlos.

Ingeborg wischte sich schnell über die Augen. »Dann hat mein Vater die Hand ausgestreckt und hat dem Chef fest in die Augen geguckt, und dann hat er gesagt: Ich geb Ihnen mein Wort! Wenn ich sage, ich komme am nächsten Tag wieder, dann mache ich das auch.«

»Und dann?«, fragte Eva.

»Da hat der GI eingeschlagen und ihm die Hand geschüttelt und hat ihn gehen lassen. Für einen Tag.« Ingeborg verzog den Mund.

»Deshalb gibt es jetzt Streit zu Hause?«

Ingeborg nickte. »Meine Mutter schimpft schon die ganze Zeit mit meinem Vater. Sagt, er soll sich verstecken oder wirklich weglaufen, damit er am Leben bleibt. Jetzt, wo er doch in Freiheit ist! Aber mein Vater sitzt nur stur am Küchentisch und sagt: Nein, ich hab mein Wort gegeben, und wenn ich mein Wort gebe, dann halte ich mich daran auch. Morgen früh geh ich wieder zurück nach Koblenz.«

Ingeborg setzte sich langsam in Bewegung, und Eva und Margot folgten ihr. Eine Weile schwiegen sie. Bis Ingeborg sagte: »Die Mutter hat so geweint und geschrien. Da musste ich raus.«

Eva versuchte, sich das vorzustellen. Wie wäre es gewesen, wenn Alfred für einen Tag zu ihr zurückgekommen wäre, direkt mit dem Wissen, dass er am nächsten Tag wieder weggehen würde? In Gefangenschaft. Von der niemand wusste, wie lange sie dauern würde. Wie schrecklich musste das für Ingeborgs Mutter sein. Und auch für Ingeborg selbst. Das alles nur, weil er sein Wort halten wollte. Sein Wort. Eva wusste nicht, ob Ingeborgs Vater mutig war oder einfach nur dickköpfig.

Aber sie wusste besser als irgendjemand sonst, dass ein Wort oder ein Versprechen nichts weiter waren als heiße Luft. Denn am Ende des Tages konnte niemand sagen, ob er ein Versprechen auch wirklich halten konnte. Ihrem Alfred war es schließlich nicht möglich gewesen.

Samstag, 17. März 1945

ALLEIN

Immer noch durften sie an jedem Tag nur von zehn bis zwölf das Haus verlassen, aber mittlerweile durfte auch mehr als eine Person gehen. Dennoch war es auch heute wieder nur Eva, die die Gelegenheit nutzte, der Enge der halb zerstörten Wohnung wenigstens für kurze Zeit zu entkommen. Auch wenn sie eigentlich heute keine Besorgungen zu erledigen hatte. Sie hoffte darauf, Georg oder ihre Freundinnen zu treffen, und ging deshalb zum Marktplatz.

Als sie am Fuße der Kramgasse war, sah sie auch schon Georg. Er stand am Löschteich, als hätte er auf sie gewartet.

»Eva!«, sagte er leise, um nicht die Aufmerksamkeit der amerikanischen Soldaten auf sich zu ziehen, und eilte zu ihr. Statt eines Begrüßungskusses umarmte er sie nur. Eva hätte ihn natürlich gern geküsst, aber sie verstand, dass es unter den wachsamen Augen der Soldaten besser war, es nicht zu tun. Sie war froh, Georg wenigstens kurz zu sehen und seine Nähe genießen zu können, bevor sie beide wieder nach Hause mussten.

Da es zu auffällig war, wenn man zu lange an einem Ort stehen blieb, gingen sie weiter, überquerten den Marktplatz und trafen dort auf Margot.

»Hallo, ihr beiden«, begrüßte die Freundin sie. »Geht ihr auch zum Gemischtwarenladen?«

Eva schüttelte den Kopf. »Ich muss heute keine Erledigungen machen«, erklärte sie.

»Ich habe auch nichts zu besorgen«, sagte Margot. »Ich wollte nur der Käthe und der Ingeborg guten Tag sagen.«

»Wenn das so ist«, mischte sich Georg ein, »dann gehen wir zwei doch auch dorthin.«

Und so gingen sie alle zusammen zum Laden. Zwar konnten sie auch dort nicht lange bleiben, dennoch fand Eva es schön, wieder einmal alle ihre Freundinnen zusammen zu sehen. Sie vermisste das. Und dass Georg auch noch mit dabei war, war besonders schön.

»Meine Mutter hört nicht mehr auf zu heulen«, antwortete Ingeborg gerade auf die Frage von Margot, wie es denn zu Hause sei. »Und mittlerweile glaub ich, sie hat recht. Mein Vater hätte einfach weglaufen sollen, statt sich an sein blödes Wort zu halten!«

Eva nickte verständnisvoll.

»Weißt du«, fuhr Ingeborg fort, »am Ende tut sich meine Mutter vor lauter Trauer noch was an, und dann steh ich ganz allein da. Hab weder Vater noch Mutter.«

Der Satz ließ Eva zusammenzucken. So war es ihr ergangen. In Berlin. Vater und Mutter hatte sie nicht mehr. Und auch keine Schwester mehr.

Kurze Zeit später gingen sie mit eiligem Schritt zurück, um alle noch vor Ende der Ausgangssperre um zwölf wieder zu Hause zu sein. Eva hoffte sehr, dass sie die strengen Ausgangsregeln bald ausweiten würden, damit sie endlich wieder länger oder sogar am Nachmittag hinaus konnten. Vielleicht könnten sie dann sogar wieder einen Spaziergang unternehmen, statt nur vom Haus bis zum nächsten Einkaufsladen zu huschen, um nur ja in der kurzen Zeit alles erledigt zu bekommen. Ein Spaziergang mit ihren Freundinnen am Rhein entlang. Diese Normalität, die es selbst zu Kriegszeiten gegeben hatte, wünschte sie sich zurück. Am liebsten aber würde sie sich mit Georg ganz allein treffen, um ihn endlich wieder küssen zu können.

Als hätte Georg ihre Gedanken gelesen, zog er sie nah an sich heran und flüsterte ihr leise ins Ohr: »Wenn wir wieder länger raus dürfen, dann treffen wir zwei uns. Und zwar nur wir zwei allein.«

Sonntag, 18. März 1945

TSCHOCKLÄTT

»Hey, little girl, wanna have some chocolate?«, fragte der amerikanische Soldat. Seine Haut war dunkel, so etwas hatte Ilse noch nie gesehen. Und sie verstand ihn nicht. Was sollte »Tschocklätt« sein?

Der Mann griff in die Tasche und zog etwas daraus hervor. Eine längliche Tafel, die er nun Ilse hinhielt.

Sie riss die Augen auf. Schokolade! »Tschocklätt« war Schokolade. Es klang ja auch irgendwie ähnlich. Sie nahm die Tafel und hielt sie sich unter die Nase. Ja! Richtige, echte Schokolade. Sie roch so gut wie nichts, was Ilse je gerochen hatte.

»Danke!«, rief Ilse dem Soldaten zu.

»You're welcome«, gab dieser zurück.

Ilse hatte wieder kein Wort verstanden. Sie steckte die Schokolade ein und nickte einfach, bevor sie weiterging.

Andernach hatte sich verändert. Überall standen amerikanische Militärfahrzeuge und Panzer. Überall sah man die amerikanischen Soldaten. In den ersten Tagen hatten sie in allen Häusern nach Waffen gesucht. Ilse erinnerte sich, dass sie aus dem Fenster geschaut und dabei gesehen hatte, wie am Ende der Hochstraße die Soldaten auf der Straße gesessen hatten. Inmitten von Bergen von Gewehren und Handfeuerwaffen, die sie in den Häusern und Wohnungen gefunden hatten.

In den ersten Tagen nach Ankunft der Amis hatte sich kaum jemand frei in Andernach bewegen dürfen, aber jetzt konnte man wieder gehen, wohin man wollte. Zumindest in den vorgeschriebenen Zeiten. Die letzten Tage war es nur von zehn bis zwölf gewesen. Aber heute Morgen hatte es eine Durchsage gegeben, dass man ab jetzt auch noch am Nachmittag für zwei Stunden von zwei bis vier hinausdürfe. Dazwischen und danach musste aber jeder wieder nach Hause. Also ging Ilse los, hinunter zum Rheintor. Dort blieb sie stehen und blickte zum Fränzje und zum Döres hinauf. Die zwei schien das Ende des Krieges und die amerikanische Besatzung so überhaupt nicht zu beeindrucken. Aber wer mit Bienen ein feindliches Corps in die Flucht schlug, der hatte vermutlich vor gar nichts Angst.

Ilse blickte nach links und nach rechts. Niemand sonst war hier. Sie lehnte sich gegen die breite Tormauer und zog die Schokoladentafel hervor. Vorsichtig riss sie das Papier und das darunterliegende Stanniol an einer Ecke auf. Dann brach sie ein Stückchen ab und steckte es sich in den Mund.

Die Schokolade, die sie bislang kennengelernt hatte, war bitter gewesen und irgendwie trocken. Aber das hier? Das war etwas ganz anderes. Das Stückchen schmolz auf ihrer Zunge, und der Kakao war süß, so süß. Sie brach ein weiteres Stücken davon ab und aß es. Dann wickelte sie das Stanniolpapier über die Schokolade und steckte die Tafel wieder ein. Dabei trafen ihre Finger auf den Denar. Jeden Tag trug sie die Münze bei sich. Achtete sehr genau darauf, dass sie sie nicht verlor.

Wie gern hätte sie Gisela ein Stück von der köstlichen Schokolade abgegeben. Aber das ging nicht mehr. Nie wieder würde sie etwas mit ihrer kleinen Schwester teilen können. Durch ihre eigene große Schuld. Bei diesem Gedanken verging ihr der Appetit. Sie zog die Schokoladentafel wieder hervor. Sie würde sie wegwerfen. So etwas Leckeres hatte sie doch gar nicht verdient. Aber dann kam ihr ein anderer Gedanke! Schnell steckte sie die Tafel wieder zurück. Sie trat durch das Rheintor hinaus auf die Molitor-Allee und wandte sich dann in Richtung des Bollwerks. Dabei vermied sie den Blick auf die zerstörte Flak, die in den Rheinanlagen stand.

Zu deutlich sah sie den Werner und den Walter noch vor sich, wie sie ein paar Tage vor dem Einmarsch der Amerikaner damit geprahlt hatten, Andernach zu verteidigen. Für Volk und Vaterland zu kämpfen. Ihr Leben hatten die beiden gelassen. Nichts anderes.

Ilse fuhr ein kalter Schauer über den Rücken, und sie beschleunigte ihre Schritte. Sie wollte nicht an die beiden Ws denken, sie hatte jetzt etwas viel Wichtigeres zu erledigen, und sie hatte nur noch wenig Zeit, bis sie um zwölf wieder nach Hause musste. Sie lief am Bollwerk vorbei, die Straße hinauf bis zur Koblenzer Straße und von dort an immer weiter und weiter, bis sie dort angekommen war, wo sie hinwollte.

Ein kleines Holzkreuz steckte in der frischen Erde.

GISELA HERRMANN
* 12. 7. 1940
† 2. 3. 1945

Ilse ließ sich auf die Knie fallen und grub mit einer Hand eine kleine Mulde in die Erde. Mit der anderen zog sie die Schokolade aus der Tasche.

»Schau mal, Gisela«, flüstere sie. »Das hab ich nur für dich mitgebracht.«

Und dann grub sie die Tafel in der Mulde ein.

INGEBORGS WUNDER

Eigentlich wollte Eva nur ein wenig Mehl kaufen, wenn noch welches da war, aber als sie gegen halb zwölf den Gemischtwarenladen betrat und die tränenüberströmte Ingeborg hinter der Theke erblickte, vergaß sie alles.

Eva eilte zu ihr. »Was ist passiert?«

Ingeborg verzog das Gesicht, und da erst bemerkte Eva, dass es ein Lächeln war. Sie weinte vor Freude!

»Ein Wunder, Eva, ein Wunder ist passiert!«, rief Ingeborg und schluchzte dann wieder.

»Erzähl«, verlangte Eva.

Ingeborg zog ein Taschentuch hervor und putzte sich die Nase, bevor sie sagte: »Mein Vater ist wieder da.«

»Dann hat der amerikanische Kompaniechef ihm wieder Urlaub gegeben?«, fragte Eva erstaunt.

»Nein, du verstehst mich falsch«, erwiderte Ingeborg und lachte. »Er ist für immer wieder da, er ist frei!«

»Aber …« Mehr sagte Eva nicht. Die Gedanken überschlugen sich in ihrem Kopf, sie musste sich erst sammeln. »Warum?«, fragte sie schließlich.

Immer noch liefen die Freudentränen über Ingeborgs Gesicht, als sie sagte: »Sie haben ihn freigelassen, weil er sein Versprechen gehalten hat.«

Er hat sein Versprechen gehalten. Der Satz traf Eva unerwartet.

Ingeborg redete bereits freudig weiter: »Weißt du, der Kompaniechef, dieser GI, der war so beeindruckt davon, dass mein Vater wirklich sein Wort gehalten hat, dass er nicht die Gelegenheit genutzt hat, abzuhauen oder gar unterzutauchen. Da hat er ihn gehen lassen. Eva! Das musst du dir mal vorstellen! Mein Vater hat Papiere und alles. Er ist frei. Er ist ein freier Mann!«

»Weil er sein Versprechen gehalten hat …«, flüsterte Eva. Ein Teil in ihr freute sich mit Ingeborg dafür, dass ihr Vater wieder zurück war. Freute sich dafür, dass es noch Menschen gab, die ihr Wort hielten. Die Versprechen nicht brachen. Aber ein weiterer Teil in ihr schrie laut, dass Alfred sein Versprechen nicht hatte halten können. Dass das ungerecht war! Alfred hätte es doch auch verdient gehabt, sein Wort halten zu dürfen. Und dann gab es noch einen kleinen Teil, der leise zu bedenken gab, dass vielleicht alles Schicksal gewesen war. Weil sie doch jetzt schon für Georg mehr empfand als jemals für Alfred. Diese leise Stimme, dieser Gedanke, erschreckte sie. So etwas durfte man doch nicht denken.

»Eva? Freust du dich gar nicht für mich?«, unterbrach Ingeborg ihren Gedankengang. Die Freundin stand ratlos und mit hängenden Schultern vor ihr.

Endlich erwachte Eva aus ihrem Gedankengang. Sie setzte ein breites Lächeln auf, umrundete die Ladentheke und umarmte Ingeborg stürmisch. »Natürlich freu ich mich. Du hast recht, es ist ein Wunder. Jedes Versprechen, dass gehalten wird, ist ein Wunder!« Und bei diesen Worten liefen nun auch Eva die Tränen über die Wangen. Und sie hielt ihre Freundin fest im Arm, den Kopf auf deren Schulter, damit Ingeborg nicht sah, dass auch Eva nun weinte. Vor Glück und vor Trauer – und ein bisschen auch, weil sie sich für ihre eigenen Gedanken schämte.

KEINE VERSPRECHEN MEHR

Als sie am Nachmittag mit Georg zum Krahnenberg hinaufspazierte, war es das erste Mal, dass Eva wirklich begriff, dass der Krieg hier am Rhein ein Ende gefunden hatte. Zwei Stunden hatten sie jetzt. Zwei Stunden nur für sich allein.

Eva hatte seit heute Morgen, als die Durchsage zur neuen und zusätzlichen Ausgangszeit am Nachmittag gekommen war, gehofft, Georg würde dann auf seinen Vorschlag zurückkommen, und das hatte er auch getan. Kurz nach zwei war er in der Buchhandlung vorbeigekommen, ein geschnürtes Bündel unter dem Arm.

Jetzt war er es, der vorschlug, an einer kleinen Lichtung am Berg haltzumachen. Zusammen saßen sie auf der Decke, und die

Sonne schien beinahe frühlingshaft warm auf sie herab. Eva konnte Vögel zwitschern hören, und die Luft roch nach Wald und Moos und Freiheit.

Langsam rutschte Georg Stückchen für Stückchen näher an sie heran. Und ehe Eva sichs versah, lagen sie zusammen auf der Decke und küssten sich. Hier oben im Wald waren sie allein. Niemand würde sie stören. Georg fuhr mit seinen Händen über ihren Rücken. Wanderte dann zum Saum ihrer Bluse und darunter, bis er ihre nackte Haut erreicht hatte. Warm und sanft fuhr er mit seiner Hand über ihren Bauch und ihre Seite, immer weiter nach oben. Langsam, ohne Eile. Endlich hatte er ihre Brust erreicht. Vorsichtig umfasste er sie, wie ein Vögelchen, das aus dem Nest gefallen war. Auch Alfred hatte einmal ihre Brust umfasst, aber das hier fühlte sich ganz anders an. Georg wusste genau, was er tat. Die Schmetterlinge in ihrem Bauch wirbelten wild umher, wurden schnell zu einem heißen Feuerball, einem Gefühl von Verlangen, das sich rasend in Eva ausbreitete. Sie drückte sich näher an ihn. Schob ihm ihre Mitte entgegen. Irgendwo in ihrem Kopf hörte sie eine leise Stimme, dass es verboten war, was sie im Begriff war zu tun. Dass sie doch nicht verheiratet waren.

Georg küsste jetzt ihren Hals und vertrieb damit jeden Gedanken außer dem einen, und der war: Mehr!

Ihr wurde noch heißer. Jede Berührung fühlte sich prickelnd an, ließ immer neue Wellen durch ihren ganzen Körper pulsieren. Sie wollte mehr davon, immer mehr und mehr. Hatte das Gefühl, dass sie zerbersten müsse, wenn Georg weitermachte. Und dann wieder wollte sie nichts anderes als zerbersten, um dieses neue und unbeschreibliche Gefühl voll auszukosten.

In Berlin hatte sie der Gedanke an eine Hochzeitsnacht, an intime Nähe, noch verschämt, aber das war nun ganz anders. Das hier war nichts, wofür man sich schämen musste. Eva stöhnte leise, als Georg ihr Dekolleté küsste. Seine Lippen nur hauchzart auf ihrer Haut.

Eva fuhr nun ihrerseits mit den Händen unter das Hemd von Georg. Noch nie hatte sie solche Muskeln gefühlt. Und seine Haut war so warm. Sie wollte nicht nur mit den Händen darübergleiten. Sie wollte seine Haut auf ihrer spüren. Schnell zog sie die Hände zurück und machte sich daran, ihre Bluse aufzuknöpfen. Georg hielt für einen Moment inne, dann verzog er den Mund zu einem schiefen Lächeln und knöpfte sein eigenes Hemd auf. Wieder küsste er sie. So innig, dass Eva alles um sich herum vergaß. Sie ließ sich in den Kuss hineinsinken, ließ sich in Georgs Berührungen sinken. Wollte nie wieder etwas anderes verspüren. Wollte die ganze Hitze auskosten und seine nackte Haut spüren. Sie streifte ihre Bluse von sich, dann ihr Unterhemd und den Büstenhalter. Schließlich fielen auch der Rock und alles, was darunter war. Auch Georg war nackt.

Mit klopfendem Herzen und heißem Verlangen lag Eva auf der Decke. Georg über ihr. Er blickte ihr mit einem Mal ernst in die Augen, und dann fragte er: »Hast du schon einmal …?«

Eva wusste, was er meinte. Sie schüttelte schnell den Kopf.

»Willst du denn?«, fragte er, und sein Blick war suchend.

Eva nickte. »Ja«, sagte sie, aber es war nur ein Hauchen.

Immer noch sah er sie ernst an. »Gut, ich werde vorsichtig sein. Und ich verspreche dir auch, dass ich …«

Versprechen? Er wollte ihr etwas versprechen? Eva ließ Georg gar nicht erst ausreden. Sie warf wütend ihre Hände gegen seine Brust. Trommelte darauf ein, bis Georg mit sanftem Druck ihre Handgelenke umfasste und sie am Schlagen hinderte. Sein ernster Ausdruck war verschwunden. Sie konnte nur noch Verwunderung darin sehen.

»Was hab ich falsch gemacht?«, fragte er.

»Nichts«, entgegnete Eva schnell. Dann holte sie Luft und sagte: »Alles.«

»Alles? Ich habe doch nur …«

Wie sollte Georg verstehen, was in ihr vorging? Wie sollte er verstehen, dass sie keine Versprechen mehr wollte? Sie hatte ihm nie von Alfred erzählt. Er konnte es nicht wissen.

Eva rutschte zur Seite, sodass sie sich nicht mehr unter Georg befand, und setzte sich auf. Mit einem Mal war ihr furchtbar kalt. Schnell zog sie sich wieder an. Ihre Nacktheit war eben so natürlich gewesen, jetzt war es ihr unangenehm. Auch Georg zog sich wieder an.

»Was habe ich alles falsch gemacht?«, fragte er schließlich ruhig, als sie beide wieder vollständig bekleidet waren. Es klang nicht vorwurfsvoll, und Eva wusste doch, dass er nicht hatte ahnen können, was seine Worte in ihr auslösen würden.

Sie rutschte wieder zu ihm heran und legte ihren Kopf auf seine Schulter. »Mach mir bitte keine Versprechen. Niemals«, sagte sie leise.

Georg legte den Arm um sie. »Was ist so schlimm an einem Versprechen?«

Alles in Eva zog sich zusammen. »Wenn es nicht gehalten wird«, antwortete sie.

»Aber ich will es doch halten, deshalb verspreche ich dir …«

»Nein!«, rief Eva hitzig. »Allein der Wille reicht nicht. Ich hab es erlebt. So viel ist mir versprochen und nie gehalten worden! Ich …« Tränen hatten sich in ihre Augen gedrängt, obwohl sie doch jetzt nicht weinen wollte.

»Aber ich bin zuverlässig, ich …«, versuchte es Georg erneut.

»Du verstehst das nicht«, erwiderte Eva. Die Tränen liefen ihr jetzt über die Wangen.

Georg drehte sich zur Seite, sodass er ihr nun ins Gesicht blicken konnte. Mit den Fingern seiner rechten Hand wischte er ihre Tränen weg. »Dann erkläre es mir, Eva. Ich will es verstehen. Was ist passiert, dass du keine Versprechen mehr hören möchtest?«

»Ich … in Berlin, da hatte ich einen Verlobten«, begann Eva. Georg sah sie aufmerksam an, wartete ab, dass sie weitersprach. Eva schluckte. Noch nie hatte sie diese Geschichte jemandem erzählt. Hatte es immer nur tief in ihrem Herzen vergraben. Sie wusste nicht, ob sie die Kraft hatte, es auszusprechen. Wusste nicht, ob sie Georg die Erklärung würde geben können, die er verdiente. Sie räusperte sich, weil sie mit einem Mal das Gefühl hatte, dass ihre Stimme sonst ihren Dienst nicht mehr tun würde. »Alfred, so hieß er … er hat sich zum Volkssturm gemeldet. Und … wir waren doch beide noch so jung, aber dennoch haben wir uns verlobt. Er hat mir versprochen, dass er wiederkommt. Er hat es mir versprochen und …« Weiter kam Eva nicht mehr. Die Erinnerung schmerzte zu sehr.

»Und er hat sein Versprechen nicht halten können«, vervollständigte Georg ihren Satz.

Eva nickte schnell, bevor die nächsten Tränen aus ihren Augen liefen. Sie schluckte.

»Ich verstehe«, sagte Georg, und wieder wischte er ihre Tränen ab. Dann nahm er sie in den Arm. Drückte sie fest an sich. Eva hörte sein Herz, wie es gleichmäßig und ruhig schlug. Das ließ auch sie ruhiger werden. So saßen sie eine Zeit lang da.

Schließlich löste Georg seine Umarmung, ergriff mit seinen Händen ihre Oberarme und schob sie sanft ein Stückchen von sich fort, sodass er ihr wieder in die Augen blicken konnte.

»Eva«, begann er mit rauer Stimme, »lass mich bitte sagen, was ich jetzt zu sagen habe. Ja?«

Sie nickte.

»Wenn es dir so wichtig ist, dann verspreche ich dir hiermit, dass ich dir nie etwas versprechen werde«, sagte er in einem feierlichen Ton, dann neigte er seinen Kopf zu ihr und küsste sie zärtlich.

Eva ließ sich in den Kuss und in Georgs starke Arme fallen, die sie nun wieder eng umfassten. Als er eben zu sprechen begonnen hatte, hatte sie ihm doch für einen Augenblick widersprechen wollen, aber jetzt konnte sie nur noch vor Glück lächeln unter dem Kuss, der nie enden sollte. Er versprach ihr, ihr nie etwas zu versprechen. Wenn sie vorher schon geahnt hatte, dass Georg derjenige sein könnte, dem sie ihr Herz schenken würde, so wusste sie es nun ganz genau. Georg Neumann war der Mann, der ihr Herz doch schon lange erobert hatte, der Mann, mit dem sie alt werden wollte. Das wusste sie in diesem Augenblick mit jeder Faser ihres Seins. Georg war der Eine.

Epilog

Zwei Monate später

Sie saßen alle zusammen. Tante Maria und Hans Schumacher, das alte Fräulein Frings und Friedel Faßbender, Elli und Josef Breuch, Anna und David Simon. Eva saß zwischen Ilse und Georg. Er hatte seinen Arm um sie gelegt. Margot, Käthe und Ingeborg hatten auf dem Boden Platz genommen. Die Buchhandlung war hell erleuchtet. Zusammen mit Georg hatte Eva in den letzten Tagen die Wand zugemauert. Nur ein Fenster fehlte noch. Das würde auch noch einige Zeit auf sich warten lassen müssen, bis es wieder genug Glas gab, um Fenster herzustellen. So lange war es noch mit Brettern vernagelt. Besonders stolz war Eva, dass sie auch das Obergeschoss des Hauses beinahe wieder instand gesetzt hatten. Dabei hatten ihnen Hans Schumacher und die Tante geholfen. Wenn Eva damals in Berlin jemand gesagt hätte, dass sie einmal Wände mauern und Decken einziehen würde, sie hätte es für einen großen Scherz gehalten. Aber sie war jetzt eine andere als damals in Berlin. Sie hatte gelernt, dass Familie zwar wichtig war, aber dass sie auch allein stark war. Stark genug war für ihre Familie und für sich selbst. Sie allein war für ihre Zukunft verantwortlich. Sie allein war dafür verantwortlich, dass sie sich nie wieder etwas würde versprechen lassen.

Tante Maria stand auf. Sie räusperte sich, bevor sie sprach: »Es freut mich sehr, euch alle heute Abend wieder hier begrüßen zu dürfen. Bislang haben wir uns nur im Verborgenen treffen können, aber das hat jetzt ein Ende. Wie auch dieser furchtbare Krieg endlich ein Ende gefunden hat!«

Erst wenige Tage zuvor hatte die Wehrmacht bedingungslos kapituliert, und so war der Krieg nicht nur am Rhein, sondern endlich auch in allen Teilen Deutschlands vorbei.

»So ist es!«, rief Friedel Faßbender. Und alle anderen stimmten mit ein.

»Der Krieg, die Bomben und alles, was es uns gekostet hat, was wir verloren haben …« Tante Marias Stimme brach. Eva wusste, dass sie an Gisela dachte, und auch ihr selbst stiegen die Tränen in die Augen. Mehr noch, als Ilse den Kopf an ihrer Schulter vergrub.

Tante Maria räusperte sich erneut. »Aber jetzt blicken wir alle nur noch nach vorn! Die Zukunft liegt schließlich vor uns. Und ich kann kaum erwarten, was für wunderbare Bücher sie für uns bereithalten wird.« Sie blickte in die Runde. »Dass es hier mit der Rhein-Buchhandlung weitergeht, haben wir unserem Fräulein Liebe zu verdanken. Sie ist es, die das Geschäft und unsere Familie zusammenhält«, schloss Tante Maria ihre Rede, und die Anwesenden klatschten in die Hände.

»Und den Kreis«, warf Hans ein.

»Der Kreis gehört auch zur Familie!«, riefen da Tante Maria und Eva gleichzeitig, und alle lachten. Und Eva sah genau, wie ihre Tante und Hans Schumacher sich einen Blick zuwarfen. Einen Blick, den sie so bei den beiden noch nicht gesehen hatte, und der sie selbst zu Georg blicken ließ.

Obwohl es schon fast dunkel war, spazierten Eva und Georg nach dem Treffen des Kreises zusammen am Rhein entlang. Es wurde mit jedem Tag wärmer, und auch die Natur hatte den Winter abgelegt und trug nun eine wunderschöne Blumentracht, die man in der Dämmerung weniger sehen als riechen konnte.

Zusammen schlenderten sie auf den Alten Krahnen zu. Wie anders es hier aussah, wenn kein Schnee lag. Im letzten Licht der

Sonne glitzerten die Wellen auf dem Rhein. Georg hatte den Arm um sie gelegt, und sie spürte seinen warmen Körper neben ihrem. Eva blieb stehen und drehte sich um. Ließ ihren Blick über die Häuser an der Molitor-Allee streifen. Auch hier zeigte der Krieg noch deutlich seine Spuren. Viele Fenster fehlten und waren nur mit Brettern vernagelt, einige Häuser hatten Schäden an der Fassade. Dennoch liebte sie diese kleine Stadt am Rhein, die ihr so sehr ans Herz gewachsen war.

Georg zog sie zu sich heran und küsste sie. Vor nicht einmal einem Jahr hatte Eva noch gedacht, ihr Leben würde ganz anders verlaufen. Da war sie davon ausgegangen, dass es ihr ausreichen würde, Mutter und Hausfrau zu werden und mit Alfred in einem kleinen Häuschen in der Berliner Vorstadt zu wohnen. Wie sehr sich das doch geändert hatte. Damals hatte sie eben noch nicht gewusst, wie stark sie selbst war. Stark genug, um alles durchzustehen, was ihr an Hindernissen in den Weg geworfen wurde. Und niemals hätte sie geahnt, dass ihr der Traum von einer kleinen Familie in der Vorstadt einmal nicht mehr reichen würde. Dass die Welt der Bücher, eine kleine Buchhandlung und die Literatur einmal ihr Glück und ihr Leben werden würden. Und Georg.

Nachwort

In diesen Roman habe ich wahre Begebenheiten mit Fiktion verwoben.

Die Idee, einen Roman zu schreiben, der in der Zeit der letzten Kriegstage in Andernach spielt, kam mir, als die Großmutter meines Mannes – ein waschechtes »Annenacher Mädsche« – davon erzählte, wie sie als Kind die Bombenangriffe am Tag nach Weihnachten 1944 und die darauffolgende Zeit bis zum Einmarsch der Amerikaner erlebte. Da ich selbst gelernte Buchhändlerin bin, war für mich schnell klar, dass zudem eine Buchhandlung Dreh- und Angelpunkt des Romans werden sollte. Hierzu inspirierte mich die Geschichte der Buchhandlung, in welcher ich vor vielen Jahren meine Ausbildung machte. Diese war kurz vor Kriegsende einem Bombenangriff zum Opfer gefallen. Auch die Idee zum Kreis ist von der Historie dieser Buchhandlung inspiriert. Die Rhein-Buchhandlung selbst ist jedoch vollständig meiner Fantasie entsprungen.

Die Begebenheiten des Kriegsgeschehens, die ich beschreibe, habe ich ausführlich recherchiert und so wiedergegeben, wie sie sich laut meinen Quellen ereignet haben. Einzig den Bombenangriff am 28. Februar 1945 habe ich verändert. An diesem Tag gab es einen großen Luftangriff auf Andernach, von dem Menschen und Häuser rund um die untere Rheinstraße, die Breite Straße und den Krahnenberg betroffen waren, auch in der Hochstraße fiel eine Bombe. Allerdings ereignete sich dieser Angriff tatsächlich am späten Nachmittag und nicht in der Nacht, wie ich es im

Roman erzähle. Zudem fiel die Bombe in der Hochstraße weiter oben, gegenüber dem (alten) Rathaus.

Auch einige Straßennamen haben sich seit 1945 geändert. Die Molitor-Allee, die längs des Rheines verläuft, heißt heute Konrad-Adenauer-Allee. 1934 benannte man die Aktienstraße und den Johannisplatz in Adolf-Hitler-Straße und -Platz um. Nach Kriegsende wurde das – wie in vielen anderen Städten Deutschlands – sofort wieder rückgängig gemacht.

Den Roman schließe ich mit dem Einmarsch der Amerikaner. Damit endete der Krieg am Rhein bereits zwei Monate vor der vollständigen Kapitulation der deutschen Wehrmacht am 8. Mai 1945. Die Amerikaner blieben jedoch nicht lange. Bereits im Juli desselben Jahres übernahmen die Franzosen die Stadt als Teil ihrer Besatzungszone. Ab Ende August 1946 gehörte Andernach dann zu dem durch Verordnung der französischen Besatzungsmacht eingerichteten Bundesland Rheinland-Pfalz.

Susanne Esser
Oktober 2023

Danksagung

Beim Schreiben eines Romans ist man die meiste Zeit allein, dennoch gibt es viele Menschen, die einem auf dem Weg durch Szenen und Kapitel helfen. Die Fragen beantworten und wichtige Impulse geben.

An erster Stelle möchte ich Lieselotte Kriesmer danken für all ihre Erzählungen, für ihre Zeitzeugenberichte und dafür, dass sie meinen Kindern eine großartige und liebevolle Urgroßmutter war.

Dann danke ich natürlich meiner Familie, die mich immer unterstützt und mir den Rücken freihält.

Ich danke meinem Agenten Dirk Meynecke für seinen Einsatz, ein schönes Zuhause für diesen Roman zu finden, und Christine Steffen-Reimann, die Fräulein Liebe zu ihrem Namen verhalf.

Großer Dank geht auch an das Team von Droemer Knaur, insbesondere an meine Ansprechpartnerin Julia Cremer und an meine Lektorin Dr. Clarissa Czöppan.

Des Weiteren danke ich meinen Testleserinnen Viola, Sarah und Nicola, die sich die Zeit genommen haben, die Rohfassung zu lesen. Dank geht auch an Olga, sie weiß wofür.

Und last but not least möchte ich Dr. Kai Seebert vom Stadtmuseum Andernach meinen Dank aussprechen für die ausführlichen Einblicke in die Geschichte der Stadt, und Dr. Jan-Pieter Barbian für seine Auskunft zum Buchhandel im Dritten Reich.

KATE THOMPSON

Die Bibliothek der Hoffnung

Roman

London 1944: 5000 Menschen suchen in der stillgelegten U-Bahn-Station Bethnal Green Schutz vor den Fliegerbomben. Hier haben sie sich eine Art neues Leben aufgebaut, es gibt sogar ein Theater, einen Kindergarten – und eine kleine Bibliothek. Die hilfsbereite Clara und die rebellische Ruby haben unzählige Bücher vor den Bomben gerettet, jetzt schenken sie vor allem Frauen und Kindern Ablenkung, Wissen und Hoffnung. Doch je länger der Krieg dauert, desto härter wird die Entschlossenheit der Frauen, stark zu bleiben, auf die Probe gestellt – denn es könnte die Leben derer kosten, die ihnen am nächsten stehen.

»Thompsons Roman steckt voller Liebe und Leichtigkeit und zeigt, dass Bücher uns durch die dunkelsten Zeiten tragen können.« *Daily Express*

KNAUR

Tauchen Sie ein in die atmosphärische Familiensaga

Die verlorenen Töchter

um sieben Frauen, geheimnisvolle
Erbstücke und schicksalshafte Liebe

SORAYA LANE

Die *verlorene* Tochter

Roman

Band 1

Eine kleine hölzerne Schachtel mit dem Namen ihrer Großmutter darauf führt die 30-jährige Lily nach Italien: Die Schachtel wurde in einem ehemaligen Londoner Frauenhaus gefunden, und sie enthält lediglich ein handgeschriebenes Rezept auf Italienisch und ein Programm des Mailänder Opernhauses von 1946. Was hat es damit auf sich? Als angehende Winzerin nimmt Lily eine Stelle auf dem Weingut der Familie Rossi an und fühlt sich schnell wie zu Hause. Unterstützt von dem charmanten Antonio kommt Lily schließlich der ebenso erschütternden wie anrührenden Geschichte einer großen Liebe auf die Spur, die auch ihrem Leben eine neue Richtung weisen könnte.

»Spitzen-Auftakt der Familien-Saga.« tina

KNAUR

SORAYA LANE
Die *vermisste* Tochter
Roman

Band 2

Auch Claudia hat aus dem Nachlass eines ehemaligen Frauenhauses eine kleine hölzerne Schachtel mit dem Namen ihrer Großmutter geerbt. In der Schachtel befinden sich eine alte Visitenkarte mit einer Adresse bei der Londoner Börse und die Zeichnung eines Familienwappens. Vor allem das Wappen lässt Claudia nicht los: Schließlich stößt sie auf die kubanische Familie Diaz, der in den 50er-Jahren eine große Zuckerrohrplantage gehört hat. Kurzentschlossen fliegt Claudia nach Havanna – und ist wie verzaubert von der quirligen, vor Lebensfreude sprudelnden Stadt. Als sie ihr Wappen an einem Foodtruck dem Koch Mateo zeigt, beginnt eine emotionale Reise in die Vergangenheit …

SORAYA LANE
Die *verheimlichte* Tochter
Roman

Band 3 - erscheint im Juni 2024

Schon lange hat die 30-jährige Ella das Gefühl, dass in ihrem Leben etwas fehlt. Als sie von einem ehemaligen Londoner Frauenhaus eine Schachtel überreicht bekommt, auf der der Name ihrer Großmutter steht, nimmt sie sich spontan eine Auszeit. Der rätselhafte Inhalt der Schachtel – ein altes Foto und ein Notenblatt – führt Ella nach Griechenland. In einem malerisch gelegenen Häuschen am türkisblauen Meer entdeckt sie nicht nur ihre lange vernachlässigte Kreativität wieder: Zusammen mit dem charmanten Pianisten Mathew kommt Ella ihrer tragischen Familiengeschichte auf die Spur und dem Geheimnis um eine verbotene Liebe. Kann das Erbe ihrer Großmutter Ella auch einen neuen Weg in die Zukunft weisen?

SORAYA LANE

Die *verborgene* Tochter

Roman

Band 4 - erscheint im Herbst/Winter 2024

Georgia arbeitet viel und liebt, was sie tut. Als sie eine Schachtel mit dem Namen ihrer Großmutter überreicht bekommt, legt sie diese vorerst beiseite.
Monate später betrachtet Georgia im Auktionshaus Sotheby's wunderschöne Schmuckstücke und erinnert sich an den pinken Stein in der Holzschachtel. Ihr Interesse ist geweckt, und die Hinweise des Auktionators, dass es sich bei dem Stein um einen seltenen pinken Turmalin handelt, der wahrscheinlich von einer Krone stammt, führen Georgia über Italien in die Schweiz. Dort trifft sie Luca, der viel mehr mit dem Stein zu tun hat, als beide anfangs erahnen …

KNAUR